字裏人間

字裏人間
人文經典與通識教育

梁卓恒、劉保禧、李駿康 合編

香港中文大學出版社

《字裏人間：人文經典與通識教育》
梁卓恒、劉保禧、李駿康 合編

通識教育叢書
叢書主編：梁美儀

© 香港中文大學 2021

國際統一書號（ISBN）：978-988-237-194-1

出版：香港中文大學出版社
　　　香港 新界 沙田 · 香港中文大學
　　　傳真：+852 2603 7355
　　　電郵：cup@cuhk.edu.hk
　　　網址：cup.cuhk.edu.hk

World in Words: Humanities Classics and General Education (in Chinese)
　　Edited by Leung Cheuk-hang, Lau Po-hei, and Li Chun-hong

General Education Series
　　Series Editor: Leung Mei-yee

© The Chinese University of Hong Kong 2021
All Rights Reserved.

ISBN: 978-988-237-194-1

Published by　The Chinese University of Hong Kong Press
　　　　　　　The Chinese University of Hong Kong
　　　　　　　Sha Tin, N.T., Hong Kong
　　　　　　　Fax: +852 2603 7355
　　　　　　　Email: cup@cuhk.edu.hk
　　　　　　　Website: cup.cuhk.edu.hk

Printed in Hong Kong

目　錄

「通識教育叢書」總序

　　香港中文大學創校於 1963 年。中大從開始即把通識教育課程列作必修科，以實踐全人教育的理想。在不同的年代，大學不斷改革通識教育課程，回應社會和大學的需要。2012 年學制改革，大學乘此良機推出全新通識教育基礎課程，同學必須修讀中外經典，與師友互相切磋，思考人生，探索世界。我希望在此向曾為通識課程出一分力的同事致以衷心感激，也要向撰寫和策劃「通識教育叢書」的同事和朋友致意。

　　大學通識教育部自 1999 年與中文大學出版社合作，出版「通識教育叢書」。出版通識教育書籍，是要傳播通識教育的精神，並以簡潔的文字，向社會人士介紹不同學科的知識。2005 年起，出版的工作由鄭承峰通識教育研究中心負責，圖書的內容涵蓋哲學、物理、社會學、文化等等。這次出版的通識書籍，內容豐富，與過往的書籍比較毫不失色。這不但是中大同學的福氣，也是各位讀者的福氣。

　　撰寫通識書籍，是頗難的一樁事情。作者須引領讀者，重新審視平常生活裏很多被人忽視的東西，還要言簡意賅，解釋一些看似艱澀難懂的概念。「通識教育叢書」專為繁忙的都市人而寫，雖然不是厚甸甸的巨著，卻沒有放棄嚴謹準確的原則。我希望讀者能多用上下班乘車的機會，暫且放下手機，花一點時間閱讀這些書籍，

待作者帶領你去漫遊不同的國度、時空、文化，增廣見聞，用知識
點綴生活。我相信只要你持之以恒，必能有所進益。

人生匆匆幾十寒暑，有些人淡泊自甘，有些人則汲汲於名利；
有些人一生順遂，有些人卻失意無依。人生有許多的歡愉，更有不
盡的無常和無奈。我們身處其中，如何進退迴旋，那需要審時度勢
的機敏，鑑別善惡的明慧，以及敬讓謙和的虛心。人的稟賦各異，
但我們卻可以藉教育改善自己。當然，有時間和機會多讀好書，親
炙智者，那就最好不過。但生活忙碌或已離開校門的朋友不要失
望，「通識教育叢書」正是為你編寫。不論你是否中大的學生，我也
誠意邀請你進入通識教育的課堂，與我們談天說地。

最後，我必須藉此機會，感謝社會對中大通識教育的支持和
讚譽。中大通識基礎課程獲美國通識及自由教育課程協會，頒授
「2015年通識教育優化模範課程獎」。這項殊榮，使我想起當年創校
先賢的遠大目光和開拓精神，以及承先啟後所須付出的努力。我們
將再接再厲，貫徹中大的教育理想，以及「博文約禮」的精神。

香港中文大學前校長
沈祖堯教授

全球化中的經典閱讀

跨文化與跨學科對話的通識教育

梁美儀

香港中文大學通識教育的傳統

在大學教育中，是否應該有一些共同的、基本的、所有作為「受過教育的人」都應該學習的課程，成為高等教育工作者不斷思考、論辯的課題？「通識教育」的概念自十九世紀被提出後，逐漸成為高等教育中的常設架構。然而，其課程應該如何發展的辯論，卻延續一個多世紀，至今仍未中斷；而通識教育在院校實施的情況，亦經歷了不少高潮與挫折。[1] 時至廿一世紀的今天，資訊科技發展一日千里，學習形式急速轉變：龐大的資訊儲存系統與電子網絡的運用，使學習不再局限於課堂與課本，網上學習成為不可逆轉的趨勢，傳統大學的教與學方式本身備受威脅；通識教育的存在價值，或應以什麼方式存在，更是當今高等教育所不能迴避的課題。本書的出版，匯集了香港中文大學近年就通識教育的教學及研究成果，正是對此議題提出一種介入與回應。

---

[1] 關於通識教育發展的歷史和發展趨勢，可參考黃坤錦，《美國大學的通識教育：美國心靈的攀登》(北京：北京大學出版社，2006)；李曼麗，《通識教育── 一種大學教育觀》(北京：清華大學出版社，1999)；龐海芍，《通識教育：困境與希望》(北京：北京理工大學出版社，2009)。

要了解今天香港中文大學的通識教育課程，我們需要由香港的教育改革談起。

2005年，香港大學教育資助委員會(教資會)宣佈，所有教資會資助大學課程自2012年起，都要由三年轉為四年制；新增的一年應為學生提供更多的機會修讀通識教育課程、提升語文能力、參與交換計劃，以及在校住宿生活。2006年，香港中文大學(以下簡稱「中大」)制定大學發展十年策略計劃，為大學回復四年制作出準備。校方舉辦了一系列的諮詢會，邀請全校教職員、學生和校友參與。在2006年策略計劃中，大學期望學生畢業時「應已涉獵多種學科及各種常識，……他們應養成博覽群書的習慣，能夠判斷和獨立思考，善於溝通，能在團隊裏合群工作……同學對中國文化應有深切的了解，亦應該懂得接納及欣賞其他文化，以至對不同文化的差異能有敏銳觸覺，廣泛包容，更具有國際視野。」[2] 與此同時，大學決定將通識課程的要求從15學分增加到21學分。如何好好運用這新增的6學分，就成為大學通識教育部需要認真思考的課題。

香港中文大學創校於1963年，以自由教育(liberal education)為大學本科教育的理想，堅信大學教育使命不僅在於為社會提供個別領域的專才，更要培育博學開明、具有廣闊視野的公民領袖。[3] 通識教育作為體現自由教育理想的課程，自始即是中大本科教育中不可分割的一部分。中大早期的通識教育主要由創校成員書院(崇基學院、新亞書院和聯合書院)負責，各按其教育理念與傳統而設計推

---

[2] The Chinese University of Hong Kong, *Strategic Plan 2006*, https://www.cuhk.edu.hk/strategicplan/english/documents/cuhk-strategic-plan.pdf, 2020年11月3日檢索。

[3] The Chinese University of Hong Kong, *The First Six Years 1963–1969: The Vice-Chancellor's Report* (Hong Kong: The Chinese University of Hong Kong, 1969).

行。1986年起，通識教育課程經過改革與整合，分為大學通識與書院通識兩部分。書院通識開設學生為本課程，配以書院生活、舍堂氛圍，關注學生在大學的學習與個人成長；大學通識則著重知識視野的開拓和智性能力的提升，採用了分佈修讀模式 (distribution model)，將知識分為不同範疇供學生選讀，學科由各學系提供。至2004年，中大對其通識教育課程作出全面檢討，重新規劃「大學通識」部分，將當時既有的、由超過40個學系提供的二百多門科目，劃分為「四範圍」。四範圍根據新亞書院創校元老之一唐君毅先生對人類智性關懷的理解而設計，包括了「中華文化傳承」、「自然、科學與科技」、「社會與文化」及「自我與人文」，學生必須在每個範疇中修讀至少一科。

　　四範圍的劃分在精神上繼承了中大的人文傳統，在課程形式上則沿用了通識教育模式中的分佈必修 (distribution requirement) 類型。它的優點是覆蓋面廣，涵蓋了一所大學認為學生應要涉獵的不同知識範圍、學科方法和價值，可以拓展學生知性視野；而且在資源分配和師資運用方面，分佈必修依託於大學既有的院系，實施比較方便。因此，分佈必修亦是多數大學採用的通識教育模式。[4]

　　新增的6學分，是否就應該沿用四範圍模式，讓學生在自選的範圍中多修兩科？我們經過多方研討和考慮，選擇了另一條路徑：為四範圍建立一個核心基礎。

　　因應大學2006年的策略計劃，原有的分佈必修的確可以保證學生「涉獵多種學科及各種常識」；而「對中國文化有深切的理解」，亦可以透過「中華文化傳承」這一範圍達成。然而，對其他文化的欣賞只是零星散落在某些「社會與文化」範圍的科目之中。由各院系提供

---

[4]　J. G. Gaff, *General Education Today: A Critical Analysis of Controversies, Practices, and Reforms* (San Francisco: Jossey-Bass, 1983).

的通識學科，各自介紹學科視野，並不能確保大學培養出「有敏鋭觸覺，廣泛包容，更具有國際視野」的學生。同時，要培養廣泛閱讀的習慣、提升獨立判斷的能力及增加有效的協作與溝通能力，則必須讓這些學習成果在所有課程的設計中成為清晰的學習目標，並運用與目標相配合的學習活動、評核體系一以貫之，才可以達到。由各個學系提供的通識科目，各自精彩；要勉強統一，亦不易達到理想效果。分佈修讀模式還有一大弱點：這類課程並不能創造共同學習體驗；課程中每科都是獨立設計，未必有考慮和其他科目之間的聯繫，質素也參差不齊。[5] 2004 年的通識教育改革，雖然以人類的四大基本智性關懷為框架，但對於學生來説，整體課程的意義還是不明顯；改革同時建立了清晰系統的評核機制，但這機制只能確保每個學科的質素，對建立課程總體的連貫性幫助不大。2005 年，大學通識教育部做了一項研究，以網上問卷及隨後的聚焦訪談形式進行。研究發現，學生難以察覺課程整體的連貫性和意義所在。[6] 很顯然，單純以分佈修讀模式建設課程並不完全理想。額外的 6 學分，正給予中大一個完善通識課程的契機。

建立核心元素

就通識教育發展的歷史考察，除了分佈必修外，另有一種具有相當影響力的課程模式，即共同核心課程（common core curriculum）。與分佈必修追求知識涉獵的廣度不同，共同核心課程強調的是：有

---

[5] P. L. Gaston and J. G. Gaff, *Revising General Education—and Avoiding the Potholes* (Washington: Association of American Colleges and Universities, 2009).

[6] 楊杏文，〈理想與現實的矛盾 —— 香港中文大學學生聚焦小組研究及分析〉，《大學通識報》，總第二期（2007）。

些知識和能力，應由所有稱得上受過教育的人共同擁有。曾任芝加哥大學校長的著名教育家赫欽斯（R. M. Hutchins, 1899–1977）就曾提倡「經典名著課程」（Great Books Program），認為西方經典是人類思想的高峰，應作為大學教育的共同核心，以提升學生的智性能力與培養自主學習的習慣。雖然赫欽斯的方案並沒有在芝加哥大學全面實施，但其後該校的通識教育亦以核心課程形式推行。[7] 另一個著名例子是哥倫比亞大學在 1919 年開始設立的「當代文明」（Contemporary Civilization）課，全校學生必修，及後更擴展至包括文學、音樂、藝術、科學等規模龐大的課程體系，其中「當代文明」、「文學人文」（Literature Humanities）均要求所有學生閱讀一系列經典原著，音樂、藝術則要求學生學習非文字的經典。這類核心課程對大學教育有明確的理念，課程的統整性亦較強，而更重要的是，它的教學效果亦較優勝。核心課程的優勝不僅在於推行者（如赫欽斯）能從理論的高度去思考通識教育是什麼；實證的教育研究顯示，核心課程的教學效能較高，對學生通識教育學習成果有明顯的、正面的影響。

美國加州大學洛杉磯分校著名教育研究學者亞歷山大·阿斯庭（A. W. Astin）自二十世紀六十年代開始對美國大學本科生進行追蹤，研究不同大學的類型和學習經驗對學生的影響。自七十年代起，研究加入搜集了大量不同大學通識教育課程特質的資料。他在九十年代初發表的《大學最重要的是什麼？——重溫關鍵的四年》書中，以 24,847 個大學生由 1985 至 1989 年間的追蹤調查為樣本，全面評估大學教育對學生學習和發展的影響。[8] 研究的結果顯示，90% 以上大學

---

[7] General Education Review Committee, *General Education Review Committee Final Report* (Cambridge, MA: Harvard University, 2016).

[8] A. Astin, *What Matters in College?: Four Critical Years Revisited* (San Francisco: Jossey-Bass, 1996), p. 4.

的通識教育課程採用分佈修讀模型。但無論課程範疇的數量多少和
包含的內容如何，對學生學習成效的影響都微乎其微；反而是極少
數學校（5%以下）推行的「通識教育真正核心的跨學科模型」（the
true-core interdisciplinary approach to general education），要求所有學生
修讀共同科目的課程，卻確實對通識教育學習成果有普遍的積極影
響。[9] 阿斯庭認為，真正核心課能發揮正面的影響力，是因為它能提
供一個共同的經驗，刺激學生課外的討論和建立緊密的同儕連繫。
必修的共同核心課創造了一個最能確保學生投入學習的環境，學生
能與老師和同儕互動：「當學生投入了大量的時間，和不同背景的同
學相處學習、互相指導，並且一起討論當代的重要議題，通識教育
的學習成果才會得到提升。」[10] 因此，共同的學習經驗與和主動投入
學習的進路，比課程的形式與內容更重要。[11]

　　阿斯庭研究的結論亦被近年一系列關於如何提升大學生學習成
果的研究印證，包括大學一年級生就讀體驗（first year experience）、
高效措施（high-impact practices）和學生參與（student engagements）等
問題的研究。學生從中學的學習環境進入大學最重要的轉變，就是
從較被動地接受知識轉變為主動地尋找探索新知，實現真正的自主
學習。這樣，學生寫作、閱讀和討論能力必須大大提高之餘，能與
同儕間建立知識社群、理解課程的一貫性、建立所修學科之間的聯
繫，以及將所學知識與社會及生活經驗關聯等，對學生能成功地適

---

[9]　Astin, *What Matters in College?*, p. 425.

[10]　Astin, *What Matters in College?*, pp. 425–426.

[11]　M. Y. Leung, "From Liberal Education to General Education: Change and
Continuity in the Philosophy of University Education," in *General Education
and the Development of Global Citizenship in Hong Kong, Taiwan and Mainland
China*, ed. J. Xing, P. Ng, and C. Cheng (London; New York: Routledge, 2013).

應大學學習、提升學習成效至為重要。[12] 在仔細研究現有文獻、研究成果和參考其他高校的實行措施後，我們提議在中大引入一個共同核心元素，以補充原有的分佈修讀模式。這新核心課程的設計與結構緊密貼合一系列目標，包括：除了傳統中西文化之外，提高學生對其他不同文化的了解；有效地幫助他們發展良好的智性習慣；學習活動要有系統地提升他們閱讀、理解、反思、推理、溝通和判斷的能力。

由此建立的通識教育基礎課程（General Education Foundation）以經典篇章研習、小組研討模式進行。這6學分的課程包含兩門共同核心科目：「與人文對話」和「與自然對話」，分別聚焦人文與科學。

與赫欽斯提倡的經典閱讀課不同，基礎課程雖然運用經典作教材，但歷久彌新的大問題才是課程開展的主軸。「與人文對話」以探究「何謂美好人生」和「什麼是理想社會」兩大課題為主，透過研習《會飲篇》、《論語》、《莊子》、《聖經》、《古蘭經》、《社會契約論》、《明夷待訪錄》等經典作品，讓同學認識不同文化、宗教和思想如何提出並回應這兩大問題，以及探索兩者的關係。「與自然對話」則關注科學探究中獲得知識的原理和成就，審視科學理解的方法和限制，以及它對人類與自然關係的啟示，研讀篇章包括《理想國》、《數學原理》、《物種起源》、《寂靜的春天》、《中國的科學與文明》等經典。

---

[12]　G. D. Kuh, "Student Engagement in the First Year of College," in *Challenging and Supporting the First-Year Student: A Handbook for Improving the First Year of College*, ed. M. L. Upcraft, J. N. Gardner, and B. O. Barefoot (San Francisco: Jossey-Bass, 2005), pp. 86–107; G. D. Kuh, *High Impact Educational Practices: What They Are, Who Had Access to Them, and Why They Matter* (Washington DC: Association of American Colleges and Universities, 2008); E. T. Pascarella, "Cognitive Impacts of the First Year of College," in *Improving the First Year of College: Research and Practice*, ed. R. S. Feldman (Mahwah, NJ: Lawrence Erlbaum Associates, 2005), pp. 111–140.

課程選用來自不同學科、不同文化傳統的經典作品，讓學生接觸塑造當今世界的、重要而不同的思想來源，提升他們對跨學科、跨文化的敏銳觸覺，為他們成為全球公民打好文化的根基。這兩門科目提出關於人生、社會和知識的重大問題，也透過同學對這些經典作品的反思，讓他們在校園學習和人生經歷間建立聯繫。

閱讀同一套經典篇章和討論相同主題，可為學生提供共同學習體驗，塑造他們對人類存在共同關切的問題的敏銳觸覺，智性的對話就此展開，學習社群也由此建立。這共同的學習體驗在大學一年級開始。由於課程要求學生閱讀較為艱深的文章，比較和欣賞不同的文化與價值觀，並就關於人類存在的一些歷久彌新的大議題進行討論與寫作，因此修讀的經驗同時是培養學生閱讀、思考並討論那些複雜而嚴肅的話題的習慣。在大學起步時磨練出良好的閱讀、寫作、思考與溝通的能力，可讓學生日後學習乃至追求人生目標的過程中受益。整個課程的模式鼓勵學生積極學習、自主參與，也為通識教育乃至大學學習設置了很高的標準和期望。

儘管以經典作品為主要的學習材料，但我們和上世紀四十年代的通識教育運動所奉行的宗旨有兩大不同。[13] 首先，與一般經典名著的「正典」概念不同，基礎課程所用的經典教材並不被視作絕對權威。選擇這些篇章是為了幫助學生去反思那些對生活十分重要、卻未必會在主修學習中問及的問題。這些篇章是一個引導同學接觸和反思問題的媒介。這些關於人生、社會和知識的大問題，從古至今經歷不同文化的無數人不斷反覆思索，本來就沒有固定的「正確」答案。在課堂討論和寫作中，對篇章中提出的問題，老師會有技巧地引導學生探索他們自己的答案，學生要引用他們認真審視過而認為

---

[13]　E. McGrath, "The General Education Movement: An Editorial," *Journal of General Education*, 1 (1946): 3–8.

適切的觀點，自己去深思、去批判，從而建立出自身的人生觀。第二，選取的經典不限於西方傳統的人文經典。兩科分別關注人文與科學，節選的經典篇章則來自不同的傳統與學科。例如「與人文對話」中就包含了中、西、希伯來和伊斯蘭文化的經典；而「與自然對話」則選錄了物理、生物、生態、神經科學、幾何學等學科的奠基性作品，同時與傳統中國的自然觀作對比。接觸這些篇章為學生提供了一個真正的多學科、多文化的世界觀，讓他們掌握那些塑造人類文明的重要思想。

本書的編者與作者皆是通識教育的踐行者，深信通識教育實為開啟學生智性與心靈修養的一扇窗。他們大部分都曾任教中大的通識教育基礎課程，對以閱讀經典作為通識教育有豐富的實踐經驗。本書的若干文章，正是與教授經典為本的通識教育的研究與反思相關，內容包括經典教育的價值論爭、文化批判及教學策略等。而在教學工作以外，眾多作者皆各具專業，乃各類人文及社會學科的研究者，故大部分文章均會藉分析經典文本的進路，探討自我意識、道德問題、信仰與苦難、社會制度等與幸福人生及美好社會有關的價值議題，務求讓讀者感受到經典閱讀與價值探究的緊密關係。本書的編著及出版，除了分享中大近年通識教育發展的成果外，更希望將學院的通識教育推廣給社會大眾，讓人文經典轉化我們的自我認知與價值關懷，對生命與世界有更深刻的把握。

就如美國哲學家瑪莎・納斯邦（Martha Nussbaum）所說，「在緊密聯繫的複雜世界裏培養我們的人文素養，需要理解人們共同的需求和目標，是如何在不同的環境下以不同的方式實現」，而「當務之急是要引導所有的本科生對世界歷史、世界主要的宗教有基本的理解」。[14]

---

[14]　M. Nussbaum, "Liberal Education and Global Community," *Liberal Education* (Winter 2004): 45.

我們也相信，建立連繫科學文化與人文文化之間的橋樑同樣重要。
我們希望通識教育基礎課程可以帶領我們在「幫助年輕人學會為自己
發聲，並尊重別人的聲音」，以此培養「善於思考、有潛在創造力的
世界公民」的目標上更進一步。[15] 我期望各位信賴人文素養的讀者，
能在閱讀本書時經歷一趟以經典作為思考啟發、連結自身與他者的
價值反思旅程。

---

[15]　Nussbaum, "Liberal Education and Global Community," p. 44.

編者的話

　　香港中文大學自創校以來，一直重視通識教育，更是亞洲地區推動經典為本通識教育課程的先行者。自2012年開始，中文大學通識教育部在大學全面推行的「通識教育基礎課程」（General Education Foundation Programme），讓所有本科學生不分科系閱讀人文科學與自然科學的經典。數年以來，課程在校內的發展已經穩定，學生整體反應正面，口碑漸見，教師團隊亦累積了一些對經典教育的想法，遂有意再進一步向外分享人文經典通識教育的理念。本書的出版，可以說是香港中文大學對基礎課程的階段整理，亦是我們對於通識教育的一份承擔。

　　書名《字裏人間》，啟發自山田洋次執導的同名日本電影。電影改編三浦紫苑的原著小說，描述男主角編纂字典的刻苦歷程，洋溢著對文字的熱愛和執著，寄寓人間溫情。本書借用「字裏人間」為名，卻無意將編字典與讀經典直接類比——我們既沒有追本溯源的欲望，也不認為文字的意義應該由某本「聖典」定於一尊。換言之，經典教育並非在「字裏行間」窺見「微言大義」。我們的通識教育基礎課程相信文字或文本是開放的，隨著時代處境而有嶄新的意義。所謂「字裏人間」，我們想帶出經典閱讀是一趟從文字出發、走向共同探究（communal inquiry）的知性與價值實踐旅程。這種「字裏」與「人

間」的互動，表明當代的經典教育必然是一個文字與社群相互創造的過程。

　　本書的編輯理念與基礎課程相關，而又另有新意。在基礎課程中，觸及人文經典教育的是「與人文對話」一課。課程以東西人文經典為本，輔以各式人文主題，探討美好人生與理想社會的理想形態。本書承襲課程的基本理念：以經典為中心的通識教育深具意義，人文經典牽繫我們當代生活的核心價值。在這個基礎上，本書比起基礎課程更著重呈現人文經典與當代價值問題的關聯，展示我們如何透過經典處理一些重要的人文議題，例如情感、理性、盼望、苦難、公義等。我們的編纂目標很清晰：不是經典引介，也不是課程回顧，而是直接以經典介入議題，透過研讀經典引發讀者思考美好人生與理想社會的條件、規範和準則，藉此體現經典為本的通識教育意念。最理想的情況，是讀者能夠體驗到這種將經典與人文價值問題連結的問題意識，培育一種通古今（經典）、辨是非（價值）的能力，重新審視一己生命與時代關懷。

　　本書分為四個部分。第一部分綜論通識教育與人文經典的關係，從價值教育、詮釋方法及情感培養的角度，分析經典為本的通識教育方針。第二部分探討自我問題，從柏拉圖對話錄、《論語》、《莊子》剖析我們如何透過建立自身的能力——理性、情感、自由——締造美好人生。第三部分圍繞信仰與生命，從佛教、基督教、伊斯蘭教的角度，論述人們如何在各種存在狀態中回應盼望、苦難、和平的意涵，並連結至死亡與超越性的討論之中。第四部分轉向社會政治領域，藉著盧梭、亞當・斯密、海耶克、馬克思的著述，討論政權認受性、自由市場及勞動正義等社會公義問題，探索理想社會的形態乃至實踐的可能性。

　　除了上述的四個部分，本書的「序」與「附錄」一前一後、扼要地勾勒了中大經典教育的理念。綜觀全書，輯錄文章大多透過經典直

接介入議題，較少闡述中大通識基礎課程的內容。我們慶幸現任中文大學通識教育部主任梁美儀教授為本書賜序，序文詳細闡釋中大通識教育及人文經典教育的理念，為讀者踏入經典的價值思辨旅程樹立了座標。我們亦慶幸前任中文大學通識教育部主任張燦輝教授接受我們的訪問，憶述「與人文對話」和「與自然對話」的緣起，為本書補充了珍貴的歷史片段。兩位主任向我們示範了如何將抽象的理念具體地落實於中大，若然讀者能夠多理解中大的通識教育，必然更能認識人文經典的價值轉化效能。

在此我們要向各方友好致謝。首先是行政上的支援。本書得以出版，實有賴梁美儀教授的鼎力支持與趙茱莉博士的協助。我們亦感謝中大鄭承峰通識教育研究中心的林綺琪小姐，幫忙處理編務。其次是每一位供稿的作者。一眾作者雖然術業各有專攻，包括文學、哲學、宗教、政治學等不同學科，但是在經典教育上卻有著同樣的信念與堅持——相信透過學習原典可以訓練批判思考，乃至實現價值轉化。同時，作者大部分是通識教育基礎課程「與人文對話」的老師，我們非常感謝他們在繁忙的教學工作下，仍然樂意參與撰寫本書。另外，我們亦要向任教另一科基礎課程「與自然對話」的諸位老師致意，縱然「與人文對話」和「與自然對話」分屬於兩個教學團隊，卻又合作無間，本書可以視為兩個團隊砥礪下的成果。此外，本書的封面由曾修讀「與人文對話」的中大舊生葉采鑫設計，亦展示了人文經典教育的傳承與轉化。最後，我們要感謝香港中文大學出版社的編輯與設計同事在本書的出版過程中的專業協助。

本書以學術規格撰寫，卻也適合對人文經典有興趣的一般讀者。如果你對大學通識教育感興趣，我們希望你可以體驗香港中文大學這幾年間的學術成果。如果你對生命、道德、苦難、公義等議題有困惑，我們希望與你共同思考美好人生與理想社會的圖像。

歡迎踏上這趟以經典為本的通識教育之旅。

第一部分

綜論：人文經典教育

引 言

人文經典教育是當代大學通識教育實踐的一個重要傳統。隨著時代演變，這套傳統多少出現變化，箇中轉變顯示了通識教育理念的更迭。理解這些轉變，有助我們理解人文經典教育的關鍵爭論。

早期美國大學的本科課程皆不設主修科，學生在整個大學課程就是學習重要西方典籍。隨著社會發展，專業分工需要知識的分層化，大學教育開始劃分主修科，經典的學習遂編入通識教育核心課程（core curriculum），成為不同主修科皆共同修讀的大學本科課程。然而，近年的大學通識教育崇尚知識廣博，學制走向「分佈模式」（distribution model），主張學生於不同知識範疇選修科目。核心課程不再是大學通識的必然選項，經典教育也不再佔主導地位。在當今的商業社會，人文經典教育被視為不設實際。有論者甚至認為經典教育宣揚保守主義價值，其文化威權形式與當代價值多元主義（value pluralism）的世界觀並不吻合。

在這個背景下，第一部分的三篇文章分別從價值多元、文本屬性、情感教育三個不同角度，捍衛人文經典教育的價值。三篇文章同時回應了人文經典教育的定位、效能及價值爭議，有助讀者了解「經典」此一元素在當代社會的教育意義。

第一篇文章〈人文經典教育與價值實踐〉解釋人文經典教育牽涉到什麼樣的價值爭議。作者梁卓恒、高莘回顧了人文經典教育的發展歷程，指出在文化多元的現代社會中，經典教育不能因循古典式的微言大義詮釋，亦不應視文本為正典（canon）。人文經典教育不在於複製古典人格，而著重於透過文本培養心智、促進思想交流和增強溝通技巧等需求，孕育具洞察力和理解力的民主公民，而這必然是一種價值實踐，故有需要論證一套適合當代人文精神的理想人格

作教育基礎，讓人文經典教育有一套當代的教育理論作教學實踐的價值支柱。

第二篇文章〈中介物與扣連 —— 從文化研究看人文經典教育〉以文化研究（cultural studies）的角度，重新審視經典閱讀與文學批評的既有張力。作者李祖喬主張應該區分「人文經典」與「精英文化」。文化研究雖然批評精英文化，卻不必然敵視經典閱讀，因為經典可以擔當「中介物」角色，讓我們了解社會中各群體的相互交往。從文化研究的視角閱讀人文經典，可以解放那些已被固定化了某種意義的文本，並將文本放在更廣闊的脈絡，呈現不同人在不同時空對文本的運用及其影響，繼而說明文本與現象的統一性其實是在特定條件下所成就的。因此，透過不同的文化實踐，可重新想像文本與現實的關聯，開創更多理解美好人生的可能性。

第三篇文章是〈動情的人文 —— 論情感在人文教育中的作用〉，作者鄭威鵬、梁卓恒從人文教育傳統出發，說明經典教育培養情感素養的功能。人文經典教育強調啟發自我，而理性與情感乃係自我育成的核心元素。因此，當代的人文經典教育不應偏於理念的宣導，還應注重情感的培育，畢竟同理心也是人性的重要一環。何況理性與情感並非截然二分，情感對於道德價值的認知是構成性的（constitutive），有助具體化道德判斷的脈絡，並促進道德實踐。在現今價值教育的困境下，香港中文大學的核心課程融匯理念宣導與情感作育，正是東亞地區通識教育的指標性例子。

總括而言，第一部分的文章綜論人文經典教育的背景、功能及倫理爭議，探討大學通識教育與人文經典的關聯，亦側面論及經典如何有助反思人生與社會的價值議題，讓經典文本在當代的價值處境中尋找合適的定位。

人文經典教育與價值實踐

梁卓恒、高莘

　　通識教育 (general education) 作為一種高等教育的課程設置和對
歐洲博雅教育／自由教育 (liberal education) 的認同與追隨，[1] 二十世紀
初於美國發端之時，已展現出不同的模式，其中芝加哥大學和哥倫
比亞大學等大學發展出的經典閱讀課程，是沿襲至今的通識教育模
式之一。本文嘗試透過梳理美國閱讀經典的通識教育模式的歷史，
來討論這一通識教育模式與價值教育之間的關係，即閱讀經典的通
識教育，在當代處境中如何展示價值教育的內涵。

一、人文經典與通識教育

　　大學為何要有通識教育？理解通識教育及其模式，往往與理解
何為大學密切相關，這個問題在二十世紀上半葉，芝加哥大學校長
赫欽斯 (R. M. Hutchins) 的通識教育課程設置理念中尤為明顯。首

---

[1]　有趣的是，雖然關於通識教育 (general education) 和博雅教育／自由教育
(liberal education) 之間的關係意見紛紜，但不少學校在闡釋其通識教育
目標時，經常將其指向博雅教育／自由教育，例如哈佛大學、芝加哥大
學、哥倫比亞大學等。

先，在赫欽斯看來，大學並非一個職業培訓的場所。這一論點並不
新奇，「有用」、「無用」，以及何為「有用」、何為「無用」，可以說是
近代大學形成伊始至今，圍繞「大學為何」的一個頗為永恒的爭論。
對於這個問題，赫欽斯提出了一個似乎難以否認的質疑：如果大學
以職業培訓、教授專業知識為目標，那麼似乎並不需要存在「大學」
這一種場所。因為，分類詳細的不同專業之間如果僅是各自為政，
就會導致大學缺乏共同的精神文化基礎，那麼還要大學來做什麼？
成立獨立的職業學院就可以滿足需求。因此，大學的存在就是需要
一種共同的精神文化基礎，而通識教育恰恰就是讓不同專業的人在
大學中接受「共同的心智訓練」(common intellectual training)，成就
這一共同的精神文化基礎。[2] 赫欽斯認為，教育的目的之一旨在彰顯
我們共同的人性，而不是放縱我們的個性。[3] 他相信共同的人性以及
真理在「任何時代和地方都是一致的」，至於存在於地方習慣、風俗
及行政機構等方面的差異只是細節。因此，教育一個人在特定的時
期和地方生活，或培養他們適應特定環境的觀點，是有悖於真正的
教育理念。[4] 不難看出，赫欽斯將通識教育視為跨越單一學科視域限
制的方法，更視之為大學之本 ——「沒有通識教育，對於大學，我
們就無從談起」。[5]

　　通識教育為何要閱讀經典？雖為經典閱讀的倡導者，赫欽斯並
不認為閱讀經典是通識教育的全部，[6] 但他對閱讀經典的倡導卻是不

---

[2]　Robert M. Hutchins, *The Higher Learning in America* (New Haven: Yale University Press, 1936), p. 59.

[3]　See "Liberal Education," in Robert M. Hutchins, *The Conflict in Education in a Democratic Society* (New York: Harper, 1953).

[4]　Hutchins, *The Higher Learning in America*, p. 66.

[5]　Hutchins, *The Higher Learning in America*, p. 57.

[6]　Hutchins, *The Higher Learning in America*, p. 74.

遺餘力的。赫欽斯堅持認為，以閱讀經典為代表的「永恆的學習」
（permanent studies）應該是通識教育的核心，因為缺乏對名著的理
解，就不能了解任何學科、不可能理解當今的世界。[7] 經典之所以為
經典，就是因為其中討論的問題對人類社會來說頗為永恆，而且在
任何時期都有現實意義。赫欽斯借劍橋大學三一學院院長威廉·休
厄爾（William Whewell, 1794–1866）的觀點認為，大學為追求真理的
場所，而如果「人類心智方面的進步是從真理到真理，那麼新的真理
一定是基於舊有真理才得以被發現。教育所包含的進步研究必須基
於它必然包括的永恆學習的基礎之上」，以經典閱讀為內容的永恆學
習就是教育的基礎。這種共同的學習在赫欽斯看來，對專業學習的
準備亦是有利的。[8] 這就是赫欽斯認為通識教育應該圍繞閱讀、寫作
和討論經典的緣由所在。閱讀經典的通識教育，對於赫欽斯來說，
並不僅僅是一種課程設置，更是代表了他的大學理念。雖然神學之
於中世紀歐洲大學的地位、形而上學之於希臘人的統一地位已然逝
去，赫欽斯在哀歎當下大學缺乏統一的無序狀態時，將解決的目光
投向了閱讀經典的通識教育。旨在探索共同的人性、建構共同的精
神文化基礎的名著計劃，是赫欽斯認為能夠克制大學的無序狀態以
及職業教育導向和功利主義的利器，能夠使大學成為真正的學問中
心，成為追求智慧、真理以及創造性思想的發源地。[9]

　　對於閱讀經典的價值，與赫欽斯同被認為是永恆主義（perennial-
ism）教育哲學代表者的阿德勒（M. J. Adler），更是直言不諱道：「如
果人是理性的動物，而其本性在歷史中又恆久不變，那麼無論文化

---

[7]　Hutchins, *The Higher Learning in America*, pp. 74, 79–80.

[8]　Hutchins, *The Higher Learning in America*, pp. 75–76.

[9]　See "The Higher Learning," in Hutchins, *The Higher Learning in America*, pp. 116–119.

或時代如何，每個健全的教育方案中必有某種恒久不變的特質。」[10]
但對名著 (Great books) 中講述的價值，阿德勒卻很清醒：「我們在名
著中可以發現一些基本的真理，但同時也會發現許多謬誤。」[11] 阿德
勒區分了兩種教授名著的進路，藉以說明在他心目中何為正確的教
授大學生閱讀名著的方法。阿德勒認為，教授名著有兩種方法，一
是教義的 (doctrinal)，一種是辯證的 (dialectical)。前者以里奧‧施
特勞斯 (Leo Strauss, 1899–1973) 及其弟子、其中就有艾倫‧布魯姆
(Allan Bloom) 為代表，他們的方法被阿德勒認為是錯誤的；後者則
是他自己和赫欽斯的進路。阿德勒之所以認為教義的進路不正確，
是因為他覺得這種進路試圖「讀出某一作者的作品中盡可能多的真理
而非錯誤，通常設計出一種特別的詮釋，或是揭示出作者意圖的特
殊秘密」；這種方法在阿德勒看來，或許在研究院課程還有存在的價
值，但並不適合大學生。而他和赫欽斯的進路則旨在讓大學生透過
閱讀經典去學習思考和追求真理。[12] 因此，阿德勒眼中的名著計劃，
並非向古人尋求知識，它的目標僅在於對參與者的一般啟蒙 (general
enlightenment)；甚至，名著計劃的教育目標也不在於如赫欽斯所提
出的學習西方文明，它僅僅在於理解各種偉大的想法，並在此過程
中學習如何對這些偉大的想法和議題進行批判性的閱讀和反思，這
種反思不僅在讀書期間，更是貫穿一個人的生命。[13]

---

[10] Mortimer J. Adler, "The Crisis in Contemporary Education," *The Social Frontier*, vol. V, no. 42 (February 1939): 140–145.

[11] Mortimer J. Adler, "Prologue: Great Books, Democracy, and Truth," in *Reforming Education: The Opening of the American Mind* (New York: Macmillan, 1988), p. xxvi.

[12] Adler, "Prologue," p. xxvii.

[13] Adler, "Prologue," pp. xxxi–xxxii. 雖然阿德勒在這裏區分的是兩種不同教授經典的進路，但由此聯想到的一個問題是：本科生教育、研究院教育和職業教育是否應該分割而立？在曾任普林斯頓大學和密歇根大學

此外，阿德勒更從具體培養的技能方面闡述了閱讀經典的優
點。基於名著的閱讀和討論，在阿德勒看來，首先有益於培養人的
心智，包括閱讀、思考及與人交流的技巧；其次還可以為改善洞察
力、理解力提供最好的機會，因為阿德勒認為名著包含了人的心智
賴以獲得洞察力、理解力和智慧的最好材料；甚至，名著計劃有助
於民主的孕育，因為阿德勒認為民主不僅要求公民在政治上和經濟
上是自由的人，而且也是具有自由心智的人，而名著計劃恰恰有益
於後者。[14]

赫欽斯等人推行的名著計劃，在學界引起頗為強烈的質疑，拋
開各種實際的考量，究其理念本身，如大學應提供「共同的教育」、
探索「共同的人性」、追求「共同的精神文化基礎」等，也被批評為代
表一定的意識形態或思想壟斷，或是違背學術自由及民主的精神。
著名教育學者約翰·杜威 (John Dewey) 便曾批評赫欽斯的名著計劃
假設了真理可以被掌握於經典的作者之中，並認為經典教育在民主
社會中是一種威權主義的實踐。[15] 此外，赫欽斯和阿德勒作為永恒

校長的沙派羅 (Harold T. Shapiro) 眼中，這種分割是一種有損於博雅教
育和職業教育之恰當目標的有害建議。因為博雅教育的原則是讓公民
能夠理解他們的社會、道德和職業的責任，而這三者是相互關聯而非
割裂的。詳參 Harold T. Shapiro, *A Larger Sense of Purpose: Higher Education
and Society* (Princeton, NJ: Princeton University Press, 2005), p. 89。

[14] Mortimer J. Adler, "Epilogue: Great Books, Past and Present," in *Reforming
Education*, pp. 326–328. 阿德勒認為艾倫·布魯姆對當時美國教育的批
評，是有意無意對名著計劃之於大學教育益處的視而不見。阿德勒認
為，名著計劃的優點之一即是培養具有思辨能力的良好公民，而並非
如布魯姆指責的那般。*Reforming Education: The Opening of the American
Mind* 一書的標題本身，似乎就彰顯了阿德勒的不滿。

[15] John Dewey, "President Hutchins' Proposals to Remake Higher Education," *The
Social Frontier*, vol. 3, no. 103 (1937)，另可參考但昭偉就杜威與赫欽斯觀
點的比較分析：但昭偉，〈杜威的博雅教育主張與 Hutchins 的批評〉，
《通識在線》，第 2 卷，第 11 期 (2007 年 2 月)，頁 21–22。

主義教育哲學的代表者，[16] 特別是在文化多元的處境中遇到的質疑還有：名著中是否有永恒的價值？如果我們認為不同傳統中的價值難評優劣、甚至不可讓渡時，那麼這種對永恒真理／永恒問題的資料選取，又應依據何種標準？

在狄培理（William T. de Bary）看來，經典的閱讀並非只是從過去汲取知識，而是學生直面經典中提出的問題，從而獲得心智的提升和鍛鍊道德想像力。因而從這一角度來審視名著，其真正偉大之處並非在於其本身是否完美，而是在於名著的重要品質（pivotal quality），在於名著能夠聚焦關鍵的議題，並讓心智得以各種可能的薰陶。名著的閱讀，並非告訴學生事情是如何塵埃落定，而是激起思想的火花，永遠向新的解釋開放。在這個意義上的經典閱讀，按照狄培理的理解，所指向的並非內容或經典本身，而是面對經歷時間考驗的、頗具挑戰性的資料，培養批判性反思的能力，重新審視和定義重要議題的過程和方法。[17] 此外，經典閱讀的擁護者還認為，博雅教育的最佳方式就是閱讀經典，因為學生可以由此去理解他們的社會和道德責任。名著往往代表了人類最偉大的經驗，因此應當被納入大學教育。[18]

---

[16] 這裏需要為阿德勒稍作澄清，雖然他同被列為永恒主義的教育哲學代表者，但他並不認為名著中具備永恒的真理從而需要學生去傳承，而是認為名著提出了永恒的問題（perennial questions），雖然當中會有錯誤，但這些永恒的問題值得學生去閱讀、討論。這也是在1988年史丹福大學的「柏拉圖風波」中，阿德勒反對剔除《理想國》的理據。

[17] William T. de Bary, "General Education, Multiculturalism and the Core Curriculum"，《通識教育季刊》，第3卷，第1期（1996年3月），頁5–6。

[18] Gerald Grant and David Riesman, "St. John's and the Great Books," *Change: The Magazine of Higher Learning*, vol. 6, no. 4 (1974): 28–63.

二、當代經典教育的價值爭議

如果博雅教育與我們想要維繫或邁向怎樣的社會是緊密聯繫的，那麼二十世紀美國通識教育的演變就不難理解。九十年代中期圍繞美國通識教育課程改革最大的議題是：何種經典閱讀能夠體現多元文化的價值觀？多元文化主義所關注的議題包括種族、性別、少數族裔等等。他們的論點是，既然廿一世紀已經是一個「全球村」，它必然是多元的。例如，要求黑人學生只接受西方白人的經典，對他們來說是一種霸權主義。[19] 因此美國大學的學生需要學習有關有色人種、女性和其他族群的理念和價值。1988 年，史丹福大學通識核心課程內中西方文明的閱讀書目中，不再要求學生閱讀柏拉圖的《理想國》一書，原因是柏拉圖在書中將人分成三個階級，故被認作不符合對平等主義社會的倡導。同時，這本書也受到女性主義的質疑，她們認為柏拉圖在書中表達了男尊女卑的觀點。因此，柏拉圖的《理想國》被認為不能促進種族、階級和性別之間的文化多元而遭剔除。[20] 除了上述直接起因，史丹福大學的討論之所以引起了全國範圍的參與，還與當時美國社會中對歐洲文明/西方文明以外的文明體的關注，例如亞洲文明等，還有種族問題、女性主義、精英

---

[19]　如史丹福大學黑人學生會主席 Bill King 認為，保留原有書目意味著對柏拉圖、洛克、休謨的聽眾以外的人的精神摧殘，這些書目拒絕了新生和女性同時接受休謨和印何闐（Imhotep，古埃及醫學奠基人）、盧梭和瑪麗·沃斯通克拉夫特（Mary Wollstonecraft, 1759–1797，十八世紀英國女權主義者）以開闊視野的機會。西方文明課程的現有內容充滿了希臘、歐洲和歐美文明的過時哲學，這是錯誤的，它在精神和情感上傷害了那些根本不承認它們的人。Herbert Lindenberger, *The History in Literature: On Value, Genre, Institutions* (New York: Columbia University Press, 1990), p. 151.

[20]　Jon Avery, "Plato's *Republic* in the Core Curriculum: Multiculturalism and the Canon Debate," *Journal of General Education*, vol. 44, no. 4 (1995): 234–235.

主義及政治保守派與進步主義之間的角力有關，由此使得一間大學閱讀書目的取捨問題，形成了全國範圍內關於通識教育改革的大討論。[21]

　　不難看出，二十世紀八十年代末至九十年代中美國關於通識教育的討論圍繞的問題是：經典閱讀的書目，究竟要代表怎樣的／誰的價值？它的合理性是什麼？這場討論標誌著美國通識教育中經典閱讀的光譜，從赫欽斯等人永恒主義教育理念的價值拓闊至文化多元，但究其討論根本，這場廣泛而深入的討論實際上更多是圍繞究竟什麼內容的經典文本更適合，才更能體現變化著的美國社會對文化、政治和社會的理解，而非質疑閱讀經典這一通識教育的模式。[22]而且，多元文化主義在通識教育中的反映，即以教育作為去除種族、性別偏見的方法並避免教育的精英主義路向，與此同時卻不欲取代「培養有批判性思考能力公民」這個被認為是優先的教育目標。畢竟對於學生來說，學會如何去思考（how to think），遠比思考什麼（what to think）要影響深遠得多。

　　可是，我們看到多元文化主義者所關注的仍然是具體的「閱讀什麼？」，而非「怎樣閱讀？」。他們或許會覺得，閱讀材料的選擇

---

[21]　Lindenberger, "On the Sacrality of Reading Lists: The Western Culture Debate at Stanford University," in *The History in Literature*, pp. 148–162.

[22]　九十年代中期美國學術界關於多元文化主義、通識教育和經典的討論，可參考 Laura Christian Ford, *Liberal Education and the Canon: Five Great Texts Speak to Contemporary Social Issues* (Columbia, SC: Camden House, 1994)；Lawrence W. Levine, *The Opening of the American Mind: Canons, Culture, and History* (Boston, MA: Beacon Press, 1996)；William Casement, "Some Myths about the Great Books," *The Midwest Quarterly*, vol. 36, no. 2 (Winter 1995): 203–218；Thomas J. Tomcho et al., "Great Books Curricula: What Is Being Read?," *Journal of General Education*, vol. 43, no. 2 (1994): 90–115。

除了是象徵某種典籍的權威化，在文化政治（cultural politics）層面而言是一種壓迫的教育外，文本的價值觀和社會判斷會對學生帶來深遠的影響。此見解可以解釋為何《理想國》是需要被剔除的書目，多元文化主義者顯然對批判地理解文本能克服保守觀點的負面影響抱懷疑態度。在這場重要的論爭中，我們看到經典文本通識教育面臨的質疑，大致上來自多元文化主義對正典（canon）的認受性的批判：究竟誰應該有權力決定何為經典？延伸的論爭涉及名著計劃所蘊含的家長主義（paternalism）意識：經典文本這種課程設置多少暗示了書目的權威性，能夠躋身經典行列的往往是西方主流文化中認可的重要典籍，暫且不論這些文本在課堂中如何被演繹，經典課程這設置本身已預設了某種教學的理想必然要經歷（特定的）經典閱讀、教授、詮釋才能夠有效達致。[23] 這種將經典置放在知識獲取的必要途徑上的教育觀，曾遭受進步主義教育思潮的擁戴者抨擊，而是次論爭亦可說間接地引申出其後多所美國大學的通識教育課程改革。

然而時至廿一世紀，在新自由主義（neo-liberalism）帶動下，管理主義（managerialism）主導高等教育界，學界普遍彌漫著比以往更嚴重的功利主義心態，學院資源和生員愈來愈往職前教育科系傾斜。通識教育縱然仍能於大學裏覓得一席之地，事實上博雅教育亦不再是所有大學皆擁戴的教育理想。我們可以預期在某些院校，通識教育課程可能會演變為培養商業社會認可的共通能力（generic skills）如論辯技能、社交技巧、語文能力、電腦應用等，而非博雅教育推崇

---

[23] Marry Louise Pratt, "Humanities for the Future: Reflections on the Western Culture Debate at Stanford," in *The Politics of Liberal Education*, ed. Darryl J. Gless and Barbara Herrnstein Smith (Durham and London: Duke University Press, 1992), pp. 13–32.

的心靈的薰陶與人文素養的培育。[24] 通識教育主張的共同學習經歷，亦有可能慢慢被重新定義，學生可能被要求預先熟習資本主義社會的運作，核心課程或許換成關於金融財務、市場策劃、商貿往來、信息流通等的綜合課程。在人文學科普遍被邊緣化的大環境下，無論在美國或東亞，經典閱讀不再是不被質疑的通識教育模式。隨著時代發展，通識教育演變為一種形式上的課程設置，它的課程內容是否以博雅教育精神為本，卻取決於院校的自身選擇。

相比以往的時代，經典教育更需要完備的論證，我們需要直接面對經典教育核心課程的倫理議題之餘，亦應該清楚闡述經典為本的通識教育在生命教育、價值教育及公民教育中的位置，從而論證在大學推行經典教育在價值上是可欲的 (desirable)。經典教育必須與其他的通識教育辦學理念作價值競逐，而對經典教育的不同教學詮釋則代表不同的價值追求和實踐，足以影響經典教育的認受性。人文經典為本的通識教育本身無可避免是價值教育。我們須了解，其實所有教育活動無論從課程、制度、政策層面看，都難免指向一些價值目的。微小至一節課堂，重大至一國之教育政策，均嘗試孕育、甚至形塑人的思想和價值。因此教育總是預設了一種理想人格 (conception of the person)，整合了社會期許的德性、價值觀和文化素養。這可能是嚮往自由並尊重平等價值的公民，也可能是從文化層

---

[24] 自廿一世紀以來，尤其是最近十年，通識教育面臨嚴重的挑戰。舉例說，美國的大學及書院的通識教育課程有逐漸萎縮的傾向，核心文本課程首當其衝，詳情可參考美國通識及博雅教育學會 (Association for General and Liberal Studies) 網頁的有關報告。另外，東亞的情況則有所不同，通識教育的發展在香港、台灣、中國大陸及日本等地相對蓬勃，整體狀況可參考 Xing Jun, Ng Pak-sheung, and Cheung Chunyan (eds.), *General Education and the Development of Global Citizenship in Hong Kong, Taiwan and Mainland China* (Oxon; New York: Routledge, 2013)；陳幼慧編著，《通識最前線：博雅與書院教育人才培育圖像》(台北：政大出版社，2013)。

面出發像哈佛大學提倡培養「成為有教養的人」(civilized person)，亦可能弱化到商界所標榜的具備共通能力的人。即是說，我們想學生成為怎樣的人？經典教育的課程論證和價值實踐，最後均須觸及一種可欲的理想人格之追求。

故此，無論是崇尚教義式閱讀的古典主義者施特勞斯，還是比較開明的永恒論者阿德勒，甚或強調與經典作批判性對話的狄培理，背後皆有對經典教育所寄託的價值理想。這些價值追求各自對博雅教育理想有不同的傳承和更新，透過審視它們的立場，可以幫助我們理解判斷經典教育是否可取的不同依據。一般來說，博雅教育強調的心靈和人文素養孕育，需要透過獲取一些能構成人類美好生活的知識而達致。這些知識不提倡外在價值 (external values)，不著重實際利益的經營，它強調智性活動的追求與美好人生的聯繫。但從具體的學習情況來說，博雅教育在不同的時空卻有特定的指涉對象，當中尤以經典作為主要的學習內容，成就了西方教育的傳統。[25] 換句話說，美好人生必然包含一些重要的內在價值 (intrinsic values)，傳統上對博雅教育的擁護者來說，經典教育是重要的媒介來煥發具體的價值學習和倫理實踐。

---

[25] 如果我們不將 liberal education 和 liberal arts education 作具體區分，皆視為博雅教育理念的話，可看到自古希臘開始至羅馬時期，均有特定學科內容，從文法、邏輯、修辭，發展到中古時期的自由七藝。博雅教育在歷史上通常都有具體的學習內容，當代教育哲學家仍然沿用這種理解，並嘗試列舉博雅教育/自由教育的具體學科內容及科目分類。關於西方人文主義教育的概念史，可參考 Craig Kallendorf, "Humanism," in R. Curren (ed.), *A Companion to The Philosophy of Education* (Malden; Oxford; Melbourne; Berlin: Blackwell Publishing, 2003), pp. 62–72。至於當代自由教育的哲學討論，可參考 Paul Hirst, "Liberal Education and the Nature of Knowledge," in *The Philosophy of Education*, ed. R. S. Peters (Oxford: Oxford University Press, 1973), pp. 87–111。

三、怎樣閱讀？經典教育的價值實踐

就前述不同經典教育主張中的價值差異，最為關鍵的是對「自由」的詮釋的爭論。我們可以從多元文化主義者的批評中看到，關乎於「閱讀什麼？」的爭議正是一種從捍衛自由的角度出發的抨擊，除了控訴白人／歐洲中心主義的意識形態壓迫外，亦反對家長主義對價值與美好生活的壟斷性界定。不同的經典教育方案對博雅教育的精神有不同的見解，對自由問題亦各有回應。大抵而言，它們爭論著：何謂博雅教育的首要價值 (first value)？究竟是培養智性 (intellectual virtues) 的發展，還是促進個體自由 (individual freedom)？兩者之間存在著張力。

對古典主義者來説，經典教育是近乎唯一的課程設置去實現博雅教育精神。施特勞斯與門徒秉持嚴格的正典概念，認為研讀經典可以培養一個人的智性修養，因為經典蘊含了一些偉大心靈 (great minds) 的思考結晶。他們透過微言大義式的閱讀詮釋，試圖讀出某一作者的作品中盡可能多的真理。如布魯姆所言，閱讀這些西方文明的巨著是對真理的純粹愛慕 (the pure love of truth)，符合博雅教育傳統對美好價值的定義。[26]古典主義者認為美好的人生價值是客觀且永恒的，世俗化的現代社會卻讓人們失去對追求真理和智性生活的熱忱，多元文化的價值處境令大眾精神面貌空洞，欠缺對美好事

---

[26]　關於布魯姆對經典教育及大學通識教育的觀點，可參考他的有名著作：Allan Bloom, *The Closing of the American Mind: How Higher Education Has Failed Democracy and Impoverished the Souls of Today's Students* (New York: Simon & Schuster, 1987)。亦可參考他晚期的一篇文章，論及他對批評者的回應：Allan Bloom, "Diversity, Canons, and Cultures," in *America, the West, and Liberal Education*, ed. Ralph C. Hancock (Lanham; Oxford: Rowman & Littlefield Publishers, 1999), pp. 35–54。

物的判斷能力，甚至導致道德價值的分崩離析。因此，古典主義者
崇尚從經典研讀中尋求真理、重塑價值生活及培養智性品質。鑑於
其教義式的經典詮釋預設了特定的價值真理，自由人的培養應著重
對真善美的特定追求，經典教育的責任就是塑造具智性修養的高貴
氣度和精英文化品位的理想人格。[27] 可以理解的是，這種經典教育
的進路最受多元文化主義者攻擊，因為它對個體自由的實踐有異於
當代價值多元的定義。

永恒主義的經典教育觀表面上與古典主義者相若，然而其倡議
者之間的立場實有一些重要的差異。赫欽斯的教育主張較接近古典
主義，相信人性與真理的理解是有跨越時代和地域的普遍性，因此
他認為大學應該成就共同的精神文化基礎，閱讀經典則有效促成共
同的心智訓練。誠然，這種對德性與真理的看法，造就了傾向以本
質論 (essentialist) 的角度來詮釋人性和知識，認為理想人格的實踐需
要依照特定的人性本質來教化，甚至對人性和知識有形而上的假設。
阿德勒也認同人性有不變的特質，但他對為何要閱讀經典的具體解
釋，卻不在於審視經典的秘密意圖或隱藏其中的真理。他提倡的一
般啟蒙，重點不在於經典所論的觀點是否正確，而著重於我們可以
藉一些偉大作品，就共同人性所面對的重大問題進行思考與批判，
名著是呈現這些人生議題的良好參考範例。阿德勒等永恒主義者雖
然認為人性有一些共同特質，或有一些永恒的問題（如「何謂幸福人
生和理想社會？」）需要面對，但不必然主張有跨時空的標準答案潛

---

[27] 施特勞斯學派認為自由教育是為精英而設的教育，免除民主制度受限
於反智的大眾文化，因此自由教育提倡向歷史上的偉大心靈學習、閱
讀偉大名著以培養貴族氣質和人性的優異。可參考施特勞斯的演講文
稿：Leo Strauss, "What is Liberal Education?" (An address delivered for the
Basic Program of Liberal Education for Adults, University of Chicago, June 6,
1959)。

藏於經典之中。因此，名著書目的選擇容許較大的彈性，選取準則顧及培養心智、促進思想交流和增強溝通技巧等需求，閱讀經典最終是要培養具洞察力和理解力的民主公民，並非要複製美好的古典人格。[28] 這樣看來，阿德勒的永恒主義不只從「閱讀什麼？」出發思考經典教育，他將問題意識稍稍轉移至「怎樣閱讀？」，嘗試就智性培養和促進個體自由之間作出平衡，在培養共同的價值關懷的同時，亦對促進個體自由這命題有較為接近現代多元文化社會的倫理解說。

由此可見，多元文化主義在二十世紀末期對經典教育提出的倫理質疑，有助經典教育倡議者澄清自身理念，並對具悠久傳統的博雅教育進行價值重估，以應對自由民主社會對實踐多元文化價值的期盼。多元文化主義者的挑戰，可說是為經典教育及博雅教育帶來反思及轉化自身理論於現今社會的契機。在這意義下，狄培理在整合經典教育時的總結，可說是最符合多元文化價值的挑戰。在回應自由議題和判斷「閱讀什麼？」、「怎樣閱讀？」的論據時，狄培理著重的是經典的品質，強調與經典就幸福人生等議題的批判性對話。這種經典教育觀並沒有界定美好人生 (conception of the good life) 的具體價值內容，旨在培養學生認識人生價值所需的基本道德能力。

四、經典教育與人文素養育成

在回應經典教育在自由民主社會的倫理爭議時 (如家長主義、價值灌輸、意識形態壓迫等)，我們不應將討論聚焦為經典教育的學派之爭，亦不應簡單地將爭議看成是與多元文化主義的價值爭奪，

---

[28] Adler, *Reforming Education*; Mortimer J. Adler, *How to Think About the Great Ideas: From the Great Books of Western Civilization*, ed. Max Weismann (Open Court, 2000).

畢竟相關的論爭並未從根本上質疑經典教育作為一種課程實踐形式。從多元價值的觀點看，固然不主張經典教育對理想人格賦予整全性（comprehensive）的價值系譜，以免妨礙學生發展自主個性。[29]但另一方面，若將名著看成是有助理解幸福人生與理想社會的批判性閱讀材料，同時卻想像經典課程不會就美好人生、德性培養、文化品味等作價值傳輸，又或認為課程應對所有價值判斷持相對主義的立場，皆是不恰當的預設。

在多元文化的社會實踐經典教育、促進個體自由這大前提，並不意味著教師要捨棄培養學生的智性品質和精神面貌，亦不須將價值傳播視為課堂禁忌，重點在於討論價值議題時應秉持開放態度，盡量提供不同的素材及觀點，讓學生有足夠的思考空間，不宜進行價值灌輸。[30]假如經典教育放棄對道德價值和美好生活作出說明，這無疑會掏空其價值內涵，讓人文價值淺薄化。經典課程不可過度迴避智性和德性培養的追求，只從形式上肯定個體自由，卻欠缺培養個體實踐自由所需要的識見、品性與道德能力。多元文化主義鼓勵的理想人格，不是在價值虛無處境上運作的選擇者，而是對人類文明有基本認知、對自身與他者生命有關懷，並理解自身的社會和

---

[29] 根據哲學家羅爾斯（John Rawls）的說法，所謂整全性的價值系譜是指那些能夠賦予個體統整的生命意義、人生方向、道德與倫理判準的系統性價值範式，例如宗教便是一例。整全性學說（comprehensive doctrine）旨在觸及生活的所有向度（包括公共及私人領域）的價值判斷，從而界定一個人的人生意義（conception of the good），較詳細的哲學論證可參考 John Rawls, *Justice as Fairness: A Restatement*, ed. Erin Kelly (Cambridge; London: The Belknap Press of Harvard University Press, 2003)。

[30] 價值灌輸是教育哲學研究的重要議題，相關的經典討論可參考：I. A. Snook, *Indoctrination and Education* (London: Routledge and Kegan Paul, 1972)；與 J. P. White, "Indoctrination," in *The Concept of Education*, ed. R. S. Peters (London: Routledge and Kegan Paul), pp. 177–191。

道德責任的自由人。人文經典教育不必然需要成就一個比較薄弱的
道德人觀念（moral conception of person）的教育哲學預設，在本質論
的人性詮釋與價值虛無主義（nihilism）之間，理應有一個恰當的對人
的道德理解，作為討論美好人生與理想社會的共同起點。[31]

　　經典教育所重視的人文精神，並非與多元文化價值存在必然的
矛盾。在尊重不同的歷史文化背景之下，我們仍可肯定對他人的關
愛、對異見的寬容、對大自然的珍視、對公義的渴求等。不同文化
縱然對宗教倫理規範等整全性價值系統有不同的堅持，我們對美好
福祉與理想社會形態或許見解迥異，但仍可以從中探索共同珍重的
人文品性，作為培養世界公民的基礎。[32]人文經典教育作為一種價
值教育的課程實踐，並非水過不留痕，卻必然會影響學生的價值觀。
經典教育應尋找其恰當的價值定位，為欲培養的理想人格提出充足
的論證，以符合多元文化價值的要求，而非讓出對自由的倫理價值
定義。

　　人文經典教育的認受性，源於對美好人生與理想社會所期許的
人文素質。換言之，在迴避界定美好人生的具體內容這前提下，人

---

[31]　從教育理論的觀點看，價值教育需要假定某種道德人格，作為道德主
　　體（moral agency）的實踐依據，然而這預設不必然是採用整全性價值的
　　或化約道德真理式的道德人格說明，另一方面亦不可能是否定一切價
　　值立場的虛無主義。

[32]　世界主義（cosmopolitanism）有不同的學派，各有不同的關注，通常分文
　　化與政治層面。如當代論者Appiah較重視在文化多元的前提下尋找人
　　類的共同特徵（common human possession），從而視世界為一道德群體，
　　他從藝術與文學角度出發，說明人的情感可引領我們對陌生者寬容和
　　善，可參考Kwame Anthony Appiah, *The Cosmopolitanism: Ethics in a World of
　　Strangers* (London: Allen Lane, 2006)。另一種世界主義則從政治理論出
　　發，從政治平等與國家主權的角度切入，討論世界主義的可行性，可
　　參考Seyla Benhabib, *Another Cosmopolitanism*, ed. Robert Post (Oxford; New
　　York: Oxford University Press, 2006)。

文經典教育仍須提倡一種理想人格，說明人之品性、價值與情感領域的追求，論說自由的實踐方向，並將之與其他的觀念系統競逐，以回應當前時代的議題與困境。例如在重新詮釋智性修養、文化精神孕育、促進個體自由等博雅教育基本觀念時，如瑪莎‧納斯邦（Martha C. Nussbaum）所言，經典教育及自由教育的倡議者，無論是古典主義或永恒主義的陣營，均須留意新自由主義對高等教育的價值衝擊，才是博雅教育理想在廿一世紀的最大威脅。[33] 新自由主義是從根本上反對博雅教育精神，它秉持高度個體化的自由觀，推崇形式上的個體自由，強調個體的責任之餘，卻不重視人與人彼此間的道德關聯，並不主張對自由的內涵作具體的道德價值說明。新自由主義認為自由選擇本身便是最重要的價值目的，故此（技藝式的）共通能力培養對新自由主義來說是至為關鍵的教育目標，這種對「自由」的理解與經典教育論者想法大相徑庭。經典教育固然不反對「自由選擇」，但卻對具自主意識的理想人格有所堅持。這是肯定人的自主性、遵守相互尊重平等原則、具同理心、懂憐憫、關顧他者的苦難、有勇氣追求理想、與人為善、肯定與他人的共存關係等價值理想，皆是實踐有意義的人生選擇的必要條件，經典教育主張的實踐自由的能力，不滿足於逢迎生存技藝的共通能力，更指向能達致心靈育成、建立意義世界並有效對社會制度作批判性思辨的人文素養。

　　人文經典教育在大學教育的場域中，可擔當傳播人文價值的角色，提供了實踐價值教育的選項，而且如阿德勒等永恒主義者主張的那樣，共同的學習經驗是對於功利主義思想以及專業分隔的大學現狀的良好制衡，因為任何關心教育的人，似乎都無法接受只將大學視為職業培訓工場這種對大學本身降格辱志的理解。同時，在學

---

[33]　Martha C. Nussbaum, *Cultivating Humanity: A Classical Defense of Reform in Liberal Education* (Cambridge, MA; London: Harvard University Press, 1997).

習經典的過程中，文本自身的價值和不同文本之間的價值張力，亦是觸動同學心靈、引發他們進行切身思考的契點。按照博雅教育的經典倡導者紐曼樞機主教（John Henry Newman, 1801–1890），大學本應就是來自不同地方的人撤除實用主義的狹隘視域、一起學習「普遍知識」（universal knowledge）的場所。[34] 來自不同地方、不同專業的同學，透過對經典的閱讀和討論而建立的共同學習經驗，成就對多元價值的思索，也可以說是對紐曼的博雅教育理想在當下的一種呼應。

延伸閱讀

- Robert M. Hutchins, *The Higher Learning in America*. New Haven: Yale University Press, 1936.

  赫欽斯是永恒主義教育的代表者之一，在其論述通識教育理念的《美國高等教育》一書中，主張通識教育要閱讀經典，皆因歷經時代洗禮的經典文本中包含了人類共同的人性和真理，可以為大學教育提供共同的精神文化基礎。

- Werner Jaeger, *Paideia: The Ideals of Greek Culture*, Vol. 1. New York: Oxford University Press, 1986.

  古希臘人最先認識到，教育是指將人有意培養成與絕對完美事物一致的方法，他們認為教育意味著人類所有的努力，是個體和社群存在的最終理由。古典學家耶格爾以 *paideia* 作為研究古希臘文化的主旨，他認為 *paideia* 跨越了政治、文化、宗教，成為聯結和理解希臘文化的紐帶。

---

[34] John Henry Newman, ed. Frank M. Turner, *The Idea of a University* (New Haven: Yale University Press, 1996), p. 4.

- Martha C. Nussbaum, *Cultivating Humanity: A Classical Defense of Reform in Liberal Education*. Cambridge, MA; London: Harvard University Press, 1997.

  納斯邦指出博雅教育在於涵育人性，培養學生擁有批判自省的能力，能夠代入他者的角度，具同理心和想像力，最終成為世界公民。本書嘗試為當代博雅教育的轉化提出論證。

中介物與扣連

從文化研究看人文經典教育

李祖喬

人文經典教育與文化研究似乎有很大差異。在經典教育裏，學生細閱古人的文字，感受文化傳統的連續性；文化研究卻傾向關注新的文化現象，強調文化的差異與斷裂。經典教育的焦點主要在少數被視為大文豪或大哲人所書寫的文本，認為它們蘊藏了人類文明的核心價值，呈現了全人類共同分享的嚴肅問題；文化研究者更關心差異，認為社會上所有元素（從文字影像、機器、儀式到日常生活的實踐）都會產生意義和模塑價值，而且它們縱橫交錯，需要梳理它們的關係和張力。兩個領域是否必然互不相干？有良性互動的空間嗎？

以上的問題，於2015年的暑假在我腦中冒起。當時我有幸在香港中文大學的大學通識教育部當兼任講師，準備任教基礎課程「與人文對話」——它是全校所有本科生的必修科，不同主修的學生每星期都會一起上課，選讀包括《論語》、《聖經》和《國富論》等人文學的經典文本。我從本科到研究院，一直都在文化研究的領域裏學習。故此，在備課和教學時，我常常思考人文經典教育和文化研究的關係，希望兩者建立出互補而非對立的良性互動。在傳播及教授人文學經典的過程裏，文化研究有何角色？經典教育又如何標示出文化研究的可能與限制？以下是個人思考、跟同事交流，和閱讀學術文獻的成果。

本文有兩部分。我會先討論文化研究者可以如何想像「人文經典」。我的看法是，文化研究者應該把「人文經典」跟「高雅文化」(high culture) 作一定區分，而非總是把兩者等同。從文化研究的視角看，人文經典可以是人們想像歷史和現實的一種中介物 (medium)，是一種使人與人得以接上和溝通的媒體，所以也是一個文化研究必須認真看待的文化領域；然後，我會解說文化研究者可以如何教人文經典。我借用「扣連」(articulation) 這文化研究的關鍵概念，展示它如何能夠幫學生開啟不同問題與討論。我會用《莊子》作為例子，也會在文章最後嘗試想像香港經典教育可行的發展方向。

一、何為經典？文化的中介物

文化研究在戰後的英國開始發展，至今半個世紀有多，在不少院校設立了學系。但什麼是文化研究？跟很多其他學科一樣，眾說紛紜。毫無疑問的是，其中一個最著名的說法，就是文化研究不認為文化有高低之別，而且往往質疑高雅、精英或被視為「經典」的文化。「文化研究」常常被理解為對傳統人文學經典的挑戰。美國哥倫比亞大學人文學教授馬卡斯 (Steven Marcus) 寫過一篇叫〈從經典到文化研究的人文學科〉("Humanities from Classics to Cultural Studies") 的文章，把美國的人文學發展理解為從「經典」轉移到「文化研究」的過程。[1] 但兩者的關係，是否必然是線性地從 A 到 B 的過渡或轉移？我認為有必要解釋清楚「文化研究」與「人文經典」之間的關係。

首先，文化研究的冒起過程，確實可以被理解為一個質疑傳統

---

[1]　Steven Marcus, "Humanities from Classics to Cultural Studies: Note toward the History of an Idea," in *Daedalus*, vol. 135, no. 2, On the Humanities (Spring 2006): 15–21.

人文經典的過程。所有文化研究者大概都知道,威廉斯(Raymond Williams)提出,文化應該是「一整套環環相扣的生活之道」(a whole way of life)。[2] 賀爾(Stuart Hall)認為,這句話回應了老一輩的文學批評家阿諾德(Matthew Arnold)的名言,即認為文化是「一流的想法和語句」(the best that has been thought and said)。[3] 文化研究者傾向認為,傳統的人文經典忽略了、或沒有好好地呈現一些生活經驗和文化實踐。當然,我們可以說,經典之所以成為經典,是因為它們以高超的書寫技藝呈現、甚至重構了人類的共同經驗。但文化研究者更重

---

[2] 在華文翻譯裏,威廉斯的 "a whole way of life" 被翻譯成「整體生活方式」、「整全的生活形態」和「生活的全部形式」。我認為「一整套環環相扣的生活之道」比較準確,原因有二:一、他用 "whole" 這個詞時,不僅僅指「整體」,更多指「不可分割性」。例如研究政治的民主,不能不同時看經濟、觀念、文藝和日常生活習性等的互動——這些東西同時存在,互相關連,構成一種 "wholeness",即「環環相扣,缺一不可」。威廉斯的意思是,不應修政治學便只研究「政治」的部分、哲學家只研究「觀念」的部分、文藝學者只研究文藝、經濟學者只看經濟,而是同時把握這些元素互動、制約、互補、矛盾等多重關係,理解一種生活形態。二、他的 "way of life" 不僅僅是指 "lifestyle",也不僅僅指日常市民生活,而是一種回應英國精英的用法。有研究指,艾略特(T. S. Eliot)才是第一個說 "culture" 是 "whole way of life" 的人,但他指的是英國上流社會的生活方式有宗教意義,可以抵抗工業資本主義,提供道德倫理上的指引。我們可以把 "way of life" 當成基督教的語言去理解,即華文基督教說的「生命之道」。威廉斯挪用了這詞,不是指宗教,而應該指倫理性的道,即有其「理」;他也不認同精英才可以提供倫理上的指引,指出工人階級的日常生活也有其理,不應看輕。所以,把 "way" 翻譯成「道」更能帶出倫理的意義,而不應用「方式」。所以,"culture is a whole way of life" 可譯為「所謂文化,是指一整套環環相扣的生活之道」。可參考 Paul Jones, *Raymond Williams' Sociology of Culture: A Critical Reconstruction* (Hampshire: Palgrave Macmillan, 2004), pp. 11–13。

[3] Stuart Hall, "The Formation of Cultural Studies," in *Cultural Studies 1983: A Theoretical History*, ed. Jennifer Daryl Slack and Lawrence Grossberg (Durham: Duke University Press, 2016), p. 33.

視的是：那些被知識和文化界人士視為「經典」的文本，跟各式群體的實際經驗有何差異，然後指出有哪些經驗被遺漏和邊緣化。比較常見的「邊緣群體」，例如一些被看輕的種族、被看輕的性別和性小眾、被看輕的階層和年齡層等。

　　從文化研究的視角去理解的教育學，也往往質疑經典。專研文化研究教育學的祖魯 (Henry Giroux) 就認為，教育學 (pedagogy) 本身應該要成為一種文化生產 (cultural production) —— 它應該讓學生有力質疑文本的正典性 (canonicity)，讓學生理解某一群特定的文本為何被呈現 (presented) 成經典，又如何被認可 (licensed) 和反覆宣揚 (made excessive)，進而讓人思考學者在生產知識的過程中包容和排斥了什麼。[4] 人文經典教育也無法避免這種質疑。例如，美國哥倫比亞大學的核心課程，常常被視為人文經典教育的模範。著名的人文學者、漢學家狄培理 (William T. de Bary) 曾經參與課程的改革；他曾經說，哥大核心課程最常遇到的批評，就是指其選定的文本是以歐洲為中心、一律由「死去的白人男性」(dead white boys) 所寫。[5] 在美國的文化戰爭裏，人文經典教育成為其中一個主要戰場，被質疑沒

---

[4]　Henry Giroux and Patrick Shannon, "Cultural Studies and Pedagogy as Performative Practice," in *Education and Cultural Studies: Toward a Performative Practice*, ed. Henry Giroux and Patrick Shannon (New York: Routledge, 1997), pp. 3–5. 類似的觀點也可見於台灣及內地學者的相關文章，如劉育忠、王慧蘭，〈當文化研究進入教育學門：以文化研究重構當代的教育學想像〉，載思想編輯委員會編，《文化研究：游與疑（思想15）》（台北：聯經，2010），頁95；金志遠，〈文化研究對教育經典的質疑〉，《學術探索》，2016年第6期，頁142–146。

[5]　狄培理並不認同哥大的課程是「歐洲中心」，他認為課程反而體現出西方的自我反省，而且他也努力替課程添上亞洲的經典文本。他對哥大課程的看法和對多元文化主義者的詳細回應，見William Theodore de Bary, "Asian Classics and Global Education," in *Confucian Tradition and Global Education*, ed. William Theodore de Bary (Hong Kong: The Chinese University Press, 2007), pp. 23–31。

有考慮其他群體的文化。[6]

可是，「人文經典」跟「文化研究」的關係並不一定對立；或者說，兩者的距離沒我們想像中遠。賀爾便指出，文化研究可以被理解為一種文學傳統的繼承與偏離，既在文學評論之內，又在其之外，即既保持細閱文本的態度，但又把閱讀對象放到更寬廣的世界。[7]賀爾舉例，文化研究其中一本開山之作 —— 賀格（Richard Hoggart）的《讀寫能力的運用》（*The Uses of Literacy*）—— 就是用文學評論的嚴謹閱讀態度出發，去分析作者自己成長的英國北部工業區的工人社區，使

---

[6] 這裏得補充兩點。第一點是，這些由不同文化群體挑戰經典的「文化戰爭」（culture war），並不能說都是由「文化研究」發起的。簡單地說，自1950 至 1960 年代起，不同的事件和思潮，使一批知識分子同時懷疑美式資本主義（認為它生產消費主義和娛樂化的大眾文化）和蘇式的黨國社會主義（認為它對人民群眾的想像過分狹窄）。這些知識分子希望重新整理一些民間的創造性實踐，找尋民間可以自理的種子，想像新的社會願景和政治形態。本文不是思想及文化史研究，故此不詳細解說。這裏引用美國的例子，意在標示美國大學的經典教育在美國的文化戰爭中要回應「類似文化研究」的思維 —— 即質疑一些西歐北美白人精英男性所選擇的「經典」。擁護正典的學者的最重要著作，是 Allan Bloom, *The Closing of the American Mind* (New York: Simon & Schuster, 1987)；如果對女性主義如何挑戰西方正典有興趣，可看 Lillian Robinson, *In the Canon's Mouth: Dispatches from the Culture Wars* (Bloomington: Indiana University Press, 1997)。第二點是，在文化戰爭裏，除了質疑經典之外，也有研究顯示，一些弱勢群體藉人文經典去改善自己的能力。美國的黑人領袖就曾經要求黑人必須接受某種版本的人文經典教育，特別是透過閱讀狄摩西尼（Demosthenes）和西塞羅（Cicero）去訓練黑人的公共演說技巧。他們認定黑人社群需要透過演說能力，才可以證明自己不是無法啟蒙的次等人，也可以參與政治。見 Margaret Malamud, "Classics as a Weapon: African Americans and the Fight for Inclusion in American Democracy," in *Classics in the Modern World: A Democratic Turn?*, ed. Lorna Hardwick and Stephen Harrison (Oxford: Oxford University Press, 2013), pp. 89–104。

[7] Hall, "The Formation of Cultural Studies," in *Cultural Studies 1983*, pp. 8–15.

一些看似庸俗和無甚意義的文本和現象，也被重新理解成有著豐富的意義，由人們深思熟慮後編織出來。

威廉斯的名句，是認為文化是「一整套環環相扣的生活之道」，也應該被更細緻地理解。威廉斯（1961）曾經闡釋過，要全面分析文化，必須同時分析三種面向：一是理念性的（ideal）、體現普世價值的面向；二是紀錄性的（documentary），例如所運用的溝通和藝術技巧；三是社會性的（social），即涉及的制度和行為。他認為，文化分析應該把社會當成是一個「環環相扣的整體」（whole）來理解各種因素的互動，不要只關注個別（particular）的因素或把它從「整體」中抽離，而是要把不同生產意義的因素和行動都放在一起考慮，梳理它們的互動關係，才算是完整的文化分析。威廉斯用的例子，並不是流行文化和青年文化，而是古希臘的經典。他說，要分析索福克勒斯（Sophocles）的《安提戈涅》（*Antigone*），就必須同時考慮其理念、藝術技巧，還有（使文本得以產生的）物質性的親屬和社會體系，而且要理解它們三者如何互動、既矛盾又互補。[8] 這裏，威廉斯沒有把「人文經典」排除在外，只是叫人不要把研究對象《安提戈涅》孤立起來，而是思考它各種面向和關係，也不要過快地認為有某些單一因素可以一槌定音地解釋文本，例如把所有現象歸因於作者的精神理念，或認為本文是其經濟基礎所完全決定。[9]

以上可見，所謂「環環相扣的生活之道」── 一句幾乎定義文化

[8]　Raymond Williams, *The Long Revolution* (Ontario: Broadview Press, 2001), p. 60.

[9]　正如荷爾所指，威廉斯比較傾向文化主義（culturalism），相對較少談經濟跟文化的互動，因為他要回應英國馬克思主義者以經濟來解釋一切的僵化理解。當然，這不代表所有文化研究者皆是如此。但在英國，文化研究的一個重要起源，實在是知識分子不滿馬克思主義者僵化地解讀戰後英國文化，特別是受美國大眾文化入侵、蘇聯黨國主義被證實極有問題，還有大量前殖民地非白人湧入英國下大受衝擊的文化。

研究的著名語句 —— 可以有兩種解釋：一方面，它指涉一種研究的
對象，是一種相對於「高雅文化」來定義、比較貼近普通民間生活的
「文化」；另一方面，它也指涉一種研究框架，提醒研究者要盡可能
包納所有存在的因素，讓研究者去努力梳理文本跟其他因素的連結
和關係，為文本給予一個完整的分析。換言之，被視為「人文經典」
的文本，不一定要被視為一種「高雅」的研究對象。除了質疑這些「高
雅的」文本無法好好呈現複雜的現實世界，我們也可以把它們視為整套
生活之道裏的其中一種中介物 —— 它被文字的生產者創造出來後，
就在人與人之間存在，被人詮釋和挪用，參與文化的塑造過程，調
節人們的不同想像，改變或延續不同的人與人（管治者與被管治者、
不同種族、性別、宗教等）、人與物、人與動植物、時間與空間等各
種政治、經濟和社會關係。

　　從文化研究角度看，文化的起源不在人文經典，而在各式各樣
的文化實踐，還有這些實踐所塑造出來的中介物；但我們也必須
承認，人文經典是文化世界裏其中一群最重要的中介物，經常被借
用去生產意義，或者介入各種生產意義的過程。哥斯伯 (Lawrence
Grossberg) 認為，最好的文化研究是一種對歷史關口 (conjuncture) 的
透徹分析，即透過知識去重新理解，並重構我們身在一個怎樣的脈
絡 (context)，從而想像應該做和不做什麼，促成更好的社會、經濟
和政治轉化。[10] 從這角度看，單單抓住經典文本的確無法使我們作
完整的脈絡分析。但如果要分析一個完整的脈絡，經典也是不能缺
席的中介物。我們毋須像馬卡斯那樣，單單視人文學為一個「文化
研究」挑戰「經典」的過程，因為文化研究從來都可以分析經典，豐
富經典的意義。

---

[10]　　Lawrence Grossberg, *Cultural Studies in the Future Tense* (Durham: Duke
University Press, 2010).

　　不過，文化的「研究」跟「教育」始終是不同的工作。文化研究者如何向學生教人文經典？這是本文第二部分要處理的問題。

二、經典教育：扣連作為方法

　　文化研究者如何教授人文經典？我找到的文化研究教育學的文獻，不少都是質疑經典，很少深入討論如何教的問題。於是，我改變了尋找文獻的方向，轉為看一些圍繞著經典來研究和教學的學者，看這些學者如何看文化研究，再嘗試回答這問題。

　　美國的古典研究 (classical studies) 學者施恩 (Seth Schein) 曾寫過一篇文章，正正是反思人文學經典和文化研究的關係。他說，古典研究大概是最不受文化研究影響的學科，但當他反思文化研究的意義時，則認為文化研究其實有古典學者可取之處。[11] 他提到，對新一代古典研究學生來說，要面對的文本早就被自己的老師和前人反覆分析過了，但文化研究卻有助開啟不同新視角與新問題，使學生即使面對一堆舊材料，卻發現古代文明的價值體系原來沒有既定想像般理所當然，而是充滿隨意性 (arbitrariness)、附隨性 (contingency) 和情境性 (circumstantiality)。[12] 他認為，這樣會使對經典的詮釋更開放，學生也會從中找到跟自己生活體驗更有關的元素，使閱讀經典的過程更有意義。雖然本文的焦點是人文經典教育而非古典研究，但是既然兩者都要求學生閱讀一些已被反覆閱讀多次的古代重要文本，我們可以從施恩的論點出發，思考文化研究式的經典教育可以

---

[11]　Seth Schein, "Cultural Studies and Classics: Contrasts and Opportunities," in *Contextualizing Classics: Ideology, Performance, Dialogue*, ed. Thomas Falkner, Nancy Felson, and David Konstan (Lanham: Rowman & Littlefield, 1999), pp. 285–300.

[12]　Schein, "Cultural Studies and Classics," pp. 296–297.

是怎樣的。[13]

施恩的評論可被如此解讀：文化研究使文本的意義改變了 ──
變得更隨意（即意義更主觀，不如想像中那麼無法動搖）、更附隨（即
感到意義不如想像中那麼自主，而是依靠一些其他條件才成立）、更
隨情境而改變（即意義不穩定和不普遍）。三者綜合來說，就是文化
研究的方法，會使人感到文本的意義並不是那麼客觀、自足和普遍。
可以說，文化研究總是質疑一些被判定（determined）或固化（fixed）
的意義。

為什麼文化研究者會如此閱讀？正如本文之前所提及，文化研
究的目的是希望盡可能為邊緣群體或民間社會描繪出人們所身處的
「關口」，思考更好的計劃去追求社會進步。把文本從被判定或固化
的意義中解放出來，其實有利於這個目的。文本並非一塊岩石 ──
不論岩石身在何方，我們用哪個角度看，它都大概有穩定的硬度和
重量；構成文本的，卻是不同人類的（運用和接收文字符號的）實踐
的總和：不單單有書寫者的書寫，還有文本的編撰者，使文本得以
流通的出版人，使文本被限制的審查者、詮釋者（讚美與批評）、教
導者、閱讀者，還有這些人背後所背負的傳統、人脈、理念、欲望，
面對的政治經濟狀態、心情、遇上的意外等。如果可以成功揭示出
不同人如何參與去塑造意義的過程，學生也就能看清楚不同人在不
同時空下，做了和沒做什麼，從而重新想像我們當下那個仿似無法
動搖的處境。看到文本的不穩定性，可以幫助我們想像自己如何面
對和改造現實。

以下，我會用《莊子》為例去加以解說這點。但在此之前，我想
先解說「扣連」這關鍵詞 ── 它是一個文化研究的主要概念，用來質

---

[13] 人文經典教育（例如香港中文大學的課程）要求所有本科生接受基礎的
人文學訓練，古典研究則是研究古代文本的專業學科。

疑任何意義的判定（determination）。英文 “articulation” 一詞，一般指
「說話」和「表達」。但在文化研究裏，這詞一般被翻譯成「扣連」，指
文本和現象的統一性（unity）只是一種不同文化實踐偶然、暫時、因
應時地黏合或「扣連」在一起的結果。它提醒我們，各種元素的關係
不必然如此，它們組合出來所產生的統一性，也只是在特定條件下
才得以出現和維持，有可能隨時隨地改變。[14] 這並不是說，人們都
有不同看法，便可以不尊重文本地任意詮釋；相反，這是最小心慎
密地理解到文本的統一性其實並不是自足的，它的意義可以是穩定
的，卻也只是在特定條件下組合起來，而且有可能會按它所處的脈
絡而重組。所以，我們要看文本如何在不同環節、被不同文化實踐
介入去構造其意義。盡力去描述文本的複雜性，捕捉和呈現它意
義演變的軌跡（trajectory），以啟發當下，而非擁抱某些既定的統一
性──它有可能阻礙我們閱讀和重新想像現實。

　　許寶強也曾經把「扣連」放到他對香港教育的思考上。他認為，
「扣連」是「理解和改造脈絡……從沒有關係或被扣連於既有中的元
素或社會力量中，重新建立新的關係」。[15] 但是，他並沒有觸及人文
經典的教育。在課堂上，我希望向學生展示出人文經典的意義並非
一成不變，而是「被扣連」（articulated）出來──學者會把文本扣連
到不同角度和概念，並生產知識。這也是對文本作一定程度的「解

---

[14]　施娜克（Jennifer Daryl Slack）說，文化研究學者為了回應那種過分約化
　　的決定論（約化到精神或物質），用過不同字眼，例如「諸多關係的聯
　　合」（combination of relations），但最後用了「扣連」一詞，以反對把事物
　　看成是一成不變地早已被判定了的。見 Jennifer Daryl Slack, "The Theory
　　and Method of Articulation in Cultural Studies," in *Stuart Hall: Critical
　　Dialogues in Cultural Studies*, ed. David Morley and Kuan-Hsing Chen (London:
　　Routledge, 1996), pp. 112–127。

[15]　許寶強，《缺學無思：香港教育的文化研究》（香港：牛津大學出版社，
　　2015），頁25。

扣」(de-articulation)，即把它從主流的意識形態中脫離（哪怕只是一會兒），那就可以鬆動對文本發問的空間，讓文本「扣連」到其他潛在的問題，預先為導修班製造更多討論的方向。

接著，我會用「扣連」的概念去討論《莊子》。

三、《莊子》的解扣與扣連

我所接觸過的學生，一般都認為《莊子》屬於「道家」或「道家學派」這個看起來是統一、完整的認識範疇。從研究角度看，這並不是問題，但總是把《莊子》視為「道家」，對教育本身卻未必是好事，因為它有礙課堂開啟新問題。

對很多學生來說，這是不證自明的，不用讀過也聽說過，也不難在網上找到有關資料。很多人可能預期，上完《莊子》課就多多少少獲得了一些「道家思想」。而且，不少人也認為，這個統一的學派由老子傳到莊子，發展到玄學，是一種宣揚消極出世思想的流派。這個流派，也往往被今人用來證明「頹廢生活」有其合理性。既然我們不是在上「道家思想」的課，而是要學習細讀《莊子》此文本本身，那麼，我們應該先把一些跟文本沒有必然關係的意義「解扣」出來，不要預先讓學生覺得正在學習一套消極思想。這也是尊重文本：如果尚未遇上文本，直接閱讀《莊子》就預先帶著一堆被扣連的元素（老子、道家、道教等）而判定了文本的意義，跟文本的相遇方式反而不純粹。

按漢學家畢來德(Jean François Billeter)的說法，用「道家」的角度來認識「莊子」，其實會產生很多誤會。[16] 畢來德不一定代表「正確」

16　畢來德(Jean François Billeter)，《莊子四講》(台北：聯經，2011)。他解說了《莊子》如何跟老子、西漢的黃老治術、道教、玄學這些時空不同的文本和思想混淆在一起，但它們當中其實有很多差異和矛盾，更多是後世運用莊子去達成其他目的。

的讀法，卻在主流的想法之外展示了另一種閱讀的可能，提供了一個把《莊子》再扣連的機會。事實上，《莊子》從來沒有說過作者（可能是一個人，也可能是一群人）屬於「道家」。從畢來德出發，我們首先可以討論：為什麼我們傾向以「家」來理解《莊子》的作者性（authorship）？

這對文本的意義有很大影響。習慣上，一旦從「家」的框架出發，我們便自然會把「道家」來跟「儒家」、「法家」等比較，列出它們的異同。也就是說，透過這幾個「家」所形成的座標，把《莊子》文本釘在這座標上，把意義固定下來，得出來的結果就往往是：比起「儒家」，「莊子／道家」很「出世」；或者比起「法家」，「莊子／道家」講求率性自由。即使如何比較，《莊子》的意義也無法走出「家」這座標。

但是，假如先把《莊子》和「道家」脫離，我們便可以問，如果《莊子》不屬於「道家」，他宣揚的是什麼思想？也可以追問的是，以「家」這概念來理解思想，有什麼意思？為什麼很多《莊子》的詮釋者，不論是中國史上還是今天的社會，都傾向以一種集體的、按長幼來樹立的階序去詮釋哲理思想？如果《莊子》裏並沒有「家」的概念，而後人又不斷以「家」來框定《莊子》，那後世理解的《莊子》有多大程度是作者當時寫作所希望傳達的信息，又有多大程度是滲進了後來的閱讀者和詮釋者的框架？

另外，很多學生也覺得莊子的「精神」面向特別有趣，似乎是超脫物質的、不顧一切世事的我行我素。這也是一種主流的「扣連」，把文本接上了一些接近神秘主義的元素。於是，或者我們可以反其道而行，嘗試把《莊子》扣連到物質的面向，不要只討論觀念和精神，看看我們可以問哪些問題。要討論「物質」，我們大概無法找到莊子收入多少。但是，可以想像一下《莊子》是如何在一個物質世界生產出來的。在莊子的時代，要出版一本書，肯定比今天困難。教育再普及，也不可能像今天普及；毛筆和竹簡再易找，也不可能像我們

那麼容易找到紙和電腦(甚至手機)。要出版,而且流傳給各國知識分子看到、討論,應該有點像在今天出版一本大半個中國的知識分子都看的暢銷書。如果他是「頹廢」的,會那麼大費周章出版一本書來分享自己多出世嗎?這不一定代表他很入世,但至少,我們不能先入為主地認為他(相對儒家來說)頹廢。在其中一次導修班,一些同學覺得《莊子》似乎並不出世,而是更像入世地參與辯論(當然,從文本中也可以明顯看到對孔子的不滿),也似乎很重視以比喻或詩化的語言去批評禮教語言的貧乏。

我們還可以問,比起其他論辯式的文類(例如馬克思和盧梭的文章),莊子以這種手法說理,有哪些好處和壞處?為什麼《莊子》喜歡用比喻,而且常常要用動植物來說故事?我們也可以把《莊子》「扣連」到現代:假如莊子在今天的中國,他會說寫什麼、又會傳遞怎樣的信息給他的讀者?同學分成小組討論,也有全班的討論。當然,有一些同學始終認為「莊子」是消極、出世、虛無主義之類,這也是每人的閱讀感受不同而已。

在閱讀《莊子》過後而提出的問題,我和同學都沒有確實的答案,但我們也因而獲得了許多困惑和問題,讓我們帶出課室在日後反覆思考。我希望不要讓學生感到人文經典是可以用概要(summary)的方式去把握的;相反,它們有能力跨越上百年、甚至千年而流傳至今,正正是因為它們能在不同時空提供一些人們無法立即回答的問題。在教其他文本時,我也傾向把經典文本視為一種「扣連」,然後把文本從被扣連起來的、統一性的「思想學派」暫時脫鈎,以便鬆動一些早已建立得非常穩固的印象。[17]我覺得自己的角色,並不是

---

[17]　古典研究近三十年其中一個關鍵詞,是「接收」(reception)。學者愈來愈傾向考究古代的文本如何被傳播、翻譯、節錄(excerpted)、詮釋、重寫、再想像(re-imagined)和呈現(represented),去理解文本的意義如何

一個把「道家知識」塞進學生大腦的老師，而是更像知識的策展人
（curator），讓學生意識到，統一和完整的「道家」並不是唯一一套讓
我們進入文本世界的視角，甚至可能無法使文本的各種意義充分陳
列出來，也有礙學生選取文本中最能感動自己的碎片，並把它帶離
課室，好好收藏。

四、香港：經典教育的地方場所

　　以上，我梳理了文化研究者可以如何理解人文經典，又如何介
入教育經典的工作。最後，我想從後設的角度，討論文化研究與人
文經典教育相遇的地方，即香港。從地方出發，文化研究如何參與
人文經典教育的發展方向？

　　可以說，香港現時仍然未生產出一些「偉大」的文本，足以讓各
地的知識界和大眾公認為是不可不讀的經典。而且，在文化上來說，
香港的角色往往被框定為「中西交流之地」，負責溝通中國與西方文
明。所以，圍繞著「中國」和「西方」這兩個概念來組織經典教育、選
定相應的文本，自然是合理不過。但另一方面，我們可否也嘗試不
以中國和西方作為主要的座標，而是直接把香港定位為全世界其中
一小點，憑其地方的特殊性，跟廣闊的世界對話？我相信這並不是
一個可以輕易回答的問題，因為它涉及香港作為知識主體的主體性

在更廣闊的脈絡下構成，又如何偶然和選擇性地被另一些人接受和運
用。見Lorna Hardwick and Christopher Stray, "Introduction: Making
Connections," in *A Companion to Classical Receptions*, ed. Lorna Hardwick and
Christopher Stray (Malden: Blackwell, 2008)；Charles Martindale and Richard
Thomas (eds.), *Classics and the Uses of Reception* (Malden: Blackwell, 2006)；
Amanda Wrigley, *Greece on Air: Engagements with Ancient Greece on BBC Radio,
1920s to 1960s* (Oxford: Oxford University Press, 2013)。

是什麼 —— 除了中西之間，香港還可以是什麼、生產怎樣的知識和
教育？

　　如果香港有其特殊性，那比較突出的一點，就是她作為一個經
歷長期殖民統治的城市，而且其英式的殖民制度在中國治下仍然以
「一國兩制」的方式延續下去。換言之，香港其實累積了相當多人類
如何在城市和殖民地制度下自處的生活經驗 —— 這經驗是多元和豐
富的，不是純粹一種「白人剝削華人」的單一想像。如果「經典」的定
義是需要呈現和重構普遍的人類經驗，那麼除了生死愛欲之外，人
類如何在城市共處、如何被外來者統治、人民跟外來者產生怎樣的
互動，也同樣是人類文明史上不可或缺的一頁。而且，城市化既是
今天和未來的大課題，也是全球化的重要環節。殖民主義也奠下了
今天世界各地的政治、經濟和文化結構，不論在南美、印度、非洲
和中東，都有無數思想家在被殖民的處境下思考和行動。[18] 不論在
選定文本還是在想像文本的教學方向上，有關城市學和殖民主義的
課題，都值得作更多思考 —— 它們都是很多公民仍然必須面對、而
且在可見的未來仍然要面對的歷史關口。簡言之，選擇經典時，我
們可以更多考慮那些讓學生思考如何做好市民、又如何回應殖民體
制的文本，讓課堂跟社會的交流更緊密。這些議題既本土，也是中
國、亞洲甚至全球的大議題。

　　這裏，我們可以再次運用「扣連」的概念，把「人文經典」跟「文
明」暫時脫離，扣上「地方」。文明不必然等於博大，地方也不必然
等於狹隘，它們只是不同的概念或範疇，讓我們組織自己的生活和
選擇。除了以中國和西方等「大文明」為單位來制定的人文經典教育，

---

[18]　在殖民地時代的西非，經典甚至成為進入上流社會的必須工具。香港
　　的情況卻似乎不是如此。Barbara Goff, "Classics in West African Education,"
　　in *Classics in the Modern World*.

我們能否想像一套以地方為本位來設計的經典教育課程？我們選擇文本或決定文本的教育方向時，可否不單單從一個早已存在的經典名單中選擇，而是從地方的特殊結構、文化習性或集體感覺出發，尋找更對應地方經驗的經典文本？無疑，香港是細小的文化體系，但人們也一直在學習如何在狹小的空間中自處，周旋於不同意識形態、價值、欲望、情感之間，而在極有限的空間中學習共處，本來就是全世界很多人的普遍經驗。從地方經驗出發，香港就不單單是一個把兩大文明傳承下來的其中一個場所。相反，香港院校開辦相關課程，把地方經驗扣連到經典教育，也可以使學生更能想像文明和文化也有大小不同的尺度，也有不同需要人們直面和克服的困局。這也是在參與塑造「文明」和「文化」的過程的另一種方式，讓人學習小的文化。

哥斯伯說，所謂教育不單單是有關知識的教學，也同時涉及思考解放、地方、欲望、情感、風格等等具體問題。[19] 當下的香港和世界，秩序混亂，政局動盪，十分脆弱；不過，這也正正是一個讓人文學的知識發揮所長的機會，幫助人們在脆弱的時代繼續好好過活，找尋出路。

---

[19] Lawrence Grossberg, "Bringing It All Back Home: Pedagogy and Cultural Studies," in *Between Borders: Pedagogy and the Politics of Cultural Studies*, ed. Henry Giroux and Peter McLaren (London: Routledge, 1994), p. 12.

延伸閱讀

* Lawrence Grossberg, "Bringing It All Back Home: Pedagogy and Cultural Studies," in *Between Borders: Pedagogy and the Politics of Cultural Studies*, edited by Henry Giroux and Peter McLaren. London: Routledge, 1994.

    哥斯伯是文化研究最重要學者之一，本文解釋他對教育學的看法。

* 許寶強，《缺學無思：香港教育的文化研究》。香港：牛津大學出版社，2015。

    許寶強任教嶺南大學文化研究系，也是香港知名的公共知識分子，並參與創立「流動共學」，開啟人們對教育的另類想像。

* 劉育忠、王慧蘭，〈當文化研究進入教育學門：以文化研究重構當代的教育學想像〉，載思想編輯委員會編，《文化研究：游與疑（思想15）》。台北：聯經，2010。

    兩位學者以台灣經驗出發，討論文化研究與教育學的關係，可以讓讀者對照香港和台灣。

動情的人文

論情感在人文教育中的作用

鄭威鵬、梁卓恒

一、引言

　　通識教育的目的在於培養獨立自主的自由人，具慎思明辨的能力，能批判地思考自身與社會。在廿一世紀這個全球競爭的時代，環球金融資本主義與新自由主義（neo-liberalism）正全面改變世界各地的社會經濟結構，亦同時衝擊著原有的文化面貌，教育正處於這種富有文化塑造企圖的戰略位置。在功利的競爭氛圍下，大學教育近年亦來變得愈來愈商品化、私有化及職場化。在這背景下，通識教育雖然愈來愈被邊緣化，但在回應近年大學的新自由主義潮流來說，卻顯得愈加重要。大學通識教育的課程模式與實質內容殊別不一，但總括而言皆有一種共同意識，就是重視人文精神。然而人文精神的演繹，在通識教育具體的教學實踐中，卻很多時較集中在理性主義（rationalism）的脈絡，著重知識傳輸和思辨訓練；而科目的設置上，亦大致依據當代學術領域的專業分工，這樣或多或少忽略了情感在人文教育中的角色。

　　現今盛行的教育觀並不重視情感培養，甚至往往視情感為理性的對立。例如，當我們論及一個人的發展時，相對於智力商數（intelligence quotient）所代表的是理性潛能的展示，與情感有關的情

緒商數 (emotional quotient) 之討論，則傾向情緒管理，可見主流社
會對情感的誤解和偏見。情感教育亦很多時被認為是教導學生情緒
治理。然而，人文教育的核心是人性與人類文明。除了理性，人類
還有情感，理性與情感在人文教育中皆不可或缺。本文將回顧與探
討情感在人文教育中的作用，尤其是在向來偏重批判思考的大學人
文教育傳統與實踐當中，情感教育作為理念應如何定位，在課程設
計方面又應如何實踐。

　　本文將探討情感在人文通識教育中的作用，並以大學通識教育
中的經典教育作為分析的主軸，從教育思想史和文化史的角度，審
視人文教育的理念及演變，從而說明情感在人文育成中的傳統角色，
並嘗試為大學通識教育的情感教育闡明具應然性 (normative) 的價值
目標和教學範疇。文章最後將集中在香港中文大學的通識教育案
例，借助教育學的行動研究 (action research) 視角，說明人文經典教
育在培養人文精神時，情感的運用及發揮的關鍵功能。

二、人文教育的文化與思想演變

　　討論人文教育在當代通識教育的定位時，我們有必要將之置放
在人文傳統中考察。在西方教育思想史上，每當提及人文教育，一
個重要的時間點經常落在歐洲的文藝復興時代。對於文藝復興時期
的人文學者來說，人文 (*humanitas*) 乃是重視人的價值理念和德性，
這牽涉人的自我認知和個性陶冶，故必然與教育相關。[1]古典希臘、
羅馬時期的人文經典被認為能重構人之精神文明，在文藝復興時期
重新得到肯定，造就該時期的「人文學習課程」(*studia humanitatis*)，

---

[1]　Allen Bullock, *The Humanist Tradition in the West* (New York; London: W. W. Norton, 1985).

一般被後世視為人文教育的典範。[2] 以經典為課程重心的學習模式，一直是歐洲教育的基本範式。其實早於西方中世紀晚期，意大利已開始出現「常用書目」(*auctores*)，教育圍繞著一組特定選取的書目，內容主要涵蓋文法和道德，用以訓練抽象思維和傳承重要經典的注釋。這種中世紀的經院式教育雖然不強調實用性，卻主要以培養醫師、律師及神職人員等專業人才為目標。[3]

　　直至十四世紀，在文藝復興時期的意大利，人文主義思潮開始取代傳統的經院哲學，前者重視人的價值及嘗試從人的角度介入世界，並著重人們的感官經驗與外在世界的對照，教育的內容亦因此有所轉變。傳統的「四藝」(quadrivium)科目逐漸被新興課程取代，雖然同樣地以經典作課程主軸，歷史、道德哲學、詩學、修辭學則成為文藝復興時期的重點學習科目，而學習的重點和目標亦有所不同。[4]人文主義者強調人的自覺與自主性，重視自我的表達，亦較著重人際間的溝通與互動，當中包括人的情感流露。人文教育的學科亦旨在達致這些目標。例如學習歷史有助了解人類的行為，研習道德哲學是為了學懂待人接物，詩學教育則用以培養美學上的感性世界。而在文法和修辭學的研讀，亦與中世紀的正典教育不同，人文主義著重個體經驗多於抽象玄思，視語文為人類重要的溝通經驗。中世紀的文法學則認為語言的邏輯能反映現實世界的基本結構，故語文法則是凌駕於語言的實踐。因為重視人們的經驗，人文教育較

[2]　張燦輝，〈人文學科之理念〉，收於《人文與通識》(香港：突破出版社，1995)，頁17–31。另參考 R. S. Crane, *The Idea of the Humanities* (Chicago: The University of Chicago Press, 1967)。

[3]　Craig Kallendorf, "Humanism," in *A Companion to the Philosophy of Education*, ed. Randall Curren (Oxford: Blackwell Publishing, 2003).

[4]　Paul Oskar Kristeller, *Renaissance Thought*, two vols. (New York: Harper and Row, 1961, 1965).

傾向將文法與修辭學視為工具，而不將之看成理解世界內在結構的
途徑。[5] 這些科目的學習目標，展示了人文教育重視人的主體經驗和
自主表述的特徵，誠如人文主義者 Maffeo Vegio（1407–1458）所言，
經典的學習就是要訓練學生成為智性與靈性和諧的人。[6]

　　人文主義傳統正是要培養以人為本的「文藝復興人」（Renaissance
Man），「人文學習課程」從最初的貴族基礎教育，慢慢演變為時代的
主流。人文學者仿效古典希臘、羅馬的教育，同等重視身體與心靈
的鍛鍊，語文、體育、音樂和繪畫也是應當兼顧的學習領域。[7] 然
而，從教育理念的層面來說，人文教育最重要的精神在於啟發和表
達自我，所謂的「文藝復興人」是代表一種理想人格，有勇氣及能力
透過經驗世界去發掘和展現自我，這過程需要煥發情感與審美的能
力。因此人文教育要求學生閱讀最出色的經典同時，亦需要有歷
史、科學、建築相關的學問，也需要輔以基督宗教和道德哲學的觀
點來審視文本知識。人文教育提倡的是全人教育，這可從人文學者
Leonardo Bruni（1370–1444）的想法中得到印證，學習語言和文學除
了有利表達自我，亦有助提升修養，教育最終是讓人們成就「有關人
生與德性的知識」，並「成為完美的人」。[8] 故人文教育是對理想人格
的追求，讓人的智慧、道德和情懷，在充分了解歷史、倫理關係和

---

[5]　Kallendorf, "Humanism," pp. 63–64.

[6]　W. H. Woodward, *Studies in Education during the Age of Renaissance, 1400–
1600* (New York: Columbia University Press, 1967)，轉引自 Kallendorf,
"Humanism," p. 66。

[7]　例如人文主義教育學者 Pier Paolo Vergerio（1370–1444）著有 *The Character
and Studies Befitting a Free-Born Youth*（1403）一書，認為如欲培養青年人成
為人文主義下的自由人，須重視他們在體格和知識上的滿足，並教導
他們關於德、智、體、美的人文學問。參考 Kallendorf, "Humanism"。

[8]　Crane, *The Idea of the Humanities*, p. 3，轉引自張燦輝，《人文與通識》，頁
22–23。

經驗世界後，展現在自我發掘和與人際交往之中。而人文的實踐亦有賴人不同的技藝與性情，包含理性思辨與道德實踐的判斷、執著於知識和真理的追求、善於語文溝通、具文藝鑑賞的能力、熱衷於歷史和文化的傳承與創造、對他人和外在世界具關懷的情感等。理性、情感與判斷力並重，這樣才能培養智性與靈性和諧的理想人格。

人文教育發展到十六世紀初，已經從意大利傳播至西歐地區，牛津與劍橋的人文主義學院相繼出現，巴黎大學開始教授希臘文和古希臘經典，德國、西班牙、荷蘭等地亦出現文藝復興熱潮。然而繼後的歐洲啟蒙運動，卻多少轉化了人文教育，教育開始高舉理性。情感雖然仍是學者的關注要項，但在教育理想上逐漸讓理性比下去。[9] 十八世紀的啟蒙式的自由，銳意培養具道德自主的公民，例如哲學家康德 (Immanuel Kant, 1724–1804) 認為邏輯與理性的孕育乃教育整全的人之基石。[10] 及至十九世紀，著重科學精神成為教育的桎梏，科學與科技的發展開始改變人們對知識的認知和分類，斯賓塞 (Herbert Spencer, 1820–1903) 強調知識需要具實用的價值，為人類生活作準備；科學透過觀察、實驗、實踐來成就學問，它是有用而正確的知識。[11] 這種知識觀慢慢改造人們對知識和學習的序次，亦改變了對知識的定義，教育不能跟實際生活脫節，傳統式的人文教育因而受到嚴峻的挑戰。二十世紀初的進步主義 (progressivism) 教育

---

[9]　例如啟蒙運動哲學家笛卡兒 (Rene Descartes) 高舉理性，認為它主宰心靈，情感則負責調和身體，影響我們的感受、愉悅、痛苦。透過教育，情感可以改善身體的機能，並促進理性的運作。見 Rene Descartes, *The Passions of the Soul* (Cambridge: Hackett Publishing, 1989)。

[10]　G. Felicitas Munzel, "Kant, Hegel, and the Rise of Pedagogical Science," in *A Companion to the Philosophy of Education*.

[11]　鄭玉卿，〈Spencer 的實用課程觀及其在當代課程史上的影響〉，《教育研究月刊》，第 238 期 (2014 年 2 月)，頁 49–63。

學者，不少相當崇尚科學精神，強調理性、驗證、科技創新。知識的對象慢慢轉化為客體化的外在世界，個人成長領域則著重理性思辨、溝通協作等共通能力 (generic skills) 的培養，縱然良好的品德仍被推崇，但是否需要透過人文涵養來陶冶，卻極有爭議。[12] 在這脈絡下，情感與美學教育等感性領域在學校教育中更逐漸地退往次要位置。

三、當代人文教育的情感困境

當代大學的學術分工亦反映了類似的知識定位，學科分類愈來愈專業化之餘，人文社會學科的知識生產也講求驗證和解釋能力。人文社會如自然世界般，皆為可供研究的素材，學術知識需滿足思辨性、分析性以及可供客觀驗證等條件。大學教授的知識亦集中於對外在世界的概念性、實踐性和技術性的認知，學生的情感世界和價值意識的培養，並非大學教育的首要任務。對於人文世界的情懷、對追求理想價值之渴望、對社會不公之義憤等德性，幾乎不存在於大學課程之內。而從當今學術的定位看，這些德性本身甚至不算是知識。廿一世紀大學教育正面臨高強度的去價值化與去情感化的威脅。[13] 換言之，傳統的人文主義教育，已被服膺新自由主義意識形態與資本主義生產秩序的「知識型經濟」所需要的職業技能育成

---

[12] 其中最重大的爭論發生自進步主義論者杜威 (John Dewey) 與芝加哥大學校長赫欽斯 (R. M. Hutchins) 的辯論。可參考：但昭偉，〈杜威的博雅教育主張與 Hutchins 的批評〉，《通識在線》，第 2 卷，第 11 期（2007年 2 月），頁 21–22。

[13] Henry A. Giroux, *Neoliberalism's War on Higher Education* (Chicago: Haymarket Books, 2014).

所取代。[14] 大學教育不再視培養有修養、重倫理的公民為其首要任務，更不在意孕育「文藝復興人」。當代大學教育著重的理想人格，變成在全球資本主義競爭環境下，有判斷力和創造力、能適應產業結構轉變、善於迎合跨領域需求、具基本金融素養及配備良好溝通與協作等共通能力的人。人文素養與情感培養在新自由主義的教育觀中，並不佔有重要位置。

在這樣的困境下，人文教育的理想較難實踐於大學高度分工與技藝化的主修科的學習經驗，通識教育便成為最有可能於當代大學教育中實現人文教育理想的場所。若我們認為大學教育是要培養整全的人，認同高等教育需要啟迪心靈、培養公民、孕育知識分子的話，則通識教育有必要參考人文教育傳統，來規劃目標和設計課程。這並非說要從科目內容上複製文藝復興時期的經典教育，而是在精神與理念上延續人文教育的傳統，確保通識教育是知識與人格並重。通識教育在於「通」，此乃貫通之通，非只是「通才」之通。後者之通，要麼在意學生在各學科範疇皆有所吸取，這是「通通識」；要麼則在乎「共通能力」，這往往集中於技巧訓練，例如培養學生有一定程度的表達能力、寫作能力等。[15] 這些固然重要，但絕不能成為通識教

---

[14]　有關對知識型經濟相關的教育批判，可參考 Mark Olssen and Michael A. Peters, "Neoliberalism, Higher Education and the Knowledge Economy: From the Free Market to Knowledge Capitalism," *Journal of Education Policy*, vol. 20, no. 3 (2005): 313–345。

[15]　在香港的脈絡而言，通識教育不僅指大學本科課程中的核心課程和共同選修課。2009 年香港的新高中課程改革，設立「通識教育科」為必修課，成為社會討論焦點。該科的設立取代了傳統英式文法中學的學科分類，課程雖然以個人成長與社會議題為綱領，卻未有主張特定的知識領域，反而更著重學生的表述與論辯等共通能力。「通通識」在粵語來講，表面上指通曉各個領域，但亦略帶嘲諷意味，指在各方面皆只懂皮毛。

育的重心。貫通之通則不同，此乃一種文化境界，是一種知性與倫理的修煉。簡而言之，這是一種人生、價值與態度上的轉化。轉化過程不僅來自認知性的條件，也有賴德性的孕育和情感的薰陶，人文教育的精神應為通識教育的核心理想之一。

　　人文教育的傳統著重培養智性與靈性並重的人，除了需要知識的獲取外，還要有道德判斷和煥發情感的能力。這類整全的人之培養，與德文 *Bildung*（可譯作教育陶成）的意義類似，即強調教養和教化，被視為當代博雅教育（liberal education）的其中一個理念源頭。[16]教育不只是知識的傳輸，而是完整的人格育養。傳統上，東亞華文化圈亦將人格培養視為教育的首要任務，例如儒家文化就非常重視人格培養和道德教化，「仁」作為核心概念，表述的也是道德情感。[17]各地的人文傳統皆有重情的特徵，並將教育看成教化和育成（cultivation），可稱之為「人文作育」。文藝復興課程正是人文作育的古典示範，其教學套路則在於「模仿」——對經典中的智慧及理想人格的模仿，這不是純粹複製，而是經過深刻體會和仔細詮釋後而提煉出來的重人精神，這在乎啟發自我與關懷他者。[18]除了有慧根把握奧義，還需要移情代入，感受他人的處境，煥發憐憫的情感，繼而孕育自身價值與情操。個性陶冶與情感流露，因此是人之育成的關鍵。

---

[16] Liberal education 在華語學界一般譯為博雅教育，但亦可譯作自由教育。關於 *Bildung* 與博雅教育的關係，可參考王俊斌，〈教育的概念〉，載簡成熙編，《新教育哲學》（台北：五南，2016），頁 111–130。

[17] 關於儒家的情感議題與經典教育之關聯，可參考本書另一文章（頁 97–122）：劉保禧，〈《論語》的情感世界〉。

[18] Kallendorf, "Humanism," p. 68.

四、人文經典教育與情感育養

當我們認同人之育成和教化為教育的核心理想，通識教育有望轉化高等教育，讓大學教育可以在商業化的功利主義潮流中稍稍作出平衡，學習亦不限於認知性、技術性和應用性的領域。人文作育著重人之整全性發展，情感的滋養在教育必不可缺。從通識教育的課程設計角度看，大學可考慮設置著重人文精神和具批判意識的核心課程，人文經典課程可以是其中一個選項。然而更重要的是，我們要將情感認定為確切的教育目標，清楚説明情感在人之完整發展中所佔的位置，讓教與學皆有所依據。

例如就道德教育來説，我們需要説明清楚情感在道德判斷中的作用。情感是構成道德價值生活的重要元素，它有助塑造個體的德性及培養價值觀，亦在具體的道德場景中充當判斷的認知性條件。一般而言，我們皆同意一個人若有憐憫之情，會較容易感受到他人的苦難，從而更能作出適當的道德判斷和行動。人們在道德處境中帶有的情感預設，可構成判斷價值生活的知覺狀態（perceptual state），影響道德價值的認識與學習。換言之，情感在人們認識世界、探究真相、進行理性思辨及實踐道德判斷時，擔當重要的預設及構成性（constitutive）角色，它具有知識性價值（epistemic value）。[19]

此外，情感亦可以驅使行動，作為個體價值實踐的其中一股動力，能夠帶來正面的影響。以憤怒為例，我們以為這是負面情緒，從古典的斯多葛學派（Stoic）觀點來看，情緒（例如怒火）的確會掩蓋理性，讓人不能作出恰當的道德行動。然而在目睹不公義之事，憤怒有轉化為義憤的可能，能驅動主體更有效地實踐道德行動。故無

---

[19]　Robert C. Roberts, *Emotions in the Moral Life* (Cambridge: Cambridge University Press, 2013), pp. 29–31.

論是正面或反面，情感在道德生活中是一種驅動性力量，情感與道
德後果是有相關性的。在育成人格方面，情感亦發揮關鍵作用。亞
里士多德 (Aristotle) 將德性與情感及行動並置，用以說明倫理生活。
有德行的人除了能運用理性判斷外，在情感上亦需要是完備的人。
因此從價值教育的角度看，我們應該讓學生明白情感擔當的知識性
功能，並培養他們有效利用情感的驅動力，引導他們建立良好品性
所需要的情感素養，從而成就幸福的人生。

　　對於情感與道德生活的關係，當代心理學亦有類似的解釋。以
同理心 (empathy) 為例，心理學家普遍認為，具有同理心的人能較易
代入他人的處境，從而更能感受到他者的情緒和需要，這要求他們
具備一定程度的想像力，有能力體察他人的情感觀點，並將之重構
於自身的經驗之中。然而只集中於明白他人苦痛，並有能力說明情
感狀況，這只能歸類為認知性同理心 (cognitive empathy)。[20] 這些認
知條件的確立，固然是人們介入價值生活的重要知覺狀態，其充分
發展實有助豐富情感素養。但人文教育的情感育養，宜將教學目標
進一步設定為育成學生達致心理學所言的情感性同理心 (affective
empathy)。[21] 達致這種同理心不僅需要發展對應情感的知覺狀態，
更要培養進階的情感認知能力。如 Peter Goldie 所強調，我們如欲深
刻地感受到他人所承受的痛苦，必須真實地體察其他人為具自主意
識的獨立個體，同時能夠從性格的建構與認知上代入他者的角色，

---

[20]　M. L. Hoffman, *Empathy and Moral Development* (New York: Cambridge University Press, 2000).

[21]　Heidi L. Maibom, "Introduction: (Almost) Everything You Ever Wanted to Know about Empathy," in *Empathy and Morality*, ed. Heidi. L. Maibom (Oxford; New York: Oxford University Press, 2014), pp. 1–40.

從而運用自身論述與想像力去「重演」(reenact)事態。[22]這種重演，
不僅是認知性的接收與功能性的模仿，而是能夠重塑他者情感於自
身經驗，從移情代入發展到真實地受觸動，以第一身體驗情感並引
發道德判斷。腦神經科學的研究亦指出人們在感受他人之痛苦時，
大腦運作的區域與自己感受傷痛的時候有所重疊。[23]同理心是情感，
也是一種情緒反應，讓我們更能認知道德情境，並驅使道德判斷和
實踐。同理心與其說是心理條件，更可能是一種認知與感受外在世
界的能力，實屬人文素養的重要元素。

　　當代哲學家瑪莎・納斯邦(Martha Nussbaum)主張「涵育人性」
(cultivating humanity)，從人文傳統的角度進行情感教育，培養學生
的同理心。納斯邦認為必須讓人活得像個人，她著名的「能力取向」
(capabilities approach)正義理論，列舉出社會應促進公民恰當發展的
各項能力，包括一系列與情感相關的能力，讓人們能煥發憐憫他人
的情感、公平地對待他者，以達致她所主張的「詩化正義」(poetic
justice)。納斯邦特別注重文學教育，深信透過文學來涵育公民，是
通往人之育成和社會正義的有效途徑。[24]人文經典課程在制定與
情感相關的教學目標時，亦可參考納斯邦的理論。於此，我們在
整理她的想法後，提倡通識教育和人文經典課程應著重情感素養
(sentimental literacy)的培養，嘗試列明情感教育的重點。情感素養包
括：(1)同理心／同情心(empathy/sympathy)；(2)富同理心的想像力

[22]　Peter Goldie, *The Emotions: A Philosophical Exploration* (Oxford: Oxford University Press, 2000).

[23]　T. Singer, B. Seymour, J. O'Doherty, H. Kaube, R. Dolan, and C. D. Frith, "Empathy for Pain Involves the Affective But Not Sensory Components of Pain," *Science*, vol. 303 (2004): 1157–1162.

[24]　王俊斌，〈Martha Nussbaum論人文涵養與「新」博雅教育〉，載通識在線雜誌社編，《哲學大師的通識教育思想》(台北：開學文化，2018)。

(empathic imagination)；(3) 代入他者角度的意願(willingness of positional thinking)；(4) 對他人情感的細緻感受(sensitivity of other's emotion)；(5) 代入他人的生命歷程(engaging other's life experience)。[25]

「涵育人性」的要旨，在於肯定情感乃人其中一項需要發展的重要能力，這種特定的人文涵養需要透過人格的培養和處境性的領悟來鞏固，而不是純粹透過概念認知或事例剖析而習得。情感的修習亦沒有標準答案，所謂正面的情感，也有可能導致負面的後果。人文經典在此的作用，是要向學生提供一種深刻的情感體驗，培養他們的同理心，代入他人的角度，並懂得想像他人的痛苦，重演不同的人生事態，從而慢慢孕育情感的敏感度與細緻度，建立關愛的人格，達致教育陶成的效果。教養與教化，除了是一種心態和胸懷外，也是一種待人態度與倫理實踐，其中有思考的成果，亦有情感的投入。情感育養不能單靠知識傳授與律令認知，而需要依靠情境的代入與再現，感染他人並作出實踐。人文經典的書寫品質，能夠呈現人性的複雜面向，描述品性與性格在人倫關係及社會議題中的關鍵作用，甚至能導引出理性與情感在眾多人生選擇中的張力，讓我們明白價值信念背後的情感向度。用經典來涵育人性，正是透過重構各種深刻的人類處境，讓我們置身於各式重要人文社會議題中，既作理念思辨，也對存在詰問；既追求價值的論證與判斷的依據，也重視情感的煥發與品性的建立，盡量豐富我們對人生的判斷力及想像力，培養智性與靈性和諧的理想人格。

---

[25]　Martha C. Nussbaum, *Cultivating Humanity: A Classical Defense of Reform in Liberal Education* (Cambridge: Harvard University Press, 1997).

五、與情感對話，與人文對話：人文經典中的情感

在說明人文教育的沿革及情感育養在當代教育中的角色與限制後，以下將以我們過去數年有份任教的「與人文對話」一課的教學內容與經驗，談談情感在人文教育（尤其是人文經典教育）中的作用。討論將會分兩部分：這一節先討論人文經典中的情感；下一節則談及情感在人文經典教育中的作用。具體來說，我們是從教育學行動研究的角度出發，對情感在人文經典教育中的教材、教學設計以及具體教學情境的經驗中的作用，作出初步的歸納與分析。

「與人文對話」是香港中文大學通識教育基礎課程之一，該課程配合大學四年新學制，專為低年級學生而設，於2012–2013學年正式推出。「與人文對話」主要內容是12篇古今中外的人文經典，希望學生能夠「直接從作家、思想家的文字擷取意義，通過課堂討論、課外寫作以評價分析」，從而反思「人之所以為人的真義，即是要審視自身既有的價值觀，發展自我作為個人和社會一分子的抱負」。[26]

「與人文對話」的課本內容又主要根據：(1) 人類自我及其能力、(2) 信仰與人類的限制，與 (3) 社會中的自我等三大主題，將12篇古今中外人文經典分為三大部分。在第一部分，我們主要圍繞著「什麼是美好人生？」這個核心問題，選輯了荷馬的《奧德修紀》(*Odyssey*)、柏拉圖的《會飲篇》(*Symposium*)、亞里士多德的《尼各馬可倫理學》(*Nicomachean Ethics*)、孔子的《論語》及莊子的《莊子》等五部著作的選篇。在第三部分，我們則主要圍繞著「什麼是美好社會？」的問題，選輯了黃宗羲的《明夷待訪錄》、盧梭的《社會契約論》

---

[26] 見〈通識教育基礎課程簡介 —— 人文〉，https://www.oge.cuhk.edu.hk/index.php/tc/2011-06-22-08-12-12/programme-content/2011-07-22-02-18-39。

（*The Social Contract*）、亞當·斯密的《國富論》（*The Wealth of Nations*）以及馬克思的《1844年經濟學哲學手稿》（*Economic and Philosophic Manuscripts of 1844*）等四部著作的選篇。至於第二部分，則主要自佛教、基督宗教與伊斯蘭教等三大宗教傳統，選讀《心經》、《聖經》與《古蘭經》（*Qur'an*）三大宗教經典的部分篇章。[27]

固然，「與人文對話」所選的這12篇人文經典，主要以哲學著作或廣義的思辨性文章為主，而課程亦相當強調「反思」與「批判」的作用。但課程第一部分的首四個篇章，都不約而同以「愛」為主題或主要概念，它們分別是《奧德修紀》的「親愛」（Storge）、愛情與夫妻之情，《會飲篇》中的「欲愛」（Eros），《尼各馬可倫理學》中的「友愛」（Philia），以及《論語》中的「仁愛」。事實上，我們在課堂上亦會不時採用英國著名學者 C·S·魯易斯（C. S. Lewis）「四種愛」的分類（即親愛、友愛、欲愛與博愛），分析與對比前述幾個篇章中所提及的愛觀的異同。[28] 若果我們把《莊子》中所提及的「逍遙」也視為人生在世所追求的重要情感之一，則在回答「什麼是美好人生？」的問題上，情感的作用實在不可輕忽。

當然，要處理情感問題，如前所述，文學是一個適合的呈現形式。而在「與人文對話」所選的篇章中，自當首選《奧德修紀》。在《奧德修紀》中，無論是主角奧德修斯（Odysseus）與佩涅羅珀（Penelope）之間的夫妻之情、奧德修斯與其兒子忒勒瑪科斯（Telemachus）之間的父子之情，還是奧德修斯與仙女卡呂普索（Calypso）之間的愛情，我們都會看到愛在這部偉大的古希臘史詩中所扮演的關鍵角色。跟《會飲

---

[27] 關於《心經》，我們選擇了一行禪師於《般若之心》之解讀；至於《聖經》，我們選輯了《創世記》的部分內容及《馬可福音》；而《古蘭經》，我們則選讀了第二章〈黃牛篇〉的部分內容。

[28] 見 C·S·魯易斯（C. S. Lewis）著，梁永安譯，《四種愛：親愛、友愛、情愛與大愛》（台北：立緒文化，2014）。

篇》對「欲愛」及《尼各馬可倫理學》對「友愛」抽象的哲學沉思不同，《奧德修紀》透過虛構的具體場景與人物，引領讀者代入奧德修斯、佩涅羅珀、忒勒瑪科斯甚至仙女卡呂普索的處境與精神世界，跟他們同悲同喜，面對同樣的艱難處境與抉擇。

其實，若果我們把《會飲篇》、《論語》與《莊子》也算作文學作品，則這些說理之作亦不乏「動情」之處。例如，在其生平至愛大弟子顏淵身故時，平日行禮如儀、強調情感節制的孔子亦忍不住表達其哀切之情：

> 顏淵死，子哭之慟。從者曰：「子慟矣！」曰：「有慟乎！非夫人之為慟而誰為！」（《論語‧先進》11.9）

至於孔子臨川所生之感喟：「逝者如斯夫！不舍晝夜」（《論語‧子罕》9.17），則更是對於萬丈流變的世界深沉的存在感歎。孔子既對弟子動情，亦復對萬物有感，有血有肉，絕非冷硬的道學先生、單純的「金句生產機器」。同樣地，我們不難在莊子的逍遙豁達形象的底子裏，讀到生逢戰國亂世的莊子深沉存在的苦澀感，「知不可奈何，而安之若命，唯有聽者能之」（《德充符》），聽起來就更像無奈的自嘲。至於《會飲篇》，柏拉圖透過乃師蘇格拉底之口，所念茲在茲的「理型」世界，不正正是古希臘大哲赫拉克利特（Heraclitus）名句「人不能兩次踏進同一條河流」的鏡像倒影？在萬丈流變的現象世界，沒有什麼是永恒不變的，譬如朝露，去日苦多，唯其不變，只有形而上的理型世界！這裏有智性的精巧，同時也有深沉的存在歎喟。

至於「與人文對話」第二部分所選的三大宗教經典，就更是「情何以堪」。固然，面對生命與民族的苦難，《新約聖經》所宣揚的「博愛」，是一貼強大的精神安慰。耶穌基督被釘十字架為世人贖罪，並

死後復活，更為苦罪的世人帶來盼望。跟基督宗教同宗同源的伊斯蘭教，其聖典《古蘭經》同樣為信徒穆斯林提供日常生活守則，其對末日審判的應許，就更為穆斯林帶來死後的盼望，以面對戰雲密佈、生存異常艱險的阿拉伯世界。至於佛教，佛陀初法輪的基本教義「四聖諦」便以「苦」為發端，而佛教的整個義理與修行體系亦以「離苦得樂」為鵠。換言之，三大宗教所對應的都是人性裏面對人生而有限、苦罪、無常與苦難的終極情感需求。

固然，我們可以承襲歐洲啟蒙運動的傳統，以理性為標桿，逐一檢視與批判各大宗教的義理系統；又或者乾脆從哲學的角度出發，僅僅視佛教、基督宗教與伊斯蘭教為具有終極關懷的哲學系統。以上的理性進路，或許有助我們廓清三大宗教的義理系統，卻顯然無助我們把握所有宗教的情感本質。當耶穌基督臨終前在十字架之上大喊：「我的神，我的神，為什麼離棄我？」（《馬可福音》15:33），那是發自靈魂深處的淒冽呼喊，那跟啟蒙運動的邏各斯無關，卻跟人類的原初苦罪有關。

至於「與人文對話」的第三部分，雖然「社會中的自我」的主題及其所選篇章的政治哲學或政治經濟學的進路看似跟情感無關，但若果我們有足夠敏感與細心，還是可以捕捉到流淌於文本肌理下的情感脈動。例如，在《1844年經濟學哲學手稿》的〈勞動工資〉與〈異化勞動〉篇中，我們便不難讀出馬克思面對當時歐洲工業化前期工人所處的人間地獄時的滿腔怒火。事實上，在《1844年經濟學哲學手稿》中，馬克思不單處理資本家對工人的經濟剝削，在〈異化勞動〉篇中，他更猛力批判工業生產對工人所造成的身心異化。換言之，在資本主義的生產關係底下，除了因利益差異而生的階級鬥爭之外，在階級上處於劣勢的工人階級的精神與情感世界也受到嚴重的耗損。又例如盧梭在《社會契約論》所提倡的「公共意志」（general will）觀念，那單單是「個別意志」從「自利」的角度出發，經過細心的理性考量

後，跟公民社會中其他「個別意志」協商的成果嗎？還是在共和的國度裏，「公民」、「公共意志」等本來就是以一種更大的集體情感為驅力、超越「個別意志」的建構？事實上，無論亞里士多德論「友愛」還是孔子論「仁」，都不只觸及個人道德與美善的層面。他們都相信「友愛」或「仁」乃美好社會與良好管治所由立之根基。

六、情感在人文經典教育中的作用

在餘下的這個分節中，我們將會從人文經典教育的教學設計與具體的教學情境中，枚舉若干個案，略談情感在其中的作用。無可否認，由於「與人文對話」所選文本主要以哲學著作或廣義的思辨性文章為主，而課程亦相當強調「反思」與「批判」的作用，所以就算像《奧德修紀》那樣的文學文本，面對被仙女卡呂普索困在奧傑吉厄島的奧德修斯兩難處境，跟同學討論「卡呂普索以什麼挽留奧德修斯？奧德修斯為什麼拒絕？若果你是奧德修斯，你會否也拒絕仙女的請求？」這樣「感性」的焦點討論問題，有時我們也會把主角或自己弄得好像經濟學的「理性選擇理論」（rational choice theory）中的行動者一樣，面對永生的仙女與必死的糟糠之間，充滿著錙銖必較的理性考量。例如，面對「若果你是奧德修斯，你會否也拒絕仙女的請求？」這樣的問題，便有同學回應說自己會選擇回到糟糠身邊，但原因並不是「糟糠之妻不下堂」所提倡的傳統忠誠，而是十足現代的理性計算：「仙女有美貌與不死之身，跟她一起自己也變得不朽。但家中糟糠只是凡人，凡人必死，所以還是先回去伴她終老。待老婦死去，再回到仙女身邊也不遲，她不會死，而到時我也不用怕死。這很划算呢。」[29]

---

[29]　引自課堂上對話。

　　然而，在情愛面前，情感大多先行，像「若果你是奧德修斯，你會否也拒絕仙女的請求？」這樣的問題，更多是個情義兩難的存在抉擇。固然，在《奧德修紀》中，奧德修斯最終選擇回家，也有「理性」的考慮：在講求「公共名聲」(public honor)的古希臘城邦世界中，奧德修斯並不甘心於從此自世人認知視野中銷聲匿跡，他寧願在家鄉伴著妻子老死，也要回家擊退所有追求者，奪回自己的財富與聲譽，取得人世間有限的不朽。然而，與其說忠誠、對公共名聲的追求等等純粹是理性的考量，倒不如說是一種情感與理性的混合。若果生硬的將箇中的情感成分剔走，只剩下人性裏的理性考慮成分，我們無疑拱手相讓這片人性的「黑暗大陸」。結果我們再次迴避了人文教育本該直面的另一半「情感」的天空，全人只剩「理性人」，懂得理性思考與批判，卻不一定能同時具有同理心、富同理心的想像力、代入他者角度的意願、對他人情感的細緻感受、代入他人的生命歷程等「情感素養」。

　　相對於哲學論述，說故事的形式似乎更有利於「情感素養」的培育。在《奧德修紀》、《般若之心》、《聖經》中，不同的作者便說了好些生命故事。在這些故事中，通過同理心的想像，我們有機會代入故事中人物的角度，跟他們同知同感、同哭同笑，把握人類細緻而複雜的情感變化，面對同樣的艱難抉擇。換言之，閱讀從來都是一種倫理經驗。通過閱讀千錘百煉的人文經典，我們有機會在虛擬的經驗中，學習感受與抉擇，認識到他者的存在，以及如何與他者同在，在同一天空下，構想並追求一個真正美善的人生與世界。

　　除此之外，本文的作者也曾經嘗試將自己的生命故事帶進具體的教學情境當中，旨在召喚情感，幫助同學透過富同理心的代入，尋找人文經典跟自身的生命關連。當然，情感與說故事在教學上的運用，箇中的好壞，尚待進一步的探索與評鑑，現在則試舉一例以明之。

在「與人文對話」所選的這12個經典文本中，我們發現一行禪師的《般若之心》常常在最受歡迎之列。究其原因，這或許跟一行禪師平易近人的說故事風格有關。《般若之心》是對佛教般若宗經典《心經》的入門級解讀，主要說法對象是年青人，講解雖未必有佛學研究的嚴謹，但在義理上大體也跟《心經》與般若宗的原意不悖。然而，從同學們在課上的小組討論以及交回的作業，我們又發現他們對《般若之心》甚至《心經》的一些關鍵概念（例如前者的「互即互入」與後者的「空」）存有不少誤解。究其原因，除了因為《心經》本身便不易解，或一行禪師解釋得不夠清楚外，更主要的原因恐怕是同學們都太年青了，沒有足夠的人生經歷讓自己的生命跟佛法的世界連接。

為了讓佛法對同學變得「可親」，本文的兩位作者之一曾經嘗試在討論課上跟同學分享一個貼心的生命故事。話說兩位作者之一本身也是佛教徒，對於佛教雖然算不上虔誠，但佛教的義理卻頗能跟生活結合，算是嘗試在自己的生命裏活出佛教的修行實踐，而非僅僅紙上談兵。對於生死，一行禪師通過對《心經》的解讀，有極具創造性的見解。他從「互即互入」的角度出發，指出萬物互為因果，且互為含攝。故此，所謂「死亡」不過是存在形式的轉換：人死後不是真正的徹底消失，他可能化為泥土，而泥土又長養樹木，樹木又會釋出氧氣，而氧氣又會反過來長養所有的生物。如此循環，沒有絕對的生和死。

如此的道理，說來容易，但在不少人的眼中，難免「離地」（脫離現實）。然而，在這位佛教徒作者講授「與人文對話」的首個學期之前，卻剛巧碰上同樣的「生離死別」的艱難處境。話說佛教徒作者由於工作繁忙，自任教「與人文對話」以來已鮮少機會留在家裏，更莫論陪伴跟他一起生活了差不多15個年頭的老貓。由於年事已高，這一頭老貓平日已不理世事，連動也懶得動。但令人意想不到的是，這一頭沒有攻擊性的老貓卻在家中遇襲了。在該次不知名的襲擊中，

老貓身受重傷，雖然經過貓家長的多番努力，牠還是延至受創的個多月後不治身亡。奇怪地，老貓在診所仙逝一刻，貓家長倒是立時鬆了一口氣。於是貓家長決定在家附近找一處有山有水的山邊，當晚埋葬。

然而，故事並沒有就此完結。老貓去世的三個月後，這位佛教徒作者終於能夠面對自己的哀傷，在伴侶的建議下，決定重回老貓的墓地拜訪。然而重回墓地，兩位貓家長卻發現老貓的屍首不見了。大概是在老貓下葬之後不久，其屍首即被山中的野狗挖去。面對如此的情境，舊愁加上新痛，佛教徒作者自然痛徹心扉。就在此時，伴侶卻輕描淡寫的說：「這樣你便無法執著了，不也很好嗎？」這時，他看著一片好山好水，想像老貓如何變成野狗的食物，之後又如何變成糞便，回到自然並長養大地。想到這裏，他開始釋懷了。這不正正是一行禪師與《心經》所言的「無生無死」的道理嗎？這可算是佛法第一次如此深切地進入他的生命。

在老貓意外發生後不久，這位佛教徒作者終於開始講授《般若之心》。面對其中一班似懂非懂的學子的眼睛，在課堂差不多完結之時，佛教徒作者忽有所感，於是開始跟同學分享這個令人神傷的老貓故事。開始的時候，他沒有十足的把握，年輕的同學將作何反應。但說著說著，不知道是否因為舊傷未癒，心裏也著實感傷起來，可幸他年近半百，自以為還算老練，大概沒多少同學能看穿眼前這位說故事人底下的真情。

但我們實在不應看輕年輕人的敏感與觀察力。記得這位佛教徒作者剛剛說畢這個老貓的故事，席間即有一位男同學拍掌稱好。由於意想不到，情境有點尷尬，佛教徒作者隨即以兩三句不相干的話打發收場。下課之後，卻有另一位修讀宗教研究的女同學來到這位佛教徒作者的跟前，表面上是問幾個課文有關的問題，但佛教徒作者心裏明白，這位女同學很敏感，她洞悉了他心裏的哀傷，問問題

只是以另一種形式，安慰眼前在教學中「動情」的老師。

這位佛教徒老師不知道這個生命的故事能否同樣進入班上其餘
23位同學的年輕生命，但可以肯定的是，這的確是個人文教育的寶
貴教學時刻。在這裏，情感是一扇珍貴的生命大門，它讓同學有機
會透過富同理心的代入，進入有血有肉的人文經典世界，「如得其
情，則哀矜而勿喜」(《論語·子張》19.19)。

七、結語：動情的人文

經典教育讓我們明白情感是育養，而不是管控；將情感僅視為
情緒或純粹需要被管理的對象，都是不恰當的。情感的孕育對人文
教育極為重要，理性傳統及批判思考的落實皆有賴情感素養，經典、
文學、美學教育等正是恰當的載體，以培養理性與情感俱備的自主
個體。人文主義者強調人的自覺與自主性，重視自我的表達及人際
間的溝通與互動。無論在自我探索、自主性的確立，甚或與他人的
交往互動中，人的情感流露皆舉足輕重。從教育理念層面來說，人
文教育最重要的精神在於啟發和表達自我，這種自我表達有深刻的
情感向度。將情感與美學教育等感性領域帶回教學現場，有助培養
學生煥發情感與審美的能力，豐富他們自主表述主體經驗的能動性
(agency)，最終成為智性與靈性和諧的人。

在這意義下，自主的個體必然是具備情感素養的人，會以富有
同理心的想像力去代入他者的角度，重演道德事態，細緻地感受他
人的情緒與傷痛，從而能夠深刻地感懷他人的生命歷程。人文教育
的最終目標，除了訓練學生慎思明辨的能力、培養追求真理的渴求
外，更要讓他們成為會動情的人，並承認情感具感知世界的作用。
善於動情、敢於動情的人，能將情感視為判斷事情與行動的重要依
據。明乎此，理性思辨與感情用事則不再對立，讓情感引發判斷，

將更有效地推動理性運作，繼而更有動機作出行動。人文作育的理想，亦將體現在這種情理兼備、具判斷力與行動力的理想人格的傳承之中。

延伸閱讀

- Bruce A. Kimball, *Orators and Philosophers: A History of the Idea of Liberal Education*. New York: College Entrance Examination Board, 1995.

  此書乃研究博雅教育的經典著作，Bruce Kimball 從哲學論證、歷史淵源、當代面貌等角度，詳述人文教育的發展歷程。

- Martha C. Nussbaum, *Upheavals of Thought: The Intelligence of Emotions*. Cambridge: Cambridge University Press, 2001.

  納斯邦以哲學、心理學、文學及音樂等視角，説明人們在構想人生重要目標時，情感發揮了智性的檢察功能，有助處理人們公私領域的倫理議題。培養對情感的智性面向之把握，實應為價值教育的重要基礎。

- John Dewey, *The School and Society*. Chicago: The University of Chicago Press, 1956.

  本書是教育學家杜威的其中一部經典著作，以實驗學校的經歷，論述學校作為社區生活的場所，應著重教師與學生的經驗邂逅來規劃有意義的學習活動，而情感與美學的薰陶，正是從詩化經驗達致自我完成的學習方案。

第二部分

自我問題

引 言

　　東西古典哲學素來重視自我問題，認為自我認識是通達美好人生的重要途徑。對於現代人來說，將「自我」與「美好人生」掛鈎，或者有點不可理解：為什麼追求美好人生需要探索自我問題？彷彿我們都很清楚，只要衣食住行豐足、名利雙收、掌有權力，生活就會過得美好。對於古代聖哲來說，現代人的想法有一個盲點：目光過分投注在外，忘記了省視自己的內在能力。一個人即使擁有多麼優秀的外在條件，如果他的身體是殘缺的，則他的人生仍然有所欠缺。同樣道理，如果一個人的心智、心靈是殘缺的，則他的人生也仍然有所欠缺。古代希臘重視靈魂，古代中國重視心性，理由在此。兩套文化其中一點相通之處，就是認為靈魂或心性是人的潛藏內在能力，需要培育。所謂「自我問題」，就是將目光從外在收攝回內在，討論一些基本問題：人有什麼潛藏內在的能力？這些能力的基本結構是怎樣的？什麼方法可以讓我們從潛藏到實現，展現這些能力？為什麼展現這些能力可以促進美好人生？

　　本部分共有三篇文章，分別解釋古希臘的柏拉圖與古代中國儒道兩家如何理解人的內在能力。三位作者都示範了如何兼融古代文獻（ancient text）與現代學術（modern scholarship），活現人文經典歷久常新的價值。

　　第一篇文章選讀柏拉圖的《斐德羅》（*Phaedrus*），作者何偉明透過篇章中的「馬車喻」展示了自我的複雜性：自我內部不是單一的，而是有多重不同的力量互相拉扯：一匹是野馬，象徵「愛欲」，乃是身體欲望的衝動力量；一匹是良駒，象徵「理性」，對於真善美有內在渴求；還有一個駕馭馬車的御者，象徵調和上述兩者的力量，調和失敗就會產生內在衝突，調和成功就有內在和諧。在柏拉圖看來，

所謂「實現自我」就是平衡自我的兩股內在力量，好像御者那樣駕馭兩匹本性不同的馬。

　　第二篇文章選讀《論語》，作者劉保禧透過兩位現代學人勞思光與錢穆的詮釋，探討自我的兩個面向：主體與人格。前者認為自我是個體性的，強調道德能力內在於每一個人，道德實踐所以可能，有待於主體／理性的自覺自省，故此必須承認先有一個獨立於一切關係的主體，這個主體才是真正的「自我」；後者則認為自我是群體性的，強調道德能力體現於人群相處，道德實踐所以可能，有待於人倫之間情感的恰如其分，故此必須承認具體的人際關係才是塑造自我的根源，抽離人際關係所理解的「自我」只是抽象化後的概念。換言之，兩位學人的儒學詮釋，其實也是兩種自我觀的衝突。

　　第三篇文章選讀《莊子》，作者方星霞透過道家的「逍遙」顯示了自我問題的另一面向。如果說柏拉圖、孔子的自我觀是一種「加法」，所強調的是建立人的內在能力，則莊子的自我觀是一種「減法」，所強調的是解放人的束縛。柏拉圖與儒家都肯定政治對於塑造自我有正面作用，莊子卻認為政治令人勞形損神。為了擺脫政治上的紛擾，「逍遙」乃是莊子的出路。在這個背景下，文章解釋了逍遙的基本意思，也解釋了追求逍遙的緣由，然後探查這種超脫於世的精神自由到底是如何可能的。

讀柏拉圖《斐德羅》

何偉明

一、引言 —— 哲學、理性與情

聽到「哲學」一詞，我們很快會聯想到理性：哲學的內容大概是抽象難明的概念，而所謂理性就是仔細分析和嚴謹推論。即使我們佩服哲學家有深睿的智慧和過人的洞察力，仍不禁要問：這些理論真的有用嗎？與我們的生活有何關係？理性固然重要，但人不單是理性動物，人還有感情、欲望與追求。套句今天的流行語，哲學看起來很「離地」，也很「乾枯」。哲學真的是這樣嗎？

香港中文大學通識教育基礎課程「與人文對話」，課程範圍包括柏拉圖《會飲篇》(*Symposium*)，這篇對話錄的主題是愛 (*erōs*)。愛無疑是人生活的重要部分，特別年輕大學生耳聞親歷，對愛自有不同體會。不少同學看到課題，都有點期待看看柏拉圖怎樣談情說愛，但讀後卻有些失望。《會飲篇》由六篇對愛的讚詞構成，相當於六篇愛的理論。[1] 但對話錄的理論背景卻是一種特別的少年之愛 (*paiderastia* / love of boys)，即成年男子與年輕男孩的關係；這愛包括

---

[1] 這六篇讚詞的講者是 Phaedrus、Pausanias、Eryximachus、Aristophanes、Agathon 和 Socrates。對話錄最後還有不請自來的 Alcibiades，他也說出一篇讚詞，但對象不是愛，而是蘇格拉底 (214d)。

了情欲和教育兩種元素：年長的既是年輕人的追求者，也是他的導師。[2] 第一位發言的斐德羅（Phaedrus）開宗明義便說：

> 對於一個男子來說，沒有比在年輕時找到一個有德行的追求者（*erastēs*）更好；同樣，對一個追求者而言，沒有勝過找到一個有道德的男孩子（*paidika*）作為追求對象。（178c）[3]

以後的講者大都把重點放在教育和道德層面；最後發言的蘇格拉底憶述女祭司迪奧提瑪（Diotima）以前教導他有關愛的理論，以愛的階梯（ladder of love）結尾。所謂愛的「階梯」，是我們從愛一個人開始，逐步拾級而上到愛人的品德、社會制度以至知識的美，最終到達階梯最上層的美自身（idea of beauty, 210a–211c），也就是柏拉圖哲學裏美的理型（idea of beauty）：我們要從現實世界中種種美的人和美的事物，提升到超越感官經驗的形上世界。對於同學來說，這種提升不就是「離地」嗎？《會飲篇》所說的愛和人生有何關係？愛是情感，但形上世界跟情感又有何相干？迪奧提瑪說在階梯最上層能觀照真實

---

[2]　"Paederasty was a form of homosexuality practiced in Greece among men of a certain age. A 12 to 18 year old 'youth' (*pais*) would be the 'beloved' (*erōmenos*) of a man older than 30, the 'lover' (*erastēs*), who would also educate him." Elke Hartmann, "Paederasty," *Brill's New Pauly*, Antiquity volumes, ed. Hubert Cancik and Helmuth Schneider (Brill online, 2015). 有關當時的同性關係，可參考 K. J. Dover, *Greek Homosexuality* (Cambridge: Harvard University Press, 1989)，特別 pp. 153 ff. 和《會飲篇》有關。另見他的 *Greek Popular Morality in the Time of Plato and Aristotle* (Cambridge: Hackett Publishing, 1994), pp. 213–216。

[3]　本文各翻譯以希臘文為底本，並參考 Alexander Nehamas and Paul Woodruff, *Plato: Phaedrus* (Indianapolis/Cambridge: Hackett Publishing, 1995)；Gunther Eigler (hrsg.), *Platon: Werke in Acht Bänden. Griechisch und Deutsch* (Darmstadt: Wissenschaftliche Buchgesellschaft, 1977)；王曉朝譯，《柏拉圖全集》四卷（北京：人民出版社，2002–2003）。

永恒的美。她所説的觀照是智性的直覺掌握（intuition），跟愛和感情全無關係。[4]《會飲篇》談愛，但愛卻似乎在討論的高峰中消失了。柏拉圖是哲學家，更是西方理性傳統的奠基者，從他的《會飲篇》看來，哲學真的不吃人間煙火，而理性則是純粹的智性活動，縱使不乾枯，也只關涉生活中的一部分，流於片面。柏拉圖就是這樣嗎？

　　柏拉圖説愛，除了《會飲篇》以外，還有《斐德羅》（*Phaedrus*）和《呂西斯》（*Lysis*）。三篇之中《呂西斯》最短，篇中蘇格拉底對愛沒有提出明確的理論，討論以困惑（aporia）告終。《斐德羅》和《會飲篇》內容較接近，篇中蘇格拉底同樣提出愛和追求真實不變知識的關係；《斐德羅》寫在《會飲篇》之後，[5] 可以説柏拉圖在後者的基礎上寫作《斐德羅》。從《斐德羅》切入，可以較全面了解柏拉圖對愛的想

---

[4]　《會飲篇》，211e–212a説到階梯頂端的美自身時，女祭司用上很多與「看」有關的詞語：如 *idein*、*horan*、*blepein* 等等，甚至與 theory 有關的 *theasthai*（see with the mind）也有「看」的意思。「看」在這裏不是肉眼觀看，而是智性直觀，或如蘇格拉底在《會飲篇》裏對 Alcibiades 説是用「心眼」的直觀：「只有肉眼開始模糊的時候，心眼才清晰地觀看。」（219a）「心眼」就是理性的「眼睛」，這種心眼直觀和肉眼的觀看一樣：當下、直接、全面和（就形與色等基本視覺對象而言）正確。

[5]　根據用詞和寫作風格（the stylometric criteria）區分，《斐德羅》寫在其他兩篇之後，也寫在另一探討理性和靈魂不滅的《裴多》（*Phaedo*）之後，而《會飲篇》、《呂西斯》和《裴多》的成書次序則不能明確劃分。有關根據用詞和風格探討柏拉圖對話錄的時序問題，可參考 Charles Kahn, "On Platonic Chronology," in *New Perspectives on Plato, Modern and Ancient*, ed. Julia Annas and Christopher J. Rowe (Cambridge: Harvard University Press, 2002), pp. 93–127。Hackforth 把《斐德羅》寫作年份定為公元前 370 年，在《理想國》（*Republic*）之後，參考前言，p. xvii；學者多同意《斐德羅》成書在《會飲篇》、《裴多》和《理想國》之後。參考 R. Hackforth, *Plato's Phaedrus* (Cambridge: Cambridge University Press, 1952), pp. 3–7；Michael Morgan, *Platonic Piety* (New Haven: Yale University Press, 1990), pp. 158–159；Charles Kahn, *Plato and the Socratic Dialogue* (Cambridge: Cambridge University Press, 1997), pp. 371–374。

法。再回來看《會飲篇》，我們對後者切入點和理論脈絡或會有較深入的認識，從而對理性與感情的關係、對柏拉圖以至哲學的入世關懷，或會有多一些理解。

二、有理有節 —— 呂西亞斯與蘇格拉底第一篇說辭

　　顧名思義，《斐德羅》是蘇格拉底和斐德羅的對話錄，對話的場景是在雅典城外，跟《會飲篇》一樣，對話也是以少年之愛為背景。前半部 (227a–257b) 由三篇講詞構成，主題是愛 (erōs)，先是斐德羅複述了呂西亞斯 (Lysias) 一篇說愛的講詞；第二篇是蘇格拉底回應呂西亞斯的講詞，修正他愛的理論；最後一篇的講者也是蘇格拉底，他反駁自己剛才的論點，以全新的角度解釋愛。後半部 (257c–279c) 則討論修辭和文字寫作的局限。本文的重點放在前半部三篇關於愛的講詞，詮釋柏拉圖愛的理論，以及理性與哲學的關係。[6]

　　本文談理性，中文「理性」對應希臘哲學的好幾個詞語，[7] 它們各自的意思略有不同，下文不能一一分析。簡單而言，「理性」在下文有三層含義：一是靈魂裏的一部分，是靈魂的認知和判斷能力；二是指這些能力，和這些能力的應用；三泛指不受欲望感情控制、清醒有節制的行為或態度。前兩層是較嚴格的哲學意思，二者關係極為緊密；第三與前兩者固然也有關係，但卻是日常語言較寬鬆的用法，與「理智」通用。一般人追求「理性」，害怕失控，《斐德羅》論愛也從這點切入。

---

[6]　篇幅所限，本文不處理下半部修辭和文字寫作問題。有關前後兩部的關係，Kahn, *Plato and the Socratic Dialogue*, pp. 371–388 列舉了兩種不同的理解進路和相關參考資料。

[7]　如 logos (logistikon)、phronēsis、dianoia、nous 等等。

呂西亞斯認為年輕男子應該順從不愛他的人的要求[8]（230e–231a），原因是追求者失去理智，就算自知不對，也無法克制自己（231d）。年輕人若接受他的追求，會招來不少麻煩；相反，順從不被情欲控制、頭腦清醒的人，會得到益處。蘇格拉底批評呂西亞斯內容欠新意，論點重複，説他可勝過呂西亞斯（235c）。但他的優勝之處不在駁斥呂西亞斯的基本論點，而是重新整理編排論據，使其更清晰有理。[9] 蘇格拉底認為，我們要先知道「愛」是什麼，然後才能回答到底追求者抑或非追求者對我們有益。「愛」（erōs）是欲望（epithumia/desire）：每個人都有兩種原則（idea/principle），[10] 一種是與生俱來追求享樂（hēdonē）的欲望，另一種是後天而來、對美好追求的判斷力（doxa）。[11] 這兩種原則的方向有時一致，有時衝突。如果判斷力在理性（logos）指導下引領我們向善，我們便會變得有節制（sōphrosunē/soundness of mind）。但如果非理性的欲望佔上風，我們便一心追求

---

[8]　從內容的脈絡來看，這裏的「要求」（deisthai）可以有色欲的含義。

[9]　「真個是珍貴如金的朋友，斐德羅啊，你真的以為我説呂西亞斯徹頭徹尾都錯，而我能説出跟他完全不同的道理嗎？即使更差的作者都不至如此。要證明人應投向不愛你的，不要順從愛你的，那個能避而不稱許前者有理性，批評後者沒有？不説這些，還能説什麼？在這些論點上，我們不能補充什麼，只能同意論者所説。」（235e–236a）

[10]　《斐德羅》，237d。柏拉圖用的是 idea，一般解作形式、面相，在柏氏形上學更指超越的理型。在這裏譯者（Hackforth、Nehamas and Woodruff、Fowler 等）多譯作「原則」（principle）。這可以説是意譯，但他們均沒有解釋。在這裏 idea 不是嚴謹的哲學用詞，柏拉圖説人的特質，idea 所指的「原則」，可以説是人追求的兩種面相。參考 David White, *Rhetoric and Reality in Plato's Phaedrus* (New York: State University of New York Press, 1993), p. 40。

[11]　在這裏 doxa 不是嚴格理論意義下與知識相對的「意見」或「觀點」，而是日常用語「判斷」的意思，參考 Hackforth, *Plato's Phaedrus*, pp. 41–42；正如 Hackforth 指出，蘇格拉底在此並非以本人（或柏拉圖代言人）、而是以裝作中立的非追求者身分説話。

享樂。這種追求有很多不同形式，各自有不同名稱，追求美麗外觀和體態的欲望就是愛 (237d–238c)。在這理解下，他接著列舉順從愛他的人必定出現的弊處：心智方面，非理性的愛人為要使被愛者從屬於他，盡量不讓這年輕人在道德或智力上有進步，特別不允許他接近神性的哲學，怕會被他看貶。身體方面，追求者也不會讓他強壯，反會使他陰柔羸弱。財富方面，追求者也會設法切斷他的所有，包括財產和親人，好等他只能完全依附追求者。再者，追求者已年長色衰，不會給被愛的年輕人帶來什麼觀感上的樂趣。此外，一旦追求者不再迷戀、恢復清醒的時候，[12] 對原來被愛者的態度會變得完全不同，這中間的落差或令年輕人一時難於接受。蘇格拉底的結論是年輕人應接受不愛他而有理性的人 (238e–241c)。呂西亞斯只說追求者失去理智，沒有任何解釋。蘇格拉底從人的內在原則入手，釐清愛的性質，然後再一一舉出其缺點，邏輯明確，立論清晰；加上不再從缺點的反面列舉順從非追求者的好處，避免了呂西亞斯重複累贅的毛病。[13] 總的來說，他這篇講詞確實比呂西亞斯的優勝。

可是，蘇格拉底接著說他察覺到內心神性 (to daimonion) 而熟悉的警示，好像有一把聲音阻止他就這樣結束。[14] 他剛才對追求者和對愛的批評，冒犯了神靈，愛是神或一種神聖的存在，[15] 不可能帶來

12　原文是「理性 (nous) 與節制 (sōphrosunē) 取代了愛與瘋狂 (erōs kai mania)」(241a)。

13　斐德羅認為蘇格拉底只說了一半，還未說非追求者的優點 (241d)；蘇氏回應道：「我只補充一句，就是剛才批評追求者一切的反面，便是對不愛者的讚美。為何需要長篇大論呢！」(241e)

14　蘇格拉底在《申辯》(Apology，31c–d) 說他常察覺內心有神靈一般的警示 (theion ti kai daimonion / a certain divine or spiritual [sign])，有一把聲音會阻止他做些不該做的事。

15　"theos ē ti theion ho Erōs" (Love is a god or something divine; 242e)。《會飲篇》裏迪奧提瑪否定愛是神，只是介乎人與神中間的精靈 (daimōn/spirit;

不良結果。他需要洗滌褻瀆神靈的罪，好像詩人斯特西科魯一樣，他把特洛伊戰爭歸咎於海倫，因而開罪了神靈，眼睛就瞎了。[16] 他只好重作翻案詩 (*palinōdia*/palinode) 澄清海倫其實沒有去特洛伊，而是留在埃及，詩成後他才重見光明。蘇格拉底為免重蹈斯特西科魯的覆轍，也要替愛神申辯，他第二篇有關愛的談話就是「翻案詩」，內容與前一篇大大不同。分析這「翻案」以前，我們先要問：為什麼蘇格拉底先要讓斐德羅複述呂西亞斯否定愛的講詞？[17] 為了顯示講者的説話技巧，把一個不合常理的觀點──應該接受不愛你的人，説得頭頭是道？還是要説明他剛才對愛的理解有多錯？抑或為對話錄後半部説的修辭法，找一個反面教材 (262b–c)？另一方面，既然呂西亞斯的理解有偏差，為何蘇格拉底還要跟從他否定愛的好處，然後又再否定自己？蘇格拉底在對話錄的後半段分析修辭法時，説一個對講題有真正了解的人能故意用歪理誤導聽眾 (262c–d)；[18] 那麼這篇只是蘇格拉底遊戲之作，要顯示自己才思敏捷？要在技巧上勝過這位著名的演説家？還是有更深的含義？換句話説，為什麼柏拉圖要讓蘇格拉底先發表「內容不正確」、得罪愛神的言論呢？

呂西亞斯強調理性和欲望的對立，愛是非理性的情欲。追求者為情欲所控，陷入愛的迷痴 (*mania*/madness/ecstasy)，非追求者則能

202d)；這裏柏拉圖讓蘇格拉底加上「或一種神性存在」(*"tē ti theion"*)，使意思沒有這樣絕對，也許他不想《斐德羅》和《會飲篇》的分歧太大。《斐德羅》的愛與《會飲篇》分別有多大，下文會討論。

16　斯特西科魯 (Stesichorus，公元前630年–前555年) 活躍於公元前六世紀；海倫 (Helen) 相傳是宙斯 (Zeus) 和麗達 (Leda) 的女兒。

17　這篇講詞是否真的出自呂西亞斯之手，學者説法不一，可參考K. J. Dover, *Lysias and the Corpus Lysiacum* (Oakland: University of California Press, 1968), pp. 69–71。假如講詞真的出自柏拉圖手筆，這問題更值得提出。

18　參考Alexander Nehamas and Paul Woodruff, *Plato: Phaedrus* (Cambridge: Hackett Publishing, 1995), p. 59的解釋。

保持清醒節制。蘇格拉底認同呂西亞斯的論點，他的修改只限於表達編排。事實上，理性和欲望的對立是柏拉圖中期對話錄的一個基本觀點，《會飲篇》、《裴多》和《理想國》(*Republic*) 幾個寫在《斐德羅》之前的篇章均有論及，[19] 其理論背景是柏拉圖的靈魂論。《裴多》強調靈魂與肉體的區別，真正的「愛智者」(*alēthōs philosophos* / philosopher in true sense) 輕視飲食色欲等肉體需求 (64e–65a)，篇中蘇格拉底一再說明人應該重視靈魂的培育，因為不滅的靈魂才是人真正的自己。[20] 靈魂與肉體的對立，在《理想國》靈魂三分的理論框架裏，變成靈魂裏不同部分的關係。蘇格拉底解釋國家的三個階級和什麼是國家的公義後，回過來解釋靈魂的結構和個人的公義。既然人的靈魂和國家的結構類似，靈魂也應有三個部分 (435a–b)，[21] 況且我們時常有內心的衝突掙扎，也顯明人的靈魂結構複雜，不只單一部分。[22] 靈魂的三部分是理性 (*to logistikon* / rational part)、欲望 (*to epithumētikon* / desiring part) 和氣性 (*to thumoeides* / spirited part)。簡單來說，理性是靈魂裏的思考、判斷能力，欲望則追求溫飽和其他享

---

[19] 所謂早中晚三期，主要根據對話錄的哲學觀點區分，柏拉圖的理型論 (theory of ideas) 是中期對話錄的重點，參考 Kahn, *Plato and the Socratic Dialogue*, pp. 42–48；和 Michael Erler, *Platon* (Basel: Schwabe, 2007), pp. 42–43。這分類與上文說過的、以用詞風格作標準的分期不盡相同。有關《會飲篇》、《裴多》、《理想國》和《斐德羅》幾篇的先後，參看註5。

[20] 靈魂不朽與靈魂與肉體分離是《裴多》的中心，相關論述散佈全篇，可參考 Noburu Notomi, "Socrates in the Phaedo, " in *The Platonic Art of Philosophy*, ed. George Boys-Stones (Cambridge: Cambridge University Press, 2016), pp. 61–65。

[21] 探討人的公義是對話錄的緣起，蘇格拉底認為公義既在人，也在國家；從規模較大的國家入手，較易掌握公義是什麼，再回頭看人的公義，便容易了解 (《理想國》卷二，368e–369a)。這進路預設人與國家公義的相似性，也是卷四靈魂三部分論的背景。

[22] 參閱《理想國》卷四 (435a–441b) 有關靈魂三部分的論述。

樂，氣性主要指勇氣、厭惡等情感反應。氣性雖不是理性，但本質上（*phusei* / due to its nature）是理性的支援者（*epikouros* / helper; 441a）。見義勇為的「勇」，或對自己做了不該做的事而出現的自責等反應，便是氣性表現。[23] 至於欲望則與理性對立，後者應在氣性的協助下駕馭欲望，那樣人才會有節制（441e）。[24] 這對欲望、特別是愛的理解，蘇格拉底在《理想國》卷九討論暴君（*turannos*/tyrant）時表現得最清楚。根據蘇格拉底的論述，民主政治變質而成暴政，暴君也來自接受民主制度薰陶的人。這類人節儉樸素，重視財富，如他們當中一個受到種種享樂的誘惑，欲望便會產生而且壯大，這人便不容易保持本有的樸實。到了他的下一代，假如這年輕人結交縱情享受的朋友，他便會越陷越深，以為縱欲就是自由；一旦再受到愛的迷惑，他便完全失去節制，愛就像暴君一樣控制他整個靈魂，令他作出種種乖戾的行為。如果一個地方這類人多起來，而其中最放縱、最暴戾的有機會掌權，就會演變為暴政。[25] 欲望在這裏和理性對立，其中以愛欲最厲害，蘇格拉底喻之為有刺的大雄蜂，為一眾享樂放縱欲望之首，加上其他欲望，愛便好像長了刺一樣，變得更瘋狂，主宰整個靈魂（572e–573a）。《會飲篇》裏迷戀蘇格拉底的阿克爾比亞德

---

[23] 蘇格拉底用利安提烏斯（Leontius）好奇要觀看棄置在刑場上的屍體作例子：他一方面有想看的衝動，另一方面又自覺羞愧內疚（439e–440a）。除非一個人的成長環境或教育出了很大問題，一般而言，氣性會是理性的「助手」（441a）。

[24] 《裴多》強調靈魂和身體的差別，而《理想國》則從靈魂的不同部分切入，兩者有微妙而重要的區別，可參考 Hendrik Lorenz, "Plato on the Soul," in *The Oxford Handbook of Plato*, ed. Gail Fine (Oxford: Oxford University Press, 2008), pp. 252–254。

[25] 有關怎樣從民主演變成暴政，參考《理想國》卷九，571a–575d；愛像暴君一樣控制靈魂，見 573b、574e–575a；關於《斐德羅》蘇格拉底第一篇講詞，與《理想國》卷九討論愛與其他欲望關係，參考 Morgan, *Platonic Piety*, pp. 161–162。

(Alcibiades)，正是被愛和其他欲望所控而失去節制的例子。這樣看來，重視理性和節制，貶抑身體各種欲望需求，是柏拉圖在《斐德羅》以前信守的理念。

呂西亞斯（約公元前445年–前380年）是雅典著名修辭學教師和作家，擅長撰寫法庭講詞。他祖籍西西里，是富商凱發盧斯（Cephalus）的兒子。凱發盧斯另一兒子玻勒馬庫斯（Polemarchus）的家，是《理想國》裏蘇格拉底的對話場所。據迪奧尼修斯說，[26] 呂西亞斯慣用日常生活語言，文章清通簡潔，少用比喻和形象豐富的詞彙，不重繁飾修辭；[27] 迪奧尼修斯更讚美他善於突出人物性格形象，語言平實，卻能在不知不覺間影響聽眾；[28] 但又批評他文風含蓄，不擅於表達情感，缺乏力量和朝氣。[29] 斐德羅複述的文章跟他的風格吻合，含蓄務實，講求理性，壓抑感情。然而細心閱讀，呂西亞斯稱頌理性的非追求者，字裏行間卻隱有情欲挑逗之意。篇中蘇格拉底說斐德羅與呂西亞斯是一對，[30] 即後者在言辭間暗示他與斐德羅的關係將會是怎樣：理智、穩定、互利……[31] 反之，蘇格拉底對非追求者的肯定卻沒有這隱隱的情色企圖，只從「理」上分析愛與不愛的利弊，

[26]　迪奧尼修斯（Dionysius of Halicarnassus，約公元前60年–前8年）出生於哈利卡那索斯（Halicarnassus），是歷史學家和修辭老師。他的《古代演說家》（*On the Old Orators*）對呂西亞斯的風格有詳細介紹。

[27]　Dionysius, *Lysias* 3.

[28]　Dionysius, *Lysias* 8–10; 迪奧尼修斯更借用荷馬形容奧德修斯的話：「他說話很多，但卻說得像真的一樣」（*Odyssey* 19.203），來稱許他述說事情經過的技巧（*Lysias* 18）。

[29]　Dionysius, *Lysias* 19.

[30]　蘇格拉底在結束演辭時（257b）希望呂西亞斯能投入哲學，這樣他在這裏的愛人（*erastēs*/lover）不用在愛與智兩邊徘徊。「在這裏的愛人」就是斐德羅。

[31]　可參考 Martha C. Nussbaum, *The Fragility of Goodness* (Cambridge: Cambridge University Press, 2001), pp. 208–210。

重點清晰，理性與理智比感性與瘋狂可取。正因為蘇格拉底這篇說
辭重點明確清楚，接下來他「翻案」的力量顯得更大。蘇格拉底不只
反駁呂西亞斯，實則柏拉圖要「推翻」自己持守的「重智」信念：欲望
只和身體有關，與靈魂無涉，甚至妨礙靈魂的發展和運作；其中愛
更會讓人瘋狂，故此人應該盡量遠離愛欲，保持理智……借助蘇格
拉底的「翻案」，柏拉圖重新反思欲望和理性的關係，提出新的愛的
哲學。但柏拉圖不是從本質上重新定義愛，愛依舊是衝動、被吸引
而產生的強烈感情，愛到激烈會變得瘋狂。但不是所有瘋狂都對人
有害：有些迷痴來自神靈，而這些會為人帶來福祉。蘇格拉底說有
四種神來的迷痴，在第二篇說辭開頭列舉了前三種：告示神諭、治
病驅邪和文學詩歌。在這幾方面，單憑人的能力，成就有限；人憑
理智通過鳥占術和解讀其他徵兆而作的預言，比不上祭司在神靈
附身下宣告的神諭。簡言之，神的迷痴比人的節制更好，對人更有
益。[32] 柏拉圖並非摒除愛和瘋狂，而是重新審視這種人的情緒感受，
柏氏對愛的哲學，其實也是對迷痴的哲學。

三、神來的迷痴 —— 蘇格拉底的「翻案」

蘇格拉底第二篇演詞的目的在翻案，他反駁的不只自己和呂西
亞斯的觀點，他要「翻」的更是常理：一般人認為迷痴、瘋狂不好，

---

[32]　《斐德羅》，244a–245a。原文：「謹慎的人 (*emphrōnes*) 通過鳥占術或其
　　他徵兆預測未來，由於他們以人的思維 (*anthrōpinē oiēsis*) 透過理智
　　(*dianoia*) 獲取洞見 (*nous*) 和訊息 (*historia*)，這技藝稱為 *oionoistikē*……」
　　(244c) 柏氏在這短短一段裏用了一連串跟人的理解分析有關詞語，強
　　調人本有的能力，和神來的迷痴相對應。*oionoistikē* 由 *oiēsis* 的相關動詞
　　oiomai，加上 *nous* 和 *historia* 幾個字各自一部分，再配上詞尾 *tikē* 構成，
　　應是柏拉圖自創。

他卻要證明迷痴比節制優勝，一個愛你的人勝過不愛你的。這篇演說 (244a–257b) 比前兩篇長，約略在《斐德羅》中間，是整個對話錄內容最豐富和討論最多的部分，柏拉圖哲學裏很多重要觀點，如靈魂三分、靈魂不朽、回憶、理型論等等都有涉及，全文大致可分為四部分：

(1) 引言——列舉四種來自神祇且對人有益的瘋狂 (244a–245a)

(2) 論證——從靈魂的永恒運動證明它不朽 (245b–245e)

(3) 馬車之喻 (一)——靈魂不同部分和降世前觀看理型世界的機遇 (246a–247e)

(4) 馬車之喻 (二)——靈魂降世後種種不同遭遇和愛的哲學 (248a–257b)

蘇格拉底說翻案的內容是證明 (apodeixis / proof or demonstration)，簡介三種神來的迷痴後，他便從運動著手論證靈魂不朽，我們不打算具體分析論證是否成立。[33] 但論證只佔整個翻案很小部分，馬車的神話佔了講詞的大半篇幅，即蘇格拉底所謂的證明不在於抽象的推論。事實上，即使不滅是靈魂的特質 (phusis/nature)，但這不限於永恒，[34] 靈魂的不同部分也是其特質。除特質外，蘇格拉底還要解釋靈魂能主動做什麼 (erga/works/activities) 和能接受什麼 (pathē/experiences/

---

[33] Ferrari 提及 "As an argument that begins with a definition and ends with an eternal existent, it is no less stimulating than dubious . . ."，見 Giovanni R. F. Ferrari, *Listening to the Cicadas* (Cambridge: Cambridge University Press, 1987), p. 123。分析討論這論證的文章很多，可參考 Thomas Robinson, "The Argument for Immortality in Plato's Phaedrus in Essays in Ancient Greek Philosophy," in *Essays in Ancient Greek Philosophy*, ed. John P. Anton and George Kustas (New York: State University of New York Press, 1971), pp. 345–353；和 White, *Rhetoric and Reality in Plato's Phaedrus*, pp. 76–87。

[34] White, *Rhetoric and Reality in Plato's Phaedrus*, p. 77 提醒我們，不要把這段視作獨立自足的推論，不朽只是特質之一。

sufferings），這些都在神話部分說明，論證只是整個「證明」的開始。[35]

靈魂不滅由它的自我運動（self-motion）證成，但運動不局限於論證不滅，而是貫穿整個證明。靈魂在降世前的遊歷是運動，降世後被美吸引，那種躍躍欲飛的衝動是運動，靈魂內理智與欲望的掙扎也是運動。正如 Lebeck 指出，運動一詞出現於不同地方，愛中一切行為和情緒反應，皆屬運動。[36] 愛是蘇格拉底翻案的主題，運動自然也是當中的核心觀念。他對斐德羅說分析靈魂的特質結構需要很長的論述，幾乎超越人的認知能力，因此他不說靈魂「是」什麼，而是把靈魂比喻成馬車，要說靈魂「像」什麼。靈魂馬車的神話交待靈魂入世前後的經歷，也形象地說明靈魂的三個部分和它們彼此間的配合與衝突。

蘇格拉底把靈魂比喻作馬車，馬車有三部分，包括御者和兩匹長有翅膀的飛馬，不管神或人的靈魂都有這三部分。御者相當於理性，兩匹馬相當於欲望和氣性。諸神靈魂的各個部分皆美好和諧，但人靈魂馬車的兩匹馬，其一美好優良，另一匹卻不是。未降生進入身體時，人的靈魂有機會跟從諸神靈魂遊歷天際。車子由飛馬拉動，翅膀引領靈魂往上，故此靈魂與諸神最為相似，從天界裏眾多善美東西中得到合適的營養。宙斯的馬車帶著眾神，而人的靈魂（將來降生成人的靈魂）隨諸神之後出遊。一眾馬車往上爬升，一直到

---

[35] 蘇格拉底以 *"archē de apodeixeōs hēde . . ."* (This is the beginning of the proof . . . ; 245c5) 展開推論。

[36] 沉迷愛欲而行為乖異者（*ho kekinēmenos > kinein*, to move）：愛智之人行為與眾不同，被人視為瘋子（*parakinōn > kinein*）。參考 Anna Lebeck, "The Central Myth of Plato's Phaedrus," *Greek, Roman and Byzantine Studies*, vol. 13, no. 3 (Fall 1972): 269–271；Daniel Werner, *Myth and Philosophy in Plato's Phaedrus* (Cambridge: Cambridge University Press, 2012), p. 53 也有相近的分析。

諸天絕頂。在那裏望往天際之外，便見到絕對真實的存在（*ousia ontōs ousa* / being that really is），無色無形，沒有任何感知性質，只能靠主導靈魂的理性（*nous*/intellect）把握，也是真正知識的對象，這天外之境便是柏拉圖的理型世界。諸神的馬車輕易爬升上陡峭的天邊，順著天穹的運轉，直觀真正的公義和節制，與及其他真正的存在，並從那裏獲得滋潤；但人的靈魂之車卻因兩匹馬不能和諧合作，擾攘掙扎，即使一些靈魂能緊貼眾神攀上天際，但亦只能短暫一窺天外境界，另一些更只看到局部，便被不合作的劣馬往下拉扯，跌盪回到下面；有些更因拉力過大，根本不能超越天際……不管能否一窺理型，馬匹的翅膀都因掙扎過度而毀損，靈魂往下墜落，進入凡間軀體，投生成不同生物。依據之前看過真實世界的情況，靈魂降生成不同類型的人：[37] 看過最多的可能成為愛智愛美的人，也許是繆斯追隨者或愛戀中人，[38] 其次是投生為守法的君王或善戰的勇士，再來是政治家、家族管理者或商人，第四是體育教練或醫生，第五是預言家或祭司，其下是詩人或模仿藝術家，第七類是工匠或農夫，接著是辯士或政客，最後第九是暴君。今生的生活操守，影響下世投

---

[37] 《斐德羅》，248c好像說只有少數靈魂能看到真實世界，這些都不用降生進入身體，而要降生的都沒有看過真實的理型。但這不符合蘇格拉底整段的論旨，也與其他描述衝突：248d說看到最多的便降生為愛智者，而249b更明確地說全沒有窺看過理型的，根本不能降生為人。降生以前能看到真實理型，是柏拉圖的知識其實是回憶（*anamnēsis*/recollection）理論的基礎。參考 Graeme Nicholson, *Plato's Phaedrus: The Philosophy of Love* (West Lafayette: Purdue University Press, 1999), pp. 187–188。

[38] 在《會飲篇》裏「愛智」和「愛美」關係密切，知識很美，而追尋美自身（即美的理型）更代表追尋智慧。繆斯的追隨者回應上文第三種源自繆斯的迷痴，當中有詩人，但他們歌頌前輩英雄事跡，有教育貢獻；他們跟第六類與模仿藝術家並排的詩人不同。有關柏拉圖對詩人和模仿藝術家的評論，參閱《理想國》卷二、卷三（376c–398b）和卷十。

生；[39] 一般而言，經歷十次投生，一萬年後靈魂重長翅膀，飛回天界，脫離重生輪廻。[40] 如果連續三次降生都能做到追求智慧，或者以求智慧為目的戀慕男孩，即可提早於三千年後返回天家。這就是神話所說靈魂的命運。

　　靈魂降生後翅膀被折斷，羈困於身體之內，忘記了降生前看過的世界。在經驗世界中，沒法找到真正的理型，只有不完美的影像（*homoiōma*/image/likeness）。真正的美不單永恒不變，而且不管從什麼角度觀看都一樣；真實的公義也如是，不論從那個角度評論，不論在什麼情況下分析，都是義。然而人間的美不只隨時間改變，更重要是從不同角度看同一個人，或者同一個人的身體、臉孔等不同部分，美都不一樣（《會飲篇》，211a–b）。至於義，歸還借來之物可以是義，但如果從朋友借來一件武器，他卻失去理智，這樣把武器歸還他便不算是義（《理想國》卷一，331c）。在理型世界的美和義則不同，作為世間美和義事物的根源，與及相關知識的對象，美與義的理型絕對不變。人生在世，只能通過理型在經驗世界的投影，喚起靈魂降生前目睹的真實世界。但在所有影像當中，只有美的投影最能喚起人記憶裏的真實，這不是經驗世界裏的美比其他善的投影更真實，更接近本質；而是一方面視覺是最銳利的感官，另一方面美的東西也更亮眼，更易吸引人的注意（250b–d）。[41] 要感受到一件

---

[39]　《斐德羅》，248e–249a 說人的命運取決於他前生的道德操守，但249b 卻說人可以選擇來生以什麼形式過活——唯一條件是沒有看過真實理型世界的不能選擇做人。在別的對話錄，柏拉圖表達不同看法。《理想國》人可揀選，《蒂邁歐》（*Timaeus*）則強調前世生活決定來生命運。在本文裏，蘇格拉底說人死後根據生前行事得到賞罰，直至一千年滿後重新投生為止，248e–249a 所說的命運可能指這段世間的賞罰。

[40]　一萬年十次投生，即死亡後要等到滿一千年，才再有另一次人世間的生命。

[41]　Ferrari, *Listening to the Cicadas*, pp. 141–150 中有詳細的論述。據 John Sallis,

事情或一個行動中表現的義，往往要從不同角度分析，要我們在生活上對義有體驗；但美的事物，特別是美麗的人，卻能直接打動人心。至於有怎樣的共鳴，則取決於每個人降世前對真實理型世界目睹多少，和降生後的成長教育。不少人看到美麗的身體，只希望滿足軀體的欲望，於是和女性結合、生兒育女，甚至和男孩交好，滿足違反自然的愛欲 (250e–251a)。[42] 另一方面，那些對降生前看過真實世界的人恍惚仍有絲毫印象，對哲學探索有特別天賦，看到美麗身體後震撼很大，心裏燃起強烈欲望，但這欲望不會變為性欲，反是喚起降生前的經歷，成為驅動靈魂回溯真實理型世界的力量。靈魂在拉扯掙扎往上時，翅膀折斷，投生後只拘束於形體之內。蘇格拉底以羽翼重生來形容這向上的動力：

> 當他看到 [一個男孩] 天神般的儀容或身材體態，那能表現真正的美，顫抖是當下的反應，他再次感受到那股惶恐，定下仔細凝望，便會心存敬畏，像面對神明一樣，要是不怕被看作瘋子，他更會侍奉這俊男，猶如供奉神像神明一樣。看到這孩子後，適才的顫抖變為冒汗，熾熱難耐。他感到溫暖，看著美從男孩散發而出，[43] 通過眼睛進入他的體內，並滋潤 [靈魂裏] 羽翼

Being and Logos (Bloomington: Indiana University Press, 1974), p. 106，Phaedrus 有亮光的含義。Henry George Liddell and Robert Scott 的 *A Greek-English Lexicon*，和 Franz Passow 的 *Handwörterbuch der Griechischen Sprache* (Darmstadt: WBG, 2008) 都沒有收入 *phaidros*；但與它相關的字詞，則多帶亮光的含義，如動詞 *phaidrunein* 有 make bright、cleanse 的意思。

[42]　這裏所謂違反自然的男同性關係，應指純粹滿足性欲的肉體關係，參閱 Harkforth, *Plato's Phaedrus*, p. 98 的解釋。晚年的柏拉圖在《法律》(636c) 借雅典來客說明同性性關係只求滿足情欲，違反自然。男同性關係雖是《斐德羅》和《會飲篇》兩篇的背景，但蘇格拉底和迪奧提瑪都「淨化」了同性關係、排除了性欲，同性關係變成共同追求智性的生活的伴侶。

[43]　外物會散發微粒，當這些微粒進入人的感官，便會形成色、香等不同感

的幼芽。幼芽的周遭久已硬化，阻礙其成長，渾身暖和後，幼
芽周遭開始融化。營養充足下，羽管茁壯並從根部向靈魂各部
位生長——從前整個靈魂都長滿了羽翼。這樣，整個靈魂都在
沸騰，羽翼躍躍而出，好似小孩牙齒要長出來的時候，牙齦
又癢又痛，靈魂裏羽翼要長大時的感覺也是如此——羽翼茁
長時，靈魂到處焦躁不安，癢癢欲動。假若看到那俊美的
男孩，接收到他美貌的流射時——這是我們稱之為情欲之流
(*himeros*)[44] 的原因，靈魂會得到滋潤和溫暖，痛苦減輕，愉快
起來。可是與那男孩分開後，靈魂便乾涸起來，羽翼生長的孔
道也變乾而堵塞，羽管不能茁長，卻為情欲困逼，好像脈搏一
般跳動，戳向所有生長孔道，靈魂各處受刺，痛極瘋狂。但當
憶起男孩的美貌，靈魂又重拾歡欣。在 [痛楚與歡欣] 二者交雜
下，靈魂因這不尋常的衝擊而困擾，瘋狂得不知所措；在狂熱
中夜不入睡，白晝也不得安靜下來，而是四方亂闖，希望看到
那美麗的孩子。看到他以後，得到新的情欲滋潤，方才閉塞的
通道又再開啟。當下刺痛消除，靈魂才得以喘息，並在這刻吸
取那甜美的歡樂。因此靈魂絕不願意離開這俊美的孩子，也不
承認有誰會比他更漂亮；連母親、兄弟和朋友都置諸不理，並
且不管家財，即使財產損失也不屑一顧；甚至過去極為注意的
優雅言行都置諸腦後，靈魂爭取盡量親近希冀的對象，服侍
他，在他身邊睡眠。因為在敬畏這美麗孩子之外，靈魂發現他
能治好裏面極大的痛楚。這種狀態人稱為愛……（251a–252b）

覺。這是古希臘恩培多克勒 (Empedocles) 的理論，參考其殘篇 DK 31
A86、A92。柏拉圖在《蒂邁歐》解釋視覺時 (45b–c、67d–e) 也用上這理論。
[44]　解作 yearning、desire、love 的 *himeros*，來自 *merē* (微粒)、*ienai* (前進) 和
rhein (流動)。參考 Nehamas and Woodruff, *Plato: Phaedrus*, p. 40n99；和
Hackforth, *Plato's Phaedrus*, p. 97n1。

蘇格拉底詳盡地描寫一個愛智的人遇到一個像天神般美的人後的反應。與「凡夫俗子」不同，他看到美男子的即時反應是顫抖（*phrissein*/shudder）。害怕失態被人譏笑是顫抖的原因之一，但更根本的原因是這俊美的男孩隱含神性的震懾力。這力量不來自這個人，他奉那孩子為神明，不在他真的是神，而是神性的美在他身上隱現。對柏拉圖而言，不朽不變的理型是神性的，甚至是神。[45] 初則顫抖，繼而懊熱冒汗，這裏蘇格拉底暗用了女詩人薩福（Sappho，約公元前630年－前570年）描寫看到美麗女子的身體反應；[46] 薩福以第一人稱刻劃女性看到女性的迷痴，蘇格拉底則借用作表現男與男相遇的震撼。但如 Ferrari 指出，懊熱冒汗在薩福原詩裏是真實身體反應，在蘇格拉底口中卻很快從生理進入心理層面，[47] 文中的主語也很快從「他」變為「靈魂」。美挑起欲望、帶來刺激，但刺激不轉化為性欲，而是驅動靈魂往上提升，重回天上的真實世界，蘇格拉底形容本已折斷的翅膀又重新長出。可是回歸的衝動不只帶來歡樂，羽管重生像小孩長牙一樣「又癢又痛」，只是來自俊美的面孔體態的情欲之流，會帶來歡愉和減輕痛癢的感覺。可是與男孩分開後，剛長未長的羽翼失去了情欲的潤澤，在靈魂裏到處戳刺，使其癢痛難耐，故此靈魂要盡量接近他，以減輕難忍的煎熬，維持羽翼的成長和上升的動力。在大多數人而言，美貌挑起性欲，性欲得到滿足後刺激也就舒

---

[45]　可參閱 Christoph Horn and Christof Rapp, *Wörterbuch der antiken Philosophie* (Munich: C. H. Beck, 2008), pp. 431–432, 440。《會飲篇》（212a）說沿愛的階梯攀上最高處的，能與真正的美交接，也是神的朋友，所指的神是美自身和其他理型。

[46]　薩福 31 選段。

[47]　Ferrari, *Listening to the Cicadas*, p. 154. Ferrari, pp. 154 ff. 和 Lebeck, "The Central Myth of Plato's *Phaedrus*," pp. 272–276 對這段有詳細討論。Lebeck 側重分析用詞和意象的呼應，而 Ferrari 則闡述意象和比喻的含義。

緩下來；但由美貌觸發的靈魂起動，卻是喜痛交集，掙扎、忍耐、瘋狂。這複雜的反應，一方面因為那孩子不會永遠在身邊，但另一方面靈魂往上提升，也得衝破軀體局限，好像乳牙要破齦而出一樣，戳刺躍動等狂態正是突圍而出的掙扎。呂西亞斯默許理智和有節制的關係，強調非理性的愛情讓追求者漠視自身利益，易與親人磨擦，加上終日與所愛者在一起，在別人眼裏像瘋子一樣（231a–232b）。呂西亞斯主張的理智，蘇格拉底緊接著從理論上說明迷痴引起的問題，似乎補充了呂西亞斯的見解。現在蘇格拉底形容靈魂被美所震動的人會坐立不安，不顧言行儀態，不理親人好友，甚至連家財也拋諸腦後，這不僅肯定迷痴，反駁了呂西亞斯，也推翻自己剛才似是而非的論點。即使愛智之人遇上亮麗的美貌，也會陷入迷痴，但這是神性的，因為現世的美會喚起降世前看過真實世界的印象。印象儘管模糊，但足夠刺激靈魂，啟動其自我提升。這種迷痴有兩個特點：第一是受到感動的人要有「開放」態度，接受美的衝擊，投入激情和瘋狂，不要害怕失控、被人取笑；[48] 其次是美有指向、引導的作用。[49] 那俊美的青年只喚起對真實的美的印象，不是追求的終點。蘇格拉底側重寫追求者靈魂內的反應，對於那美麗的少年，除了籠統地說他美麗以外，再沒多半句描述。[50] 事實上，靈魂要超越現世的形體美，追求者要由愛人進一步變為愛智，[51]「天上的」美才是羽翼成長後回歸的終點。另一方面，靈魂除理性外，還有氣性和欲望兩部分。在未降生時，靈魂已因為欲望拉扯而不能順利攀上蒼穹邊緣，即使有部分最終能一窺真實世界，但過程充滿擾攘；降世以後，欲

---

[48]　參閱 Nussbaum, *The Fragility of Goodness*, pp. 211–212。

[49]　參閱 Ferrari, *Listening to the Cicadas*, pp. 147–148。

[50]　參閱 Ferrari, *Listening to the Cicadas*, p. 161。

[51]　參閱註 30。

望主要表現成各種身體需求。[52] 俊美的人固然可觸動靈魂上升，但對追求者卻有巨大的吸引力；男孩子變成追求的目標，動力不再朝上，而是轉往美麗的身體，欲望到底仍是拉動靈魂往下的力量。上文說靈魂長翅欲飛，不單只有喜樂，而是痛癢與欣喜交雜，但這只是張力的一面；另一方面，靈魂還要駕馭自身欲望的衝動，免得中途脫軌，回落到身體情欲的層次。對這理性與欲望的角力，蘇格拉底有生動詳細的描寫：

> 故事開始時我們把靈魂分成三部分 —— 兩部分好比兩匹馬，而第三部分則像御者，讓我們在這基礎上繼續。這兩匹馬當中，其一是好，另一卻不然。當時沒說明好馬有什麼優點，那壞的缺點又在哪裏，我們現在需要解釋。那在較佳位置的高大挺直，昂首高鼻，毛色潔白，目如點漆，牠愛好名譽，卻不忘謙遜和自制，尊重合理的意見，不需鞭策便聽從訓示和指令。另一匹則曲背臃腫，頸項歪斜，獅子鼻，毛髮黝黑，灰眼，容易激動，暴戾而浮誇，耳長亂毛，魯鈍，不服任何鞭策棒打。當御者望向那可愛的形貌時，整個靈魂很快發熱，感到欲望刺激，那服從御者的良駒因著羞恥之心而後退，不會撲往那可愛的人；另一匹則不懼御夫鞭打，猛力前衝，用盡方法逼使御者與良駒撲向愛人，並喚起情欲的樂趣。他們倆起始極度不願，抗拒這邪惡卑下的威逼，但以劣馬纏擾不斷，最後惟有妥協，被牠牽著，順從其要求，走近少年。但當御者近睹他那眩目之美時，便 [隱約] 憶起美的本質，看到美與節制並立在神聖土地上。他對此充滿敬畏，連忙後退，並把韁繩順往後拉，兩駒便

---

[52]　《理想國》卷四 (437d、439d) 說，飢與渴是欲望最明顯的 (*enargestatai* / most visible and conspicuous) 表現。

都跌坐下來：當中一匹心甘情願，因牠從不抗拒；另一匹野馬則極度不願。兩匹馬在後退時，其一既羞愧又驚愕，渾身冒汗；另一受口鐵撞擊，失足跌倒，但疼痛方過，還未回過神來，便怒極大罵，責備御者和同伴懦弱陰柔，未能履行承諾；並重新施壓，逼迫他們前進；在他倆苦苦懇求下，好不容易才答應推遲行動。約定時間到後，即使他倆裝作忘記，牠仍提醒他們，嘶叫著強制御者與好馬隨行，逼他們照本意接近那可愛之人。走近他時，黑馬低著頭，豎直尾巴，緊咬口鐵，拖拉其他兩個徑直前衝。此時御者的感受比上次更強烈，像〔其他〕御夫在賽車起點繩子前一樣，退縮起來，並使勁把劣馬咬緊的口鐵往後拉動，弄得牠那愛謾罵的舌頭和面頰皮破血流，跌坐地上，疼痛不已。經過三番四次相同經驗，劣馬最後放棄頑抗，順從御者指示，每當看到漂亮臉孔時，都嚇得要死。最後追求者的靈魂才能戒懼謹慎地追隨所愛的人。（253c–254e）

在《理想國》卷四（439c），蘇格拉底用口渴的人要不要喝水表現靈魂內不同的意見和傾向，這裏蘇格拉底形象地描述追求者靈魂內不同部分的角力掙扎，這種對感情反應的細膩刻劃，在柏拉圖對話錄絕無僅有。根據蘇格拉底在《理想國》的解釋，公義（*dikaiosunē*/justice）在於靈魂不同部分能和諧合作，並以理性決定為依歸。[53] 這裏追求者的理性最後能在氣性協助下駕馭欲望，平息內在衝突，能

---

[53]　「蘇格拉底：那不就是說理性主導，因為理性有智慧，能照顧靈魂整體的福祉？氣性則服從理性領導並與之合作？」（《理想國》卷四，441e）蘇格拉底對義的解釋見於《理想國》卷四，443c–444a。有關義和靈魂的一致和諧，可參考 Mariana Anagnostopoulos, "The Divided Soul, the Desire for the Good," in *The Blackwell Guide to Plato's Republic*, ed. Gerasimos Santas (Hoboken: Blackwell Publishing, 2006), pp. 176–183。

夠以愛智的心追求那孩子和跟他相處，這是義的體現。那孩子終於被追求者的誠意打動，願意接近他，慢慢那男孩發覺他和親人朋友的關係都遠遠比不上跟愛他的人的友誼。兩人經常結伴，在健身或不同場合甚至有身體接觸，從男孩釋放出來的情欲之流（himeros）充滿了追求者，甚至從他身上流露出來，反射回男孩，並經由男孩的眼睛進入他的靈魂。男孩在不知不覺間墮進愛河，莫名所以地喜歡上那追求者。其實追求者就像一面鏡子一樣，那俊男從他身上看到自己美麗的樣子。受到美的觸動，男孩靈魂裏的翅膀也開始躍躍欲長，尋求與愛他的人常在一起，以減輕靈魂裏羽管戳動的煎熬，最後兩人終於日夕相處。當他們躺在一起時，各自靈魂裏的欲望黑馬都蠢蠢欲動，特別那男孩更無法抗拒任何要求，如果年長的追求者的理性配合謹慎能駕馭黑馬，二人便能過愛智式的感情生活，把重點放在追求智慧之上。這樣，活著的時候，他們過最幸福的生活；死後，他們再沒有身體的負擔，靈魂重新長好翅膀，贏得了人生這回合的勝利，也是神性的迷痴帶給人最大的福氣（255c–256e）。[54]

四、愛的哲學 —— 理性與感情的結合

蘇格拉底總結說，用神話（muthikos humnos / mystical hymn）描述了愛的迷痴，故事縱有荒誕，但總的合乎實情（265b–c）。他開始時說要藉此講明靈魂本質及其主動和接受能力，[55] 靈魂除不滅外還有不

---

[54] 假使追求者和男孩不以追求智慧為目的，而只追求良好名聲，他們的理性不能全然駕馭欲望，偶爾會順從欲望，尋找肉體滿足，但也不至沉溺於情欲。整體而言，他們仍可維持互相尊重的友誼。死後雖然翅膀還未能長成，但已踏出了重回天界的第一步，他們將會過光明幸福的生活，不會回到黑暗的下界，有一天終會長起翅膀，重返天際高處。

[55] 蘇格拉底的總結：265b–c；故事要說明的主題：245c。靈魂「自我」提升是其主動能力的表現，參考 Nicholson, Plato's Phaedrus, p. 201。

同部分，這是本質；此外靈魂如何受美貌刺激和怎樣自我提升，是
其接受和主動能力，也是靈魂的經歷和命運。對話錄開始時，蘇格
拉底問斐德羅「往哪裏去？從哪裏來？」(227a)，已點出了全篇的重
點，靈魂從理型世界來，最終也要回到那裏，這是靈魂、也是人的
歸宿，亦是柏拉圖哲學的最大關懷。根據蘇格拉底的神話，人要待
死後解除身體束縛，靈魂才能全面回歸天上的世界；但跳出《斐德
羅》的框框，人生在世時也能掌握理型知識。《會飲篇》裏愛的階梯
最高一級就是美的理型，如果人在世上不可能掌握理型，《理想國》
提出的哲學家王便成空談。只是人有身體的羈絆，不可能長久停留
在超越的理型世界，人必定要重回地面，也應該要回到人群世界，
盡哲學家的政治責任，全面回歸真的要待靈魂與肉體分開以後。掌
握超越理型是理性最高、最純粹的直觀能力的發揮，但這只是愛的
階梯最後一步，並非整個上升過程。柏拉圖在《斐德羅》形象地説明
靈魂的回歸並不順利，美的衝擊也不只帶來愉悦。證明開始前，
蘇格拉底説過「聰明的人 (*deinoi*) 不大相信，有智慧的 (*sophoi*) 卻會」
(245c)：*sophia* 有洞識真理的含義，*sophoi* 應指那些有潛質成為哲學
家的人，根據對話錄的思路，即是那些在降生前真實世界看得較透
徹的靈魂；[56] *deinoi* 有強大力量之含義，可用來形容有辯才的演説
家，[57] 他們有學問，説話有條理。呂西亞斯是著名辯士，他講求理
智，上文已提過蘇格拉底形容靈魂受刺激的反應，正與呂西亞斯的
觀點相反。一個不敢越雷池半步、處處強調清醒的靈魂，只能縛在
世俗自控 (*thnētē sōphrosunē* / mortal self-control / mind soundness) 的框

---

[56] 根據蘇格拉底在《斐德羅》和《會飲篇》的思路，只有神才有智慧，人只
能追求。參見《會飲篇》，204a；和《斐德羅》結尾，278d。但從文理來
看，這裏「有智慧的」應指人，即愛智的哲學家。

[57] Franz Passow, *Handwörterbuch der Griechischen Sprache.*

架內，成就非常有限。[58] 人不要害怕迷痴，但迷痴不等於完全受欲望擺佈，要使靈魂的翅膀能成長高飛，理性要控制欲望的黑馬。上文提過，在《理想國》(572e–573a) 裏，蘇格拉底把愛欲比喻為大雄蜂，瘋狂而長有翅膀，人被欲望控制，大雄蜂就成為靈魂之主，相同的形象，截然相異的狀態，在乎靈魂裏理性是否在關鍵時刻操主導之權。

《會飲篇》的主題也是愛，從有德育成分的少年之愛開始，包賽尼亞斯 (Pausanias) 提出重視道德美的屬天之愛 (*Erōs Ouranios* / Heavenly Eros)。他的重點雖放在道德培養，但言語間仍隱約觸及情欲滿足：[59]
迪奧提瑪說的靈魂上的生育，一個在智性上「懷孕」而希望有所成就的人，會找另一個貌美的人，二人長久相處，共同孕育智性「生命」(208e–209c)，這一方面承接包賽尼亞斯的屬天之愛，另一方面淨化了暗含的情欲成分，可以說柏拉圖重新演繹少年之愛。《斐德羅》刻劃的友誼正是這淨化了的少年之愛，與女祭司相比，蘇格拉底強調其感性部分。不論《會飲篇》提出的愛的階梯，還是《斐德羅》描寫的靈魂提升都是從美貌開始，即使終點是只能藉理性掌握的理型世界，起點卻是非理性的刺激，兩篇都展示了柏拉圖愛的哲學。相比之下，《會飲篇》側重對超越形體以至一切經驗界的美的掌握。參加者已表明聚會以理性討論為主 (176e)，六篇愛的讚辭相當於六次理性討論交流，迪奧提瑪雖說兩種「生育」，但重點在智性生育上面 —— 即使肉體生育的重點也在血脈流傳，而不是滿足欲望 (206c、208e)；最

---

[58]　《斐德羅》，256e；類似意見 244a–245a。

[59]　包賽尼亞斯認為在道德和知性成長的前提下，少年被愛者可滿足追求者的要求 (184c–e)。「滿足」原文 *xarizesthai* 有滿足對方情欲要求的含義 (to grant favour to a man)。作為切入點，《斐德羅》第一篇呂西亞斯的說詞也有情欲暗示，參閱註8。

後的愛的階梯，更以理性直觀純粹的美作爬升的終點，女祭司雖談到美的衝擊（206de），但只淡淡一句，且放在肉體生育的脈絡下，智性生育與情欲衝動好像全無關係。由此看來，即使題材相同，兩篇對話錄的重點並不一致。[60]《會飲篇》強調理性，宴會在詩人阿加松（Agathon）家裏舉行；《斐德羅》則說明迷痴的重要，對話的場景不在舒適安穩的屋子裏，也不在蘇格拉底熟悉的雅典城中，而是在城牆外的郊野。蘇格拉底放棄主導，樂意讓斐德羅引路，遠離熟悉的城區，走到傳說中風神波亞斯（Boreas）擄走少女俄里狄亞（Oreithuia）的地方：夏日的陽光、舒適的微風、清新的空氣、伊里蘇河（Ilisus）的流水，還有高大茂密的梧桐樹、柔軟的草地、貞樹的花香、清脆的蟬鳴……二人赤腳而行，踏進清冷的水中，甚至雙雙躺在草坪上，享受愉悅的感官刺激；在在暗示人不要困守在狹隘的理性屋子裏——呂西亞斯就在亞比格特（Epicrates）的家裏宣讀他愛的講詞（227b）——要開放自己，走進野外的聲色世界。《會飲篇》與《斐德羅》有不少可比較之處，雖然與《斐德羅》相較，《會飲篇》以人為主，並無明確提出靈魂不滅，[61]但論到對超越的歸趣，兩篇並無二致，各自提出上升之路。另一方面，《會飲篇》說追求愛是介乎人神之間的精靈（*daimōn*/spirit），代表人不斷自我提升的動力，人要從外在的形體美一步步提升到超越經驗界的美自身。如果說《會飲篇》放眼在終點，《斐德羅》則著重描寫起點：美貌的刺激、靈魂的衝動，沒有失控的迷痴，靈魂便無法起動回歸；不能駕馭上升和下滑的張力，羽

---

[60] Martha Nussbaum 強調兩者的不同：《會飲篇》仍在《裴多》和《理想國》的脈絡之下，強調理性的自足。參考其 *Fragility of Goodness*, pp. 200–233, esp. pp. 211–217。

[61] 《會飲篇》裏迪奧提瑪強調靈魂生育，追求不死，但正如Morgan所說，沒有明確提出並不等於柏拉圖放棄「靈魂不滅」這柏拉圖哲學的中心思想。參閱 Morgan, *Platonic Piety*, p. 91。

翼也不能豐滿長成，愛就是靈魂接受衝擊而躍躍欲飛的種種情緒反應。蘇格拉底首次離開雅典城區，[62] 在眾多對話錄裏，也只有這篇的場景在郊外，也是唯一一次柏拉圖讓蘇格拉底踏進開闊的野外，[63] 說明迷痴對理性追求的重要。愛在《斐德羅》裏是神，地位比精靈高，表明柏拉圖對感性的重視。

　　文章開始時說過，一般人認為哲學「離地」，同學讀完《會飲篇》後覺得篇裏所說的愛與他們理解的不大一樣。柏拉圖的愛不限於人際關係，更不僅是男女之情；愛是渴望擁有，這在《會飲篇》固然如此，即使在《斐德羅》裏愛側重指靈魂內扎動，但歸根究底也是對美的追求。[64] 再者，不管愛的階梯抑或靈魂搏動都有上升之意，柏拉圖的愛朝向永恒真實，也確實離地，他的哲學以理性為主導，以超越世界為中心，理型的直觀更是高階的理性活動。但對柏拉圖和他的老師而言，哲學不單是推理分析，更不限於直觀。理性不只是冷冰冰的智性活動，哲學是愛智 (*philo-sophia*) 之學，哲學家是愛智者 (*philo-sophos*)，[65] 理性要接受「誘惑」，愛是感性追求，起點在我們生活的經驗世界。由此看來，柏拉圖哲學確有「著地」的一面：著地但不緊貼於地，理性最終要帶動靈魂上升，離地卻不乾枯。《斐德羅》種種細膩的內心變化和《會飲篇》裏蘇格拉底生動的形象，都點明哲學是有血有肉的生活方式。無疑柏拉圖不重人間情愛，但人生所事也不限於此，他對追求和自我提升的執著，於我們思考人生當有一定的啟發。

---

[62]　斐德羅：「……你不但不曾去過外地，甚至從未離開過雅典城牆。」(230d)

[63]　《理想國》對話地點在雅典城外比勒斯 (Piraeus) 玻勒馬庫斯 (Polemarchus) 的屋子裏；《法律》的背景在遠離雅典的克里特島 (Crete)，但蘇格拉底沒有參加討論。

[64]　粵語的「我愛」亦有「要擁有」的意思。

[65]　《會飲篇》，204ab；《斐德羅》，278d。

延伸閱讀

- Martha C. Nussbaum, *The Fragility of Goodness: Luck and Ethics in Greek Tragedy and Philosophy*. Cambridge: Cambridge University Press, rev. ed. 2001.

  第六章有關《會飲篇》、第七章有關《斐德羅》的論點明確，分析清楚深刻，著重《會飲篇》與《斐德羅》的分別，突出後者強調感性和迷痴的重要。

- Alexander Nehamas and Paul Woodruff, *Plato: Phaedrus*. Indianapolis/Cambridge: Hackett Publishing, 1995.

  譯文清晰並附有譯注，能幫助讀者掌握對話錄的脈絡；書首前言詳細介紹對話錄背景、結構和主要論點，是一本不錯的《斐德羅》英譯。

- Giovanni R. F. Ferrari, *Listening to the Cicadas: A Study of Plato's* Phaedrus. Cambridge: Cambridge University Press, 1987.

  作者想得深，寫得細；人不但有理性，也有情感需求，對情感在哲學追求、在人自我完善上的作用，分析詳盡。本書不是逐字逐句的解釋，而是對《斐德羅》的全面掌握和再發揮。

《論語》的情感世界

劉保禧

一、引言

　　《論語》是語錄體，篇章的鋪排沒有什麼層次，甚至可以説是毫無條理。[1]初步接觸這部經典，難免覺得無從入手。如何理解《論語》，確是一個問題。

　　「仁」是《論語》的核心。根據統計，「仁」在《論語》出現達109次。[2]此外，歷代注疏、當代詮釋普遍承認「仁」在《論語》的核心地位。有了文本與義理的證據支持，我們不妨直言：把握到「仁」的意思，亦即把握到《論語》的核心。不過，《論語》的「仁」卻是難以定義的。以《論語・顏淵》為例，孔門弟子顏淵、仲弓、司馬牛、樊遲先後問仁，得到了孔子四個不同答覆：「克己復禮為仁」(12.1)；[3]「出門如見大賓，使民如承大祭。己所不欲，勿施於人。在邦無怨，在

---

[1]　劉殿爵嘗試辯解，《論語》的頭十五篇不是隨意編訂而成，各章次序其實有內部的組織 (internal organization)。譚家哲更宣稱《論語》的字句與篇章都有著精密而全盤的計劃與結構。以上説法都有參考價值，但亦值得商榷。為免行文蕪雜，茲不贅論。詳見 D. C. Lau. "The *Lun yü*," in *The Analects* (Hong Kong: The Chinese University Press, 2010), pp. 263–275；譚家哲，《論語平解》(台北：漫遊者文化，2012)。

[2]　楊伯峻譯注，《論語譯注》(北京：中華書局，2009)，頁219。

[3]　關於《論語》的編碼，本文以楊伯峻的《論語譯注》為本，下同。

家無怨。」（12.2）；「仁者其言也訒」（12.3）；「愛人」（12.22）。四個回答，有沒有輕重先後之分？能不能夠一以貫之？

　　李澤厚提醒讀者注意《論語》的「問」字：「孔子講『仁』講『禮』，都非常具體。這裏很少有『什麼是』（what is）的問題，所問特別是所答（孔子的回答）總是『如何做』（how to）。」[4] 換句話說，孔子的回答根本不在意給予「仁」一個普遍客觀的定義，而是針對具體情況（例如學生性格），指導問者如何行動。這種因材施教的教育方式，正是「仁」難以定義的深刻原因。孔子的回答不是概念解釋，而是行動指示。

　　縱然面對如此困難，二十世紀以來，學人仍然孜孜不倦鑽研《論語》，嘗試以現代學術方式闡釋《論語》的「仁」，為我們留下豐碩的研究成果。[5] 大體上，學界過往討論多以「知」（理性）與「意」（意志）為主導，而罕見以「情」（情感）來把握「仁」的意思。本文將會闡釋兩種閱讀「仁」的觀點，一種從理性的觀點看，另一種從情感的觀點看；同時，我會評價後者（從情感的觀點看）才是《論語》乃至儒學的核心關懷。

二、以理統情：「主體性」的詮釋

　　儒學在二十世紀面臨鉅變，中國大陸經歷新文化運動、文化大

---

[4]　李澤厚，《論語今讀》（北京：三聯，2008），頁4。

[5]　儒學在二十世紀雖然面對不少驚濤駭浪，但是《論語》研究的成績卻不遜於以往任何一個朝代。根據錢穆所述，古人理解孔子，本來重視《春秋》多於《論語》，只是近一百年的孔子研究，重心轉向了《論語》：「只有最近幾十年，一般人意見，似乎較接近兩宋之程、朱，因此研究孔子，都重《論語》，而忽略了《春秋》。」詳見錢穆，〈孔子與春秋〉，《錢賓四先生全集（8）：兩漢經學今古文平議》（台北：聯經，1994），頁263–265。

革命等變革，每次都以儒學作為批判的重心，斥之為封建、毒草。在這個背景下，一群逃避中國戰亂的學人南來香港，重新評價儒學得失。這些學人在香港聚合成一股學術力量，他們運用哲學思辨，重新界定了《論語》以至儒學的意義。

以「主體性」（subjectivity）概括儒學的精神，可謂這些學人的共同旨趣。[6] 牟宗三（1909–1995）與勞思光（1927–2012）論學切磋，時有分歧。然而，兩人談論儒學的主脈精神，文字卻是如出一轍（尤其在1960年代）。兩人都認為「主體性」可以概括儒學的特質，並肯定儒學的主體性以道德為本。[7] 接下來的問題是，所謂「主體性」是什麼意思？為何「主體性」可以概括儒學的精神？為了方便討論，下文只以勞思光為範例，說明「主體性」的詮釋有何特質。[8]

6　在這些南來學人中，錢穆並不欣賞哲學思辨，亦沒有標舉「主體性」。下文會作詳述。

7　牟宗三說：「用一句最具概括性的話來說，就是中國哲學特重『主體性』（subjectivity）與『內在道德性』（inner morality）。中國思想的三大主流，即儒釋道三教，都重主體性，然而只有儒家思想這主流中的主流，把主體性復加以特殊的規定，而成為『內在道德性』，即成為道德的主體性。」見牟宗三，《牟宗三先生全集（28）：中國哲學的特質》（台北：聯經，2003），頁4。勞思光則說：「儒學之『主體性』，以健動為本，其基本方向乃在現象中開展主體自由，故直接落在『化成』意義之德性生活與文化秩序上。」見勞思光，《新編中國哲學史（2）》（台北：三民書局，2012），頁299。對「主體性」的重視，是兩人的共通點。至於兩人的理論分歧，所涉繁複，在此不贅。有興趣者可以參閱勞氏的自述，見勞思光，〈關於牟宗三先生哲學與文化思想之書簡〉，《思光人物論集》（香港：中文大學出版社，2001），頁107–112。

8　勞思光曾以專文探討《論語》，引用文本較為豐富，所述觀念如「攝禮歸仁」、「義命分立」亦較清晰；牟宗三則不曾以專文探討《論語》，所談主題「天道性命相貫通」相對玄遠。因此，本文只引述勞思光的詮釋，方便討論。

1. 理論的力量：基源問題研究法

　　勞思光詮釋《論語》，背後有一套獨特的方法，稱之為「基源問題研究法」。他解釋說，一套學術思想理論，必然是針對某個問題的回答。找到那個問題，就掌握到該思想理論的總體脈絡。[9] 以問題為中心，研究《論語》就不會盲目地逐條閱讀，而會思索諸多條目背後所對應的問題，繼而按照問題重新鋪排材料，這樣才是「整理」。據此，我們閱讀《論語》就有了立足點，會注意孔子重建秩序的理據，而毋須理會周禮的繁文縟節。譬如「食不厭精，膾不厭細。……割不正，不食。不得其醬，不食。」(10.8) 到底孔子的飲食習慣如何精細？割肉如何方正？配搭的是什麼醬料？如果你有雅興，固然可以逐一考證，甚至用《論語》考證孔子登過的山、觀過的川，但勞思光判斷上述問題都無關宏旨，因為瑣碎的歷史資料無助我們掌握孔子所思考的普遍問題。

　　經整理後，勞思光指出《論語》的基源問題是：「文化秩序的基礎何在？」春秋時代，一般儒生也會想到復興周禮，重建秩序。若孔子的思考到此為止，其貢獻絕不足以留名史冊。可是，勞思光判斷孔子是最早的中國哲學家，因為孔子復興周禮之餘，更追問復興周禮的根據：「最先提出一系統性自覺理論，由此對價值及文化問題，持有確定觀點及主張。」[10] 孔子的歷史時空異於今日，周禮崩壞與否跟我們沒有直接關係。不過，「面對社會既有價值崩壞」是普遍的現象，不只在二千五百年前的魯國發生。孔子從特殊的歷史機緣（周禮崩壞）而思索普遍的哲學問題（文化秩序的基礎何在？），正是理性思考的成果。

---

[9]　勞思光，《新編中國哲學史 (1)》（台北：三民書局，2012），頁 14。
[10]　勞思光，《新編中國哲學史 (1)》，頁 99。

2. 從周文到公心：攝禮歸仁

關於文化秩序的基礎，《論語》記述了一些相關的條目：

> 子曰：「周監於二代，郁郁乎文哉！吾從周。」(3.14)
>
> 林放問禮之本。子曰：「大哉問！禮，與其奢也，寧儉；喪，與其易也，寧戚。」(3.4)
>
> 子曰：「麻冕，禮也；今也純，儉，吾從眾。拜下，禮也；今拜乎上，泰也。雖違眾，吾從下。」(9.3)

孔子稱讚周代的文儀鼎盛，反映他肯定的是周文的秩序 (3.14)。不過，周文展示的生活秩序只是表象，孔子在哲學上的貢獻在於追問周文秩序的基礎。禮有本末之分，孔子承認「禮之本」是「大哉問」，可見他思考的正是禮之為禮的意涵 (3.4)。文本顯示，孔子承認禮可以「因革損益」，但變革不應該只是順從習俗，而應該有理據。例如，用麻來織帽本屬禮所規定，時人因省儉改用絲質，孔子表示認同；臣參見君，先在堂下磕頭然後升堂再磕，亦本屬禮所規定，時人免除堂下磕頭的規定，只升堂後磕頭，孔子認為是倨傲，「雖違眾，吾從下」(9.3)。由此可見，孔子稱頌周文，在於周文背後的「秩序性」。所謂秩序，根據不在歷史是否悠久 (傳統)，亦不在禮的實踐是否普遍(習俗)，而在其合理性(理)。禮制展示的生活秩序是末，要求有這種生活秩序的意識是本，也就是說，「求正當」的意識才是禮制的真正基礎。以《論語》的詞彙表達，這個基礎是「仁」：

> 子曰：「人而不仁，如禮何？人而不仁，如樂何？」(3.3)
>
> 子曰：「……夫仁者，己欲立而立人，己欲達而達人。能近取譬，可謂仁之方也已。」(6.30)

子曰：「仁遠乎哉？我欲仁，斯仁至矣。」(7.30)

孔子以反詰的語氣，表達禮樂制度的基礎是仁 (3.3)。《論語》的「仁」，意義眾說紛紜，但勞思光直言：「『仁』的解釋⋯⋯實際上不外兩點。一是指私念的消除，即指『公心』而言；另一意義則指意志之純化。」[11] 第一點的意思是說仁者的著眼點不是「私」，而乃是「公」；文本證據亦顯示仁者所樹立的理想、所通達的道理不是只顧一己之私，亦會惠澤他人 (6.30)。第二點的意思是說「仁」是人所自主的領域，而不是外在、遙遠的東西，只要我們自覺，就可以決定自己所行的方向 (7.30)。所謂「主體性」的詮釋，不過是綜合以上兩點，指出人的意志可以不受私欲束縛，而自主地踐行正當合理的事：「人類自覺心中有求正當的意志。當這一意志不受形軀的欲望牽引時，便能追求正當，實現正當。⋯⋯用現代哲學詞語說，『仁』即是指道德主體性。」[12]

　　勞思光突顯了作為主體的人有兩種特殊能力，一種是認知，另一種是意志。首先，人有能力認知是非對錯，能夠判斷傳統習俗中，什麼是合理和不合理的。這是主體的認知能力。然而，認知到什麼是合理的，不代表人就會如理踐行；認知以外，人還要摒除私念，決志執行所當行的事情。這是主體的意志能力。簡而言之，儒學的道德基礎是理性 (rationality) 與自主 (autonomy)。

　　孔子意識到普遍的哲學問題（「基源問題」），進而扣緊「仁」「禮」觀念闡明立場（「攝禮歸仁」）。有此問題意識，有此觀念立場，《論語》的條目就不再零碎散雜，而構成一套系統的理論。

---

[11]　勞思光，《中國文化要義新編》（香港：中文大學出版社，1998），頁15。
[12]　勞思光，《中國文化要義新編》，頁16。

3. 儒家的人文主義：義命分立

儒學不是觀念的遊戲，系統的理論尚不足以彰顯儒學的核心關懷。儒學必須進而處理安身立命的問題。「義命分立」一語，正是儒學對此問題的答覆。試讀以下條目：

> 子曰：「道之將行也與？命也。道之將廢也與？命也。公伯寮其如命何！」(14.36)

> 子路宿於石門。晨門曰：「奚自？」子路曰：「自孔氏。」曰：「是知其不可而為之者與？」(14.38)

> 子路曰：「不仕無義。長幼之節，不可廢也；君臣之義，如之何其廢之？欲潔其身，而亂大倫。君子之仕也，行其義也。道之不行，已知之矣。」(18.7)

根據勞思光的界定，「命」是客觀的限制，「義」是自覺的主宰。[13] 孔子明白道之行廢，有待於「命」(14.36)。即是說，道在現實世界是「行」是「廢」，有各種各樣客觀限制，非由人所決定。然而，道之行廢是一回事，道之「應否」行廢是另一回事。道之行廢，牽涉成敗問題；道之應否行廢，牽涉是非問題。時人嘲諷孔子「知其不可而為之」(14.38)，其實這句話正好展現「義命分立」的態度：不可，是命；知其不可仍然為之，是義。子路是孔子的得意門生，就深契箇中意旨。某次他遇上一位隱士，事後子路向孔子分辨自己與隱士之間的差異。君子與隱士同樣洞察到「道之不行」，故此兩者差異不在智力高低，而在如何面對「道之不行」。隱士選擇避世隱居，君子卻選擇盡義而為 (18.7)。事實上，子路的說話暗藏機鋒：他認為隱士

---

[13]　勞思光，《新編中國哲學史 (1)》，頁131。

只看到現實世界，不知道尚有一層價值世界。我能盡義而為，即使最終一敗塗地，也無損我生命的莊嚴。隱士只著眼於現實世界的得失成敗，君子卻能洞見「義」「命」兩個領域之間的分際。

如果我們真正掌握「義命分立」的意義，應當理解「義」較「命」更為重要。儒家經典千言萬語，無非為了肯定這一點價值意識。「義」的領域求之在我，儒者毋須祈求外在境遇之順遂，但求一己惟義是從，在此自主領域活出尊嚴。儒家不奉神權（基督宗教），不落物化（自然主義），又不求捨離（佛教），卓然獨立，成就一套別具特色的「人文主義」。[14]

勞思光儼如一位武學宗師，運用三句口訣就概括了儒學的精髓。「基源問題」刪削《論語》多餘的歷史枝節，讓人直接把握孔子的問題意識；「攝禮歸仁」展示孔子如何思索秩序的基礎，道明禮樂制度的基礎是人的公心；「義命分立」區分是非善惡與成敗得失，點出儒學的核心關懷是內在德性，而非外在際遇，從而為人類開拓一條安身立命的道路。

三、以情款情：儒家的情感世界

在勞思光的筆下，《論語》的零碎條目頓時變得條理分明，意義深刻。詮釋既然如此簡潔有力，還有什麼可議之處？

1. 人的自我理解：「主體」與「人格」

熟悉勞思光的學人，當會警覺他的詮釋環繞一個「理」字而開展。翻查整部《論語》，卻沒有一個「理」字。而他頻繁地運用「理」、

---

[14] 勞思光，《新編中國哲學史 (1)》，頁134–135。

「主體」等詞彙，高舉公心以免除私欲，強調意志以實踐自由，明顯沿襲宋明理學與康德哲學的用語和理路。《論語》有否相關觀念，恐怕不像勞思光說得那樣確定。

有趣的是，對於這種「以理統情」的方式，勞思光的弟子關子尹曾委婉地表示異議：「勞先生治學，一向強調『尊理』，並認為必須讓『理』於主體自覺中呈現。……先生論列主體時，一向側重『認知我』與『德性我』，特別是德性我更被認為是哲學問題之大本，這一點從『窮智見德』和『以理統情』等理論可見。而相對地『情意我』則較為輕視。」[15]「先生這種態度可說代表了康德 (特別是早期) 的看法……當然可以商榷」。[16] 關子尹的異議點到即止，沒有進而討論其師如何值得商榷；可是，關子尹對於以「理性」、「主體」為基礎的哲學，卻有相當深刻的省思，值得探討。

「主體」只是西方哲學其中一種對於人的自我理解，關子尹指出尚有另一種自我理解：「人格」(person)。為了說明「人格」的意義，他更自鑄新詞「以情款情」，以對照其師的「以理統情」。[17] 關子尹標舉情感之於個人存在的意義。他認為情感是人類基本的、具備實質意義的生活內容，甚至是人認識和參與世界的起點。一個具體的人，不是首先割裂為「人」「我」，繼而思考自己如何行動。「我」之為「我」，總是首先處於某個具體的人際關係脈絡下，彼此與共成長。這個現象，關子尹稱之為情感的「與共性」：「人類情感必須透過與他人分享、印證，乃至為他人付出，才得以原初地展現。」[18] 即是說，

---

[15]　關子尹，〈說悲劇情懷：情感的先驗性與哲學的悲劇性〉，《語默無常：尋找定向中的哲學反思》(香港：中文大學出版社，2008)，頁360。

[16]　關子尹，〈說悲劇情懷〉，頁360。

[17]　關子尹，〈說悲劇情懷〉，頁340。

[18]　關子尹，〈說悲劇情懷〉，頁327。

人的自我成長首先不是經過一己孤立的理性反思而成，而是在反思以前，人與人之間已經因情感而連繫，藉情感以成長，如此才有「我」的意識浮現。

　　一些語言運用的現象側證了以上的説法。關子尹援引現代語言學之父洪堡特（Wilhelm von Humboldt）的説法，指出「雙數」在語言上乃至思維上的意義。這裏所謂「雙數」，意指人類語言是以雙邊交談的原則而發展，其中所牽涉的兩個項目，就是「我」和「你」。[19] 觀察一下幼兒學習語言的過程，「我」字的運用並非一開始就出現，懂得運用「我」字描述自己，肯定是幼兒自我意識發展的一大突破。而懂得運用「我」字，跟懂得運用「你」字是同步的。當我們彼此溝通，每個人所用的「我」與「你」所指涉的人都不一樣。懂得正確運用「我」「你」二字，其實並不容易。事實上，我們是一併習得「我」「你」二字如何運用，沒有可能純粹習得「我」字的用法而不涉及「你」字。換言之，「我」字的學習本質上必然牽涉人我關係，自我意識亦然。自我不是首先孤立地出現，然後有他人，自我與他人是與共並存的。

　　然而，以「主體」為基礎的現代西方哲學卻以「我」作為一切事物的中心，造成個人與他人之間的割離。而這一點，正是勞思光詮釋《論語》乃至儒學的要害。綜觀勞思光的儒學，歸根結底，最終的根據是作為主體的「我」，藉此彰顯「承當精神」與「最高自由」的莊嚴。[20] 在他筆下，「禮」抽象為普遍的「秩序性」，「仁」抽象為普遍的「公

---

[19]　洪堡特説：「語言的根本性質裏包涵著一不可更改的二元性。説話（Sprechen）的可能性基本上被攀談和回答所決定。人的思維本質上即有歸趨於社群存在的傾向。為了滿足思維的需要，人類除了種種物質和感官的關係外，必熱切地企求一與『我』（Ich）相應的『你』（Du）。」轉引自關子尹，〈説悲劇情懷〉，頁331–332。

[20]　詳細討論見勞思光，〈後記：論「承當精神」與「最高自由」〉，載梁美儀編，《歷史之懲罰新編》（香港：中文大學出版社，2000），頁213–226。

心」，孝、悌、友、恭等觸及人際關係的具體情感均無地位，餘下只是一個獨立自主的「我」。這種處理方式無疑是乾淨俐落，卻犧牲了《論語》關於情感的豐富內容，亦有違文獻證據。關子尹觀察中國古代文獻如何談論「自我」，發現中國哲學（尤其儒家傳統）的文獻充分顯示對於一己的克制和責善，對他人的寬容、體諒與謙和，而不是強調以「我」作主：「中國哲學一向喜歡談人文主義與人文精神，從另一角度看，所謂人文精神，除了可喻之為主體性的顯露外，其實更可說成為具有東方色彩的人格主義。」[21]康德、主體性、中國哲學都是勞思光學問的樞紐，關子尹繼承其學而又有所轉進，箇中曲折可堪玩味。

可是，關子尹不是儒學專家，其說雖有洞見，但不足以動搖主體性的詮釋。有趣的是，二十世紀下半葉以來，主體性的詮釋固然主導了漢語學界的哲學學圈，但是仍有學人對於儒學別有所解，解說更暗合於上述的「人格」理論。

2. 情感為主：仁即人群相處之大道

錢穆（1895–1990）的儒學詮釋著重「情感」，即與主體性的詮釋大異其趣。他說：「在全部人生中，中國儒學思想，則更著重此心之『情感』部份，尤勝於其著重『理知』的部份。……『情』失其正，則流而為『欲』。中國儒家，極重視『情』『欲』之分辨。人生應以『情』為主，但不能以『欲』為主。儒家論人生，主張節欲寡欲以至於無欲。但絕不許人寡情，絕情乃至於無情。」[22]錢穆認為，儒學看重人的情

21　關子尹，〈康德與現象學傳統：有關主體性哲學的一點思考〉，《中國現象學與哲學評論》，第四輯（上海：上海譯文出版社，2001），頁173–174。

22　錢穆，〈孔子與中國文化與世界前途〉，《錢賓四先生全集（4）：孔子與論語》（台北：聯經，1994），頁353。

感多於理知,而且對於「情感」的把握很細膩,極重情欲之分。在文章中,他沒有細加解釋兩者差別,只透露傳統認為「情」是正面,「欲」是負面。我們不妨推測兩者的意思。當我們談「情」時,總會牽涉雙方,而雙方的情感是互動的,可謂休戚與共;但當我們談「欲」時,雖亦牽涉雙方,但其中的欲望是單向的,欲求對象只是為了滿足欲求者而存在。談及情感對象,我們會說「尊重」與「信任」,視對方為目的;談及欲望對象,根本談不上「尊重」或「信任」,對方只是滿足我欲求的工具。儒學重「情」,重在人群相處之互動交流,彼此藉情感以連繫,讓我們成為真正意義的「人」。而這一點,正是錢穆暗合「人格」理論的地方。

以上的推測,可以在錢穆的《論語新解》得到佐證。他在這部譯注首次出現「仁」字的章節 (1.2) 下了案語解釋:

> 《論語》常言仁,欲識仁字意義,當通讀《論語》全書而細參之。今試粗舉其要。仁即人群相處之大道。……然人道必本於人心,……由其最先之心言,則是人與人間之一種溫情與善意。[23]

案語的層次相當豐富。錢穆首先重申其書的宗旨:若要真正把握《論語》中的關鍵字詞 (例如「仁」),最恰當的方式是通讀全書,細加參詳。他清楚這樣有點強人所難,通讀全書誠非易事。案語由此進入第二層次。錢穆嘗試「粗舉其要」,解釋仁的意思為「人群相處之大道」。驟眼看來,他的理解似是粗略,然而回想一下勞思光對「仁」的理解 (「私念之消除」、「意志之純化」),則可見錢穆重視人群,而勞思光強調個體意志。「人群相處之大道」看似含糊,然而人群相處,應對是否得宜很視乎具體的關係,對待父母與對待朋友的態度就不

23　錢穆,《錢賓四先生全集 (3):論語新解》(台北:聯經,1994),頁7。

一樣。箇中分寸，不可一概而論。錢穆用語含糊，意在捕捉仁的廣闊意涵。不過，無論仁的意涵如何廣闊，錢穆認為仁是「必本於人心」。案語由此進入第三層次。在他看來，仁的基礎是「心」，而「心」最初是「人與人間之一種溫情與善意」。第二層次談及人群，第三層次進而談及人群的維繫在於情感。訴諸人類歷史，人群維繫可以通過宗教、經濟、政治等方式，而錢穆點出儒學連繫人群的基礎在於情感，由此帶出「情感」這個重大課題。可惜，案語至此點到即止，沒有再進一步引申發揮。

3. 「愛」與「敬」：《論語》的情感世界

在錢穆的解讀下，仁是「人群相處之大道」，彼此間有「一種溫情與善意」。以下我們嘗試以「情感」為線索，引申發揮錢穆的意念。限於篇幅，本文只能選取「愛」與「敬」兩字概覽《論語》的情感現象。「愛」字牽涉較廣，足以反映儒家對於情感的基本立場；「敬」字相對具體，卻又橫跨政治與家庭兩個領域，足以概括儒學情感的特色。

3.1. 「愛」

談到情感，我們不宜望文生義以為《論語》的「情」是情感。根據葛瑞漢（A. C. Graham）的觀察，宋代儒學的「情」（作情感解）與「性」（作本性解）雖然互相對立，但漢代以前典籍常見的「情」，卻非意指「情感」（passion），而是解作「事實」（the facts）。[24] 翻查《論語》，「情」出現了兩次（13.4、19.19），兩則材料的「情」字意指「真實情況」，都跟情感無關。[25]

---

[24]　A. C. Graham, "The Background of the Mencian Theory of Human Nature," *Tsing-hua hsüeh-pao* (*Tsing Hua Journal of Chinese Studies*), vol. 6 (1967): 259–260.

[25]　楊伯峻譯注，《論語譯注》，頁270。

《論語》的「愛」則反映了儒學關於情感的基本看法。「愛」在書中出現九次。[26] 次數雖然不多，但是「愛」與「仁」的關係密切，值得認真探索。其一，孔子重視家庭關係，特別關注子女如何對待父母，並以此作為「仁」與「不仁」的判斷根據；其二，孔子所肯定的君子、仁者，其生命特質都包括了「愛人」。因此，「愛」有助我們把握「仁」的意思，亦即有助我們把握《論語》的核心。在此先列舉相關材料：

> 子曰：「道千乘之國，敬事而信，節用而愛人，使民以時。」(1.5)

> 子曰：「弟子，入則孝，出則弟，謹而信，汎愛眾，而親仁。行有餘力，則以學文。」(1.6)

> 樊遲問仁。子曰：「愛人。」問知。子曰：「知人。」(12.22)

> 子之武城，聞弦歌之聲。夫子莞爾而笑，曰：「割雞焉用牛刀？」子游對曰：「昔者偃也聞諸夫子曰：『君子學道則愛人，小人學道則易使也。』」子曰：「二三子！偃之言是也。前言戲之耳。」(17.4)

根據以上條目，我們見到《論語》如何談論愛的對象。其中一個對象是普遍的「眾」或「人」，故曰「愛眾」(1.5) 或「愛人」(1.6、12.22、17.4)。這些條目所描述的情感現象並不具體，但是孔子肯定泛愛眾人是仁者與君子之所為。《論語》有「仁者愛人」、「君子學道而愛人」等說法，奠定後世儒者論仁的基礎。

> 子張問崇德辨惑。子曰：「主忠信，徙義，崇德也。愛之欲其生，惡之欲其死。既欲其生，又欲其死，是惑也。『誠不以

26　楊伯峻譯注，《論語譯注》，頁284。

富，亦祇以異。』」(12.10)

子曰：「愛之，能勿勞乎？忠焉，能勿誨乎？」(14.7)

孔子注意愛的分寸拿捏，如何恰當表達。有些人的愛是一時情緒，同一個人，喜歡他的時候要他生，厭惡他的時候要他死，孔子認為是迷惑(12.10)。此外，孔子認為「愛」包括勸勉他人勤勞向上(14.7)。如錢穆所注說：「愛其人，則必勉策其人於勤勞，始是愛者。」[27] 因此，儒學的「愛」不純粹是個人感受，還牽涉對待他人的舉措，這些舉措必須恰當表達，否則就不是真正的「愛」。儒學的「愛」有規範性，指導人的行為舉措。

子貢欲去告朔之餼羊。子曰：「賜也！爾愛其羊，我愛其禮。」(3.17)

宰我問：「三年之喪，期已久矣。君子三年不為禮，禮必壞；三年不為樂，樂必崩。舊穀既沒，新穀既升，鑽燧改火，期可已矣。」子曰：「食夫稻，衣夫錦，於女安乎？」曰：「安。」「女安，則為之！夫君子之居喪，食旨不甘，聞樂不樂，居處不安，故不為也。今女安，則為之！」宰我出。子曰：「予之不仁也！子生三年，然後免於父母之懷。夫三年之喪，天下之通喪也。予也，有三年之愛於其父母乎？」(17.21)

所謂「愛」的規範性，可見於孔子對於禮制的堅持(3.17)。子貢想免去每月初一祭祀要宰殺的羊，孔子則認為不可。當然，子貢並非否定禮本身的價值，而是認為「告朔」在當時已經淪為純粹形式，不如

---

[27] 錢穆，《論語新解》，頁496。

廢除。[28] 雙方爭議的問題是：淪為純粹形式的禮制是否還有保留下來的價值？子貢認為禮的形式主義不值得犧牲羊的生命，而孔子堅持即使淪為純粹形式的禮，其價值仍然高於一頭羊的生命。這裏牽涉禮制形式的意義問題，宜另文處理。可是，我們在此見到孔子的「愛」，所愛的對象已經不限於眾人，還包括「禮」的形式，其中更隱含了「愛禮」高於「愛羊」的價值判斷。這就是說，有些「愛」在價值上比較高，而有些比較低。

最後一則語錄（17.21）牽涉子女對於父母的「愛」，亦即牽涉家庭關係的情感。在這則著名的師徒對話中，宰我反對三年之喪，他的反對理由大體合乎儒學精神：三年之喪讓君子三年無法踐行禮樂，必然導致禮崩樂壞。既然世俗慣常以「舊穀」「新穀」去舊迎新的一年時間為標準，那麼守喪一年也很合理。孔子不評論喪禮的時間長短，而將問題轉向第一身的感受；在他看來，問題的關鍵不是守喪年期，而是守喪者的態度。所以孔子問宰我，父母三年喪期未滿，就享受華衣美食，是否心安？不料宰我坦言心安，孔子只好說「汝安則為之」。直到宰我退下，孔子終於向其他學生解釋自己堅持「三年之喪」的理由：其一，子女出生三年才能夠離開父母懷抱自行走路，「三年之喪」是回報「三年之懷」的恩情；其二，「三年之喪」是天下人都接受的社會規範，宰我不願遵守似是標奇立異；其三，宰我心安於守喪一年，他對於父母根本沒有「三年之愛」，於是孔子直斥學生「不仁」。從「安」、「不仁」、「三年之愛」等用語可見，孔子最重視的是子女對於父母有沒有情感，是否麻木不仁。如果說堅持禮制的形式重要（3.17），那麼堅持禮制的真正意涵（情感恰當表達）肯定更為重要。

---

[28] 關於「告朔」之禮，楊伯峻有詳細的補充。詳見楊伯峻譯注，《論語譯注》，頁29。

綜而言之，《論語》的「愛」牽涉對象甚廣，既有具體的人，亦有抽象的禮。後者更逐漸引申為儒學的大問題：在自然情感與禮制之間，應當如何表達才是恰當？放任情感流露不算是「愛」，只講禮制也是「不仁」。如何拿捏兩者的分寸，成為儒學情感現象的核心問題。而這問題，儒學的回答是「敬」。

3.2. 「敬」

徐復觀 (1904–1982) 認為中國人文精神始於周初「敬」的觀念。周人推翻商朝之初，因反省政權興亡而產生「憂患意識」。[29] 周初的人文精神本來只是統治集團的「敬德保民」，所謂「敬德」對於一般人並無意義。然而，孔子既保留了「敬」的政治意涵，又擴大其應用範圍，遍及人倫世界。試讀以下條目：

> 子曰：「道千乘之國，敬事而信，節用而愛人，使民以時。」(1.5)
>
> 子曰：「居上不寬，為禮不敬，臨喪不哀，吾何以觀之哉？」(3.26)
>
> 子曰：「小人哉，樊須也！上好禮，則民莫敢不敬；上好義，則民莫敢不服；上好信，則民莫敢不用情。」(13.4)
>
> 子曰：「知及之，仁不能守之；雖得之，必失之。知及之，仁能守之。不莊以涖之，則民不敬。知及之，仁能守之，莊以涖之，動之不以禮，未善也。」(15.33)
>
> 子曰：「事君，敬其事而後其食。」(15.38)

先談敬的對象。根據楊伯峻的查證，「敬」在《論語》出現21次，有兩個意思：(1) 對工作的嚴肅認真；(2) 對待人物真心誠意的有禮

29　徐復觀，《中國人性論史：先秦篇》(台北：台灣商務，1969)，頁22。

貌。[30]換句話說，敬的對象包括事（1.5、3.26、15.38）與人（13.4、15.33）。在細心觀察之下，以上條目所敬的「人」是在上位者：「其事上也敬」；「上好禮，則民莫敢不敬」；「不莊以蒞之，則民不敬」。我們從此可以見到「敬」的兩種政治意涵：其一，「敬」是處理政治事務的態度，無論是自己領導國家（1.5），或是侍奉君主（15.38），嚴肅認真的態度都是恰當的；其二，「敬」是民眾對待在上位者的態度，若然在上位者有恰當的行動（上好禮）與態度（莊以蒞之），自然獲得民眾的敬重。可以說，「敬」既是從政的條件，也是致治的成果。

> 子路問君子。子曰：「修己以敬。」曰：「如斯而已乎？」曰：「修己以安人。」曰：「如斯而已乎？」曰：「修己以安百姓。修己以安百姓，堯舜其猶病諸！」（14.42）

子路問如何成為君子，孔子答「修己以敬」，顯示「敬」牽涉一己的道德修養，擴而充之，更可「安人」、「安百姓」，可見從道德到政治是一個發展歷程。孔子如此重視道德，揭示了儒學在政治上的觀察。政治牽涉社群之內眾人如何相處的問題，亦往往牽涉管治與被管治的問題。一個在上位者，如何才能做到有效的管治？假設政治只是力量大小的問題，那麼管治之道就是嚴格管束一切武裝力量，慎防武裝叛變。可是，武力鎮壓不易得到民眾認受，反會惹來抗拒。孔子的著眼點是人的心理，他認為道德才是政治的關鍵。道德有動人的力量，人的心理會不由自主地敬重有德者，鄙棄失德者。惟有讓民眾心悅誠服，如此才能致治。但請注意，孔子的著力點不在理念證成，而在品德修養：「知及之，仁不能守之；雖得之，必失之。」（15.33）這裏再次觸及「理性」與「情感」的角力，孔子清楚地判斷「情

30　楊伯峻譯注，《論語譯注》，頁284。

感」的地位高於「理性」。情感之中又須莊重，最好能夠動之以禮。因為「上好禮，則民莫敢不敬」(13.4)，再次說明，「敬」既是從政的條件，也是致治的成果。

> 子謂子產：「有君子之道四焉：其行己也恭，其事上也敬，其養民也惠，其使民也義。」(5.16)
>
> 子夏曰：「……君子敬而無失，與人恭而有禮。四海之內，皆兄弟也。君子何患乎無兄弟也？」(12.5)
>
> 樊遲問仁。子曰：「居處恭，執事敬，與人忠。」(13.19)
>
> 孔子曰：「君子有九思：視思明，聽思聰，色思溫，貌思恭，言思忠，事思敬，疑思問，忿思難，見得思義。」(16.10)

孔子(以及子夏)談論仁人君子，往往「恭」「敬」並論，可卻沒有嚴格劃下兩者的界線，兩者在不同條目的應用範圍時有交疊。例如談論自我修養，既有「修己以敬」(14.42)，亦有「其行己也恭」(5.16)。然而，朱熹(1130–1200)認為「恭」「敬」有別：「恭主容，敬主事。恭見於外，敬主乎中。」[31] 意思是說，「恭」描述的是外在容貌，「敬」描述的是處事態度。從「貌思恭」、「事思敬」(16.10)等語句，可得印證。若然如此，難怪《論語》有時會以「敬」(內在情感)而非「恭」(外貌儀容)詮釋「孝」的意思：

> 子游問孝。子曰：「今之孝者，是謂能養。至於犬馬，皆能有養；不敬，何以別乎？」(2.7)
>
> 子曰：「事父母幾諫，見志不從，又敬不違，勞而不怨。」(4.18)

---

[31]　朱熹，《四書章句集注》(北京：中華書局，2012)，頁147。

兩則材料都以「敬」作為「孝」的內涵。孔子區別兩種「孝」的看法，
一種是今人認同的「養」，另一種是孔子認同的「敬」(2.7)。在孔子
看來，經濟上的養育不足言「孝」，惟有情感上敬重父母才算「孝」。
儒學重視人禽之辨，孔子以犬馬與父母對舉，區別「養」「敬」，語氣
已經很重。這種情感在對待父母時，有相當微妙的指導作用。孔子
認為，子女若發現父母有不當的地方只可以婉言相勸，表達意思後
父母仍不聽從，子女仍須存敬，不宜與父母衝突。「勞而不怨」一語，
可見「敬」的規範意義。「勞」是憂愁，「怨」是怨恨，兩者都是情感，
孔子以「敬」作主，規範子女可以為此憂愁，卻不應該怨恨 (4.18)。
以上例子再次印證儒學重視情感的分寸，既不認同無情之舉 (養)，
也不認同自然情感的直率流露 (怨)，而重視情感的恰如其分 (勞而
不怨)。錢穆此章讀得相當通透，原文沒有「情」「義」兩字，他卻洞
見情義的衝突：

> 本章見父子家人相處，情義當兼盡。為子女者，尤不當自處於
> 義，而傷父母之情。若對父母無情，則先自陷於大不義。故必
> 一本於情以冀父母之終歸於義。如此，操心甚勞，然求至情大
> 義兼盡，則亦惟有如此。苟明乎此，自可無怨矣。[32]

　　回想勞思光的《論語》詮釋，但言「公心」，這些牽涉具體人倫關
係的條目，似乎不曾落入勞氏法眼，錢穆卻見到父母子女相處之難，
曲盡箇中細膩情感。這裏沒有義命分立的豪情壯語，卻有情義難全
的操勞憂傷。我們未必認同錢穆情重於義的最終抉擇（「一本於情以
冀父母之終歸於義」），然而對照原文，錢穆以「情感」為本詮釋《論
語》，的確更能曲盡其情。

---

[32]　錢穆，《論語新解》，頁139–140。

4. 如何閱讀人文經典：「論文」與「譯注」

經過以上的討論，我們發現勞思光與錢穆的《論語》詮釋在觀念上有分歧，前者著重「理性」，後者著重「情感」。不過，以上的文本分析尚不足以說明兩人分歧的深刻之處，甚至有可能遮蔽了錢穆重視「情感」的真正意義。或者，我們可以從兩人詮釋《論語》所選擇的體裁入手，解釋兩位學人的真正分歧。體裁是思想的載體，思想必然是以具體的形式表達出來。勞思光自覺地選擇了「論文」，[33] 錢穆則選擇了「譯注」，其中必有深意。

勞思光以學術論文表達孔子的思想，與孔子之間的地位較為平等，論述目的在於理性地闡釋學問，評價是非得失。讀者毋須是儒學的擁護者，也可以從中窺見儒學智慧之一二。這種體裁合於勞思光素來強調的「在世界中的中國」。[34] 意思是說，要從中國學問提煉出開放元素，彰顯儒學之為「學」的普世價值。閱讀人文經典，就是為了學習如何從個別文化提煉普世價值，鍛鍊解決問題的抽象思辨能力。

對此思路，錢穆深表懷疑。[35] 1963年，《論語新解》出版，他另

---

[33] 勞思光的《中國哲學史》在1974年以專書形式出版，在此以前，書中的內容已在1961至1963年間以學術論文形式刊載於《大學生活》。關於勞思光的著述，詳見劉國英、黎漢基編，〈勞思光先生著述繫年重編〉，載劉國英、張燦輝編，《無涯理境：勞思光先生的學問與思想》（香港：中文大學出版社，2003），頁283–338。

[34] 勞思光，〈旨趣與希望〉，載劉國英編，《危機世界與新希望世紀：再論當代哲學與文化》（香港：中文大學出版社，2007），頁221。

[35] 1949年，錢穆南來香港，早已卓然成家，而勞思光尚在北京大學就讀本科；《論語新解》（1963）的出版，亦早於勞思光的《中國文化要義》（1965）與《中國哲學史（卷一）》（1968）。可以推斷，錢穆是真切認同「情感」之於儒學的地位，而非針對勞思光的論述。

外撰文交代出版緣由。[36] 在文章中，他敘述成書經過之後，「以下略
告讀者所應注意之一點」，「若我們依著研究西方哲學的心習來向《論
語》中尋求，往往會失望」。[37] 他說西方的大哲學家總有線索條理、
系統組織；所提問題，所用觀念，都有明確的界說與結論。「讀中國
書則不然。即如《論語》，頗不見孔子有提出問題，反復思辨，而獲
得結論的痕跡。」[38] 在錢穆的心目中，以哲學方式「整理」《論語》，
根本有違孔子待人議事的方式：「孔子只就人與事來論仁，並不見有
超越了人事而另提出一套近似於哲學玄思的『仁』的問題來。」[39]「若
抽離了具體的人和事，超越了具體的人和事，憑空來討論思索，那
便近於西方哲學思想的格套。」[40] 在這種思路下，錢穆對於閱讀《論
語》，有相當苛刻的要求：其一，他預設讀者是中國人，而《論語》
是中國人的必讀書。[41] 其二，他認為閱讀《論語》的最好方式是遍閱
全書，不放過一字一句。[42] 其三，每個中國人一生應該遍讀《論語》
四十至一百遍，藉此改變社會風氣。[43]

　　錢穆的閱讀方式如此苛刻，意在說明哲學的所謂「理解」不合於
《論語》。《論語》並非運用概念、命題、論證的方式組織成文，一旦
抽象為某種所謂「普世價值」，反而有礙我們理解《論語》的意義。若
將《論語》具體的情感如孝、悌、友、恭等抽象為「公心」，那說不上
是提煉，反而像是瓦解。我們對待父母兄弟，也不會將他們視為抽

36　錢穆，〈漫談論語新解〉，《孔子與論語》，頁95–117。

37　錢穆，〈漫談論語新解〉，頁105。

38　錢穆，〈漫談論語新解〉，頁105。

39　錢穆，〈漫談論語新解〉，頁107。

40　錢穆，〈漫談論語新解〉，頁110。

41　錢穆，〈孔子誕辰勸人讀論語並及讀論語之讀法〉，《孔子與論語》，頁49。

42　錢穆，〈漫談論語新解〉，頁111。

43　錢穆，〈孔子誕辰勸人讀論語並及讀論語之讀法〉，頁50。

象的「人」。他們都是活生生有血有肉的。錢穆認為，理解《論語》就
像認識父母兄弟，我們不會以理念「把握」自己的父母兄弟。同樣道
理，即使我們把握了「攝禮歸仁」、「義命分立」等觀念，也不等如我
們理解儒學。於是，錢穆自覺地以譯注方式表達孔子的思想。注者
與孔子之間的地位主從分明，譯注目的在於全面地呈現孔子言行，
以表示一種溫情與敬意。錢穆素來強調「求學與做人，貴能齊頭並
進，更貴能融通為一」。[44] 意思是說，求學與做人兩不相分，才是儒
學之為「學」的真正意義。他認為《論語》是中國文化之本，就像父母
是子女之本，值得誠敬對待。錢穆的苛刻要求，必須放在這個脈絡
之下理解，我們才能夠明白他的用意，縱使我們不必完全認同。閱
讀《論語》，就是為了學習自己文化的根本，塑造個人安身立命的價
值觀。

　　由此可見，兩人的分歧不純粹是體裁上的差異（「論文」抑或「譯
注」），也不純粹是詮釋方法上的差異（「普遍」抑或「具體」），而是
兩人的價值觀從根本上有重大衝突：勞思光認為價值是普遍的，閱
讀經典就是要提煉出普世價值；錢穆則認為「傳統」在價值上有優先
性，閱讀《論語》就是要培育個人的身分認同。兩人的分歧對於我們
如何閱讀人文經典甚有啟發：讀者「為何」閱讀一部經典，決定了自
己應該「如何」閱讀。如果讀者只想認識儒學的基本立場，略知《論
語》梗概，那麼勞思光的論著實屬不可多得的參考資料。如果讀者
已經認同儒家，希望理解《論語》的深刻意義，則錢穆的譯注是不可
或缺的讀本。然而，錢穆的譯注之所以「深刻」，關鍵不僅在於經典
本身，而在於讀者願意發掘它的價值；正如我們對於親友的理解比
較深刻，原因也不是他們比一般人更優秀，而是我們願意投入情感，

---

[44]　錢穆，〈新亞學規〉，《錢賓四先生全集 (50)：新亞遺鐸》（台北：聯經，
　　　1998），頁 3。

發掘他們的價值。事實上，「苛刻」與「深刻」是分不開的。正是因為在情感上認同儒學，願意委身遍讀《論語》，你才能夠體驗它的深刻之處。沒有情感的貫注，所謂深刻理解並不可能。

談論至此，我們才明白錢穆把握儒學如何細膩。他不僅在觀念上肯定「情感」的地位，而且在體裁上透露了自己對於儒學的誠敬。所以，他批評哲學的重點非關門戶，也不是否定儒學有「思想」價值，而是他洞明抽象觀念與具體情感之間的張力。我們毋須效法錢穆那種近乎宗教的敬虔與苛刻的閱讀方式，但其言行所帶來的啟示，始終值得我們省思。

四、結語

本文嘗試指出，以理性或主體性為本的《論語》詮釋不僅在文本上有失妥貼，對於儒學的核心關懷亦有點偏差。錢穆看到了這一層距離，故此排斥「哲學」，只以譯注方式協助讀者進入《論語》原文。畢竟待人接物的分寸、安身立命的意識，無法單憑理性的觀念培養出來。其中若無情感元素，根本不知從何說起。

然而，觀念上的分歧尚屬其次。錢穆與勞思光閱讀《論語》，前者重「情」而後者重「理」，雙方各取一端，表面上似是一場見仁見智的分歧。實際上，本文發現兩人的分歧不僅是觀念上各取「情」「理」，而且兩人理解儒學之為「學」的意義根本就是南轅北轍，結果導致兩人對於經典閱讀的要求亦有不同。勞思光認為概念分析能夠提煉儒學精粹，所以重「理」；錢穆則認為具體人倫才是儒學核心，所以重「情」。於是，我們從這場分歧，看到更有意思的地方：經典的意義不純粹在於經典本身，閱讀者是否願意發掘它的價值，才是關鍵。

引用文獻

[宋]朱熹。《四書章句集注》。北京：中華書局，2012。

李澤厚。《論語今讀》。北京：三聯，2008。

牟宗三。《牟宗三先生全集(28)：中國哲學的特質》。台北：聯經，2003。

徐復觀。《中國人性論史：先秦篇》。台北：台灣商務，1969。

勞思光。《中國文化要義新編》。香港：中文大學出版社，1998。

———。〈旨趣與希望〉。載劉國英編，《虛境與希望：論當代哲學與文化》，頁219–225。香港：中文大學出版社，2003。

———。〈後記：論「承當精神」與「最高自由」〉。載梁美儀編，《歷史之懲罰新編》，頁213–226。香港：中文大學出版社，2000。

———。〈關於牟宗三先生哲學與文化思想之書簡〉。載梁美儀編，《思光人物論集》，頁107–112。香港：中文大學出版社，2001。

———。《新編中國哲學史(1)》。台北：三民書局，2012。

———。《新編中國哲學史(2)》。台北：三民書局，2012。

楊伯峻譯注。《論語譯注》。北京：中華書局，2009。

劉國英、黎漢基編。〈勞思光先生著述繫年重編〉。載劉國英、張燦輝編，《無涯理境：勞思光先生的學問與思想》，頁283–338。香港：中文大學出版社，2003。

錢穆。《錢賓四先生全集(3)：論語新解》。台北：聯經，1994。

———。《錢賓四先生全集(4)：孔子與論語》。台北：聯經，1994。

———。〈孔子與春秋〉。《錢賓四先生全集(8)：兩漢經學今古文平議》，頁263–317。台北：聯經，1994。

———。〈新亞學規〉。《錢賓四先生全集(50)：新亞遺鐸》，頁3–6。台北：聯經，1998。

關子尹。〈康德與現象學傳統：有關主體性哲學的一點思考〉。《中國現象學與哲學評論》，第四輯，頁141–184。上海：上海譯文出版社，2001。

———。〈說悲劇情懷：情感的先驗性與哲學的悲劇性〉。《語默無常：尋找定向中的哲學反思》，頁321–368。香港：中文大學出版社，2008。

譚家哲。《論語平解》。台北：漫遊者文化，2012。

Graham, A. C. "The Background of the Mencian Theory of Human Nature." *Tsinghua hsüeh-pao* (*Tsing Hua Journal of Chinese Studies*), vol. 6 (1967): 215–271.

Lau, D. C. "The *Lun yü*." In *The Analects*, pp. 263–275. Hong Kong: The Chinese University Press, 2010.

延伸閱讀

* 李澤厚，《論語今讀》。北京：三聯，2008。

  作者繼承錢穆關於「情感」的觀點，哲學意味更濃，行文淺白而有深意。

* 勞思光，〈孔孟與儒學（上）〉，《新編中國哲學史（1）》，頁99–
  151。台北：三民，2012。

  作者示範如何運用哲學方式研究儒學，問題意識清晰，概念分析精準。

* 錢穆，《錢賓四先生全集（3）：論語新解》。台北：聯經，1994。

  本書是流行於兩岸三地的《論語》讀本，嘗試融通辭章、考據、義理，注
  譯俱佳。

逍遙：讀道家的《莊子》

方星霞

一、引言

《莊子》是一個非常豐富的課題，有說不完的故事和哲理。不過，全書有一中心思想貫穿其中，即湯一介所言：「《莊子》一書討論了許多哲學問題，但全書有一個中心問題，就是『如何實現自我』，換句話說就是關於『人』的『自由』的問題。」[1]徐復觀也說：「莊子對精神自由的祈嚮，首表現於〈逍遙遊〉，〈逍遙遊〉可以說是《莊》書的總論。」[2]「人的自由」是人類恒久追問的問題，至今未見得有圓滿的答案。莊子這個人物也是非常有趣味的，雖然古籍裏留下來的生平文字不多，[3]但人們總是傾向認為他是聰明豁達、超脫又重感情的哲

---

[1]　湯一介，〈自我和無我〉，載陳鼓應編，《道家文化研究》，第十輯 (上海：上海古籍出版社，1996)，頁170。

[2]　徐復觀，〈中國人性史論‧先秦篇〉，載李維武編，《徐復觀文集》，第三卷 (武漢：湖北人民出版社，2002)，頁351。

[3]　《莊子》，又名《南華經》，其人其書之記載，最早見於西漢司馬遷 (約公元前145年–前86年) 之《史記‧老莊申韓列傳》。此段記載極之簡短，詳參 [漢] 司馬遷撰、[宋] 裴駰集解、[唐] 司馬貞索隱、[唐] 張守節正義，〈老子韓非列傳第三〉，《二十四史‧史記》，卷六十三 (北京：中華書局，1997)，頁2143。據《史記》所載，莊子本名莊周，為戰國 (公元前403年–前221年) 中葉宋國蒙縣 (今河南省商丘附近) 人，與梁惠王、

人。牟宗三曾就老子及莊子的書寫風格作出評價，指出「老子比較沉潛而堅實，莊子則比較顯豁而透脫」。[4] 這是很中肯的評價，只要看看蔡志忠筆下的人物形象，便可略窺一二。老子總是那個留著大鬍子、長著大鼻子的老者；莊子則永遠是坐在大葫蘆上笑看人生的智者，或者是那隻翩翩起舞、物我兩忘的蝴蝶。不論《莊子》還是莊子本人，都予人超脫的感覺，這與其追求的逍遙遊有直接的關係。

二、什麼是逍遙遊？為什麼要追求逍遙無待？

「自由」，或者説「逍遙」，是莊子討論得最多、最深刻的課題。《莊子》其他的言論，諸如齊物論、人間世、儒家思想批判等等，説到底皆以「體道」、追求「逍遙無待」為最終目的。那麼，莊子的「自由」是什麼形態的自由？表現出來又是怎樣的行為？如何才能獲得這種自由？這種自由是否幻想出來的虛假自由？這些都是這篇文章想回答的問題。

齊宣王同時。可見莊子正處於一個戰禍連年、爾虞我詐、弱肉強食的時代。當時列國互相吞併，士兵、百姓死傷無數。統治者又多暴戾殘酷，好殺成性，嚴苛臣下的過失，卻無視自己的錯誤。人民生活在恐懼中，心靈不得平靜。另外，統治者急於一統天下，對人才十分渴求，知識遂受到吹捧，尚知尚賢風氣濃厚，是非爭論也日趨劇烈。出仕方面，莊子只擔任過蒙縣的漆園吏，這是低級的普通官職，負責漆樹種植及漆器製作。由此可作兩方面推測：一是莊子的工作比較悠閒，故有充分時間觀察外物及進行思考；二是此工作未能帶來可觀的經濟收入，故莊子的生活十分拮据。《莊子》一書，據東漢班固 (32–92) 之《漢書‧藝文志》記載，共有52篇，但現存 [晉] 郭象編注的本子卻只有33篇，則其他19篇已亡佚。郭注本《莊子》分《內篇》7篇、《外篇》15篇及《雜篇》11篇。

[4]　牟宗三，〈才性與玄理〉，載沙淑芬編，《牟宗三先生全集》，第二卷（台北：聯經，2003），頁200。

　　生活在強調自由精神的香港，我們對「自由」一詞並不感到陌生，但我們熟悉的「自由」與莊子的「自由」有本質上的分別。簡單來說，現代人強調的「自由」多傾向於「行動的自由」及「公民的及政治的自由」，[5]如選舉自由、新聞自由、買賣自由、戀愛自由等。這些自由往往與法規相伴隨，法律的訂立常常剝奪或賦予我們各種的自由。總的來說，當今社會給予人類不少公民的自由（civil liberties）。然而，要是莊子來到廿一世紀的今天，恐怕還是要發出同樣的感慨：「終身役役而不見其成功，苶然疲役而不知其所歸，可不哀邪！」[6]兩千多年過去了，人類在人文、社會、科學各個領域皆有驚人的進步，可是對於心靈自由的叩問似乎是原地踏步，甚或退步了。

　　莊子追求的自由，與客觀環境、政治條件無關，那是在紛亂動盪時局下生起的追求精神自由的祈願。《莊子》一書最精彩的地方就是論證精神自由的可能性，以及其美妙的境界。蒙培元說過：「莊子哲學的根本目的，是實現心靈的自由境界。《莊子》內篇的〈逍遙遊〉，正是莊子哲學的主題所在。從這個意義上說，他是一個意志自由論者。所謂『逍遙』，就是擺脫一切主觀與客觀的限制和束縛，實現真正的精神自由。」[7]莊子以「逍遙」來形容精神和心靈完全解放的自由境界，這是不受任何外在事物或內在思想影響的境界。

　　從消極的角度來看，莊子思想的形成自有其歷史局限。生活在

5　「行動的自由」、「公民的及政治的自由」指「主體按照其意志行動、滿足其傾向或願望的可能性」。見哲學大辭書編審委員會，《哲學大辭書》，第三冊（台北：輔仁大學出版社，1997），頁1760。

6　郭慶藩，《莊子集釋‧齊物論第二》，載《諸子集成》，第三冊（北京：中華書局，1954），頁29。本文引用《莊子》原文，以郭慶藩《莊子集釋》為準，下同。

7　蒙培元，〈自由與自然──莊子的心靈境界說〉，載陳鼓應編，《道家文化研究》，第十輯，頁176–177。

古代奴隸制或封建制的社會，普通老百姓縱使對現實制度感到不滿，也不能有所反抗；客觀環境尚未成熟至發展出一套索求個人行動或政治自由的思想體系，故莊子「只能在純精神的幻想中擺脫一切鉗制和束縛」，[8] 到「無何有之鄉」去追求精神上的絕對自由。[9] 這樣解釋也是無可厚非的。然而，我們必須承認的是，無論社會制度如何進步，有些局限似乎是人類永遠無法超越的，諸如死亡、危疾、意外等等，因此，莊子探討的精神自由或者心靈自由，就是一個劃時代的課題。

　　讓我們回到莊子的時代，看看這位哲人在什麼背景下，生起追求精神自由的決心。若從《莊子》及當時的社會背景來看，促使莊子自覺追求精神自由的是他的存在悲感及追求真宰之心。莊子生於紛擾混亂、戰役不斷的時代，生活苦不堪言。〈列禦寇〉提到莊子「處窮閭阨巷，困窘織屨，槁項黃馘」。[10]〈外物〉也說「莊周家貧，故往貸於監河侯」。[11] 可見莊子平時吃不飽穿不暖，長得面黃肌瘦。〈人間世〉更感歎「支離疏者」比身體健全者還要幸福，他們因為身體殘廢而逃過政府徵召。[12] 在無情現實的壓迫下，莊子遂生起一種存在的悲感，而這種悲感的來源正是莊子的「命定論」。莊子把「命」說成「不知吾所以然而然」，[13] 即發生了而不能解釋、不能易改的皆是「命」使然。細讀《莊子》，不難發覺莊子「命」的觀念很重，而且對「命」下的定義也很廣，見〈德充符〉：

8　劉笑敢，《兩種自由的追求：莊子與沙特》（台北：正中書局，1994），頁64。

9　「無何有之鄉」語出〈逍遙遊〉，象徵精神絕對自由的境界。

10　郭慶藩，《莊子集釋・列禦寇第三十二》，頁454。

11　郭慶藩，《莊子集釋・外物第二十六》，頁398。

12　郭慶藩，《莊子集釋・人間世第四》，頁82。

13　郭慶藩，《莊子集釋・達生第十九》，頁289。

> 死生存亡、窮達貧富、賢與不肖毀譽、飢渴寒暑，是事之變，
> 命之行也。日夜相代乎前，而知不能規乎其始者也。[14]

莊子除了把生死存亡、窮達貧富歸諸命運外，連飢渴寒暑，甚至儒家畢生追求的道德修養（「賢與不肖」）也視為命運使然。由是，莊子認為人世間所有事物的形態及際遇皆由「命」安排，野鴨腿短、鶴鳥腿長如是，人的種種際遇固然亦如是。〈德充符〉記惠施問莊子：「人而無情，何以謂之人？」莊子答道：「道與之貌，天與之形，惡得不謂之人？」[15] 意即道給了人容貌，天給了人形體，這些都不容人自決。

〈大宗師〉還提到有一次連綿下了十天雨，子輿擔心好朋友子桑餓壞了，帶著飯去探望他。到了子桑家門，聽到子桑哭著唱道：「父邪！母邪！天乎！人乎！」[16] 子輿入內詢問何故歌唱，子桑答道：

> 吾思夫使我至此極者，而弗得也。父母豈欲吾貧哉？天無私
> 覆，地無私載，天地豈私貧我哉？求其為之者而不得也。然而
> 至此極者，命也夫！[17]

子桑遭遇貧苦、疾病，卻沒有考慮到客觀的原因，比如生病是因為營養不良、休息不足等等，或許他知道一直追問下去，還是不能得到終極的答案，遂把一切歸諸「命」運，可見莊子對人生充滿一種無可奈何之感。這一點與老子思想很不一樣。老子思想比較理性、實際，不但認為人生各種問題可以解決，更提出不少方法，如：「圖難

---

[14] 郭慶藩，《莊子集釋‧德充符第五》，頁96。

[15] 郭慶藩，《莊子集釋‧德充符第五》，頁100–101。

[16] 郭慶藩，《莊子集釋‧大宗師第六》，頁129。

[17] 郭慶藩，《莊子集釋‧大宗師第六》，頁129。

於其易，為大於其細。天下難事，必作於易；天下大事，必作於細。」[18] 莊子則認為人世間一切皆是命運使然，而命運又不能改變，因而悟出只有安之若命才能擺脫痛苦、獲得自由，「達命之情者，不務知之所無奈何」，便是此意。[19] 故說「莊子是從命定論的立場出發追求自由的」，[20] 意思不差。命定論即「宿命論」（fatalism），可以如此理解：

> 它認為歷史事變、社會進程、個人禍福都是由一個名之為「命運」的、超自然的力量所預定的。「命運」主宰一切，人們必須服從它的支配。凡是命中注定的東西都不可改變，一切變革現實的努力都是徒勞無益的。[21]

對中國人來說，命定論者簡單將事物變化歸諸一抽象的「命運」。西方哲學則將此課題細分為「邏輯宿命論」（logical fatalism）及「神學宿命論」（theological fatalism），前者將事物變化歸諸邏輯規律與形而上的必然性，後者則歸諸上帝。[22] 總的來看，無論背後歸諸的是什麼，宿命論者普遍認為一己無力改變事物變化。然而，莊子不是絕對的宿命論者，他的思想裏仍有一種東西不受命運主宰，這就是追求逍遙無待的心。莊子提及的逍遙無待的道境，並非命運使然，而要一己通過修行，主動去實踐與體驗，可見他始終相信人可以主動追求精神自由。

---

[18] 王弼，《老子注・六十三章》，載《諸子集成》，第三冊，頁38。
[19] 郭慶藩，《莊子集釋・達生第十九》，頁278。
[20] 劉笑敢，《兩種自由的追求：莊子與沙特》，頁65。
[21] 馬全民等編，《哲學名詞解釋》，上冊（北京：人民出版社，1980），頁98。
[22] 詳參 Hugh Rice, "Fatalism," in *The Stanford Encyclopedia of Philosophy (Summer 2015 Edition)*, ed. Edward N. Zalta, http://plato.stanford.edu/archives/sum2015/entries/fatalism/.

　　徐復觀曾經說過：「形成莊子思想的人生與社會背景的，乃是在危懼、壓迫的束縛中，想求得精神上徹底地自由解放。」[23] 莊子冷眼旁觀戰國時代的各式人物，覺得人們活得十分痛苦，不同專業的人有不同性質的束縛：

> 知士無思慮之變則不樂，辯士無談說之序則不樂，察士無凌誶之事則不樂，皆囿於物者也。招世之士興朝，中民之士榮官，筋力之士矜難，勇敢之士奮患，兵革之士樂戰，枯槁之士宿名，法律之士廣治，禮樂之士敬容，仁義之士貴際。農夫無草萊之事則不比，商賈無市井之事則不比；庶人有旦暮之業則勸，百工有器械之巧則壯。錢財不積，則貪者憂；權勢不尤，則夸者悲。勢物之徒樂變，遭時有所用，不能無為也。此皆順比於歲，不物於易者也。馳其形性，潛之萬物，終身不反，悲夫！[24]

社會上各式人物皆有其性格及欲望，因而導致各樣的迷執。「知士」、「辯士」、「察士」隨其性好，終受外物所役，如足智多謀的人，因碰不到引發思考的事情，便會鬱鬱寡歡。其他人同樣受其專長所限：中等之士以得一官半職為榮、軍人以戰爭為樂、隱士注重名望等等。這些人依附時勢，隨其性好追逐外物，未能覺悟外物皆有局限，終身活於迷罔之中。世人的迷執，不但勞損形軀，更束縛了自己的心靈：「為外刑者，金與木也，為內刑者，動與過也。宵人之離外刑者，金木訊之；離內刑者，陰陽食之。夫免乎外內之刑者，唯真人

23　徐復觀，〈中國人性史論・先秦篇〉，頁351。
24　郭慶藩，《莊子集釋・徐無鬼第二十四》，頁361–362。

能之。」[25] 莊子眼看世人執迷不悟，急切「解其桎梏」。[26] 他相信只有桎梏被解除，才能解放精神，重獲自由。

我們當下的時代，會不會比莊子身處的時代更好呢？答案是不言而喻的。富豪依然貪財，政客依然戀權，名士依然重名，小草民依然為衣食住行憂心，諸如食物安全、買房、醫療、養老、子女讀書……是的，儘管沒有戰爭，這個小城的居民也面對著一大堆的問題、一大堆的束縛，我們的時代與莊子的時代實在沒什麼兩樣，人類還是活得很不痛快。

莊子要人放下世間的各種迷執，原因是世上並沒有永遠的是非對錯。所謂是非，只是一些對立的觀念，都是由人的主觀成見心形成的，執著是非只會勞累精神。莊子對「有用」、「無用」就有特別深的體會，並強調「無用之用」。有一次，惠施告訴莊子他種出來的大葫蘆沒有用，拿來盛水嫌不夠堅固，拿來做瓢又太大，所以他把葫蘆打破了。莊子聽後，惋惜地反問何不把它們繫在腰間，當作腰舟，浮游於江湖？[27] 〈山木〉記到一株毫無用處的大樹可以享盡天年，但是無用的鵝卻率先被人割殺，[28] 可見處世沒有固定的法則。另外，莊子也指出「吾生也有涯，而知也無涯」。[29] 既然世俗生命有限，那麼營營役役，勞碌一生，又有何用處？「以其至小，求窮其至大之域，是故迷亂而不能自得也」，[30] 到頭來不但傷害了身體，也耗損了精神。可見莊子追尋自由，就是要走出迷罔的人世間，活出真我。

---

[25]　郭慶藩，《莊子集釋·列禦寇第三十二》，頁456。
[26]　郭慶藩，《莊子集釋·德充符第五》，頁93。
[27]　郭慶藩，《莊子集釋·逍遙遊第一》，頁20。
[28]　郭慶藩，《莊子集釋·山木第二十》，頁292–293。
[29]　郭慶藩，《莊子集釋·養生主第三》，頁54。
[30]　郭慶藩，《莊子集釋·秋水第十七》，頁252。

三、莊子精神自由的特質

莊子對人生存有一種類似命定論的悲感，又想走出迷罔的世間，所以他打破世間一切人為的觀念，重回大道，以達天人合一之境。基於這樣的出發點，莊子的精神自由（即逍遙遊）便表現了以下兩個特質。

1. 消極內向的個人自由

莊子在命定論的基礎下追求精神自由，故其自由當以順從「必然」為大前提，也只有採取這種生活態度，才能獲得自由，因此莊子提倡的自由是消極的內向型自由。這裏用「消極」二字並非貶義，只是相對「積極」的表現來説。「自由」此一概念可以區分兩種意義，一是「消極自由」（negative liberty 或 freedom from），一是「積極自由」（positive liberty 或 freedom to）。消極自由一般指「免於阻礙、障礙或限制」（absence of obstacles, barriers or constraints），主要就個體生命的自由而言，相對被動；「積極自由」則來得積極，正如英文 "freedom to" 所言，即是重視行動、主宰生命、實現一己根本意向的自由（possibility of acting, or the fact of acting, in such a way as to take control of one's life and realize one's fundamental purposes），這種自由往往訴諸集體來解釋。[31] 莊子的逍遙觀某程度上也可以理解為主宰生命、實現一己的根本意向，但這與西方所謂通過行動來實現的自由含義不同。莊子不會嚮往「積極自由」，因為這正是他眼裏的迷罔行為。

---

[31] 詳參 Ian Carter, "Positive and Negative Liberty," in *The Stanford Encyclopedia of Philosophy (Spring 2012 Edition)*, ed. Edward N. Zalta, http://plato.stanford. edu/archives/spr2012/entries/liberty-positive-negative/.

　　所謂順從必然，即採取「安命無為」的態度。〈人間世〉言：「自事其心者，哀樂不易施乎前，知其不可奈何而安之若命，德之至也。」[32] 莊子指出「德」的極致是注重內心的修養，不讓哀樂種種情緒動搖一己的精神；知道生命的無可奈何，卻能安然處之。〈養生主〉提到的「懸解」也是這個意思，「安時而處順，哀樂不能入也」。[33] 顯然，這是被動的自由，即不讓外物或情緒影響自己。〈德充符〉記載一個人在神射手后羿的靶子中心散步，卻沒有被射中。莊子說：「然而不中者，命也。」[34] 按照莊子的哲學，這個人根本不必擔心自己會否被射中，因為這是「命」的安排，非個人主觀意志所能轉移。因此，這個人應該處之泰然，射中也好，射不中也好，都欣然接受。只有這樣，這個人才能活得自在。要不整天擔心自己的性命，心靈填滿恐懼，哪有空間任由思想遨遊？〈秋水〉所言：「知窮之有命，知通之有時，臨大難而不懼者，聖人之勇也」，亦如是。[35] 「把一切歸之於命定的必然，從而排除了偶然」，[36] 莊子走的必定是安命無為的道路了。

　　簡單來說，安命無為就是安然地隨變化而變化。徐復觀認為「化」有兩方面的意義：「一是自身的化；一是自身以外的化。」[37] 所謂「自身的化」，即採取「物化」的態度來處置自己的變化。〈齊物論〉借莊周夢蝶說明「物化」：莊周夢見自己變成蝴蝶，便適志於為蝴蝶，翩翩然起舞；夢醒後莊周又適志於為莊周，此謂物化。自己化成什麼，便安於那樣東西，不要固執於某一種形態或環境，這樣才能獲

---

[32]　郭慶藩，《莊子集釋・人間世第四》，頁71。

[33]　郭慶藩，《莊子集釋・養生主第三》，頁60。

[34]　郭慶藩，《莊子集釋・德充符第五》，頁90。

[35]　郭慶藩，《莊子集釋・秋水第十七》，頁263。

[36]　劉笑敢，《兩種自由的追求：莊子與沙特》，頁73。

[37]　徐復觀，〈中國人性史論・先秦篇〉，頁350。

得自由。事實上，外在世界不斷變化，自己難免隨變化而變化，如刻意抗拒變化，不但徒勞無功，反會墮入另一種迷執。

對於「自身以外的化」，就要採取「觀化」的態度，即觀照萬物的變化，而不受動搖或牽引。這種態度表現出來的處事手法就是「一宅而寓於不得已」、[38]「為是不用而寓諸庸」。[39] 前者意謂專一心志，寄託在不得已的各種事物之中；後者即指自己無是非見解，寄寓在世間紛紜是非之用之中。莊子還說：

> 周將處夫材與不材之間。材與不材之間，似之而非也，故未免乎累。若夫乘道德而浮游則不然。無譽無訾，一龍一蛇，與時俱化，而無肯專為；一上一下，以和為量，浮游乎萬物之祖。物物而不物於物，則胡可得而累邪？……[40]

所謂「處夫材與不材之間」，不是處於二者之中或取中庸之道，而是不拘泥於任何一種處事方式，與「安之若命」的態度相應。莊子繼而解釋這種態度為不受毀譽影響，時現時隱，若龍見蛇蟄，順時變化，不偏滯於任何一方；又時進時退，以順應自然為要，遊心於萬物之中，役使外物而不被外物所役使。所謂「物物而不物於物」，正是通向精神自由的大道。

此外，〈大宗師〉有一段經典的描述：「泉涸，魚相與處於陸，相呴以濕，相濡以沫，不如相忘於江湖。」[41] 莊子以為魚兒被困在陸上，相互用濕氣噓吸，用口沫濕潤，還不如在江湖裏彼此相忘。「儒家提倡道德情感，以仁義相號召，以同情心相安慰，在莊子看來，

---

[38] 郭慶藩，《莊子集釋‧人間世第四》，頁68。
[39] 郭慶藩，《莊子集釋‧齊物論第二》，頁34。
[40] 郭慶藩，《莊子集釋‧山木第二十》，頁293。
[41] 郭慶藩，《莊子集釋‧大宗師第六》，頁109。

比不上自由境界的悠然自得與愉快。」[42] 這裏表現的正是一種純個人的自由。

承上所言，莊子提倡的「逍遙遊」，若從現代自由論的觀點來看，是頗為被動和消極的。他看重的只是個人，似乎忘卻「個人」在社會裏扮演的角色。從儒家「積極入世」的角度來看，這樣的行為更是自私自利，面對外界束縛或自身轉變，只是冷漠地「觀化」、「物化」，卻不想想如何團結一致，戮力解決問題。可是，這樣的批評是基於「命運是可以改變的」這個大前提下提出的。如果從一開始就生起莊子式的命定論，那麼他的逍遙哲學也就變得理所當然了。

2. 無所依待的絕對自由

筆者認為莊子的「命定論」思想確實過於極端，諸如「窮達貧富」、「賢與不肖」、「飢渴寒暑」並非絕對的「事之變」、「命之行」，人力多少可以加以改變。顯然，這是莊子哲學受到批評的原因。但是，莊子由此提出的精神自由卻是發人深省的，猶如《聖經》的教誨一樣，他讓我們知道人類生活的局限，人生處處皆有所待；因此，「追求無所依待的絕對自由」便是莊子精神自由的另一特質，也是其哲學的可貴處。

〈逍遙遊〉講了好幾個「有待」的故事，以烘托「無待」的自由境界。先以動物為喻，指出無論體積大如鵬鳥，或體積小如蟬、學鳩，皆有所依待。前者靠大風展翅飛翔，靠天池來藏身；後者則以矮小的榆樹、檀樹為依待。俗世中的人們也各有依待：才智較低的「小知」依待於一官半職，甚或一鄉人的稱許；「大知」宋榮子雖不會汲汲然浮名虛譽，卻仍以明辨是非為依待；甚至「御風而行」的列子，

---

[42]　蒙培元，〈自由與自然——莊子的心靈境界說〉，頁185。

也要靠風力來飛行。可見得不到自由是因為「有待」，即受外物牽制或支配。王興華如此解釋「有待」：

> 「有待」就是指人的某種願望和要求的實現，需要具備一定的客觀條件，這些條件往往成為對人們「自由」的束縛。[43]

那麼，怎樣才是「無待」？莊子繼而形容徹底無所依待的逍遙境界——「若乎乘天地之正，而御六氣之辯，以遊無窮者，彼且惡乎待哉！」[44] 意即順應宇宙萬物的規律，把握六氣的變化，遨遊於無窮無盡的境域，如此還有什麼依待呢？這個境界超越了客觀生命的經驗，並不是每一個人都可以達到，只有「至人」、「神人」和「聖人」才能逍遙自在，所謂：「至人無己，神人無功，聖人無名。」[45] 簡的來說，「無己」即去除成見，消解自我與外物的界限；「無功」即不建樹功業；「無名」即揚棄名譽地位。三者有沒有高低之分？徐復觀指出，三者以「無己」為修道工夫的頂點，因為「無己，便會無功，無名」。[46]〈在宥〉也言：「大同而無己，無己惡乎得有有。」[47] 如果做到忘懷自我，與大眾和同，又怎麼會再執著萬有呢？

不過，莊子的「無己」與慎到（約公元前390年－前315年）的「去己」是有分別的。徐復觀如此分辨二者：「我可以先總說一句，慎到的去己，是一去百去；而莊子的無己，只是去掉形骸之己，讓自己的精神，從形骸中突破出來，而上昇到自己與萬物相通的根源之地……」[48]

43　轉引陳鼓應注譯，《莊子今注今譯》（香港：中華書局，1995），頁16。

44　郭慶藩，《莊子集釋‧逍遙遊第一》，頁10。

45　郭慶藩，《莊子集釋‧逍遙遊第一》，頁11。

46　徐復觀，〈中國人性史論‧先秦篇〉，頁352。

47　郭慶藩，《莊子集釋‧在宥第十一》，頁179。

48　徐復觀，〈中國人性史論‧先秦篇〉，頁353。

此說不錯，莊子多次以「枯槁」來形容身軀，強調只有精神是最重要的。〈齊物論〉寫到南郭子綦某天突然進入忘我的境界：

> 南郭子綦，隱机而坐，仰天而噓。荅焉似喪其耦。顏成子游立
> 侍乎前，曰：「何居乎？形固可使如槁木，而心固可使如死灰
> 乎？今之隱机者，非昔之隱机者也。」子綦曰：「偃，不亦善
> 乎，而問之也。今者吾喪我。汝知之乎？女聞人籟，而未聞地
> 籟，女聞地籟，而未聞天籟夫。」[49]

南郭子綦是修道的聖人，這天他做到忘懷一切，進入「獨與天地精神往來而不敖倪於萬物」的崇高境界。[50] 莊子以形如槁木、心如死灰來形容他的外表。南郭子綦引出「天籟」來形容當下的自己。當子游問及何謂「天籟」時，子綦答道：「夫吹萬不同，而使其自已也。」[51] 意指天籟自然而成，不需要任何依待，此與「吾喪我」一樣。郭注「吾喪我」為：「我自忘矣。我自忘矣，天下有何物足識哉？故都忘外內，然後超然俱得。」[52] 由此可見，「無己」即「喪我」，「喪我」即「忘我」，忘記形軀我，不再執著表象，並把握實實在在的道。「吾喪我」是道家思想的體道境界，做到無己，便是絕對逍遙之人。相關的修道術語還有「心齋」、「攖寧」、「坐忘」，[53] 主張由外到內逐步摒棄是非

49　郭慶藩，《莊子集釋・齊物論第二》，頁21–22。

50　郭慶藩，《莊子集釋・天下第三十三》，頁475。

51　郭慶藩，《莊子集釋・齊物論第二》，頁24。

52　郭慶藩，《莊子集釋・齊物論第二》，頁22。

53　「心齋」，類似今日所言「冥想」，指專一心志、用氣去感應空明的心
　　境。「攖寧」，即一切束縛的止息，指通過「外天下」、「外物」、「外生」
　　幾個階段，使心靈如朝陽般明徹，體驗絕對的道。「坐忘」也是有所減
　　損的修行，〈大宗師〉中顏回先忘掉「仁義」，繼而「禮樂」，最後「坐忘」
　　（離形去知，擺脫生理欲望及知識求索），與大道融通為一。「心齋」、
　　「攖寧」、「坐忘」分別出於〈人間世第四〉及〈大宗師第六〉，詳參郭慶

標準的執著，是一種減省的功夫，正是《老子》所言「為學日益，為道日損」。[54]

為了強調精神自由的重要性，莊子甚至塑造一個不吃人間煙火的「神人」，來襯托其絕對逍遙之境界。〈逍遙遊〉如此描寫「神人」：「藐姑射之山，有神人居焉，肌膚若冰雪，淖約若處子；不食五穀，吸風飲露；乘雲氣，御飛龍，而遊乎四海之外。其神凝，使物不疵癘而年穀熟。」[55] 莊子把「神人」描繪得如此超現實，並不是宣揚什麼神仙之道，只是為了突顯逍遙境界的自在。「神凝」即精神的超昇，神人忘卻塵世種種物質需求的束縛，乘雲駕霧，在天地間盡情遨遊。

四、莊子是滑頭主義者？逍遙遊是虛假的？

有的學者譏諷莊子思想為「滑頭主義」、「阿Q精神」，或把莊子貶為處事模棱兩可的鄉愿。其中最誇張者，首推文化大革命前後的批評，關鋒在〈莊子哲學批判〉中，把莊子追求精神自由說成失落的奴隸主階級逃避現實。文中指出：

> 莊子的主觀唯心主義，擴張主觀精神，卻是消極的向內、向幻想世界（所謂「無何有之鄉」）追求，在自己的頭腦裏幻造絕對自由的王國，以求精神上的自滿自足，而逃避現實，閉起眼睛來把現實世界想像為虛幻，把人生看成作夢。這是沒落的、悲觀絕望的奴隸主階級的階級意識的反映。[56]

藩，《莊子集釋》，頁67–68、114–115、128–129。

[54]　王弼，《老子注·四十八章》，載《諸子集成》，第三冊，頁29。

[55]　郭慶藩，《莊子集釋·逍遙遊第一》，頁14–15。

[56]　關鋒，〈莊子哲學批判〉，載《哲學研究》編輯部編，《莊子哲學討論集》（北京：中華書局，1962），頁4–5。

雖然哲學思想的形成與作者的生活背景關係密切，但是關鋒把莊子
説成沒落的奴隸主階級只是一種理論的推測，並沒有實際的憑據。[57]
可是，關鋒卻以此為大前提，進而引證莊子思想為「虛無主義」、「悲
觀主義」、「阿Ｑ式的主觀唯心主義」。[58] 這種做法無疑是先為莊子哲
學畫一個框框，然後自圓其説。當然這種認知有其時代的局限，論
者或基於政治因素，囿於馬克思主義思想的掣肘，未敢肯定莊子帶
有唯心主義色彩的哲學。

　　劉笑敢的《兩種自由的追求：莊子與沙特》在初版時未敢完全肯
定莊的自由思想，更用了不少貶抑的字眼，如指莊子自由是「抽象
化的自由」，這種自由的特質是「空洞化，脱離具體事物，沒有現實
目標」。[59] 這種批評尚可接受，因為莊子追求的是精神領域的自由，
這種自由沒有固定或實質的形態，難免顯得抽象。又莊子追求自由
是為了體道，到「無何有之鄉」作逍遙遊，[60] 當然沒有什麼「現實」的
目標。

　　劉笑敢進一步提到，莊子與沙特追求的自由都是具有虛假與真
實的二重性的自由，並就莊子自由的虛假方面説：「前面已説過，莊
子在現實面前是一個退卻者，他的基本態度是無心無情，安然順命，

---

[57]　關鋒説：「莊子哲學，難道能夠從農民階級、從當時的新興地主階級找
　　　到它的階級根源而作出合理的説明嗎？不，那是不可能的。莊子哲學
　　　只能是沒落階級的東西，而當時的沒落階級就是奴隸主階級。」又説：
　　　「莊子哲學是戰國中期的在被埋葬過程中的奴隸主階級的階級意識之唯
　　　一代表。從理論上分析，它也只能是採取這種形態了。除此以外，便
　　　不可能給莊子哲學找到一個階級根源，而得到合理的説明。」見關鋒，
　　　〈莊子哲學批判〉，頁17、19。從這些話可見，關鋒是為了給莊子找一
　　　個對應的階級而指莊子屬於沒落奴隸制階級，充其量這只是一種推測。

[58]　關鋒，〈莊子哲學批判〉，頁17。

[59]　劉笑敢，《兩種自由的追求：莊子與沙特》，頁91。

[60]　郭慶藩，《莊子集釋・逍遙遊第一》，頁21。

所以莊子的自由在本質上是虛假的。」[61] 繼而引〈人間世〉「自事其心者，哀樂不易施乎前，知其不可奈何而安之若命，德之至也」一句，從三方面指出莊子自由觀的虛假本質，最後總結：「他的自由不過是在命定論基礎上幻演出來的海市蜃樓。」[62] 就此筆者不敢苟同。莊子追求絕對化的精神自由，充其量只能說這是消極、被動的自由，但絕不是虛假的自由。理據有二：一、莊子追求的自由是一種主觀的精神體驗，雖不能以客觀條件來驗證，但也不能否定其存在，故不能說它是虛假的，儒家的「知天命」正是這樣。二、不能單從社會現實的角度去考量哲學課題，莊子的消極個人化自由或許對社會毫無益處，但它對個人精神的提升，對形而上思想的啟發，都發揮了積極的作用，故不能說它是虛假的。

後來，劉笑敢推翻先前的說法。他在1993年寫的一篇後記中，作了以下的澄清：

> ⋯⋯說莊子的自由在本質上是虛假的是從實踐的角度、從改造社會、參與社會生活的角度來講的。從這一特定的角度出發只能得出這樣的結論。但是，這不應該是唯一的角度。大千世界複雜多變，人生追求多姿多采。我們沒有理由要求所有的人在所有的時間、場合都投入「改造世界」的鬥爭，正如我們沒有理由要求所有的人都成為「偉大的革命戰士」一樣。因此純精神的追求、純精神的自由就有獨特的價值，由此來說，我們就不能說莊子的自由在本質上是虛假的。[63]

---

[61] 劉笑敢，《兩種自由的追求：莊子與沙特》，頁98。

[62] 詳參劉笑敢，《兩種自由的追求：莊子與沙特》，頁99。

[63] 劉笑敢，〈後記：人生難測 自由難求〉，載《兩種自由的追求：莊子與沙特》，頁130–131。

誠然，莊子的自由並不是虛假的，而且沒有別的自由比它更關乎一己的生命追求。世上只有精神自由與一己最貼近，且須臾不分離，要好好存養卻又談何容易。人類自以為萬物之主，不斷改造世界，成就偉大功業，殊不知早已丟掉內在的真宰，終日活在迷罔之中。有的人為了別人一句批評失落半天，甚至因受不起刺激而自殺，這些都是未能主宰自己的精神領域的蒼生。莊子的自由觀正好彌補這些缺失。要知道，精神自由有時候比行為自由更難求，因為這不是外力可以幫助的，完全要靠一己的領悟力去完成。

五、結語

　　戰國時期，戰役不斷，生靈塗炭。社會吹捧知識，各式各樣的人都活在自己的迷執中，終生營營役役。面對沉濁的現實，莊子一方面渴望走出迷罔的人世間，一方面又認為人生一切皆受「命」安排，既不知其因，又不能改變。在這基礎下，莊子發出要「獨與天地精神往來而不敖倪於萬物」的呼喚，[64] 追求逍遙無待的精神自由。基於強烈的命定論，莊子提倡的自由難免走向順應萬物規律，向內尋求精神解脫的消極個人化的自由，同時他追求的亦是無所依待的絕對自由。自由境界即道，道是無待的，故道境無形跡、無情感、超越時空、超越生死，與自然兩相忘。在廿一世紀的今天，莊子的精神自由仍有其價值，雖然不是人人都能頓入道境，但至少可讓人在紛紜塵世中保存真我，故莊子的自由絕不是虛假的自由。

---

[64]　郭慶藩，《莊子集釋‧天下第三十三》，頁475。

延伸閱讀

- 陳鼓應，《莊子今注今譯》。香港：中華書局，1995。

  本書參考古今中外各種校注本，對《莊子》作全面注釋，另有淺白譯文，方便讀者閱讀。

- 劉笑敢，《兩種自由的追求：莊子與沙特》。台北：正中書局，1994。

  通過與西方存在主義自由觀的比較，作者形象地說明莊子逍遙思想的特質。

- 牟宗三，〈向、郭之注莊〉，《才性與玄理・第六章》，頁 168–230。台北：台灣學生書局，1989。

  郭象注是了解《莊子》的第一步，此章專論郭注之得失，第三節「向、郭之『逍遙』義」對了解莊子的逍遙觀甚有幫助。

第三部分

信仰與生命

引 言

　　宗教信仰與人文社會息息相關。一般人以為宗教只是一種他世的想像或離世的思維，然而宗教的世界觀有兩個面向：一面是出於現世的處境而引致一種他世的想像，另一面是他世的期盼反過來形塑現世的生活、價值、制度等。宗教的文本(text)正正反映了這種現世與他世的互動，再加上文本的社會處境(context)、文本背後(behind the text)的信仰對象以及文本面前(in front of the text)的讀者，四者互相關連，彼此交織成一個價值體系、一套生活實踐。本部分我們將探討世界三大宗教——佛教(Buddhism)、基督宗教(Christianity)、伊斯蘭教(Islam)——的思想，分別選取了「盼望」(hope)、「苦難」(suffering)、「和平」(peace)三個關鍵詞，看看三教各自對這三個概念有怎樣的見解。

　　佛教正視人生的苦。「四聖諦」以「苦諦」為先，其中又有「生」、「老」、「病」、「死」、「愛別離」、「求不得」、「怨憎會」、「五蘊熾盛」這「八苦」。此種對苦的把握非但深入透切，且活靈活現、甚有洞見，然而我們較少聽聞佛教對現世的肯定，以及如何從中生出盼望。釋法忍法師在〈佛教對「盼望」的理解〉一文中，透過對《地藏菩薩本願經》的分析，說明地藏菩薩如何按照「緣起法」的法則，協助眾生離苦得樂，發下救度一切眾生的「願心」，然後努力為這盼望積累善業和智慧，使盼望得以「所願成就」。法忍法師進而指出，佛教的盼望觀認為眾生需要輔以實際行動，努力付出而非純粹的盼望，「願心」才可能在「緣起法」之下得以「如願以償」。

　　基督宗教積極提倡現世的參與、批判和改造。例如耶穌宣講的「上帝國」、「八福」等對現世的投入和肯定，以至今天普世推崇的民主制度、人權天賦等概念，皆與基督宗教的思想背景不無關連。或

許如此，基督宗教對人生的不幸、對生命的悲苦往往較不受人注意。李駿康在〈從《約伯記》看生命的抗辯與安慰〉一文中，探討基督宗教對苦難的態度和反思，說明《約伯記》在《希伯來聖經》中獨有的風格和體裁，既體現了猶太智慧文學的特性，並以其雙重修辭的文學形式，質疑和反抗主流的「申命記學派」(Deuteronomic school) 中「善惡報應」的思想。文末從解放神學 (liberation theology) 的角度，以及猶太學者庫希納 (Harold S. Kushner) 的翻譯指出，約伯的抗辯和耶和華的顯現，展現受苦者如何談論上帝，以及上帝站在受苦者而非苦難的一方，從而得到真正的安慰和反思。

伊斯蘭教經常遭受誤解，穆斯林被視為挑動仇恨、暴力、戰爭的恐怖分子，然而沒多少人知道，「伊斯蘭」(Islam) 一字字面就是和平、順服的意思。媒體上不時聽見有人或組織發動「聖戰」(Jihad)，認定伊斯蘭為好戰或嗜殺的宗教，卻不知道把 Jihad 譯成「聖戰」乃是錯譯。甚至連部分穆斯林也不知道，現時常常稱呼極端伊斯蘭教組織為「原教旨主義」(fundamentalism，或譯基要主義、基本教義派等)，其實原本是形容十九世紀一批反對自由主義、世俗化，且不願與現代文明妥協的美國極端保守基督新教人士。然而在這些澄清以外，我們可以如何理解伊斯蘭的和平觀？《古蘭經》又怎樣理解殺戮與和平？余之聰在〈《古蘭經》和平觀之再思 —— 理念、德性培育與實踐限制〉一文中，先從《古蘭經》和聖訓的觀點解釋「和平」的意思，否定其為好戰或嗜殺的思想。余文進一步從伊斯蘭教法的觀點，指出 Jihad 非但不應被翻譯成「聖戰」，更是指向和平共存的生活，認為帶來暴力的「聖戰觀」是與過時失效的教法教導有關。最後，余文嘗試從品德培育的角度，藉著「五功」(Five Pillars) 的實踐，包括「念」(Shahadah)、「禮」(Salah)、「課」(Zakah)、「齋」(Sawm)、「朝」(Hajj)，提出伊斯蘭教和平觀的可能。

佛教對「盼望」的理解

釋法忍

一、引言

在佛教的角度去看，「盼望」不純粹是希望、理想、願望、願景等；反之，佛教會以「願」、「願心」等去理解「盼望」這個概念。因為佛教認為世間一切的人、事、物、現象等存在之出現和運作，都建基於「佛陀對於現象界各種生起消滅之原因、條件，所證悟之法則」[1]——「緣起法」，當中指出任何事物皆因各種條件／因素之互相依存而生起、運作、產生變化。因此，「願心」是成就一切人、事、物、現象、情感等的第一步，而所盼望的事能否圓滿成就、願望能否達成，要看眾生投放了什麼因緣、條件、努力，去讓自己可以成就這個「願心」。

相信有不少學佛人的心中也曾有過一個疑惑：「為什麼我發了這麼多願，都沒有多少個願能成就？」下面一段引文，可能為大家提供一個很不錯的回應：

> 釋氏之願，儒者所謂志也。志則欲遠大，遠大則所成就者不小

---

[1] 《佛光大辭典》(高雄：佛光文化，2014)，頁 6126。

矣；若其所志近，則其所成就何足道哉！如志在萬里，則行不
千里而已也。[2]

　　筆者同意佛教的「願」，在某方面與儒家的「志」相約。而且，當
中的「志則欲遠大，遠大則所成就者不小矣」指出，我們所發的「願」
堅定和弘大與否，直接影響我們所能成就事情的廣度與深度；如果
志願弘大，所能成就的一定不少。同時，亦道出一些前人的經驗：
人們往往「志在萬里」，在實際行動上不一定能達到萬里之遙的路，
但他們至少可以行千里。那麼，「願」能否圓滿，當然視乎我們願意
付出多少，實際上又能付出多少。因此，佛門提倡「願與力」並重，
認為眾生不應僅以空口談願，而不以實際的行動來使願得以成就。

　　再者，當用心盡力地將「願」成就時，就會因為「力」用在願心之
上發揮作用（力與願的互動），使願景向著圓滿成就的那處一步一步
邁進時，願心、信心會同時增加，有利願景更有效、更快地圓滿。

　　那麼，在佛教的角度看來什麼是「願」？《佛光大辭典》所闡釋的
定義是：「心中欲成就所期目的之決意，特指內心之願望，如心願、
志願、意願、念願等。」有的是「誓願」或稱「弘誓」：佛菩薩於發心
之初，志求無上菩提，欲度一切眾生。有的稱作「本願」：佛菩薩在
未成佛之前（因地），[3] 為救度眾生所發起之誓願，盼望自己他日成就
佛果之時以怎麼的形式、用什麼進路廣度眾生。[4]

　　本文將以《地藏菩薩本願經》為例，說明何為「發願」以及如何令
這個盼望成真，即佛法所言的「所願成就」。

---

[2]　　出自 [宋] 陳師道，《後山叢談》。
[3]　　因地：為「果地」之對稱。對佛果之境界而言，未成佛之前悉為「因地」。
[4]　　《佛光大辭典》，頁 6726。

二、《地藏菩薩本願經》簡介及背景

《地藏菩薩本願功德經》記載，佛陀指出本經有三名：《地藏本願經》、《地藏本行經》、《地藏本誓力經》，一般稱作《地藏菩薩本願經》，簡稱《地藏經》。此經於唐代約公元652年至710年間，由出身西域的實叉難陀翻譯成漢文。其內容大致是詳細說明地藏菩薩在未成就菩薩道之前，許下了哪些利益眾生誓願，而佛陀（釋迦牟尼佛）亦在經中多次稱揚讚歎地藏菩薩的慈悲及願力之廣大。再者，「地獄未空誓不成佛，眾生度盡方證菩提」之著名語句，就是出自《地藏經》對地藏菩薩之宏大願望的描述。

《地藏菩薩本願經》顧名思義，述說地藏菩薩之本願功德及本生之誓願，當中有不少篇幅強調讀誦此經所獲得之不可思議之功德。全經共分十三品，包括：(1) 忉利天宮神通品、(2) 分身集會品、(3) 觀眾生業緣品、(4) 閻浮眾生業感品、(5) 地獄名號品、(6) 如來讚歎品、(7) 利益存亡品、(8) 閻羅王眾讚歎品、(9) 稱佛名號品、(10) 校量布施功德緣品、(11) 地神護法品、(12) 見聞利益品，以及(13) 囑累人天品。

因為此經所敘述之地獄境況與地藏菩薩之性格，甚能融合民間之通俗信仰，故廣為普及，尤以明清二朝之時為甚。[5]《地藏經》及地藏菩薩的信仰在中國普遍受到出家眾與在家居士們的尊重和敬仰，主要是因為《地藏經》中的部分內容提倡孝道，重視超度救濟父母。而中國人特重孝道，其慎終追遠的精神與此思想相合。因此，《地藏經》被視為是佛門的「孝經」，地藏菩薩也在中國受到特別的禮敬。[6]

---

[5]　《佛光大辭典》，頁2321。
[6]　釋敬定，〈《金剛經》與《地藏經》思想探微〉，載《得渡鼓鐘：九十八年度生命教育成長營》(高雄：圓照寺九華圖書社，2009)，頁72。

　　目前《地藏經》的流通本上標明由唐朝的實叉難陀所譯，明朝時的經本則題為法燈、法炬所譯，實際的譯者及譯出年代不詳。因其源流不明，在明朝之後才被收入大藏經，有部分佛教學者懷疑它並非由印度傳入而是由中國人所寫，因該經強調孝道，較接近中國的儒家思想；美國學者 Gregory Schopen 則反駁稱，在印度佛教中也能找到強調孝道的內容。因此單單以《地藏經》中有厚重的孝道思想這一點，不足以論證《地藏經》由中國人自行創作。[7]

　　中土最早提及《地藏經》的書籍是北宋端拱年間 (988–989) 常謹所集的《地藏菩薩靈驗記》，其中引用了〈分身功德品〉的內容，並說此經的梵文本在五代後晉高祖天福年間 (936–948) 由西印度沙門知祐攜至清泰寺。釋非濁所集的《三寶感應要略錄》也引用了〈忉利天宮神通品〉中的內容。由此可知，此經在北宋時已於中國流行。[8]

三、注解或流通版本

　　本經收於《大正藏》第十三冊。

　　注釋方面，教內一直都有僧俗二眾人士為這部經注解，包括道源法師的《地藏菩薩本願經講記》、竺摩法師的《地藏菩薩本願經講話》、知定法師的《地藏菩薩本願經講義》、會性法師的《地藏菩薩本願經講錄》、聖一法師的《地藏本願經講記》、王智隆的《地藏菩薩本願經白話及注釋》等。

---

[7]　Gregory Schopen, "Filial Piety and the Monk in the Practice of Indian Buddhism: A Question of 'Sinicization' Viewed from the Other Side," *T'oung Pao*, vol. 70, no. 1 (1984): 110–126.

[8]　蔡東益，〈《地藏經》及其孝道思想之研究〉（新北：華梵大學東方人文思想研究所碩士論文，2000）。

四、協助親人的盼望

1. 佛菩薩回應眾生的願心

《地藏經》記載了地藏菩薩在因地時，如何因孝心而為母親及一切眾生發下大願。事情的背景是：在過去不可思議無量數劫以前，於覺華定自在王佛的「像法時代」[9]中，一位婆羅門女子的母親非但不信佛，還常常輕視佛法僧三寶。為此，這位聖女想盡了種種方法勸說、誘導她母親，希望母親能對佛法產生正知見。但由於這位母親業障太重，善根太淺，沒有全部相信聖女的話。不久之後，她母親壽終，魂神墮落到無間地獄中去了。

這時，婆羅門女知道她母親在世的時候，因為不信因果報應之事，而多作眾惡，所以命終之後，根據因果業報的原理，必定會墮到三惡道（地獄、餓鬼、畜生）中去。為了救度母親，她變賣了自己的家園房舍，用這些錢來買了許多香和花，到供養覺華定自在王佛的寺院塔寺裏，大興供養。她虔誠地盼望覺華定自在王佛會告訴她，媽媽究竟往生到什麼地方：

> 若在世時，我母死後，儻來問佛，必知處所。時婆羅門女，垂泣良久，瞻戀如來。忽聞空中聲曰：泣者聖女，勿至悲哀，我今示汝母之去處。婆羅門女合掌向空，而白空曰：是何神德，寬我憂慮。我自失母以來，晝夜憶戀，無處可問知母生界。時空中有聲，再報女曰：我是汝所瞻禮者，過去覺華定自在王如

---

9 像法：為三時教法的第二時。以其乃相似於正法時之教法，故謂之像。佛陀入滅後，依其教法之運行狀況，可區分為正法、像法、末法等三時。像法即為像法時之略稱。此時期僅有教說與修行者，而欠缺證果者。有關詳細說明，可參考《佛光大辭典》，頁5756。

來，見汝憶母，倍於常情眾生之分，故來告示。

婆羅門女聞此聲已，舉身自撲，肢節皆損。左右扶侍，良久方蘇。而白空曰：願佛慈愍，速說我母生界，我今身心，將死不久。時覺華定自在王如來，告聖女曰：汝供養畢，但早返舍，端坐思惟吾之名號，即當知母所生去處。

可見，婆羅門女能成功感應得到覺華定自在王佛回應她的盼望，是需要有以下兩個主要因素成就的：

(1) 展現大孝：她對母親思念的心情遠遠超過普通眾生思念亡母之情，所以佛陀特來告訴婆羅門女她媽媽的事。

(2) 與佛相應：瞻視、頂禮佛陀 —— 與佛的慈悲、智慧相應。

由此看來，佛教認為「願」、「盼望」不能只是流於一種希望。要令這些希望/盼望可以「如願以償」，是需要很多善業因緣去協助成就的。

2. 圓滿度親脫苦之盼望

婆羅門女在禮佛後，馬上回到自己的家中，以恭敬心、至誠心、清淨心專念佛的名號。經過一日一夜的時間，她便因念佛之力而得遊地獄，並遇上無毒鬼王。婆羅門女向無毒鬼王打聽她媽媽的去向，無毒鬼王這樣告訴婆羅門女：

無毒合掌啟菩薩曰：「願聖者卻返本處，無至憂憶悲戀。悅帝利罪女，生天以來，經今三日。云承孝順之子，為母設供修福，布施覺華定自在王如來塔寺。非唯菩薩之母，得脫地獄，應是無間罪人，此日悉得受樂，俱同生訖。」

從無毒鬼王的答案可見，婆羅門女的媽媽本是多作惡業的眾

生，本應墮入無間地獄[10]受苦，但是因為婆羅門女為母親廣作善業，得脫地獄罪報，並得生天上。這些善業包括：

(1) 變賣、布施（捐出）了她所有財產，當中包括自己的家園房舍及一切財寶，而且又在佛寺之中向佛陀敬禮，這些行為在佛教的價值觀看來，都是很大的善業。

(2) 虔誠地念、思維覺華定自在王佛的名號。

由此看來，佛教認為「願」、「盼望」不能只是流於一種希望，亦不只是向佛菩薩祈求便足夠，當中亦需要很廣大的善業業力才可以改善困境。也就是說，要令盼望「如願以償」，一定需要按「緣起法」去行事。

五、「地獄未空誓不成佛，眾生度盡方證菩提」的盼望

《地藏菩薩本願》的〈忉利天宮神通品第一〉記載了四個事件，令地藏菩薩生起要廣度一切眾生，讓眾生都可以脫離惡道的願心。

1. 因感佛的相好莊嚴而發大願

地藏菩薩在未成就菩薩道之前，因為欣仰佛的相好莊嚴，故此發下度盡一切眾生的大願：

---

[10] 無間地獄又譯作阿鼻地獄。位於南贍部洲（即閻浮提）之地下二萬由旬處，深廣亦二萬由旬，墮此地獄的眾生，受苦無間。凡造五逆罪之一者，死後必墮於此。無間之義有五，即 (1) 趣果無間，命終之後，直接墮此獄中，無有間隔；(2) 受苦無間，一墮此獄，直至罪畢出獄，其間所受之苦無有間斷；(3) 時無間，一劫之間，相續而無間斷；(4) 命無間，一劫之間，壽命無間斷；(5) 身形無間，地獄縱橫八萬四千由旬，身形遍滿其中而無間隙。參考《佛光大辭典》，頁5122。

是地藏菩薩摩訶薩，於過去久遠不可說、不可說劫前，身為大長者子。時世有佛，號曰師子奮迅具足萬行如來。時長者子，見佛相好，千福莊嚴，因問彼佛：作何行願，而得此相？時師子奮迅具足萬行如來告長者子：欲證此身，當須久遠度脫一切受苦眾生。

文殊師利！時長者子，因發願言：我今盡未來際不可計劫，為是罪苦六道眾生，廣設方便，盡令解脫，而我自身，方成佛道。以是於彼佛前，立斯大願，於今百千萬億那由他不可說劫，尚為菩薩。

由以上事件可見，地藏菩薩於過去久遠劫前，為大長者之子，因見師子奮迅具足萬行佛的相貌十分端正莊嚴，而產生恭敬景仰之心。長者子問那位佛陀，要發下什麼願心才能有這麼莊嚴的外貌。師子奮迅具足萬行佛便告訴他：要證得此莊嚴之相，需要長時間不辭勞苦地協助眾生脫離輪迴[11]之苦。故此，長者子便在師子奮迅具足萬行佛的面前發下大願：從今以後，希望可以度脫六道一切罪苦眾生。

2. 因感眾生多苦而盼望協助眾生離苦

前面提及婆羅門女救母的事，在這次事件中，當婆羅門女為母親廣作善業功德之後，在地獄與無毒鬼王對話完畢，得知已超度了母親脫離地獄、得生天上，她便在覺華定自在王佛的寺院及聖像之前立下誓願：「願我盡未來劫，應有罪苦眾生，廣設方便，使令解脫。」

---

11 輪迴：眾生因為貪、瞋、癡三毒，而造下許多業因，因而招感生死輪轉之果報，恰如車輪之迴轉，永無止盡，故稱輪迴。有關輪迴之詳細解釋，參見《佛光大辭典》，頁6186。

由此可見，婆羅門女在地獄的見聞就好像做了場夢一樣。在定神之後，將這事仔細思考以後，她覺悟到眾生的生死業緣、因緣果報、佛力加持等不可思議的因果關係。因此，將心比心，體察到眾生之苦，從而推己及人，盼望可以從今之後直到未來，她都要用種種方法和智慧，令所有一切因造罪而受苦的眾生得到徹底的解脫。

3. 憐愍作惡的眾生，盼望令其脫離惡道

《地藏經》中的〈閻浮眾生業感品第四〉記載地藏菩薩在因地時，因為希望利益眾生，所以發願廣度眾生的故事：

> 乃往過去無量阿僧祇那由他不可說劫，爾時有佛，號一切智成就如來，應供、正遍知、明行足、善逝、世間解、無上士、調御丈夫、天人師、佛、世尊，其佛壽命六萬劫。未出家時為小國王，與一鄰國王為友，同行十善，饒益眾生。其鄰國內所有人民，多造眾惡。二王議計，廣設方便。一王發願，早成佛道，當度是輩，令使無餘。一王發願，若不先度罪苦，令是安樂，得至菩提，我終未願成佛。佛告定自在王菩薩：一王發願早成佛者，即一切智成就如來是。一王發願永度罪苦眾生，未願成佛者，即地藏菩薩是。

當中說地藏菩薩於過去久遠劫時為一國之王，他與鄰國的國王都修行十善，而且盼望可以利益眾生。因為鄰國的人民多造眾惡，這兩個國王商量如何才能救度這些百姓，令其不遭惡道之苦。鄰國的國王便發願早成佛道，廣度這些造惡業的眾生，而他自己遂發願度盡罪苦眾生皆至菩提，否則不願成佛。發願早成佛道的國王，就是日後的一切智成就如來；另一個發願永遠去度脫罪苦眾生、不願馬上成佛的國王，就是現在的地藏王菩薩。

從以上的事件可見，發願在佛教看來是一切行為的起步，為了這些願心能圓滿成就，眾生必須要付出努力，而不是純粹的盼望就可以「如願以償」。

4. 基於「愍已復憐他」之同理心來發願廣度眾生

在清淨蓮華目佛的時代，光目女的媽媽生殺業很重，很喜歡吃魚、鱉之類的東西，而且特別喜歡魚子、鱉蛋之類，她一輩子之中傷殺了成千上萬的生命，故此要墮入地獄受極大苦。有一位羅漢[12]教光目女至誠念清淨蓮華目如來的聖號，並塑造、彩畫這尊佛的形像，以功德迴向給亡母。光目女便馬上把自己家中的財物變賣了，用這些錢財來塑畫清淨蓮華目如來的形像，同時又以香、花、燈燭等物品供養佛陀。供養佛的事情辦好之後，又以大恭敬心禮拜清淨蓮華目如來。當天半夜於夢中獲佛陀告知，亡母將於三天之後來投生為光目女的家人，是下人的兒子。

以下是婢女之子出生之後，與光目女的對話：

> 生死業緣，果報自受，吾是汝母，久處暗冥。自別汝來，累墮大地獄。蒙汝福力，方得受生。為下賤人，又復短命。壽年十三，更落惡道。汝有何計，令吾脫免？光目聞說，知母無疑，

---

[12] 羅漢：又稱作「阿羅漢」。梵語 "arhat"，意譯應、應供、應真、殺賊、不生、無生、無學、真人。指斷盡三界見、思之惑（煩惱），證得盡智，而堪受世間大供養之聖者。此果位通於大、小二乘，然一般皆作狹義之解釋，專指小乘佛教中所得之最高果位而言。若廣義言之，則泛指大、小乘佛教中之最高果位。自古以來，阿羅漢都有殺賊、不生、應供三義，稱為阿羅漢三義：(1) 殺賊，賊，指見、思之惑。阿羅漢能斷除三界見、思之惑，故稱殺賊。(2) 不生，即無生。阿羅漢證入涅槃，而不復受生於三界中，故稱不生。(3) 應供，阿羅漢得漏盡，斷除一切煩惱，應受人天之供養，故稱應供。果位而思自害者。詳細家義，可參考《佛光大辭典》，頁3692。

哽咽悲啼而白婢子：既是我母，合知本罪，作何行業，墮於惡
道。婢子答言：以殺害毀罵二業受報。若非蒙福，救拔吾難，
以是業故，未合解脫。光目問言：地獄罪報，其事云何？婢子
答言：罪苦之事，不忍稱說，百千歲中，卒白難竟。

由上文可見，當光目女聽了這嬰兒的話之後，便知道他真的是
自己亡母的轉世，因為過去的惡業才會墮入到惡道中受苦；幸好光
目女供佛和念佛的善業來救度他，他才能暫時從惡道出來。但因為
過去的惡業太多，所以今生只有十三歲的壽命，之後便再回惡道受
苦。這嬰兒再告訴光目女：地獄罪苦的事情，痛苦、殘忍得沒法
說，要是想詳細點說的話，就是幾百年、幾千年也說不完。聽了這
話之後，光目女悲痛得放聲大哭，對著蒼天發願說：

願我之母，永脫地獄，畢十三歲，更無重罪，及歷惡道。十方
諸佛慈哀愍我，聽我為母所發廣大誓願。若得我母永離三途及
斯下賤，乃至女人之身永劫不受者。願我自今日後，對清淨蓮
華目如來像前，卻後百千萬億劫中，應有世界，所有地獄及三
惡道諸罪苦眾生，誓願救拔，令離地獄惡趣，畜生餓鬼等，如
是罪報等人，盡成佛竟，我然後方成正等正覺。[13]

從以上可見，光目女因母親之苦，而體念十方惡道眾生之苦，
因而發願救拔一切罪苦眾生，並發誓要待眾生盡成佛後，才成就圓
滿佛果。就是因為這些誓願，故佛教中常以「眾生度盡，方證菩提；
地獄未空，誓不成佛」或「我不入地獄，誰入地獄」等語，來形容地
藏菩薩慈悲憐愍之廣大誓願。

---

[13]　出自《地藏經》〈閻浮眾生業感品第四〉。

六、盼望需要輔以實際行動 —— 利益已亡故的眾生

佛教有「六道輪迴」的信仰，如果眾生在這一期或是以前的生命中造下惡業，要下「三惡道」受苦，反之則可以輪迴到「三善道」享樂。如果亡者本身在這一生之中不知道要行善而多造惡業，又或者所造的善業不足令其在未來一期生命中得生「善道」的話，那麼亡者便需要依賴自己的親人做一些功德，來使自己得生善道。

七、六道輪迴

六道即眾生各依其業力而往生之世界，即：(1) 地獄道、(2) 餓鬼道、(3) 畜生道、(4) 修羅道、(5) 人道、(6) 天道。此六道中，前三者稱為三惡道，後三者稱為三善道。

1. 三善道

人、天、阿修羅三類眾生屬於三善道，眾生因造種種善業的緣故，而生此三道。他們所造的善業之大小，決定他們所當受生的世間以及應當獲得的福報。若就其福報和壽命看來，三善道中以人為最下，修羅次之，天道為上。在佛教的角度看來，生於人道是六道中最佳的事，因為天道和修羅眾福報太多、壽命太長，生活得太容易，容易耽著於逸樂，不樂求解脫。而且「阿修羅」這種眾生，由於性好犯戒，具有強烈的偏執和疑心病，常與帝釋天主及其所統率的諸天戰鬥，不勤修行。另外，即使天人可以在天上享樂，但是天人的生命依然有窮盡的時候，死亡後的天人仍然要入於輪迴之中。由此可知，在六道中，並無真正的永恒解脫，當然也沒有永遠處在三惡道的道理，不論是哪一道的有情眾生，皆可以因其業力及願力，往生善處或淨土。

2. 三惡道

地獄、餓鬼、畜生三類眾生，屬於三惡道。投生地獄道的業因有：殺生、偷盜、邪淫、欺慢嫌憎父母親屬，以及善知識、作惡業等等。稍稍高於地獄業報的是畜生道和餓鬼道，因為此二道之眾生之所行並非純惡，其間亦雜有些許善業。會成為畜生的有情眾生，主要是由於其行為多半與畜生相近所致。《成實論・卷八》說：如淫欲盛，會成為雀、鴿、鴛鴦；如果瞋恚盛，就會成為蚖蛇蝮蠍；愚癡盛的，會成豬羊；憍逸盛，則成獅子虎狼；慳嫉盛，則為犬；多怯惰，就成貓狸之類，諸如此類。至於餓鬼道的眾生，主要是由於慳貪所起諸業，而引發生而為餓鬼。因為慳貪的緣故，此類眾生不肯布施，更有甚者則會奪人財物，欠缺愛人救人之心。以質是之故，當其入於餓鬼道中，飢不得食，渴不能飲，必須為他的慳吝付出應有的代價。

3. 一般人所說的「七七四十九日」中陰身

除六道輪迴概念之外，由於佛教有關於輪迴、業力等的信仰，所以我們亦有必要去了解造業與受業的主體。民間的人會以「靈魂」去理解從死到生的相續狀態，而佛教亦有「精神不滅」的信仰，但佛經對這個生死相續的狀態有不同的名稱，如「識」、「精神」或「神」、「神識」或「識神」。又例如佛陀安慰摩訶男居士，說他長時間受到佛法的薰陶，死後必能「神識上昇，向安樂處，未來生天」。佛陀又說，有三種因緣「識來受胎」，能形成一個新的生命。哪三個條件呢？一是「父母集在一處」，二是「父母無患」，三是「識神來趣」。前面兩個條件，以現代的醫學知識來理解，則應該是「精卵結合」以及「精卵健全」；第三個條件，就是說「神識」進入已受精的母胎之中。

一般人所說人死之後，要經過「七七四十九日」，所指的就是

「中有」（*antara-bhava*），或稱「中陰」。所謂「中有」就是指死後生前的存在狀態。以「人」為例，部派學者認為人之存有可分為四個階段：托於母胎之際稱為「生有」，生而為人稱為「本有」，臨終為「死有」，死後至下次入胎之間稱為「中有」。但是「中陰身」不一定是四十九日，最短的只有七天。如《中陰經》中說：「中陰眾生壽命七日。」另外，《瑜伽師地論》云：「又此中有，若未得生緣，極七日住，有得生緣，即不決定。若極七日未得生緣，死而復生，極七日住，如是輾轉未得生緣，乃至七七日住，自此已後，決得生緣。」意思就是：眾生死後會有為期七天的中陰身，在這七天之中，如果未有投胎的因緣，七日終結之後，中陰身便會死亡，之後又進入第二期的中陰身之中。如是者死而復生，生而復死。但是眾生最多只能有七期的中陰身，中陰結束之後，就會以亡者過去一期及以往的一切善惡業力來決定往哪裏投生。

4. 為「中陰身」造功德（善業）回向的重要性

如果在世的親人為亡者造功德（造佛像、流通經書、念佛和菩薩的名號等），有助消除亡者的罪業。如《地藏經》中的〈利益存亡品第七〉所言：

> 臨命終時，父母眷屬，宜為設福，以資前路。或懸幡蓋及燃油燈。或轉讀尊經、或供養佛像及諸聖像，乃至念佛菩薩，及辟支佛名字，一名一號，歷臨終人耳根，或聞在本識。是諸眾生所造惡業，計其感果，必墮惡趣，緣是眷屬為臨終人修此聖因，如是眾罪，悉皆消滅。若能更為身死之後，七七日內，廣造眾善，能使是諸眾生永離惡趣，得生人天，受勝妙樂，現在眷屬，利益無量。

　　由此可見，若希望亡故的親人可以免生三惡道，就需要透過讀經、塑造佛像、念佛菩薩聖號等，為其已亡之親友去除惡業業因；如果希望可以協助已亡親友得生善道，則要好好為其多造供養佛菩薩等善業，以功德回向給亡者，讓他們可以永遠不往惡道而生，並得生善道。

5. 勿為親人作惡業

　　民間很多人都會殺雞、殺豬去拜祭亡故的親人，但是這樣不但不能幫助亡者，反而會增添亡者的罪業，連累亡者因殺業而轉生惡道。而且，如果亡者有生人、天的福分，也會因為親人殺生拜祭他們所產生的惡業，而不能得生善道。正如《地藏經》中〈利益存亡品第七〉所言：

> 閻浮提眾生臨終之日，慎勿殺害，及造惡緣，拜祭鬼神，求諸魍魎。何以故，爾所殺害乃致拜祭，無纖毫之力利益亡人，但結罪緣，轉增深重，假使來世或現在生，得獲聖分，生人天中，緣是臨終被諸眷屬造是惡因，亦令是命終人殃累對辯，晚生善處。何況臨命終人，在生未曾有少善根，各據本業，自受惡趣，何忍眷屬更為增業。

　　以上是說殺生拜祭的事根本幫助不到死去的親人，相反還加重了眾生的惡業。即使亡者在過去世或現在生曾經造過某些善業，本應可以生天界或人間去，但由於被無知的親屬在臨終時造了種種惡緣，使得亡者受到牽連，受到責問或責罰，延遲甚至改變了生天或生富貴人家的福報。更何況一些已造了惡業的眾生，除了因自己造的業到惡道去，還要受到在世愚昧的親友連累。

八、總結

佛教認為「離苦得樂」是所有眾生的共同願心。但是,不是所有眾生都以「脫輪迴苦,得解脫樂」為人生價值觀,這是因為每一個眾生對於「苦」和「樂」的定義都有不同的標準。因此,佛陀為契合眾生不同的根基,對「苦」的不同體會及對「離苦」的願望和需要,而為眾生開示了不同的修行內容及其成果,即「人乘」、「天乘」、「聲聞乘」、「緣覺乘」、「菩薩乘」[14] 五個不同層次的佛法,[15] 再以三乘的修行目標與內容為例,為不同的目標訂定了不同的價值觀:

(1) 人乘——佛陀為那些盼望今生和來世都得到人間幸福和快樂的眾生,說了「人乘」的教法,當中指出:眾生希望來世能生在人間,現在就應該持守五戒;

(2) 天乘——為了那些希望來生得生天界享樂的眾生,佛陀教這些眾生要奉行十善,是基本應遵守的行為;

(3) 聲聞乘——佛陀為了那些希望可以斷煩惱,並得解脫生死輪迴的眾生,開示了「聲聞乘」的教法,而「三學」、「八正道」、「四念住」等方法,就是這類眾生的基本修行;

(4) 緣覺乘——為了那些善於觀察因緣,而又希望可以斷煩惱、脫生死的眾生開示「十二因緣法」;

(5) 菩薩乘——為了希望能自利利他,並與眾生同登彼岸、共成佛道的眾生,佛陀開示了四攝、六度等法門。

從以上五乘佛法可見,眾生要是希望得生人、天界,就應該守五戒、行十善;或是希望可以解脫生死輪迴,就應該勤修「戒、定、

14　乘:有車乘和運載的意思。這是比喻佛法如車乘,能運載眾生到不同的目的地。

15　太虛大師把佛法分為這五個層次,又稱「五乘佛法」。

慧」三學、觀察十二因緣等來斷煩惱。但是，我們這些凡夫眾生，往往都是「只畏果，不畏因」，「臨急抱佛腳」，不願老實修行，到了面對生死輪迴時又後悔莫及。

雖然佛法本身無大小高下之分，但學佛者的發心和領悟不同，修學佛法而證得的果報就有所不同。為了祈求福樂而發心受三皈依、持五戒、行十善的人，能得人間天上的福報。為斷煩惱，速了生死而修行戒、定、慧的人，能證得阿羅漢果位。為了度眾生，求無上正覺而修持四攝、六度的人，能證得圓滿佛果。

因此，基於「緣起法」的法則及眾生離苦得樂的願望，《地藏經》中地藏菩薩要協助眾生離苦得樂，必須按緣起法，首先發下救度一切眾生的願心，然後為著這個盼望，一直努力累積善業和智慧。而且，要真正徹底地幫眾生脫離苦難、得到自在安樂，只能將離苦得樂之樂教授予眾生，並協助他們奉行這些方法，以期讓一切眾生離苦。

藉本文對於《地藏經》及「願心」進行深入的了解後，每一位眾生都可以從自身出發，來為親友、社會、國家、世界做些事，其實是承接著上文有關發願後要以行善來圓滿自己願心的部分。希望大家可以明白：我們都可以為親友、社會、國家、世界貢獻一分力 ── 發一個自利利他、願眾生安好、世界和平的願心，然後以心善、口善、行善來令這個願心圓滿。

延伸閱讀

• 霍韜晦編，《佛學》。香港：中文大學出版社，1998。

　本書根據1982年香港考試局頒佈的佛學會考課程編寫，分別從印度佛學、中國佛學與當代研究選輯教材，註釋簡明，適合對佛學有興趣的一般人士閱讀。

- 廖明活，《中國佛教思想述要》。台北：台灣商務，2006。

  作者闡述中國佛學如何接續印度佛學再發展，重視中國佛學在印度佛教
  經論方面的淵源；撰寫兼顧宗派（如天台、華嚴、禪）與議題（如空、佛
  性、判教），同時具備歷史意識與哲學意識。

- Walpola Rāhula, *What the Buddha Taught*. Oxford: Oneworld, 1959.
  中譯：羅睺羅・化普樂著，顧法嚴譯，《佛陀的啟示》。香港：妙
  華佛學會，1997。

  作者是第一位在西方世界的大學獲得教席的僧侶，因此有很清晰的意識
  向現代西方世界介紹佛教思想。內容以原始佛典為根據，闡釋佛門基本
  教義，如四聖諦、無我論等，深入淺出，饒富新意。

從《約伯記》看生命的抗辯與安慰

李駿康

一、導言

在基督宗教[1]的眾多經典當中，要選一卷對苦難最具深刻反思的，相信不少人自然會想起《約伯記/約伯傳》(*The Book of Job*)。[2]《約伯記》在《希伯來聖經》(*Hebrew Bible*)[3]中，屬「智慧文學」(wisdom literature)[4]一類，是「亞伯拉罕信仰」(Abrahamic faith)傳統——猶太教、基督宗教、伊斯蘭教——所共同認信的經典，歷世歷代皆有無

---

[1] 指天主教/公教 (Catholic)、東正教/正教 (Orthodox) 和更正教/新教 (Protestant)。華人社會一般把基督教 (Christianity) 錯誤等同為更正教，故宗教學界一般把 Christianity 譯為基督宗教。

[2] 《約伯記》為更正教的翻譯，天主教則譯作《約伯傳》。為統一方便起見，本文均採用更正教的翻譯，唯在首次出現時會把兩者的翻譯一併列出。本文引用的聖經中譯本為《和合本》(修訂版) (香港：香港聖經公會，2011)。

[3] 指以希伯來語寫成的聖經，基督宗教慣稱《舊約聖經》，唯「舊」相對於「新」而言帶有過時和老舊之負面意思，不合乎猶太傳統的理解，故宗教學界近年多採用《希伯來聖經》名之。

[4] 智慧文學體裁以詩歌、頌詞、寓言、格言、警句等為主，透過人生經驗的反省和對世界的觀察，得出真正的智慧和美善。除《約伯記》以外，還有《詩篇/聖詠》(*Psalms*)、《箴言》(*Proverbs*)、《傳道書/訓道篇》(*Ecclesiastes*)、《雅歌》(*Song of Songs*)；天主教聖經還包括《智慧篇》(*Wisdom*) 和《德訓篇》(*Ecclesiasticus*)。

數學者和思想家對之加以評釋。[5] 此外，《約伯記》對西方文化的影響之鉅，可謂遠超《希伯來聖經》的任何一卷，從但丁（Dante Alighieri）的《神曲》（*Divine Comedy*）、彌爾頓（John Milton）的《失樂園》（*Paradise Lost*）和歌德（Johann Wolfgang von Goethe）的《浮士德》（*Faust*）等文學經典，到邁蒙尼德（Moses Maimonides）、康德（Immanuel Kant）和史賓諾沙（Baruch de Spinoza）等思想家身上，都能找到約伯的蹤跡。[6] 本文會從閱讀經典的進路，先從文本的內容、結構和背景著手分析，繼而進到文本背後的所指和所意，深入闡明《約伯記》的苦難觀，從中指出文本所要揭示的人生智慧。

二、文本

1. 內容大要

在進入文本分析前，先扼要交代一下《約伯記》（下文引述時簡稱「伯」）的內容大要。在烏斯這個地方，有一位正直的人名叫約伯，經文中兩次用相同的字眼，強調約伯「完全、正直、敬畏上帝、遠離惡事」（伯1:1、8）。約伯有七個兒子和三個女兒，家財也十分豐厚。有一天，撒旦來到上帝面前，質疑約伯敬畏上帝是出於上帝賜福和保佑他，揚言若果約伯失去這一切，便會離棄上帝。結果，上帝容許撒旦出手打擊約伯，逐一奪去他的家財、兒子，還令他全身都長滿毒瘡，令他傷心得「撕裂外袍、剃了頭，俯伏在地敬拜」（伯

---

[5] 比如宗教改革家加爾文（John Calvin）的七百篇講章中，便有159篇是關於《約伯記》的。有關加爾文對《約伯記》的解讀，可參 Derek Thomas, *Calvin's Teaching on Job: Proclaiming the Incomprehensible God* (Fearn: Mentor, 2004)；Paolo de Petris, *Calvin's Theodicy and the Hiddenness of God: Calvin's Sermons on the Book of Job* (New York: P. Lang, 2012)。

[6] 吳獻章，《擱淺的日子：約伯記註釋》（新北：校園書房，2011），頁2。

1:20)，[7] 痛苦到「坐在灰燼中，拿瓦片刮身體」(伯2:8)。

面對這樣的遭遇，約伯並沒有埋怨上帝。經文又兩次強調「在這一切事上，約伯並沒有犯罪」(伯1:22、2:10)，甚至後來連妻子都狠狠譏諷他：「你仍然持守你的純正嗎？你背棄上帝，死了吧！」，[8] 然而約伯仍兩次親口說：

> 我赤身出於母胎，也必赤身歸回。賞賜的是耶和華，收取的也是耶和華，耶和華的名是應當稱頌的。(伯1:21)

> 難道我們從上帝手裏得福，不也受禍嗎？(伯2:10)

後來，約伯有三位朋友來探望他，分別是提幔人以利法、書亞人比勒達和拿瑪人瑣法。起初他們是來「為他悲傷，安慰他」(伯2:11)，甚至「同他七天七夜坐在地上，一句話也不對他說，因為他們見到了極大的痛苦」(伯2:13)，可是後來他們聽見約伯詛咒自己，強調自己是無辜無苦，他們就再也忍不住口，展開了一場又一場關於苦難的爭辯 (伯3:1–31:40)。

---

[7] 撕裂外袍和剃頭是古代中東地區哀傷的舉動，《希伯來聖經》中有不少這樣的例子。前者如《創世記/創世紀》37:29，44:13；《民數記/戶籍紀》14:6；《撒母耳記下/撒慕爾紀下》1:11，13:19、31；《列王記下/列王紀下》5:7，6:30，19:1；《以斯拉記/厄斯德拉》9:3；《以賽亞書/依撒爾亞》36:22，37:1；《耶利米書/耶肋米亞》41:5。後者如《以賽亞書/依撒爾亞》15:2，22:12；《耶利米書/耶肋米亞》7:29，16:6，41:5，47:5，48:37；《以西結書/厄則克爾》7:18，37:31；《亞摩司書/亞毛斯》8:10；《彌迦書/米該亞》1:16等。

[8] 「你仍然持守你的純正……背棄上帝」這句說話，除了人稱以外，字字與撒旦攻擊約伯的話相同 (伯2:3、5)，故此傳統上亦視之為撒旦的攻擊 (來自最親的人)，早期教父屈梭多模 (John Chrysostom) 稱之為「魔鬼最好的鞭子」，聖奧古斯丁 (Saint Augustine) 稱其為「魔鬼的助手」，加爾文則說成是「撒旦的工具」。見吳獻章，《擱淺的日子》，頁63–64。

三位友人認為，上帝是賞善罰惡的上帝，而約伯遭受苦難是出於他犯了罪，可是他們都無法說服約伯。及後又出現第四位年輕人布西人以利戶，斥責約伯「自以為義，不以上帝為義」(伯32:2)。結果，上帝在旋風中向他們顯現，以其創造的偉大和奧秘回應約伯，同時兩次否定以利法等人的議論，強調「你們議論我，不如我的僕人約伯說的正確」(伯42:7、8)。約伯的回應是「我從前風聞有你，現在親眼看見你」(伯42:5)。最後，文中指出上帝使約伯從苦境中逆轉，讓他得到所有人的安慰，並賜他更多的家財、子女，晚年的日子兒孫滿堂，長壽滿足。

2. 體裁和結構

《約伯記》的體裁在整部《希伯來聖經》當中非常獨特，甚至可說是自成一類的(*sui generis*)，既有類似民間故事(folklore)的敘事框架，也有論辯性的對話主體。[9] 中世紀猶太思想家邁蒙尼德(Maimonides)認為它是虛構的寓言，意在教育而非歷史記述；個別基督教神學家如四世紀的戴多祿(Theodore of Mopsuestia)以及十六世紀的德貝茲(Theodore de Beza)認為它類似於希臘悲劇(Greek tragedy)；十七世紀英國詩人彌爾頓(John Milton)則認為它更像「一部簡短的史詩作品」(a brief model of epic poem)。[10] 值得一提的是，隨著近代聖經考據學的興起，形式考據(form criticism)和文學考據(literary criticism)進路為《約伯記》體裁研究帶來新的觀點，如泰瑞安(Samuel Terrien)提出的「類似祭儀的戲劇」(a para-cultic drama)和韋斯特曼(Claus Westermann)提出的「戲劇化的哀歌」(a dramatizing of the lament)，雖有不同的側

---

[9] 張纓，《〈約伯記〉雙重修辭解讀》(上海：華東師範大學出版社，2009)，頁36。該書對《約伯記》的體裁問題有詳盡的討論和分析，見頁34–57。

[10] 張纓，《〈約伯記〉雙重修辭解讀》，頁35。

重點，但都強調其濃厚的戲劇性因素。[11]

　　至於對這種戲劇性因素應作如何理解，學者則有不同的看法。二十世紀猶太學者考倫 (Horace M. Kallen) 從《約伯記》的成書背景、社會處境、寫作風格、內容和形式等方面指出，《約伯記》是參照希臘的悲劇方式來寫成的，其來源是歐里庇得斯 (Euripides，公元前480年–前406年) 的悲劇。[12] 後來又有學者如威德比 (J. William Whedbee) 從《約伯記》的最終形式、敘事結構、反諷筆法和模棱兩可的氣氛提出，《約伯記》應屬於喜劇的行列。[13] 在悲劇與喜劇以外，又有學者如杰斯特羅 (Morris Jastrow) 指出，《約伯記》由不同具張力和哲學式詩歌層疊而成的主體，可稱為一種「拼合而成的會飲」(a composite symposium)。[14]

　　各種不同看法之出現，或多或少與《約伯記》的結構有關。《約伯記》全書共42章，從文字和風格著眼，明顯見出兩個截然不同的部分。第一部分是由前言 (伯 1:1–2:13) 和結語 (伯 42:7–17) 組成 (見表一)，這部分以散文的記事形式寫成，交代故事的前因後果。第二部分由約伯與友人們的三輪對話、與以利戶的對話，以及與上帝的對話所組成 (伯 3:1–42:6，見表二)，經文寫成詩歌體。[15] 當代著名的猶太學者哈洛德・庫希納 (Harold S. Kushner) 稱前者為《約伯記》的

11　張纓，《〈約伯記〉雙重修辭解讀》，頁 35–36。

12　張纓，《〈約伯記〉雙重修辭解讀》，頁 39–40。考倫指出，公元前五世紀的希伯來人很可能從當時被波斯統治、聚居埃及或敘利亞的希臘人中接觸到希臘的戲劇作品。

13　張纓，《〈約伯記〉雙重修辭解讀》，頁 40–45。

14　張纓，《〈約伯記〉雙重修辭解讀》，頁 45–48。會飲是指朋友同在飲宴的場合就某個主題進行對話，例如柏拉圖 (Plato) 的《會飲篇》和色諾芬 (Xenophon) 的《會飲篇》。

15　《約伯記》的行文結構可參 Francis I. Andersen, *Job: An Introduction and Commentary* (London: Inter-Varsity Press, 1976), pp. 19–23；John E. Hartley, *The Book of Job* (Grand Rapids: Wm. B. Eerdmans, 1988), pp. 35–43。

寓言（the Fable of Job），後者為《約伯記》的詩歌（the Poem of Job），
兩者除了形式不同之外，其作者、用字、思想甚至可謂水火不容。[16]
例如就用字方面，寓言部分平鋪直述，用字簡潔，以「耶和華」來稱
呼上帝；詩歌部分則行文優美，用字繁複，例如短短在第4章10–11
節中就用了五個同義詞來稱呼獅子，並以「上帝」（*Elohim*）、至高上
帝（*El*）或「全能者」（*Shaddai*）而非耶和華來稱呼上帝。[17] 故此不少學
者亦認為《約伯記》不單有兩個不同的源頭，甚至是由兩個不同的傳
統或作者所記述，經由編者編撰而定稿成書，其思想和焦點也自然
有所不同。[18]

　　那麼我們應如何理解《約伯記》的體裁？是喜劇還是悲劇？筆者
認為有兩點值得我們考慮，並有助我們理解文本的主旨和內容。首
先，與其問《約伯記》是寓言還是戲劇，倒不如回歸傳統的理解，視
之為智慧文學的一類。以色列人植根古中東的智慧傳統，以智慧為
人生體驗的結論，是文本的而非假借天啟之能，而《約伯記》明顯屬
這一例。[19] 從文本中見出，《約伯記》透過人生體驗的尋問探索智慧，
並不時對傳統公認的看法提出深切的反思和批判（約伯與友人的對
話，詳見下文），正好體現了猶太智慧文學的特性。值得一提的是，
文中出現與智慧有關的字眼（即以字根 *chkm*）不下 23 個，[20] 第 28 章更

---

[16] Harold S. Kushner, *The Book of Job: When Bad Things Happened to a Good Person*
(New York: Random House, 2012), pp. 15–63。本書為庫希納的《約伯記》
系列的下集，上集見氏著，*When Bad Things Happened to Good People* (New
York: Random House, 2004)。

[17] Kushner, *The Book of Job*, p. 17.

[18] Lawrence Boadt, *Reading the Old Testament: An Introduction* (New York: Paulist,
1984), pp. 481–483; Andersen, *Job: An Introduction and Commentary*, pp. 15–
17; Hartley, *The Book of Job*, pp. 61–64.

[19] 李春榮，《中文聖經註釋：約伯記（上冊）》（香港：基督教文藝出版社，
2007），頁 3。

[20] 李春榮，《中文聖經註釋：約伯記（上冊）》，頁 3。

表一

寓言（序言）	詩歌（對話）	寓言（結尾）
1:1–2:13	3:1–42:6	42:7–17

表二

	以利法	約伯	比勒達	約伯	瑣法	約伯	以利戶	上帝	約伯	上帝	約伯
第一輪	4:1–5:27	6:1–7:21	8:1–22	9:1–10:22	11:1–20	12:1–14:22					
第二輪	15:1–35	16:1–17:16	18:1–21	19:1–29	20:1–29	21:1–34	32:1–37:24	38:1–39:30	40:1–5	40:6–41:34	42:1–6
第三輪	22:1–30	23:1–24:25	25:1–6	26:1–27:23	/	28:1–31:40					

被稱為「智慧詩章」，當中「智慧何處可尋？聰明之地在哪裏？」（伯
28:12、20）更是該篇的鑰節，指出對話與智慧的緊密關係，探討人
生境遇的意義。[21] 結尾約伯更以「我從前風聞有你，現在親眼看見你」
作結，以示主人公從人生的歷練中找到智慧的真相。

　　其次，除了智慧文學的傳統進路之外，近年有學者提出《約伯
記》為雙重修辭的文學形式，也是一個有助理解《約伯記》的可取進
路。事實上，《約伯記》的文本夾雜著大量的雙重修辭特性，包括悲
喜交加、祝福與咒詛、尋求與看不見、要求傾聽與不得回答等，都
體現出這種雙重特徵。[22] 這特徵不單是一種精心的修辭策略，更重
要是從苦難的體現帶出對傳統《希伯來聖經》的主流思想「申命記學

---

[21]　李熾昌，《古經解讀：舊約經文的時代意義》（香港：香港基督徒學會，
　　　1997），頁98–99。

[22]　張纓，《〈約伯記〉雙重修辭解讀》，頁48–132。

派」(Deuteronomic school)——善惡報應說的質疑和反抗。作者明顯地把《申命記》律法中的詞彙和意象加諸約伯身上，藉此反對這種善惡報應的觀點。[23] 筆者提出智慧文學和雙重修辭這兩個進路，並非要對《約伯記》的體裁問題下定案，而是要指出它們更能幫助我們理解《約伯記》的文本要旨和神學思想，下文會進一步加以說明。

3. 寫作背景

無論讀者認為《約伯記》是虛構的寓言還是真有其事，只就其表面看來，《約伯記》好像沒有特定的歷史背景。除了耶和華的名字以外，就連約伯其人及其所居住的地方（烏斯，以色列人視為外邦的地方），都好像與以色列民族不太相干，頂多只是一個外族人信仰耶和華的故事。然而不少學者也注意到，《約伯記》非但大量出現和引述《申命記》的律例（尤其第29–31章），更有不少指涉以色列人被擄的處境。誠如高蒂斯（Robert Gordis）指出，《約伯記》是特定時代與文化的產物。[24]

過去關於《約伯記》的作者是誰以及成書年日的問題，都有過不少的看法。猶太教傳統的重要經典《塔木德》(Talmud) 認為，《約伯記》是出自摩西的手筆。另外，古代近東（西亞）如埃及、蘇麥（Sumer）、米索不達美亞（Mesopotamia）也有類似受苦的約伯的平行記述。[25] 近代學者則多從文風、思想（如對撒旦的理解）和社會暗示（政治及經濟現象）分析，大多認同《約伯記》是在公元前六至四世紀

---

[23] 張纓，《〈約伯記〉雙重修辭解讀》，頁 56–57、105–107。

[24] Robert Gordis, "The Cultural Background: The Law and the Prophets," in *The Book of God and Man: A Study of Job* (Chicago: The University of Chicago Press, 1965), p. 19. 詳見張纓，《〈約伯記〉雙重修辭解讀》，頁 9–12。

[25] Andersen, *Job: An Introduction and Commentary*, pp. 23–32; Hartley, *The Book of Job*, pp. 6–11.

之間寫成，即以色列人亡國被擄初期至回歸故地期間。[26] 比如說，
《約伯記》有不少記述惡人橫行、社會不公和貧苦無依的問題（如伯
20:12–29，21:7–33，22:5–9，29:12–17，31:13–23），這不但與《尼希
米記》（被公認為五世紀的作品，記述以色列人被擄回歸的過程）所
描述的社會處境非常吻合，當中更有不少經文特別明確地反映出以
色列人在流亡期間的苦況：

> 他把祭謀士剝衣擄去……他解除君王的權勢……他把祭司剝衣
> 擄去……他廢去忠信者的言論……他使貴族蒙羞受辱……他使
> 國邦興旺而又毀滅，使邦國擴展又被掠奪。他將地上百姓中領
> 袖的聰明奪去，使他們迷失在荒涼無路之地。（伯 12:17–24）

從以上的分析可見，《約伯記》雖然是對苦難的生命反思，卻不
只是一種抽象玄思和個人層面的考量，而是有特定的所指和具體的
社會掙扎 —— 被擄流亡的處境。這對《約伯記》的作者和當時的讀者
而言，可說是一種處境性的信仰掙扎和生命反思。讀者不但深明作
者設定約伯的外邦語境和種種弦外之音的社會暗示，並藉此進行自
身的反涉和投射。這對理解《約伯記》的主旨、以至猶太人對苦難的
深層思考是至關重要的，下文會從此角度作深入的分析。

4. 主調

歷來對於《約伯記》的主題或中心思想可謂眾說紛紜，一般而言
都不離以下幾點：(1) 義人受苦；(2) 受苦的層面；(3) 義人遭遇苦
難的掙扎；(4) 善惡報應觀的合理性；(5) 神義論 (theodicy) 的問題；

26　李熾昌，《古經解讀》，頁 102–103；李春榮，《中文聖經註釋：約伯記
　　（上冊）》，頁 27–29；吳獻章，《擱淺的日子》，頁 4。

(6) 與上帝相遇。[27] 傳統猶太教和基督宗教認為,《約伯記》是神義的辯護之作,[28] 又或以一種靈意解經 (allegorical interpretation) 的方式,視約伯為耶穌基督受苦或早期教會受迫害的寓意解釋。[29] 現代聖經學者如杰斯特羅、福勒滕 (Kemper Fullerton) 等則相反,認為《約伯記》是強烈地挑戰和質疑上帝的正義。[30] 然而這些解釋個別有欠說服力,並且過度簡化或忽視了《約伯記》文本的複雜和多元性,未有正視文本對苦難的多種解讀和「智慧何處尋」的問題。

事實上,單從《約伯記》的寓言部分和詩歌部分,就至少見出兩種對苦難的不同解讀,兩者不單南轅北轍,甚至可以說是互相矛盾的。寓言部分是較為人熟悉和知曉的,認為苦難是來自撒旦的攻擊,是上帝給人的考驗,強調敬畏耶和華不是出於個人好處。即使面對人生的各種不幸,仍不埋怨和離棄上帝,這樣最終會獲得賞賜,因為上帝是那位最後的裁決者,賞惡賞罰終歸分明。至於詩歌的部分則大為不同,主人公從肯定生命、讚頌上帝轉為詛咒自己的生命,

---

[27] Hartley, *The Book of Job*, pp. 47–50。李春榮也歸納出類似的六點,分別為:(1) 義人受苦的意義;(2) 傳統「報應律」並非恒常不易的真理;(3) 敬虔者在惡劣的境遇中應有的態度;(4) 神的公義本性;(5) 神的主權和超越;(6) 人道及天道之無常與難測。見氏著,《中文聖經註釋:約伯記 (上冊)》,頁 30–34。

[28] 例如中世紀猶太思想家薩阿迪亞 (Saadiah ben Joseph al-Fayyūmī,882–942),見氏著,*The Book of Theodicy: Translation and Commentary on the Book of Job*, trans. L. E. Goodman (New Haven: Yale University Press, 1988)。

[29] 如六世紀教父大貴格利 (Gregory the Great,540–604,或譯額我略、格里高利),見曼尼奧·西蒙尼特、馬可·康提編,林梓鳳譯,《約伯記》(台北:校園,2010)。

[30] 見 Morris Jastrow, *The Book of Job: Its Origin, Growth and Interpretation, Together with a New Translation Based on a Revised Test* (Philadelphia; London: J. B. Lippincott Company, 1920);Kemper Fullerton, "The Original Conclusion to the Book of Job," *Zeitschrift für die alttestamentliche Wissenschaft*, vol. 42 (1924): 116–135。引自張纓,《〈約伯記〉雙重修辭解讀》,頁 8–9。

質疑為何不死於母腹（伯3:1–26），繼而展開連串與友人的對話，強調自己的無辜，質疑賞善罰惡的原則，甚至厭棄生命、情願選擇放棄生命（伯6:9，7:16，10:1、18–19）。

寓言部分的神學思想，一直以來都被視為《約伯記》的主調，這不單是因為其論述合符「正統」信仰，提供一種「大團圓」的結局，肯定賞善罰惡的價值，更重要是它反映出以色列信仰的神人關係，以及針對其成書背景作出的回應和反省。首先，上帝在寓言部分的名字為耶和華，這名字象徵了猶太選民與上帝的密切關係，相反在詩歌的部分出現卻是全能者、至高者，而非耶和華。[31]

此外，文中對約伯的外邦人（烏斯）身分設定，反映出一個「完全、正直、敬畏上帝、遠離惡事」的人，不一定是猶太人，更不一定要定居在以色列國境之中。[32] 這點明顯見出作者如何針對當時的社會處境——以色列人被擄流亡外地——所作的神學反思。經文或作者所關心的問題是：以色列人面對如此國運和傷痛，耶和華是否關心？是否同在？對於身處異地的以色列人，他們的敬拜和呼求，耶和華是否在乎？是否聆聽？在淪落異邦面對各種不幸和苦難底下，他們能否仍指望有圓滿的結局？這一切取決於他們自己的抉擇——能否做到「完全、正直、敬畏上帝、遠離惡事」。

再者，《約伯記》作為猶太智慧文學的一部分，傳統智慧文學正正強調智慧與愚昧、美善與邪惡的分別，教導人如何追求智慧，去除愚昧，保持善德，遠離罪惡。[33] 智慧文學對善惡的教導，大抵可以歸結為善有善報、惡有惡報的因果報應原則：

---

[31]　Kushner, *The Book of Job*, p. 17.

[32]　薩阿迪亞根據《創世紀》第22章21節指出，烏斯為亞伯拉罕的兄弟拿鶴的兒子，故此推斷約伯並非以色列人，見氏著，*The Book of Theodicy*, pp. 151–152。

[33]　李熾昌，《古經解讀》，頁93–94。

智慧在街市上呼喊……愚蒙人背道，害死自己，愚昧人安逸，
自取滅亡。唯聽從我的，必安然居住，得享寧靜，不怕災禍。
（箴言 1:20、32–33）

不要為作惡的心懷不平，也不要嫉妒那行不義的人。因為他們
如草快被割下，又如綠色的嫩草快要枯乾。你當倚靠耶和華而
行善，安居地上，以他的信實為糧；又當以耶和華為樂，他就
將你心裏所求的賜給你……還有片時，惡人要歸於無有；你就
是細察他的住處，也不存在。但謙卑的人必承受土地，以豐盛
的平安為樂……你當離惡行善，就可永遠安居。因為耶和華喜
愛公平，不撇棄他的聖民，他們永蒙保佑；但惡人的後裔必被
剪除。義人必承受土地，永居其上。你要細察那完全人，觀看
那正直人，因為和平的人有好結局。至於罪人，必一同滅絕，
惡人的結局必被剪除。（詩篇 37:1–4、10–11、27–29、37–38）

　　善惡報應的觀念對於約伯以至整個以色列民族是至為重要的，
甚至可以說是《希伯來聖經》的神學主調，因為它不單解釋苦難和淪
落異邦的緣由，更形成一套以色列人獨特的社會規範和制度。以色
列人認為他們是上帝的選民，和上帝有盟約（covenant）的關係。他
們之所以面臨災難和不幸，並非耶和華上帝不守盟約，而是以色列
人持續犯罪和墮落，信仰方面敬拜別的偶像，社會方面充斥不義，
個人方面道德淪喪，以至於這些災難和不幸是上帝的警告和懲罰。
只要他們改過自身，重新行在耶和華的旨意當中，他們仍有被拯救
的希望。

　　最能體現這種善惡報應觀念的，是妥拉（Torah）[34] 最後一卷──

---

[34]　或稱「五經」，《希伯來聖經》的首五卷。

《申命記》（*Deuteronomy*）。「申命」是第二命令的意思，重新申述和解釋上帝的命令，尤其針對以上提到的信仰、社會和個人的問題，如拜偶像、守節期、善待奴僕、寄居者和孤兒寡婦等（申 4:3–4、15–28，10:17–20，12:29–32，15:1–18，16:11–14、18–20）。同樣地，《申命記》和《約伯記》都反映出被擄群體的經驗和盼望，如：

> 你們在那地住久了，生子生孫，若行為敗壞，為自己雕刻任何形狀的偶像，行耶和華——你上帝眼中看為惡的事，惹他發怒，我今日呼天喚地向你們作見證，你們在過約旦河得為業的地上必迅速滅亡！你們在那地的日子必不長久，必全然滅絕。耶和華必將你們分散在萬民中；在耶和華領你們到的列國中，你們剩下的人丁稀少。在那裏，你們必事奉人手所造的神明，它們是木頭，是石頭，不能看，不能聽，不能吃，不能聞。（申 4:25–28）

> 當這一切的事，就是我擺在你面前的祝福和詛咒臨到你的時候，你在耶和華——你上帝趕逐你去的萬國中，心裏回想這些事，你和你的子孫若盡心盡性歸向耶和華——你的上帝，照我今日一切所吩咐你的，聽從他的話，耶和華——你的上帝就必憐憫你，使你這被擄的子民歸回。耶和華——你的上帝必轉回，從分散你到的萬民中把你召集回來。你就是被趕逐到天涯，耶和華——你的上帝也必從那裏召集你，從那裏領你回來。耶和華——你的上帝必領你進入你列祖所得的地，你必得著這地為業。他必善待你，使你增多，勝過你的列祖。（申 30:1–5）

近代的聖經學者諾特（Martin Noth）提出了「申命記歷史」（Deuteronomistic history）的概念，認為申命記史家的目的在於教育，

肯定上帝對歷史的參與，強調上帝賞善罰惡的報應觀，並作為《希伯來聖經》的主調，一直延續至《約書亞記/若蘇厄書》(*Joshua*)、《士師記/民長紀》(*Judges*)、《撒母耳記/撒慕爾紀》(*Samuel*) 和《列王記/列王紀》(*Kings*)。[35] 這樣看來，《約伯記》的主調——寓言的部分——正好反映和強化這種觀念，透過約伯受苦對應以色列人的流亡被擄處境，重申耶和華是那位賞善罰惡的上帝，並最終會貫徹這原則，對遵行祂旨意的義人施行拯救。

這個主調最明顯見於約伯最終的平反。文中不單強調他重新得回失去的家財 (伯 42:10–13)，更特別以「從『苦境』(תבוש) 中『轉回』(ובש)」來形容，"תבוש" 也有囚禁、擄掠之意，"ובש" 則與歸還、平反、復興同義，這不單帶有一語雙關 (約伯的受苦和以色列人的被擄) 的意思，更是《希伯來聖經》多處的固定習語，如《申命記》30:3；《詩篇》14:7，53:7，85:2，126:1、4；《耶利米書》29:14，30:3、18，31:23，48:47；《以西結書》16:53，29:14；《何西阿書》6:11；《阿摩司書》9:14；《西番雅書》3:20 等。[36]

5. 變調

若然善惡報應是《約伯記》寓言的主調，也是以色列人對苦難的主流看法，那詩歌的部分則反映出一種明顯變調，甚至是對主調的批評和否定。閱讀《約伯記》的人許多時候都忽略了詩歌的部分，然而這部分卻佔全卷《約伯記》九成以上的篇幅；不少人以為約伯的友人們都是錯誤的，但事實上他們正代表著善惡報應觀的正統主調。由此觀之，我們更有理由相信詩歌部分——約伯的申訴和抗辯——

---

[35] Martin Noth, *The Deuteronomistic History* (Sheffield: Journal for the Study of the Old Testament, 1981).

[36] 詳參張繆，《〈約伯記〉雙重修辭解讀》，頁 122–130。

才是《約伯記》的重點。故此，筆者同意張纓認為《約伯記》是一部具雙重修辭——肯定神意和質疑神意——的文體，並且有著與申命記學派的主流思想相抵牾的立場，以一層看似虔敬外衣的敘事框架，曲折地提出對善惡報應的質疑。[37]

　　約伯的友人大抵是有智慧、有身分和學識的人，甚至可以說是有愛心和重情義的人，因為他們探望約伯是出於好意和表達關愛。然而，他們在面對苦難的問題時，卻只從傳統主調的立場出發，以維護上帝的大能和公義為前提，反而對約伯造成傷害（伯6:14–30，16:1–6）。比如以利法就以約伯對上帝失去信心（伯4:2–6）、受苦是上帝對人的試煉（伯5:17–27）、因果報應（伯4:7–11，5:17–35）和罪的懲治（伯22:2–20）來解釋約伯受苦的原因。然而，約伯三番四次陳辭自己的無辜和清白（伯23:1–7，27:1–12，29:1–31:40），並且質疑善惡報應的講法（伯21:2–26），甚至認為自己的不幸是上帝的敵意和攻擊（伯6:4，7:12，16:9–14，19:6–12、21–22）。

　　平心而言，從猶太教、基督宗教傳統來看，約伯友人們的苦難觀或許更貼近「正統」的教義，這種善惡報應的勸導在日常生活中不但十分普遍，甚至某程度更能達到提升宗教情感和道德教化的目的。申命記學派的傳統就正是這種典型，藉著苦難的出現反思己過、躬身自省，將苦難與救贖扣連道德與敬虔。然而，其教義是冷冰冰的，往往忘卻了受苦者的感受和經驗，在維護教義權威的同時，否定了生命的價值和上帝的特質（如慈愛、憐憫）與角色（如同行、救贖）。《約伯記》的重要價值正正在於其以雙重修辭的手法，把變調的思想潛存在文本當中。作者透過耶和華親自的顯現，兩次否定了約伯友人的觀點：

37　張纓，《〈約伯記〉雙重修辭解讀》，頁55–57。

> 耶和華對約伯說話以後，耶和華就對提幔人以利法說：「我的
> 怒氣向你和你兩個朋友發作，因為你們議論我，不如我的僕人
> 約伯說的正確……你們議論我，不如我的僕人約伯說的正確。」
> （伯 42:7-8）

耶和華親自揚棄了申命記學派的善惡報應說，「正統」的主調被「更正統」和有血有肉的上帝完全否定。

近代解放神學（liberation theology）學者古鐵熱（Gustavo Gutierrez）以不一樣的進路，循拉丁美洲窮人和受壓迫者的經驗來解釋《約伯記》，認為它是無辜受害者對不公義的抗爭。[38] 他的分析指出，無辜者在面對受苦和不公時不應保持沉默，反而要正確地談論上帝和勇敢堅定地大聲呼喊。[39] 古鐵熱認為苦難是人們無法透徹了解的奧秘，《約伯記》的作者並未簡單地為這奧秘作解析，而是設想人在最困難的情況下，包括肉體和心靈的極度痛苦之中，如何不局限於以善惡報應的世界觀來看待所發生的事情，以及如何談論上帝。[40] 古鐵熱認為《約伯記》的主題並不是苦難，而是如何在受苦之中回應，提出《約伯記》的作者所關心的是人們有沒有可能相信上帝卻不求回報，或是信仰一種「無利可圖」的宗教。[41] 就如同上文的分析一樣，古鐵熱注意到《約伯記》有兩個論述方向，認為一個是直線式的前進，另一個則是環繞式的尋求更深層的了解。這些論述就是要檢視善惡報應的觀念，以及探討人們在受苦的時候如何談論上帝。[42]

---

[38]　如 Gustavo Gutierrez, *On Job: God-talk and the Suffering of the Innocent*, trans. Matthew J. O'Connell (Maryknoll, NY.: Orbis Books, 1987)；中譯《向全能者抗辯——論〈約伯記〉》（台北：雅歌，2000）。

[39]　古鐵熱，《向全能者抗辯》，頁 204-208。

[40]　古鐵熱，《向全能者抗辯》，頁 55-59。

[41]　古鐵熱，《向全能者抗辯》，頁 52。

[42]　古鐵熱，《向全能者抗辯》，頁 191。

　　古鐵熱認為約伯清楚表明他並非要否認上帝，而是要挑戰以約伯友人們為代表的善惡報應説的刻板解釋，反對神人關係建立在因果報應的基礎之上。[43] 約伯其中一段回應以利法的觀點是這樣的：

> 這樣的話我聽了許多；你們全都是使人愁煩的安慰者。如風的言語有窮盡嗎？或者什麼惹動你回答呢？我也能説你們那樣的話，你們若處在我的景況，我也可以堆砌言詞攻擊你們，又可以向你們搖頭。但我必用口堅固你們，顫動的嘴唇帶來舒解。（伯 16:2–5）

　　約伯拒絕這種沒有顧念到人類真實境況的神學，認為這樣的神學不只漠視人們的苦難和盼望，輕忽了上帝那無條件的愛和無止境的疼惜，甚至認為這種神學是一種謊言、假話，是對上帝無益的褻瀆（伯 13:7）。[44] 古鐵熱認為，人們假如輕率地接受這種神學解釋，等於向邪惡不義妥協，不單錯誤地談論上帝，更忽視了人們從苦難中經歷到的轉化，未能真正體證和實踐出「賞賜的是耶和華，收取的也是耶和華，耶和華的名是應當稱頌的」。因為約伯的朋友們只是談論「有關」上帝的事情，卻從來沒有「向」上帝説話；相反，約伯則一直在向上帝説話，甚至敢於公開以生命作抗辯。[45] 庫希納亦有類似的看法，他藉約伯對以利法的回應（伯 6:1–7:21，尤其 6:10）指出，上帝肯定情願聽見受苦者的真誠發怒，也不要虛假的讚美。庫希納認為，對上帝發怒不單是被容許的，更是真正的認信者的表徵，因為上帝是站在受苦者的一方，而非苦難的一方。[46]

43　古鐵熱，《向全能者抗辯》，頁 72。

44　古鐵熱，《向全能者抗辯》，頁 75–78。

45　古鐵熱，《向全能者抗辯》，頁 119–120。

46　Kushner, *The Book of Job*, pp. 58–63.

　　變調的內容並未輕率地為苦難提供辯解和原因，而是要立於智慧文學的傳統中，以經驗與反省為主導，重新闡釋人生，承認生命的奧妙和探索上帝的作為。[47]生命奧秘是不可參透的，是人無法把握和知曉的。這正是《約伯記》的詩歌對苦難的回應，以及對《約伯記》寓言部分的批判和反動。變調的內容所提出和關心的，是以謙卑與敬虔的態度回應上帝，承認人的有限和渺小，並以這態度總結詩歌部分的變調：

> 我知道，你萬事都能做；你的計劃不能攔阻。誰無知使你的旨意隱藏呢？因此我說的，我不明白；這些事太奇妙，是我不知道的。求你聽我，我要說話；我問你，求你讓我知道。我從前風聞有你，現在親眼看見你。因此我撤回，在塵土和爐灰中懊悔。（伯42:2–6）

三、結論

　　行文至今，《約伯記》彷彿沒有提出任何有關苦難的解答，至少主人公就不知道這場苦難是出於撒旦的攻擊，唯有作者和讀者才知道。然而詩歌的結尾（伯42:6）卻是一個非常關鍵且值得注意的結論。這結論由短短七個希伯來文所組成："עַל-כֵּן אֶמְאַס וְנִחַמְתִּי עַל-עָפָר וָאֵפֶר"（Al ken em'as v'nibamti al afar v'efer／因此我撤回，在塵土和爐灰中懊悔），當中隱含著約伯對苦難的回應和答案。庫希納本人曾歷喪子之痛，三十年來寫成兩本探討苦難和《約伯記》的專書。他對現行的英譯本就這結尾的翻譯均有所不滿，認為這些翻譯曲解了原來的意思，

---

[47]　另一智慧文學經卷《傳道書》對日光下的勞碌與生命的虛空，與《約伯記》有著異曲同工之妙；見李熾昌，《古經解讀》，頁103–105。

並對此提出以下的講法。首先，"עַל-עָפָר וָאֵפֶר"（dust and ashes／塵土和爐灰）所指的不是身處的位置或環境，而是指人的本質，故此不應是「在塵土和爐灰中」，而是人承認或知道自己「是塵土和爐灰」。[48] 其次，庫希納參照原文的字根和《約伯記》的慣常用法，認為 "אֶמְאַס" 不應譯為「撤回」，而是「拒絕」；"וְנִחַמְתִּי" 則不應譯為「懊悔」，而是「得安慰」。[49] 所以全句應為「我拒絕（友人們對我的一切指控）並（因遇見上帝和得知我沒有被遺忘）得安慰，我微小如塵土和爐灰」。

約伯何解覺得自己得安慰？弔詭地，原因不是約伯找出苦難的緣由和答案，更不是他的財產和子女的歸還，而是他最終親眼看見耶和華，明白到上帝與他一直同在。從生命的歷練和抗辯中得著智慧，正正是智慧文學的目的和重點：「敬畏耶和華是智慧的開端，認識至聖者便是聰明」（《箴言》9:10）。在親眼見過耶和華之前，約伯對苦難的態度是抗辯，當中只有痛苦和不滿；在親眼見過耶和華之後，他的抗辯依然沒有得到回覆，然而生命得到安慰。《約伯記》是一個信仰的答問，始於抗辯，終於安慰，最終仍為奧秘，唯當事人可解，唯親眼見者能明。故此，對約伯和《約伯記》的作者來說，《約伯記》詩歌部分的結語，以至整部《約伯記》對苦難的結論是：

> 我從前風聞有你，現在親眼看見你。因此我拒絕並得安慰，我脆弱如塵土和爐灰。（伯 42:5–6）

---

[48] Kushner, *The Book of Job*, pp. 157–158.

[49] 美國猶太出版學會（American Jewish Publication Society）的英文希伯來聖經《塔納赫》（*Tanakh*）把 "אֶמְאַס" 和 "וְנִחַמְתִּי" 譯為 "recant"（撤回）和 "relent"（緩和），英王欽定本（King James Version）譯為 "abhor"（嫌棄）和 "repent"（懊悔），而標準修訂本（Revised Standard Version）則譯為 "despise"（鄙視）和 "repent"。見 Kushner, *The Book of Job*, p. 157。

延伸閱讀

- Philip Yancey, *Disappointment with God: Three Questions No One Asks Aloud*. New York: Guideposts, 1988. 中譯：楊腓力著，白陳毓華譯，《無語問上帝》。台北：校園書房出版社，1991。

  楊腓力為暢銷作家，出版過多本關於苦難的著作，包括*Where is God When It Hurts?*、*Pain: The Gift Nobody Wants*等。本書獲1989年ECPA年度好書金獎，從多位《聖經》人物（包括約伯）探討三個問題：「神公平嗎？」、「神沉默嗎？」、「神隱藏了嗎？」。

- Harold S. Kushner, *The Book of Job: When Bad Things Happened to a Good Person*. New York: Random House, 2012. 中譯：哈洛德・庫希納著，黃杰輝、阮雅瑜譯，《約伯記釋讀：當好人遇上壞事》。香港：基督教文藝出版社，2016。

  庫希納為猶太拉比，曾被選為五十五位使世界變得更美好的人之一。作者以過來人身分，三十年來反覆思考《約伯記》，探討好人為何受苦的問題，並出版兩本同名著作，本書為系列作下集。

- Gustavo Gutierrez, *On Job: God-talk and the Suffering of the Innocent*. Translated by Matthew J. O'Connell. Maryknoll, NY: Orbis Books, 1987. 中譯：古鐵熱著，柯毅文譯，《向全能者抗辯──論〈約伯記〉》。台北：雅歌出版社，2000。

  古鐵熱為秘魯解放神學家，代表作為*The Liberation Theology*。本書循拉丁美洲受壓迫者的經驗解釋《約伯記》，認為它是無辜受苦者對不公義的抗爭，拒絕約伯友人的沉默和妥協，高舉約伯以生命抗辯的精神。

《古蘭經》和平觀之再思

理念、德性培育與實踐限制

余之聰

一、前言

「伊斯蘭」(Islam) 是阿拉伯語的音譯，字義上它有和平的意思，但現今伊斯蘭教卻往往與恐怖襲擊、恐怖主義糾纏不清。今人一提起伊斯蘭教，就自然地想起恐怖主義，很少有人會將「伊斯蘭教」與「和平」關聯起來，遑論伊斯蘭教之和平觀。原因是那些自稱為穆斯林的人士及組織，常常以伊斯蘭教之名向手無寸鐵的平民百姓作出種種暴力行為，有恐嚇、綁架、強姦、炸彈襲擊、槍殺、斬首等等，罪行罄竹難書。無怪乎別人會如此理解伊斯蘭教！而這等罪行亦促使學者不得不處理伊斯蘭教與恐怖主義的關係，或等同之，或分離之。等同之，伊斯蘭教的和平觀則無從說起，它亦應當視為邪教，早日取締；分離之，則可以理直氣壯地說恐怖分子不代表伊斯蘭教，他們 (例如伊斯蘭國) 根本不是穆斯林。此舉一方面與恐怖分子劃清界線，另一方面保存了「伊斯蘭教和平觀」之闡釋空間，但問題仍未徹底解決。

此等和平觀，不論它論述得何等周延、完善，充其量只不過是一個宗教理念、一套說教，往往與媒體上看見那些自稱為穆斯林的恐怖分子的行動較然不同。特別值得一提的是 2015 年 12 月發生在美

國加州一間殘疾人康復中心的槍擊事件。事件中，殺人疑兇為穆斯林夫婦，丈夫法魯克（Syed Farook）犯案前常與同事辯論有關伊斯蘭教的議題，法魯克曾表明伊斯蘭教是**和平**的宗教，只是美國人不明白它而已。我想藉此事件指出一種不一致（inconsistent）的現象。這一位被媒體視為穆斯林的法魯克，一方面強調伊斯蘭教是和平的宗教，另一方面他卻以暴力對待他人，殺害一些無辜市民。伊斯蘭教的和平觀並沒有在這位穆斯林身上表現出來，從理念到實踐之間，發生了什麼問題？這距離如何修補？若此距離無法銜接，無論伊斯蘭教如何努力闡釋其和平理念，與一般人所看見的實況相比，和平的理念與實踐之間難免有巨大的落差，甚或叫人誤會伊斯蘭教是在「講一套做一套」。理念與實踐之間的距離，這種不一致的現象正正是本文思考的方向，雖然本文不一定能夠提供一個完備的答案，但或許視它為一種思想初探。是故，本文冀望從《古蘭經》（Qur'an）與使者穆罕默德的典範（Hadith/Sunna）、伊斯蘭教法（Islamic Law）和穆斯林品德培育三方面，探討伊斯蘭教之和平觀應如何在穆斯林群體中得以落實。最後，本文嘗試反思現今穆斯林實踐和平時所面對的限制。

二、從《古蘭經》和聖訓的觀點看和平

　　阿拉伯語中，「伊斯蘭」有順服與和平兩種意思，兩者看似無關，但對穆斯林而言，對真主的順服帶來了人與萬物的和諧與內心的平安，兩者亦可以說是一種因果關係。在品格層次上，《古蘭經》多處以和平為與人交往、做人處事的宗旨：「至仁主的僕人是在大地上謙遜而行的；當愚人以惡言傷害他們（穆斯林）的時候，他們說：『祝你們**平安**。』」（25:63）「當他們（穆斯林）聽到惡言的時候，立即退避，他們說：『我們有我們的行為，你們有你們的行為。祝你們**平**

安！我們不求愚人的友誼。』」(28:55)[1] 縱使有人惡言傷害穆斯林，《古蘭經》沒有要求他們以惡言相向，以牙還牙；反之，他們仍應以和平的態度回應或離開。聖訓是使者穆罕默德的言行記錄，是穆斯林的生活典範。他曾說：「一個人如果不能仁慈對待他人，他也無法獲得真主的仁慈。」又說：「使鄰人不安的，不是信士。」[2]

　　或許，我們毋須再羅列《古蘭經》及聖訓的經文去證明伊斯蘭教有多強調和平。在一般情況下，《古蘭經》及聖訓與其他宗教文獻一樣都要求其信徒追求和平、做一個品格高尚的人，這應當是毫無疑問的。但我們需要問的是，在群體層次上，伊斯蘭教如何處理與不信者之間的關係。從各地歷史記載裏我們得知，品格高尚的人仍然會為自己的群體（無論國家、民族或宗教群體）向異己行使暴力，並認為這樣做是對的。伊斯蘭教包容異己與否亦反映它如何理解和實踐其和平觀。無可否認，《古蘭經》並非完全否定武力的使用，它曾對穆斯林說：「你們（穆斯林）在那裏發現他們（不信者），就在那裏殺戮他們……。」(2:191) 這是明確地要求穆斯林對異己進行殺戮。《古蘭經》又如何談得上和平？但它為何有這樣殘酷的命令呢？公平的經文解釋應該以其上下文來進行解讀，而經文較完整的段落是這樣的：

> 你們在那裏發現他們，就在那裏殺戮他們；並將他們**逐出境外**，猶如他們從前驅逐你們一樣，**迫害是比殺戮更殘酷的**。你

---

[1]　本文採用的《古蘭經》中譯本是馬堅譯本。兩處經文轉引自馬明良，〈再論伊斯蘭教的和平觀 —— 兼及「吉哈德」理念〉，載馬明良、丁俊編，《伊斯蘭文化前沿研究論集》(北京：中國社會科學出版社，2008)，頁150。

[2]　兩處聖訓經文轉引自林長寬、邱卜恪，〈古蘭經之伊斯蘭和平觀初探〉，《宗教哲學》，第42期 (2007年12月)，頁14。

們不要在禁寺附近和他們戰鬥，直到他們在那裏進攻你們；如果他們進攻你們，你們就應當殺戮他們。不信道者的報酬是這樣的。如果他們停戰，那末，真主確是至赦的，確是至慈的。你們當反抗他們，直到迫害消除，而宗教專為真主；如果他們停戰，那末，除不義者外，你們絕不要侵犯任何人。(2:191–193)

他們（穆斯林）問你（使者穆罕默德）禁月內可以作戰嗎？你說：「禁月內作戰是大罪；妨礙主道，不信真主，妨礙（朝覲）禁寺，驅逐禁寺區的居民出境，這些行為，在真主看來，其罪更大。迫害是比殺戮還殘酷的。」如果他們（不信者）能力充足，勢必繼續進攻你們（穆斯林），務使你們叛教。你們中誰背叛正教，至死還不信道，誰的善功在今世和後世完全無效。這等人，是火獄的居民，他們將永居其中。(2:217)

　　從引文得知：第一，《古蘭經》沒有要求將所有異己趕盡殺絕，一個不留，因有些人是被「逐出境外」，而這行動亦是因異己曾如此對待穆斯林群體，他們才按公平原則進行報復（「猶如他們從前驅逐你們一樣」）。第二，「迫害」是什麼？為何比殺戮更殘酷？迫害的阿拉伯文是*fitnah*，它的意思繁多，包含試探（temptation）、考驗（trial）、懲罰（punishment）、不幸（misfortune）、不和（discord）、暴動（sedition）及內戰（civil war）等意思。[3] 而從下文可以得知，這迫害應是宗教性質的（「直到迫害消除，而宗教專為真主」）。它應理解為宗教迫害，以武力手段迫使穆斯林叛教（「如果他們能力充足，勢必繼

---

[3]　John Penrice, *A Dictionary and Glossary of the Qur'an with Copious Grammatical References and Explanations of the Text*, new revised edition (Kuala Lumpur: The Other Press, 2006), p. 166.

續進攻你們，務使你們叛教」）。而穆斯林學者 Tarif Khalidi 更明確地意譯此字為強迫叛教 (apostasy by force / forced apostasy / forcing people into unbelief)，我認為極其恰當。[4] 換言之，穆斯林對異己進行殺戮的原因並不是「非我族類，其心必異」，要除之而防患未然；而是異己以武力強迫穆斯林叛教，企圖消滅伊斯蘭教，他們只不過為了保護自己的宗教信仰而進行抗爭、反擊。第三，引文説：「你們（穆斯林）不要在禁寺附近和他們戰鬥，直到他們（不信者）在那裏進攻你們；如果他們進攻你們，你們就應當殺戮他們。」禁寺（即清真寺）是伊斯蘭教的宗教聖地，一般情況下禁止戰鬥，但當異己攻擊禁寺時，穆斯林就可以為了保護自己的宗教聖地而進行反擊。最後，引文指出若再沒有迫害、沒有進攻，除了那些不義者外，穆斯林應當停戰。引文雖然沒有指明不義者是誰，但異己或異教信徒卻不一定不義，《古蘭經》説：「信道者、猶太教徒、基督教徒、拜星教徒，凡信真主和末日，並且**行善的**，將來在主那裏必得享受自己的報酬，他們將來沒有恐懼，也不憂愁。」(2:62) 又説：「⋯⋯ 你（使者穆罕默德）必定發現，對於信道者最親近的是自稱基督教徒的人；因為他們當中有許多牧師和僧侶，還因為**他們不自大**。」(5:82) 看來不義的標準多與行善和品德有關，與身分並無直接關係。總的來説，《古蘭經》雖然要求信徒使用武力、參與戰爭，但並非鼓吹毫無道理、毫無限制或殲滅異己的戰爭，它只在有明確而嚴重的宗教攻擊或不義發生時，才要求信徒進行戰鬥。[5] 因此，我認為《古蘭經》及聖訓有關武力使用的教導，算不上好戰或嗜殺。

---

[4]　Tarif Khalidi, *The Qur'an: A New Translation* (London; New York: Penguin Classics, 2008), see Sura 2: 191, 193, 217.

[5]　本文沒有討論對不義者的武力使用原則，有興趣者請參考 Michael Cook, *Forbidding Wrong in Islam: An Introduction* (New York: Cambridge University Press, 2003)。

除了武力使用的教導外，還有一點值得注意：《古蘭經》的和平
觀是以人類文化差異為前提，它並非鼓吹單一文化下的和平。《古蘭
經》説：「眾人啊！我(真主)確已從一男一女創造你們，我使你們成
為許多民族和宗族，以便你們互相認識。」(49:13)好一句「以便你
們互相認識」，而不是互相嘲笑、猜疑或互相攻擊、殘殺。現代社會
的文化差異往往成為衝突的理由，例如政治學學者塞繆爾·亨廷頓
(Samuel Huntington)就因提出理論解釋不同文化之間為何帶來潛在
衝突，而揚名學界。[6] 但有別於他的文明衝突理論，民族、文化的差
異對《古蘭經》來説，從來不是衝突或戰爭的理由。反之，它承認差
異的重要，認為真正的和平是在差異與多元文化上尋求出路，而非
鼓吹大一統文化，以強迫別人接受伊斯蘭教作為解決之道。《古蘭
經》這樣説：「對於宗教，絕無強迫；因為正邪確已分明了……。」
(2:256)，又説：「我(真主)已為你們(世人)中每一個民族制定一種
教律和法程。如果真主意欲，他必使你們變成一個民族。但他把你
們分成許多民族，以便他考驗你們能不能遵守他所賜予你們的教律
和法程。故你們當爭先為善。」(5:48)沒有強迫，是因為《古蘭經》
的作者相信不同文化自有不同的是非、正邪之標準，世人按他身處
的標準行善就成了。伊斯蘭教的出現並沒有使《古蘭經》的作者下令
殲滅其他宗教或文化，而是以善行作為思考差異之標準。又如馬明
良更正面地説：「這種差異，非但不是壞事，而恰恰體現了真主對人
類的恩典，使人類免於陷入單一和單調之中，而生活在一個豐富多
彩的世界裏 —— 不同語言、不同膚色、不同文化，令彼此驚歎，互
相欣賞，互相學習，取長補短，共生共榮。」[7]

---

[6] Samuel P. Huntington, *The Clash of Civilizations and the Remaking of World Order* (New York: Simon & Schuster, 2011).

[7] 馬明良，〈再論伊斯蘭教的和平觀〉，頁151–152。

完成了《古蘭經》和聖訓對和平的解說，以下將會從伊斯蘭教法的角度看現今「聖戰」的問題。[8]

三、從伊斯蘭教法的觀點看「聖戰」

伊斯蘭教法（下簡稱「教法」）是一套以《古蘭經》和聖訓為基礎的法律體系；理論上，它不會與《古蘭經》和聖訓發生衝突。但教法的教導卻不一定源於《古蘭經》或聖訓，所以很多教法學者均指出教

---

[8] 這部分作者以《古蘭經》為主，聖訓只是輕輕帶過，沒有深入的分析。原因有二。第一，《古蘭經》在伊斯蘭教中的地位較聖訓重要。第二，聖訓是使者穆罕默德或長或短的說話記錄，基本上是按主題分類，沒有詳盡的上下文或文學結構，作為理解文本之用。而據作者有限的閱讀範圍所知，在英文、華文世界中，至今還未有聖訓文學結構的研究出版（如若有誤，敬請專家學者不吝指正）。另外，學術界的研究重點多放在聖訓的真偽上，對它的理解往往依據其設定主題或其他古典阿拉伯文文獻研究，而那些主題或阿拉伯文文獻卻又往往以宣揚教義為目標，難以建立一套較獨立客觀的聖訓學。反之，學界已經發展出一套頗為成熟的《古蘭經》文學結構研究，擺脫了依據其他古典阿拉伯文文獻（例如聖訓）作為解釋的基礎。有興趣者請參考井筒俊彥（Toshihiko Izutsu）的作品，例如 *God and Man in the Koran: Semantics of the Koranic Weltanschauung* (Tokyo: Keio Institute of Cultural and Linguistic Studies, 1964)；*The Concept of Belief in Islamic Theology: A Semantic Analysis of Iman and Islam* (Tokyo: Keio Institute of Cultural and Linguistic Studies, 1965)；*Ethico-religious Concepts in the Qur'ān*, revised edition (Montreal: McGill-Queen's University Press, 2002)。另外，還有 David Marshall, *God, Muhammad and the Unbelievers: A Qur'anic Study* (Surrey: Curzon, 1999)；Daniel A. Madigan, *The Qur'ān's Self Image: Writing and Authority in Islam's Scripture* (Princeton, NJ; Oxford: Princeton University Press, 2001)；Neal Robinson, *Discovering the Qur'an: A Contemporary Approach to a Veiled Text*, second edition (London: SCM Press, 2003)；Raymond Farrin, *Structure and Qur'anic Interpretation: A Study of Symmetry and Coherence in Islam's Holy Text* (Oregon: White Cloud Press, 2014)；及 Michel Cuypers, *The Composition of the Qur'an: Rhetorical Analysis* (New York: Bloomsbury Academic, 2015)。

法本身不是一套永恒不變之真理，而是因應時代需要的思維產品，它可以過時失效或需要按時更新改革。指出這一點，是希望討論現今所謂「聖戰觀」的理論基礎，事實上只是源於教法，而非《古蘭經》或聖訓。以下先分析「聖戰」的理念，然後指出「聖戰」理念與教法的「國際關係」理論結合後所產生的問題。

華文或西方媒體一般錯譯 Jihad 為「聖戰」(Holy War)，有趣的是這個字的阿拉伯文原意卻完全沒有涉及戰爭。它意為掙扎、奮鬥，或引申為盡力改正不義、邪惡的事情。[9] 在《古蘭經》的描述裏，它當然是為了真主而奮鬥，這是無可厚非的。但我們不能因此而翻譯 Jihad 為「聖戰」。在此問題上，我的博士論文導師說得好。他說戰爭殘酷，沒有一場戰爭是神聖的，「聖戰」是矛盾術語 (contradiction in terms)。另外，Jihad 沒有獨特的表現形式，武力只是其中一種。如《古蘭經》所記：「你們 (穆斯林) 應當為真主而真實地奮鬥 (Jihad)。他 (真主) 揀選你們，關於宗教的事，他未曾以任何煩難為你們的義務，你們應當遵循你們的祖先易卜拉欣 (即亞伯拉罕) 的宗教……你們當謹守拜功，完納天課，信托真主……」(22:78) 整段經文縱然倡導為真主奮鬥，但其目的是為了完成宗教上的義務 (如拜功、天課)，沒有涉及武力的運用。約公元九世紀，伊斯蘭教的宗教學者強調以靈性修養、克服私欲邪念為主的 Greater Jihad 思想，以武力為主的 Jihad 反而降格成為 Lesser Jihad，可見武力不一定是 Jihad 的重點；[10] 而在教法律系統裏，Jihad 的觀念被引申為理性判斷的思維過程 (教

9　　Reuven Firestone, *Jihād: The Origin of Holy War in Islam* (New York: Oxford University Press, 1999), p. 16.

10　　Gordon D. Newby, *A Concise Encyclopedia of Islam* (Oxford: Oneworld, 2002), p. 115.

法稱為Ijtihad)；[11] 近代伊斯蘭教女權分子亦應用Jihad的觀念在男女平權的抗爭運動上。[12] 列舉這麼多例子是要指出，這些有Jihad元素的活動與武力的運用無直接關係，而武力亦不一定是Jihad的主角。反之，追求正義和平、靈性修養、理性、平等的價值，才是Jihad的首要任務。

但無可否認，《古蘭經》有以武力形式為奮鬥的經文，如：「信道而且遷居，並以自己的財產和生命為真主而奮鬥 (Jihad) 的人……如果他們 (信道而未遷居的人) 為宗教事而向你們 (信道及遷居的人) 求援，那末，你們應當援助他們，除非他們的敵人與你們有盟約關係。」(8:72) 經文指出信徒要以生命為真主奮鬥，而當中亦涉及敵人的概念，所以我們可以推斷這段經文以戰爭為背景。但正如上文的分析，整本《古蘭經》關於武力的描述都不是任意的殺戮，而是在特定處境下的反抗。另外，聖訓對Jihad的描述更見靈活和審時度勢，鼓勵信徒應以不同的方法 (武力、法律、批評、祈禱、等待等) 阻止不義、邪惡的事情發生。[13] 所以表達Jihad的方法絕對不是只有武力，將Jihad翻譯為「聖戰」縮窄了它豐富、多元化的含意，只突顯它武力的一面，可說是以偏概全的譯名。

既然Jihad含意豐富，又不一定與武力有關，翻譯上的出錯固然使人誤會Jihad代表著戰爭與暴力。Jihad的理念自身不能產生一種像現今那樣破壞和平的「聖戰觀」，但為何世界各地會有這麼多以「聖戰」之名作出種種暴力行為的「聖戰士」(Jihadists)？我相信要再加上教法中的國際關係理論 (al-Siyar)，暴力的「聖戰觀」才能明確地建立

---

[11]　Newby, *A Concise Encyclopedia of Islam*, p. 97.

[12]　參見Amina Wadud, *Inside the Gender Jihad: Women's Reform in Islam* (Oxford: Oneworld, 2006)。

[13]　Firestone, *Jihād: The Origin of Holy War in Islam*, p. 17.

起來。簡單而言，教法將世界分為三個地域（abodes），分別是伊斯蘭教地域（abode of Islam）、戰爭地域（abode of war or unbelief）與和平地域（abode of peace or treaty）。伊斯蘭教地域當然指以教法作為管理宗教、文化及政經事務的地域；戰爭地域就是不信者管治的地域，與伊斯蘭教地域存在著戰爭狀態；和平地域則比較特別，它是非伊斯蘭教地域，但卻與伊斯蘭教地域建立協約關係，保持著和平狀態。問題的癥結出現於那些生活在戰爭地域的穆斯林。

　　試想像，那些生活在戰爭地域的穆斯林應如何自處？縱使對教法無知，一般人的常理都會想到有三個可能的答案。第一，經濟及健康情況許可下，離開戰爭地域，往伊斯蘭教地域或和平地域生活。第二，假若戰爭地域仍有信仰伊斯蘭教的自由，可選擇留下，傳揚及見證伊斯蘭教。[14] 第三，進行各式各樣的「聖戰」，使戰爭地域變更為伊斯蘭教地域或和平地域，或起碼符合答案二的條件，使該地域擁有信仰伊斯蘭教的自由。但這三個答案沒有解決一個更基本的問題：何謂信仰伊斯蘭教的自由？不容許信徒祈禱或興建清真寺，固然是沒有宗教自由的保障，但不容許在公眾地方或特定場所佩戴頭巾（Hijab），又是否剝奪了宗教自由？本文不是探討法國的頭巾事件，只是想指出宗教自由存在很多灰色地帶、極富爭議性，伊斯蘭教群體之間亦難達成共識，何況再加上非伊斯蘭徒的看法。在眾說紛紜的情況下，更容易將頭巾事件說成為「反伊斯蘭教」（anti-Islam），激化（radicalized）穆斯林群體進行暴力「聖戰」的理由。

　　另外，我認為生活在戰爭地域的穆斯林所面對的最大問題，就是無論選擇哪一個答案，他們只不過是寄居者或過客，彷彿只有回到伊斯蘭教地域才是真真正正的「回家」。現在已經有不少關於伊斯蘭教的研究議題回應此問題，例如「離散無根的穆斯林社群」（Muslims

---

[14]　也要包括保障其他生活所需條件或權利，但為簡化討論，從略。

in diaspora)、「穆斯林少數主義」(Muslim minority)、「文明衝突」(clash of civilizations) 與「伊斯蘭教化」(Islamization) 等議題。[15] 以現今西方英、美、歐洲等地出生的穆斯林為例，他們的家族無論是由巴基斯坦、阿爾及利亞或其他中東國家移民而來，他們現在很多已經有兩三代人生活在西方，生活的文化已經是西方文化，他們對故鄉的語言、人事、文化都感到陌生，試問他們的家在哪裏？客觀的答案就是他們現今生活於西方國家中，其只不過是信仰伊斯蘭教的西方人而已。但由於他們的伊斯蘭教信仰或家庭的宗教教育仍然保留著這種「戰爭地域」的教導，使他們潛移默化地產生了對另一個「家」的想像，以為自己是活在離散 (diaspora) 之中。[16] 他們產生一種「回家」的念頭，或希望為「家」做一些事，以獲得身分與心理上的認同。更嚴重者，甚至希望幫助「家人」抵抗外敵，獲取英雄感，滿足自己改變世界、創造時代的心理，自覺很有型 (cool)。但荒謬的是，這個「外敵」往往就是他們自出娘胎就生活其中的西方國家。我認為這種心理、身分、文化上的不一致或撕裂的宗教想像，能比較合理地解釋為何在西方出現這麼多年青的「聖戰士」，他們往往為了獲得認同感、英雄感而參與暴力的「聖戰」行動，但這種對「家」的想像又是否合乎《古蘭經》和聖訓的教導，他們往往毫無認識和反省。

　　本部分開首指出，教法的教導不一定源於《古蘭經》和聖訓，教法本身亦不是一套永恒不變之真理，而是因應時代需要的思維產品，而教法這種對世界的三分法就是其中一例。這種「國際」關係理論事實上是指向中世紀伊斯蘭教帝國與基督宗教帝國 (或其他帝國) 之間

[15]　有關西方穆斯林所面對的議題，可參考近著 Andy C. Yu, *Thinking Between Islam and the West: The Thoughts of Seyyed Hossein Nasr, Bassam Tibi and Tariq Ramadan* (Oxford; New York: Peter Lang, 2014)。

[16]　參見 Pnina Werbner, *Imagined Diasporas among Manchester Muslims: The Public Performance of Pakistani Transnational Identity Politics* (Oxford: James Currey, 2002)。

的關係；換言之，是「帝國關係」理論，而不是我們今天所理解的主
權國家之間的關係理論。現今我們無從確定哪一個國家代表伊斯蘭
教帝國（沙特、伊拉克、伊朗還是埃及？），哪一個國家代表基督宗
教帝國（梵蒂岡、英、美、法還是德？），又如何談得上協約或戰爭
關係呢？這三分法現今明顯過時失效，需要揚棄或更新，重新建立
一套以主權國家為基礎的伊斯蘭教國際關係理論。

上文分析指出《古蘭經》與聖訓的教導和 Jihad 的理念都是指向和
平共存的生活，而帶來暴力的「聖戰觀」與過時失效的教法教導有關。
因此，我相信正確的和平理念應該以《古蘭經》與聖訓的教導為主，
教法只是一個參考而已。但正確的理念卻需要信徒遵守才能實踐，
而下文我將探討伊斯蘭教的傳統宗教義務中，如何體現德性的培育。
最後，我以個人經驗談一談實踐的限制。

四、從傳統宗教義務的觀點看穆斯林的品德培育

《古蘭經》與聖訓吩咐信徒要和平，但正確的理念亦需要信徒有
相應的品格去遵守才能實踐。一個魯莽、衝動、心胸狹窄的信徒，
往往比較難遵守這個吩咐，所以信徒的品格培育極其重要。伊斯蘭
教是一個強調言行一致的宗教，它要將自己的理念以行動表達出來，
而在實踐行為的過程中，信徒漸漸地培育了相關的品格，因為特定
行動需要相應的準則去進行，並決定行動本身是否合乎規範。接受
準則、規範需要特定的德性要求。以象棋為例，它對參賽者有幾點
要求：第一，**公平**地二人對弈，不能有其他人協助。第二，**誠實**地
按照象棋規則進行比賽，不能改變規則。第三，不論輸贏，要有
勇氣接受賽果。象棋比賽本身就能培育參賽者公平、誠實和勇敢的
德性。同理，以下我會以伊斯蘭教的傳統宗教義務來思考其背後的
德性要求。

伊斯蘭教有五大宗教義務需要信徒遵行,名為「五功」(Five Pillars)。學者一般相信,在公元七世紀末,五功已經系統地建立起來,成為穆斯林生活的一部分。五功包括:證信(Shahadah)、禮拜/拜功(Salah)、齋戒(Sawm)、天課(Zakah)和朝覲(Hajj)。證信就是為信仰作證,公開以阿拉伯文表達相信「安拉是獨一真主和穆罕默德是祂的使者」的意思。要成為穆斯林,他/她至少要有一次公開表達此信仰,所以某程度上可以視它為入教儀式。對穆斯林而言,這不單是勇敢地公開承認自己的信仰,亦是深深懷著感激之情看待使者穆罕默德為傳揚伊斯蘭教、建立穆斯林群體所付出的辛勞。禮拜是一日五次面向麥加方向進行的一連串特定的誦經、祈禱和跪拜儀式。五次禮拜包括晨禮(破曉時)、晌禮(正午過後)、晡禮(太陽偏西時)、昏禮(黃昏)和宵禮(入夜),穆斯林透過每天禮拜來尊崇及敬拜真主。禮拜時要求精神專注、全心全意,而向真主禮拜態度亦要謙卑恭敬。齋戒是每年伊斯蘭曆9月份的全月齋戒。齋戒期間,穆斯林要學習忍耐和節制,因齋戒要求信徒每天從破曉到黃昏不吃不喝,克己寡欲,這亦是一種磨練心志和提升靈性修養的宗教操練。另外,每晚完成齋戒後,要與家人親友共聚,分享食物;若能力許可,更可向貧苦大眾布施食物。因此,齋戒期間更能凝聚人與人之間的情誼,亦學習慷慨好施。天課是指如果穆斯林的經濟狀況超過某特定水平,則須將自己的財富按一個特定的百分比(如2.5%)給予需要幫助的人或機構(包括清真寺)。它本質上不是稅款,而是一種敬拜儀式,代表著淨化富有者的財產;反過來說,不予天課就使穆斯林的財富不潔。穆斯林從中學習滌淨自私與貪財的欲念,培養慷慨好施的精神。最後是朝覲,最為人所知曉的是指伊斯蘭曆12月8至12日期間的朝覲儀式,穆斯林在其健康及經濟條件允許下,一生應往麥加朝覲一次,參加這次特定的紀念真主的儀式。參加者不論貧富、地位、膚

色、文化都穿上同一種服飾，它代表了穆斯林的團結、包容和平等，同時亦磨練人為真主而堅毅不拔的心志。

下表重新列出五功所培育的德性和信仰內容：

五功	德性的培育	信仰
證信	勇氣、念情	宣告信念
禮拜	謙恭、專注	敬畏
齋戒	忍耐、節制、重情、慷慨	全然依靠
天課	慷慨、無私	淨化
朝覲	堅毅、平等、包容	團結合一

對於那些心不在焉或對整個五功行為不明就裏的信徒來說，五功當然不能起到德性培育的作用。但對於態度認真的信徒而言，參與五功除了堅固其信仰外，相關的德性亦能潛移默化地得到培育，而以上德性不少與實踐和平息息相關，如謙恭、忍耐、重情、慷慨、無私、平等和包容等等。試問一個重視這些德性的信徒，又怎會是心胸狹窄、魯莽衝動、好戰嗜殺的人呢？可見伊斯蘭教的傳統宗教義務正正是培育信徒有關德性，裝備信徒實踐和平。

走筆到此，我想簡單回應上文所談及的「法魯克現象」，即理念與實踐之間的不一致現象。它的問題是錯將伊斯蘭教的和平觀建基於過時失效的教法上，法魯克縱使有再好的品格，亦會因錯誤的理念而進行這次槍擊行動。所以加強伊斯蘭教信仰教育是非常重要的，讓穆斯林與非穆斯林都明白正確的伊斯蘭教理念。本文以正確的理念和德性培育為中心，表述伊斯蘭教和平觀的工作大致完成。以下的部分，將會以作者個人的經驗來思考穆斯林在實踐和平時所面對的限制。

五、實踐的限制

我在英國修讀伊斯蘭教研究的時候，曾看過一個電視節目，報導一位來自巴基斯坦的英籍穆斯林醫生講述他在醫院工作所面對的問題。報導中，他批評英國的酒類產品政策使不少人可以低價購買各式各樣的酒精飲品，他在醫院工作時就見到不少人因酗酒入院，接受治療。但他沒有批評這些酗酒的英國人，視他們為罪人、遠離他們；反之，他同情他們，以行動關心他們，希望幫助他們減少飲酒，視他們為同胞 (fellow citizens)。我認為這位穆斯林醫生的例子正好反映伊斯蘭教和平觀的實踐，他以伊斯蘭教的理念理性地批評英國的酒類產品低價政策所引發的問題，以行動、專業知識關愛受酗酒困擾的英國同胞。但媒體又會報導多少這樣的例子？

媒體的眼球往往只看見塔利班、阿蓋達或伊斯蘭國等恐怖組織的言論，但卻很少看見穆斯林專業人士、知識分子的言論，彷彿後者不存在似的。恐怖分子與知識分子在任何宗教群體都只佔少數，大多數人都保持沉默，而現今媒體對恐怖分子的報導卻往往遠比對知識分子的報導篇幅為多。代表伊斯蘭教發言的是知識分子而不是恐怖分子，媒體的報導卻反過來以恐怖分子的言論代表伊斯蘭教，使大眾一提起伊斯蘭教就只想起恐怖主義，而不是《古蘭經》的思想、伊斯蘭教的科學成就、與古希臘和西方哲學互動的古今伊斯蘭教思潮，或伊斯蘭教的道德、政治、文學、藝術、靈性修養等傳統。簡言之，除了恐怖主義以外就沒有什麼其他東西值得人注意的穆斯林群體，試問我們又怎會看得見他們的和平呢？

六、結語

《古蘭經》、聖訓、Jihad 的理念與伊斯蘭教傳統的德性培育，都

是以和平為主,而不是鼓吹暴力。問題是我們現今的教育對伊斯蘭
教的了解仍然十分缺乏,若我們沒有對伊斯蘭教的理念有正確及較
全面的了解,視野便只受到媒體報導的限制,想起伊斯蘭教就只剩
下恐怖主義的話,那麼我們確實無法明白伊斯蘭教的和平觀。

參考書目

林長寬、邱卜恪。〈古蘭經之伊斯蘭和平觀初探〉。《宗教哲學》,第42期
　　(2007年12月),頁13–25。

馬明良。〈再論伊斯蘭教的和平觀——兼及「吉哈德」理念〉。載馬明良、丁
　　俊編,《伊斯蘭文化前沿研究論集》,頁149–154。北京:中國社會科學
　　出版社,2008。

馬堅譯。《古蘭經》。北京:中國社會科學出版社,1996。

Cook, Michael. *Forbidding Wrong in Islam: An Introduction.* New York: Cambridge
　　University Press, 2003.

Firestone, Reuven. *Jihād: The Origin of Holy War in Islam.* New York: Oxford
　　University Press, 1999.

Huntington, Samuel P. *The Clash of Civilizations and the Remaking of World Order.*
　　New York: Simon & Schuster, 2011.

Khalidi, Tarif. *The Qur'an: A New Translation.* London; New York: Penguin Classics,
　　2008.

Newby, Gordon D. *A Concise Encyclopedia of Islam.* Oxford: Oneworld, 2002.

Penrice, John. *A Dictionary and Glossary of the Qur'an with Copious Grammatical
　　References and Explanations of the Text,* new revised edition. Kuala Lumpur: The
　　Other Press, 2006.

Wadud, Amina. *Inside the Gender Jihad: Women's Reform in Islam.* Oxford: Oneworld,
　　2006.

Werbner, Pnina. *Imagined Diasporas among Manchester Muslims: The Public
　　Performance of Pakistani Transnational Identity Politics.* Oxford: James Currey,
　　2002.

Yu, Andy C. *Thinking Between Islam and the West: The Thoughts of Seyyed Hossein
　　Nasr, Bassam Tibi and Tariq Ramadan.* Oxford; New York: Peter Lang, 2014.

延伸閱讀

- 小杉泰著，薛芸如譯，《伊斯蘭帝國的吉哈德：一部奮鬥、正義與融合的伊斯蘭發展史》。新北：八旗文化，2019。

  以「吉哈德」(Jihad)為切入點，看伊斯蘭政權、歷史及思想的發生和演變，內容值得推薦。

- 安－洛爾・杜邦著，陳秀萍、王紹中譯，《伊斯蘭的世界地圖：場所、活動、意識形態》。高雄：無境文化，2019。

  內容精簡但豐富，收錄多項地圖、表格、文獻與數據，是一本方便讀者使用的入門工具書。

- 徐廷珉著，李修瑩譯，《從歷史中擺脫「伊斯蘭＝恐怖攻擊」的思維》。台北：四塊玉文創，2016。

  以伊斯蘭國(ISIS)為切入點，看伊斯蘭政治思想的演變，作者除了陳述ISIS的歷史及其活動，更著重研究其思想來源與伊斯蘭教的關係，從而理解伊斯蘭教的本質。

第四部分

社會與政治

引 言

對「何謂美好社會？」的探問，是政治與社會哲學的焦點所在。當代的討論主要圍繞政治正當性 (political legitimacy) 與社會公義 (social justice) 兩大課題。前者思考政府與權力的道德基礎：人們基於什麼理由要服從政治權威 (political authority)？政府統治的權力來源為何？——從而側面地論證理想的政治制度應具備何種特點。後者則主要討論經濟生產的合適條件與社會資源的合理分配辦法：究竟要建立怎樣的財貨生產與分配的制度，來讓所有人公平地生活在一起？經濟生產活動應受制於何種道德規範？政府在資源生產與分配當中又有何角色？換言之，正當性的問題是討論人與人之間的政治關係，社會公義問題則是關注人們的社會關係，兩者共同回應「人們應當如何生活在一起？」此一人類文明制度發展的基本問題。

就政治正當性問題，不同的政治理論有自身的立場與關注。有些哲學家認為政治權力應由賢能的人掌握，才可以正確判斷社會議題。有些理論從實效層面說明政治權力，強調只有能有效行使公權力的政府，才有能力保障眾人的福祉。有些學者則主張民主政治，認為只有人民授權的政府才具有道德的正當性。本部分的第一篇文章，葉家威透過詮釋盧梭 (J. J. Rousseau) 的《社會契約論》，說明民主政治的可貴，在於能造就自由與平等的政治人，只有在人民共同擁有國家的主權，才能使政府彰顯認受性，讓公民共同建立一個美好的社會。

至於社會公義問題，當代政治哲學傾向討論分配公義 (distributive justice) 議題，探問資源的分配辦法及準則：究竟經濟財貨應該獨立地由私人領域生產及交易，還是作為公權力的政府有資格以道德理由，對社會資源進行再分配 (redistribution)？本部分談及社會公義的

兩篇文章，並不直接介入「市場」與「政府」就分配公義的典型左右派之爭，亦沒有詳細論及再分配的原則。李敏剛從經濟思想的角度探討自由市場的本質，嘗試以亞當・斯密(Adam Smith)與海耶克(F. A. Hayek)的經濟及社會理論著作，分析自由主義經濟學背後的價值觀，說明從古典的政治經濟學發展至現代的自由主義經濟學以後，經濟學逐漸對商品的道德與內在價值失去興趣，轉而集中於商品的交易價值，引發經濟學崇尚市場的迷思，繼而導致現今各種社會分配不均的結果。

社會公義議題亦包括人的工作與生產條件的狀況，這涉及界定彼此的社會關係。馬克思(Karl Marx)指出在資本主義生產下，工作會帶來異化勞動，人喪失了工作的意義，繼而被工作所宰制，無法追求幸福的人生。戴遠雄的文章透過重釋馬克思的《1844年經濟學哲學手稿》，指出傳統以「人本主義」及「物化」的角度詮釋異化勞動有內在理論困難，提出人應該將「生命活動視為加以經營的對象」，並以此作為解讀異化勞動的另一方向，強調將人的勞動作對象化的處理，才可以恰當解釋馬克思對資本主義的勞動生產的批評。

本部分的三篇文章，雖然涉及政治與社會哲學的不同議題，分別著重「正當性」、「自由市場」、「異化」三個關鍵詞，但皆可透過「自由」這概念作為主軸，串聯在一起思考。從政治權力下的成就自由人，對崇拜市場自由之批判，到追求在勞動活動中實踐自由的渴望，無不反映出個體自由的實現與社會制度息息相關。幸福人生的實現不能離開美好社會，「自由」正是我們追求個體福祉與美好社會的共同理想。

正當性的追尋

盧梭思想中的自由與平等

葉家威

一、前言

> 人是生而自由的，但卻無往不在枷鎖之中。自以為是其他一切
> 的主人的人，反而比他一切更是奴隸。這種變化是怎樣形成
> 的？我不清楚。是什麼才使這種變化成為［正當］的？我自信能
> 夠解答這個問題。
>
> ——盧梭，《社會契約論》，第 1 卷，第 1 章[1]

「人是生而自由的，但卻無往不在枷鎖之中」是盧梭(Jean-Jacques
Rousseau, 1712–1778)《社會契約論》中廣泛被引用的名句。這句説話
的弔詭之處，正好帶出了政治哲學其中一個最核心的問題——如何
建立政治秩序的正當性(political legitimacy)？[2] 任何政治秩序都無可

---

[1]　見盧梭著，何兆武譯，《社會契約論》(北京：商務印書館，2010)，下
　　文將簡稱為 SC，並列明章節 (例如 SC 1.1)，以便參考其他譯本。在原
　　文中有 *légitime* 一字，何兆武先生 (1921–2021) 將之譯為「合法」，但在
　　本文中筆者將統一改為「正當」。

[2]　Legitimacy 有三個較常見的中文翻譯：包括合法、認受和正當。首兩個
　　翻譯分別比較重視政治權力是否合法或者是否廣為人民所接受，兩者
　　皆屬於事實 (empirical) 的問題。然而本文旨在討論關於政治於權力的規
　　範性 (normative) 問題，因此會使用「正當性」一詞。

避免牽涉命令和法律，並以強制手段來執行，要求所有人服從。人生在世，便難免處處都受到這些制度的限制，而這些制度亦會從最根本處影響所有人的生活。然而，政治和社會秩序並非自然而然的，而只不過是人為的制度，因此如果我們不希望在一種屈從於強權的狀態下生活，就有需要問：「到底我有沒有任何道德理由要服從這個政權？」，並尋求合理的答案。

這個問題是盧梭《社會契約論》貫通全書的核心問題，而他強調「一切[正當]的政府都是共和制的」(SC 2.6)。本文將討論盧梭如何以「社會契約」和「公意」來為政治權力、國家秩序提供道德根據，同時指出在盧梭的政治理論中，政治正當性必須建立於自由和平等的基礎上，而社會契約不外乎是達致這種政治理想的工具。[3]這種對盧梭的政治思想的理解有別於主流的契約論的解釋，而能更深刻地反映盧梭的終極關懷，以及他對人類處境的洞見。[4]

盧梭認為「人是生而自由的」，是指人在自然狀態(state of nature)之中能夠獨立地滿足自己的需要，而毋須事事仰賴他人，因此亦毋須屈從他人的意志(SC 1.1)。[5]

---

[3]　參見Joshua Cohen, *Rousseau: A Free Community of Equals* (Oxford: Oxford University Press, 2010)。

[4]　例如John Charvet, *The Social Problem in the Philosophy of Rousseau* (Cambridge: Cambridge University Press, 1974), pp. 121–122；J. P. Plamenatz, *Consent, Freedom and Political Obligation*, 2nd ed. (Oxford: Oxford University Press, 1968), pp. 24–25；David Lay Williams, *Rousseau's Social Contract: An Introduction* (Cambridge: Cambridge University Press, 2014), pp. 140–141。

[5]　盧梭在《論不平等的起源和基礎》中描述了社會的演進過程。英譯本見 "Discourse on the Origin and Foundation of Inequality among Men" (1755), in *Rousseau: The Basic Political Writings*, 2nd ed., trans. Donald A. Cress (Indianapolis, IN: Hackett, 2011)。下文將簡稱為D，並徵引Cress譯本之頁數。

同時，他認為單靠強力無法建立統治的權利，正如他說：

> 強力是一物理的力量，我看不出強力的作用可以產生什麼道
> 德。向強力屈服，只是一種必要的行為，而不是一種意志的行
> 為，它最多也不過是一種明智的行為而已。在哪種意義上，它
> 才可能是一種義務呢？（SC 1.3）

盧梭深信強權並不能衍生任何統治的權利，儘管人在力量和才智上
可能是強弱懸殊，但強者並不會因為本身的力量而獲得統治他人的
權利，在這意義下人是生而平等的。然而，在任何社會之中，人仍
然是無法逃避政治秩序的約束。但問題是，既然人的自然狀態是自
由而平等的，那麼只是訴諸強權的話，便絕對無法讓人有道德理由
去服從。同時，這種政治制度只能被視作一種對被統治者的奴役，
絕不能說他們有任何服從的義務（SC 1.4）。故此我們只能在強權以
外，為政治秩序的正當性建立根據。

政治秩序的正當性可以分別從兩個層面去分析。其一，人們為
什麼要選擇政治秩序，而不是繼續在自然狀態下生活？其二，在政
治共同體建立起來以後，政治權力的運用應該根據什麼原則？對於
第一個問題，盧梭以社會契約來處理。而對於第二個問題，盧梭則
訴諸公意（*volonté générale*，或譯「普遍意志」）。

盧梭需要將這兩個問題分開處理，是因為根據其理論，在政治
共同體形成之前根本不存在公意。然而，對盧梭來說這兩個問題的
處理是不可分割的，因為政治權力如何運作將影響到人們是否有足
夠理由放棄本身的自然自由而同意進入文明社會，接受政治秩序的
約束。

二、盧梭的「社會契約」

雖然盧梭自言不清楚人類事實上如何由自然狀態過渡至社會狀態 (SC 1.1)，[6] 但他認為只有訴諸「最初的約定」和「社會公約」，才能夠解決國家的正當性問題。但「契約」之所以能創造不同的責任與權利，是因為它代表立約各方均自願接受若干責任或放棄某些自由，以換取相應的權利。同樣道理，當每個人都同意放棄自己的部分自由，以換取他人相同的承諾以及政權的保護，那麼他們便有服從法律的道德義務。因此，社會契約論往往被視為是訴諸個人同意 (individual consent) 來確立政權的正當性。根據這種理論，被統治者的同意是政權秩序的正當性的唯一基礎。[7] 除盧梭的《社會契約論》外，霍布斯 (Thomas Hobbes) 的《利維坦》(*Leviathan*, 1651) 與洛克 (John Locke) 的《政府二論》(*Two Treatises of the Government*, 1689) 亦普遍被視為社會契約論的代表。

透過社會契約來解釋政權的正當性並提供根據，的確能彰顯**自由**的價值。首先，社會契約論認為人在自然狀態中是自由的，而且沒有任何義務服從他人，因此除了根據各人自願作出的承諾以外，沒有外在權威能夠將服從的義務強加於任何人身上 (而不被視作對他們的基本權利的侵犯)。盧梭亦強調，最初的約定必須要取得所有立

---

[6]　盧梭認為在政治社會出現前，人類應已發展出早期的社會制度。他認為在自然狀態中人類能夠和平，不會互相攻擊 (D，頁 62–66)。但隨著人與人之間的交往日益頻繁，逐漸形成早期社會，紛爭開始出現。在這種狀態下，政府、法律、財產等制度於是相繼出現 (D，頁 78–79)。而盧梭在《社會契約論》中自言「不清楚」人類怎樣由自然狀態過渡至文明社會，大概是指他自己在《論不平等的起源和基礎》中對人類發展的描述僅屬推理和設想，並非歷史事實 (D，頁 46、67)。

[7]　A. J. Simmons, *Moral Principles and Political Obligations* (Princeton, NJ: Princeton University Press, 1979), pp. 57–59.

約者一致認同，否則便屬無效，而少數服從多數只適用於透過立約
建立了政治社會之後 (SC 1.5)。其次，社會契約論假設了人需要有
足夠的理由才會放棄自己的自然自由而進入社會狀態，接受各種約
束。這種想法的背後肯定了人有權要求國家保護自己的基本利益，
否則政權便失去統治的權利。例如盧梭便認為，人是根據自己最根
本的利益訂立社會契約，以「共同的力量來維護和保障每個結合者的
人身和財富」(SC 1.6)。最後，亦是最重要的一點，是如果政治權力
得到各人的認同，社會狀態與個人的自由便可並存而不悖。因為認
同理論假設了眾人在自願的情況下，為了得到社會的各種保障和合
作的好處而接受政治秩序所帶來的制約。盧梭認為社會契約要解決
的根本問題，便是「要尋找一種結合的形式……使得每一個與全體
相聯合的個體只不過是在服從其本人並且仍然像以往一樣自由」(SC
1.6)。這所謂「像以往一樣地自由」並非指個人在文明社會出現之後
仍然有自然狀態下的自由，而是指透過社會契約，各人皆能取得令
自己的行為符合理性和正義的道德自由 (moral liberties)。

此外，盧梭的「社會契約」亦體現了公民在政治秩序之中**平等**的
地位。盧梭強調每個立約者都必須將「自身的一切權利全部轉讓給
整個集體」，但由於每個人都作出同等的轉讓，在這意義下每個公民
都是平等的 (SC 1.6)。更重要的是，根據這種社會契約而創造的政
治秩序，是以「道德與法律的平等來代替自然所造成的人與人之間的
身體上的不平等」(SC 1.9)。在盧梭的政治理論中，每一個「公民」
都是主權權威的參與者，這種平等有兩重意義：首先是道德上的平
等，即每一個人都有義務遵守契約的規定，而在立約的時候個人的
認同都是必不可少的；同時是法律上的平等，即是說每個人都平等
受法律約束，而法律賦予人的權利皆一律平等。

然而，盧梭的社會契約如何能有效地確立政權的正當性？要回

答這個問題，我們需要理解「同意」背後的意義和它如何能造成服從國家的義務。既然這種契約是得到各人所同意的，那麼個人和其他公民之間的關係便屬於一種自願合作的關係，因此政治秩序對個人自由可說是絲毫無損。[8]正如盧梭所言：「政治的結合乃是全世界上最自願的行為，每一個人既然生來是自由的，並是自己的主人，所以任何別人在任何可能的藉口之下，都不能不得他本人的認可就役使他。」(SC 4.2)

　　社會契約論強調個人的同意是政治正當性最重要之條件。假如一個人在自由的情況下表達自己願意接受國家的統治，在沒有其他原因否決的情況下，便表示他有責任服從這個國家的法律和命令，而這種責任是其自願承擔的。例如對他人所作出之承諾，可以讓當事人負上實踐諾言的責任，亦會令承諾的另一方擁有相應的權利。情況就好像大部分國家都會要求移民在正式成為公民時，宣誓效忠國家的憲法或政治制度。這種明確的行為 —— 宣誓入籍 —— 表達了個人對有關政治秩序的認同。然而，反對者可以質疑，社會契約到底能否建立於一種明確同意 (explicit consent) 之上，又或者問：是否每個人都實際上曾經表示同意接受某個政權的統治？歷史上幾乎所有國家的建立都是使用武力建立政權，而並非公民的直接授權。更重要的是，即使政權在建立時得到所有人 (至少是其國土內的所有人) 的實際認同，這些「立國者」亦不可能代表他們的下一代接受這個政權的統治。須知道絕大部分人都是在國家成立以後才出生，因此根本不可能對國家的成立表示同意。盧梭在討論奴隸制不可能產

---

[8]　但無論是霍布斯還是洛克，對此契約內容的理解都有明顯的差異。例如霍布斯認為必須有一個強而有力的政府，始可以保障所有人的人身安全；洛克則認為人在自然狀態之下已擁有某些自然權利 (包括生存、財產權等)，政府必須尊重，否則便是違反契約。

生任何服從的責任時，便提出：「縱使每個人可以轉讓其自身，他也不能轉讓自己的孩子。孩子們生來就是人，並且是自由的；他們的自由屬於他自己，除了他們自己以外，任何人都無權加以處置。」（SC 1.4；參見D，頁82–83）[9] 同樣道理，即使在立國之際所有人都明確表達自己對政權的同意，亦不代表這些個人的後代會因此而有服從的義務。此外，無論是洛克還是盧梭，都承認他所描述的自然狀態只是一種設想情況，並非客觀史實。既然如此，那社會契約又怎可能憑這種子虛烏有的「同意」來使政治權力變得正當？

就以上的質疑，社會契約論者曾嘗試訴諸另外一種「同意」。他們可以說，一個人居住在國境之內，接受政治秩序所帶來的各種好處，即表示這個人已默許（tacit consent）並接受這個政治秩序。根據這種理解，所謂的社會契約並非任何真實的協定，而是一種社會的普遍共識：當某人自願接受政府秩序的保護以及各種好處，即使他沒有明確示意，亦有責任服從國家的決定。這些責任的基礎不是個人的表態或承諾，而是個人生活在社會中所得到的種種好處。在《社會契約論》中，盧梭便指出在建立政治共同體的時候，所有人的同意是必須的，但「在國家成立以後，則居留就構成為同意；而居住在領土之內也就是服從主權」（SC 4.2）。從字面來看，盧梭是通過人們從政治秩序所得到的保護和好處，來解釋為什麼所有個人都同意他們所居住的地方的政權。[10] 然而，以居住在某個地方來判斷這個人是否同意接受那個地方的政府統治，是非常值得商榷的。正如休謨

---

[9] 洛克亦有類似的觀點，見Locke, *Second Treatise of Government*, Ch. VIII, §116。

[10] 洛克亦說，居留在一個國家的領土之內，享受國家的保護和好處，即是同意政權的統治，有服從的責任。見Locke, *Second Treatise of Government*, Ch. VIII, §119。

(David Hume, 1711–1776) 在批判洛克的社會契約論時所指出，認為
一個佃農或者工人因為居住在某地便表示他們同意那個政府的統
治，跟認為一個在睡夢中被人帶上船的人是自願上船，同樣荒謬。
因為大部分人根本沒有能力離開自己居住的國家，因而所謂的默許
根本不能成立。[11] 盧梭似乎亦看到這個問題，因而在上述段落處加
入了一個註腳，稱這種理解只適用於「自由的國家裏」，而如因居民
不能自由地選擇留下或離開，「就不再能斷定他是同意契約還是破壞
契約的了」(SC 4.2註)。問題是，每個國家都有一部分人因為各種原
因不能選擇離開，那盧梭可以怎樣透過社會契約來解答政治正當性
問題？

　　假如「明確同意」和「默許」兩者皆不足以論證政治秩序的正當
性，那社會契約仍可以訴諸假設的同意 (hypothetical consent)。所謂
假設的同意，即是說假如立約者──亦即每一個公民──在經過深
思熟慮以及足夠資訊的情況下，仍有足夠理由去同意某種政治秩序，
那我們便可以說他們是認同這種政治秩序的。由此可見，這種所謂
「同意」其實是來自政治制度本身的合理與否──即取決於眾人是否
有足夠的道德理由接受那種特定的政治秩序，而不是歷史過程或者
居留的決定。換句話說，所謂的社會契約並不存在於任何特定的時
空中，而不外乎是一種思想實驗，幫助我們判斷什麼政治制度或者
社會合作的條件能令人有理由去接受，並以此為正當性的基礎。[12]
盧梭的社會契約的條款中便包括了 (1) 主權在民，和 (2) 以公意作為
政治權力的指導原則這兩大元素。

---

[11]　David Hume, "Of the Original Contract," in *Hume: Political Essays*, ed. Kund
　　　Haakonseen (Cambridge: Cambridge University Press, 1994), pp. 186–201;
　　　John Rawls, *Lectures on the History of Political Philosophy*, ed. Samuel Freeman
　　　(Cambridge, MA: Harvard University Press, 2007), pp. 166–168.
[12]　當代的道德哲學和政治哲學中，亦有人試圖以此方式來支持某些道德

　　簡而言之，既然幾乎所有政權都是透過武力征服而建立，但武力並不能造成任何服從的義務，而居留在某一個國家亦不一定代表著對政權的認同，那盧梭仍能訴諸假設的同意來建立政治權力的正當性，指出只要政治秩序需要符合特定的條件，人們便會有足夠理由接受這種政治安排。對盧梭來說，判斷的標準便是政治社群是否反映自由與平等的價值。

三、主權、公意與正當性

　　盧梭將社會契約的內容歸納為：

> 我們每個人都以其自身及其全部的力量共同置於公意的最高指
> 導之下，並且我們在共同體中接納每一個成員作為全體之不可
> 分割的一部分。（SC 1.6）

由此可見，盧梭視社會契約為一種立約者的結社行為。政治共同體（*corps politique*）和公意都是契約的產物（SC 1.6）。[13] 而根據社會契約，所有公民都是這政治共同體（或稱為主權者，*souverain*）的一員。在國家中，除主權者外再無更高之權力，而一切有效的法律都必須出自主權者（SC 1.7）。在盧梭的政治理論中，社會契約除了代表政治秩序的起源外，更重要的是規範政治共同體在一旦成立以後，政治權力應該根據怎樣的原則來行使。對於這問題，盧梭提出公意是政

原則或正義理論，較著名的包括David Gauthier, *Morals by Agreement* (Oxford: Oxford University Press, 1986)；Thomas Scanlon, *What We Owe to Each Other* (Cambridge, MA: Harvard University Press, 1998)；以及John Rawls, *A Theory of Justice* (Cambridge, MA: Belknap Press, 1999 [1971])。

[13]　蕭高彥，《西方共和主義思想史論》（台北：聯經，2013），頁189–190。

治權力的最高指導原則，只有根據公意的才算是正當的政治權力。
但到底什麼是公意呢？

社會契約除了代表由自然狀態進入政治社會 (亦代表人由自然
人脫變為文明人)，亦代表了公意要取代個別意志 (*volonté particulière*)
成為權力的行使的最高原則。根據盧梭，公意是主權者的集體意
志，但公意並不是眾多互相衝突的個別意志的結集或妥協，[14] 因為個
別意志所追求的是個體的私利，而公意則必須以公利為目的 (SC
1.7)。因此他說：「唯有公意才能夠按照國家創制的目的，即公共幸
福，來指導國家的各種力量；因為，如果說個別利益的對立使得社
會的建立成為必要，那麼，就正是這些個別利益的共同之點，才形
成了社會的聯繫。」(SC 2.1)

雖然盧梭並沒有指出公共利益或公共幸福的具體內容，從書中
我們仍能歸納出幾個公共利益所必須包括的要素：

(1) 公共利益是政治秩序創立的根本目的 (SC 2.1)；

(2) 公共利益是所有人的私人利益的共同之點 —— 但公共利益在
個別情況下是與私人利益有衝突的，例如每個人的共同利益
能得到政治秩序的保護，但更有利的是得到保護的同時毋
須付出，惟此是不可能的，於是公共利益必須排除這種私人
利益；

(3) 公共利益包括保護各成員的生存和繁榮 (SC 3.9)；

(4) 在考慮公共利益時，各成員的私人利益都是同等重要的 (SC
1.6、2.4)。

以公共利益為政治權力和法律的最高原則，代表在成員之間的
政治討論是以釐清公共利益為目的，而成員彼此都知道社會上普遍

---

[14]　盧梭稱眾多個別意志 (*volonté particulière*) 的集合為眾意 (*volonté de tous*) 而
不是公意，見 SC 1.6、2.1、2.3。

承認公共利益是政治決定的最終根據，成員之間的分歧應被理解
為關於什麼是公共利益的不同理解，而非赤裸裸的利益角力（SC
1.7）。對於盧梭來說，投票是反映公意的可靠方式。每一個公民（或
主權者的成員）透過投票來表達自己對公意的看法，所以在制定法律
的時候，要問的並不是人民究竟是贊成還是反對這個提議，而是它
是否符合公意；而這個公意也就是他們自己的意志（SC 4.2）。[15] 假
如投票的結果並不一致，就奉行少數服從多數之原則；假如投票的
結果是自己所反對的，那就證明自己對公意的看法有誤。[16] 問題是，
既然盧梭《社會契約論》的最終目的是尋找一種與自由相容的政治社
會秩序，在這情況下怎樣照顧反對者的自由，而同時要求他們服從
他們本身反對的法律？更令人感到困惑的是，盧梭甚至認為社會上
的其他人或者其他立約者可以用強制手段來逼使反對者服從，而那
只不過是「人們要逼使他自由」（SC 1.7）。面對這種質疑，盧梭的回
應是：「公民是同意了一切法律的，即使是那些違反他們的意願而通
過的法律，即使是那些他們若膽敢違犯其中一條都要受到懲罰的法
律。」因為大多人的決定代表了國家全體成員的公意，有道德約束力
（SC 4.2）。盧梭之所以能消弭「服從法律」和個人的「自由」之間的張
力，是因為他試圖將個別意志和公意緊密地連結起來，令公意變成
個別意志的一部分，而正正只有這樣，立約者才會有足夠的理由進
入政治社會，接受法律的約束。反過來說，假如政治權力的行使並

---

[15]　盧梭認為立法權乃國家最高的權力，必須歸於人民。

[16]　為什麼大多數人對公意的判斷是最可靠的呢？有學者以孔多塞（Marquis
de Condorcet, 1743–1794）的陪審員理論來解釋盧梭的公意：假如一個普
通人（average person）對公意或公共利益的判斷有稍為超過一半的機會
正確，則大量選民所作的集體決定有更大的機會為正確。見 Bernard
Grofman and Scott Feld, "Rousseau's General Will: A Condorcetian Perspective,"
American Political Science Review, vol. 82 (1988): 567–576。

不符合公意，或者以達成公共利益為目的，那個人根本沒有任何道德義務去服從。盧梭所試圖解決的是任何政治社會皆無法避免的問題：在政治社會之中，不同個人之間的利益往往會有衝突；另一方面，政治社群需要作出某些集體決定，而這些決定對於不同的個人利益亦有不同影響，但如果一旦集體決定有違個人利益或個別意志便毋須遵守，那政治共同體便形同虛設，社會合作亦無法維持。集體決定無法只訴諸個別意志，因個別意志會指向不同的目標，正如個人利益在絕大部分情況下都會有所分別。在這裏，盧梭強調人的兩重身分：一是作為普通人，一是作為公民。而公民是政治共同體的成員，所關心的必然是公共利益以及公意的實現。在參與政治的時候，公民身分是有優先性的，同時亦是排斥黨派紛爭(fraction)的，為的是確定每名公民在法治之下的自由。

然而，盧梭這種透過壓抑個人、強調集體而達致自由的方式往往受到批評。二十世紀自由主義者柏林(Isaiah Berlin, 1909–1997)曾猛烈抨擊盧梭對自由的理解。在他的經典文章〈兩種自由的概念〉("Two Concepts of Liberty") 中，柏林寫道：「盧梭所指的自由並非個人在特定領域中不受他人干預的『消極』自由，而是所有合資格的社會成員——而不是只有部分人——皆共享干預每一個公民生活上各層面的權力。十九世紀的自由主義者正確地預視到這種『積極』自由可以輕而易舉地摧毀太多他們視之為神聖的『消極』自由。他們指出人民的主權可以輕易地摧毀個人的主權。」[17]自彌爾 (J. S. Mill, 1806–

---

[17] Isaiah Berlin, "Two Concepts of Liberty," in *Four Essays on Liberty* (Oxford: Oxford University Press, 1969), pp. 162–163. 原文是："Rousseau does not mean by liberty the 'negative' freedom of the individual not to be interfered with within a defined area, but the possession by all, and not merely by some, of the fully qualifies members of a society of a share in the public power which is entitled to interfere with every aspect of every citizen's life. The liberals of the

1873）以至柏林，均認為如果要調和政治秩序和個人自由之間的張
力，就要嚴格區分社會與個人的權限，保證個人在若干領域不受到
社會或其他人的干預。這樣的話，只要社會給予個人足夠的自由，
政治秩序反而會是個人自由的保障。同理，假如政治權利的運用能
尊重個人的權利（包括自由的權利），我們便有理由同意這種政治秩
序的安排。可是，盧梭以一種截然不同的方式去消弭政治社會與個
人自由之間的張力，進而為政治秩序的正當性尋找根據。我們要了
解盧梭的進路，就需要知道盧梭對於自由和平等這兩種價值的理解，
並且知道這兩種價值在盧梭構建的理想社會中的重要性。盧梭認為
區別個人與社會之間的界限來保障個人自由，在社會合作如斯細密
的情況下根本不能做到。他認為在自然狀態下的人是擁有相當的自
由的，亦鮮有與人鬥爭、互相殘害的念頭。這種自由在於每個人為
了自保，都有權採取任何必要的手段。同樣重要的是，在自然狀態
的階段，人與人之間的交往相當有限，人的欲望有限而且能靠自己
去滿足，毋須依靠其他人（D，頁61–66）。其後人與人之間的交往逐
漸增加，形成以家庭和親族為基礎的早期社會。盧梭認為此階段是
人類發展中最幸福和穩定的一頁，但隨著冶煉技術和農業的發明，
以及各種技藝和語言的發展，人類步向文明社會，在這個階段人類
已無法滿足於簡樸和獨立的生活。相反，他們需要其他人的幫助去
達成自己的願望，發現原來可以擁有超過自己所需的資源（D，頁
74–75）。在文明社會中，人類的各種能力、理性和想像皆得到發展，
亦愈加明白到自己對其他人的需要，於是千方百計要得到其他人的

---

nineteenth century correctly foresaw that liberty in this 'positive' sense could
easily destroy too many of the 'negative' liberties that they held sacred. They
pointed out that the sovereignty of the people could easily destroy that of
individuals." 譯文為筆者所譯。

關顧和尊重。更重要的是，盧梭認為這種改變會令人發展出「自尊」
(amour propre) 的傾向：從關心自己的幸福變成關心他人對自己的看
法，並且必須透過他人來肯定自己的價值。盧梭認為人與生俱來便
有一種自愛 (amour de soi) 的本能，以保存自己的生命為目的。這種
本能是自然而然的，並沒有道德上的對錯之分。但社會開始成形後，
人逐漸發展出所謂「自尊」這種有競爭性的、不甘屈居人下的欲望。[18]
因為這種自尊，人開始追求比別人優越的社會地位、更多的財富，
開始變得勢利、陰險和羨妒，無數紛爭便由此而起，因為人們視自
尊心受創比肉體受傷更為嚴重，更能挑起仇恨 (D，頁 76–77)。這些
對盧梭而言乃人性的墮落。在這種背景之下，社會處於非常慘酷的
戰爭狀態之中。[19] 政治權力和法律的出現，正正是為了解決這種紛
爭。但盧梭認為這種轉變的代價是人從此將失去了自然自由，而私
有產權和不平等將變得不可逆轉 (D，頁 78–79)。因此盧梭認為，社
會契約其實是富人用來維護自己的既得利益的一種手段。[20] 由此可
見，盧梭對於政治社會和私有產權的態度其實是矛盾的。他甚至
說：「誰第一個把一塊土地圈起來並想到說：這是我的，而且找到一
些頭腦十分簡單的人居然相信了他的話，誰就是文明社會的真正奠
基者。」盧梭認為假使當日有人可以直斥其非，那人類便能免於無數

---

[18]　N. J. H. Dent, "Rousseau on Amour Propre," *Proceedings of the Aristotelian Society*, supp. vol. 72, no. 1 (1998): 53–73; Frederick Neuhouser, *Rousseau's Theodicy of Self-Love* (Oxford: Oxford University Press, 2008). 本文所用「自尊」和「自愛」兩詞是根據李常山中譯本《論人類不平等的起源和基礎》(北京：商務印書館，1997)。

[19]　這種狀態比較接近霍布斯筆下的自然狀態，盧梭則稱之為戰爭狀態。根據盧梭，在社會未出現之前，人是處於相對和平的狀態，紛爭反而是社會出現後的現象 (D，頁 74–75)。

[20]　Judith Shklar, *Men and Citizens: A Study of Rousseau's Social Theory* (Cambridge: Cambridge University Press, 1985), pp. 179–181.

「罪行、戰爭和殺害，免去多少苦難和恐怖」(D，頁 69–70)。[21] 而既然一切都無法回復到文明社會未出現之前的狀態，盧梭唯有寄望能夠在文明社會中重建自由。他所講的自由，亦須由自然自由變成道德自由或者公民自由，這計劃始有可能實現。盧梭的社會契約理論的目的，正是為了回應文明所帶來的人的墮落。[22] 但即使如此，盧梭並沒有對人性徹底失望，反而認為由自然狀態進入政治社會，令人類產生非常重要的變化。「在他們的行為中正義就取代了本能，而他們的行動也就被賦予了前所未有的道德性」，而離開自然狀態使人「從一個愚昧的、局限的動物 —— 變而為一個有智慧的生物，—— 變而為一個人 ……」(SC 1.8)。表面看來，盧梭在《論不平等的起源和基礎》對文明社會的鄙夷與《社會契約論》對政治社會的樂觀，似乎是難以相容。但盧梭的目的在於在現實的局限中建構理想社會，因此他極力證明在人性(包括人的道德能力和動機兩方面)的限制下，建立自由社會在制度上是有可能的。[23]

基於盧梭這種對文明社會的矛盾的態度，柏林以至一眾自由主義者所崇尚的消極自由根本不足以挽救在盧梭眼中已經墮落的文明人。[24] 因為即使社會能給予個人空間去決定自己的生活是什麼，這些人亦不可能過一種獨立的生活。在文明社會中的個人必須依賴他人去達成自己的目的，滿足自己的欲望。同時，自尊會令人只能以他人對自己的看法來肯定自己，並千方百計去爭奪比別人高的社會地位。在這種爭奪之下，任何人都無法得到自由，所以他說：「自以

21　譯文出自李常山譯本，見註 18。

22　Charvet, *The Social Problem in the Philosophy of Rousseau*, pp. 5–35, 145–146.

23　Cohen, *Rousseau*, pp. 100–113.

24　從這點可見，盧梭與其他啟蒙時代的思想家有很大的分歧。見 Peter Gay, *The Enlightenment: The Rise of Modern Paganism* (New York: Knopf, 1966), pp. 245–246。

為是其他一切的主人的人，反而比其他一切更是奴隸。」(SC 1.1) 對
盧梭來說，自由並非在於個人是否能按自己的意志行事，而在於不
屈服於別人的意志，同時亦不使別人屈服於自己的意志。[25] 因此政
治權力必須以公利為目的，而全體公民亦認同公意是政治決定的最
高原則。唯有在這種情況之下，人始有可能既不屈服於別人的意志，
亦不使別人屈服於自己的意志，而享有真正的自由——因為公意是
主權者的意志，作為主權者的成員，他們所服從的法律在這意義下，
是各人加諸自己的。既然如此，各人便有足夠理由去認同這種政治
秩序以及由此產生的各項法律和義務，政治正當性的問題亦會得到
解決。正如盧梭所言：「從上述公式或 [社會契約] 可以看出，結合
的行為包含著一項公眾與個人之間的相互規約；每個個人在可以說
與自己締約時，都被兩重關係所制約著：即對於個人，他就是主權
者的一個成員；而對於主權者，他就是國家的一個成員。」(SC 1.7)
上述所謂「每個個人在可以說與自己締約時」，亦表示盧梭所謂的
立約行為，實際上是指個人經過反思後能否找到充足的理由同意他
身處的政治秩序，而這亦與盧梭的社會契約理論互相呼應。由於每
個人在立約後都是國家的成員，因此有服從國家的責任，但每個人
同時是主權者的成員，因此這些法律也可以算是服從自己制定的法

---

[25]　Jean-Jacques Rousseau, *Letters Written from the Mountain* (*Letters écrites de la montage*, 1764), VIII, 轉引自 Cohen, *Rousseau*, p. 179。另一方面，盧梭認為人如果「僅有嗜欲的衝動便是奴隸狀態，而唯有服從人們自己為自己所規定的法律，才是自由」(SC 1.8)。然而，盧梭又認為自然狀態中的人是自由的 (D，頁66–67)，但這些野蠻人無不是根據自己的欲望來行動的，這豈不是自相矛盾嗎？首先，在文明社會建立後，所有人都需要放棄自己的自然自由，但可以享有公民自由或道德自由。其次，在文明社會中人類會擁有更多的欲望，包括自尊所引起的渴望得到他人尊敬，甚至追求更高的社會地位的欲望，皆是不自由之源。

律 ——「只要臣民遵守這樣的約定，他們就不是在服從任何別人，
而只是在服從他們自己的意志」(SC 2.4)。

此外，盧梭所推崇的自由是以平等為前提。我們可以從以下幾
方面理解自由與平等在盧梭的社會理論中的關係：

(1) 在衡量公利的時候，所有人的個人利益都是同等重要的。
「一切真正屬於公意的行為 —— 就都同等地約束著或照顧著
全體公民。」(SC 2.4) 因為公意必然是具有普遍性的，假如
在立法的時候一部分人的利益得到額外的照顧，那法律便
喪失了普遍性。此外，假如制定法律之時偏袒部分人的利
益而犧牲其他人，它便不可能符合所有公民的共同利益，
權力的公正性亦會消失 (SC 2.4、2.6)。

(2) 根據公意所制定的法律，將賦予所有公民平等的權利 (SC
2.4)。「人們盡可以在力量上和才智上不平等，但是由於約
定並且根據權利，他們卻是人人平等的。」(SC 1.9)

(3) 盧梭認為投票是公意的表達，而在投票制定法律時所有公
民都必須有平等的權利參與 (SC 4.2)。[26]

---

[26] 盧梭主張直接民主，雖未至於全盤否定代議民主制度，但對此並無好
感：「凡是不曾為人民所親自批准的法律，都是無效的；那根本不是法
律。英國人民自以為是自由的；他們是大錯特錯了。他們只有在選舉
國會議員的期間，才是自由的；議員一旦選出之後，他們就是奴隸，
他們就等於零了。」(SC 3.15) 然而，盧梭在晚年時立場有所軟化，他
在〈論波蘭政府〉(1772) 一文便贊成代議政制，但強調民眾須時刻監察
政府的表現。見 Jean-Jacques Rousseau, "Considerations on the Government of
Poland," in *Rousseau: The Social Contract and Other Later Political Writings*, trans.
Victor Gourevitch (Cambridge: Cambridge University Press, 1997), pp. 200–
201。另見 Richard Fralin, "The Evolution of Rousseau's View of Representative
Government," *Political Theory*, vol. 6, no. 4 (1978): 517–536。

(4) 由於法律乃根據公意而制定，而政治權力亦必須根據法律來運用 (SC 2.6、3.1)，因此即使執法者擁有較大的政治權力亦不會造成「任意統治」(即是說在社會一小撮人能夠憑一己之私欲來支配其他人，從而形成一種個人之間的從屬關係)。盧梭認為這種關係是自由的最大敵人。

從上述各點可見，盧梭非常重視自由與平等這兩種價值，兩者在他的政治理論中是不可分割的。[27] 政治上和經濟上的不平等是對自由的重大威脅，同時政治秩序必須平等地尊重每一個個人的福祉。只有這樣，生活在這一政治秩序的個人才能在服從法律中體現自由。正如盧梭在《社會契約論》中所言：「如果我們探討，應該成為一切立法體系最終目的的全體最大幸福是什麼，我們便會發現它可以歸結為兩大主要的目標：即自由與平等。」(SC 2.11)

我們甚至可以說，盧梭的社會契約論實際上是透過實現自由與平等這兩種價值，來為政治權力的正當性提供基礎。假如我們相信人是生而自由與平等的個體，那這些個體在進行社會合作和建構政治共同體時，亦應以根據自由與平等的原則來規範政治權力的使用。只有在這種情況之下，人才有理由離開自然狀態並同意這政治秩序。因此，盧梭筆下的社會契約，與其說是一種基於自利的交易，不如說是每個活在政治制度之下的人透過反思政治制度是否公平合理，從而解釋為什麼人有責任服從法律。我們都是社會契約的其中一名立約者，每個人都需要從政治現實中暫時抽離，問自己：假如我是

---

[27]　曾有學者爭論盧梭比較重視平等還是比較重視自由，但事實可能是盧梭視兩種價值有密不可分的關係。例如 Judith Shklar 認為盧梭是眾多政治哲學家中最重視平等的一位，見 Shklar, *Men and Citizens*, p. 187；John Plamenatz 則認為盧梭的政治理論以自由為基礎，見 Plamenatz, *Machiavelli, Hobbes, and Rousseau*, ed. Mark Philip and Z. A. Pelczynski (Oxford: Oxford University Press, 2012), p. 175。

個理性的人，並重視自己與生俱來的自由與平等，我是否有理由同意這種政治制度？同時，假如我亦尊重其他立約者的自由與平等地位，我是否有理由要求他人服從這種政治制度？另一方面，社會中的政治權力應根據怎樣的原則來運用，我與其他立約者才有理由接受，亦有理由服從？在回答這一系列的問題時，立約者不能從自己的個人利益出發，而是要以公正的態度思考社會合作的各種可能性（SC 2.4），也絕不應因自己是既得利益者便偏袒某種制度安排（D，頁69）。通過思考這些問題，每人都要決定他們面對的政治制度是否經過反思之後仍值得同意，從而判斷政治秩序是否有正當性。盧梭的答案簡而言之，便是主權必須由全體公民所擁有，同時政治決定須依據公意，因為只有這樣才能達至社會公義，並有效地保證所有立約者自由而平等的地位。

四、結論

本文透過分析盧梭政治思想中「社會契約」和「公意」的理念，解釋自由與平等和政治正當性之間的關係。從本文的分析可見，盧梭的「社會契約」並非基於明確同意（explicit consent）或默許（tacit consent），而是假設的同意（hypothetical consent），這不是曾在歷史上出現的契約，而是任何人經過理性思考便能得出的結論。假使政治秩序能充分體現所有公民的自由與平等的地位，我們便有理由同意接受這種政治秩序的規範，且有服從的責任。相反，政治制度假如沒有尊重公民應有的自由，又或者否定他們參與政治的平等權利，那政權便會喪失正當性。國家和個人之間的關係便會被扭曲成為一種「支配－屈從」的關係，被統治的人既無真正的自由可言，也沒有服從的責任。更重要的是，即使有人自願地效忠這種政治制度，它亦不會因此而取得任何正當性。以假設同意來解釋盧梭的社會契約

論，可以解決盧梭《社會契約論》中的一個理論困難：盧梭主張社會
契約並非個人與個人立約，或人民與君主立約，而是公民之間的契
約，亦即是構成政治共同體的結社行動。他認為人民與君主之間的
臣屬之約之所以無效，是因為「人民」在立約之前根本不存在，也不
可能將其自由拱手相讓 (SC 1.5)。然而，盧梭的理論亦可能有類似
的問題，因為政治共同體和公民只能是契約的產物。即是說盧梭在
解釋政治共同體和公民身分的出現時，難免要先假設它們的存在。[28]
但如果我們將立約的過程轉化為每個公民對政治制度的理性反思，
這個問題便會迎刃而解。因為社會契約的作用並不是解釋政治社會
如何形成，而是指出在什麼情況下政治權力的運用具正當性。作為
假設性的「思想實驗」，社會契約的立約者毋須有任何特定的身分，
重要的是它能指出政治權力應有的道德規範。由此觀之，社會契約
本身是沒有任何約束力的，因為它根本未曾真正存在過，而人們事
實上亦不可能同意社會契約。因此，政治正當性最終所根據的，並
非公民之間的同意或協定，而是政治制度所實現的一些價值 —— 諸
如自由與平等。這種理解從根本上否定政治權力的正當性只能建立
於被統治者的同意之上的理論，強調政治權力的使用目的應該是使
社會合作變得公平合理，而社會以及個人的最大利益，亦莫過於公
義得以實現。

---

[28] 這個理論困難由蕭高彥提出，見蕭氏《西方共和主義思想史論》，頁
189–192。

延伸閱讀

- 蕭高彥，《西方共和主義思想史論》。台北：聯經，2013。

  《西方共和主義思想史論》是一部關於西方共和主義的思想史，其中有專章詳述盧梭的民主共和主義。作者蕭高彥對盧梭普遍意志的概念以及其人民主權論，作出精密的分析。

- Judith Shklar, *Men and Citizens: A Study of Rousseau's Social Theory.* Cambridge: Cambridge University Press, 1985.

  本書探討盧梭思想中的兩種烏托邦 —— 簡樸奉公的城邦，與平靜和諧的家庭。作者 Judith Shklar 強調盧梭的平等觀念，並論證平等對於實踐理想社會至為重要。

- John Charvet, *The Social Problem in the Philosophy of Rousseau.* Cambridge: Cambridge University Press, 1974.

  本書旨在探討盧梭如何處理個人與社群的關係。作者 John Charvet 透過分析盧梭的主要著作，探討盧梭對自然的理解如何影響他的政治思想。

到海耶克之路

由古典政治經濟學到自由主義經濟學

李敏剛

　　現代經濟學的經典定義，是研究人們如何配置有限的資源來達成不同目的。[1] 要達成目的需要資源，但資源有限，不能滿足所有人的願望。經濟學研究人在這個處境之下會怎樣做，而那又是基於什麼理由。現代經濟學也自詡是一門實證的學科：它關心的是人的行為和抉擇，卻不判斷人們「應該」怎樣做。但即使對人們的目的——現代經濟學往往一概稱之為偏好 (preference)——不作判斷，配置資源的選擇還是有浪費與否可言。如果資源足夠實現三十人的偏好，卻只實現了二十人的，那就是浪費或不理性。

　　但這只是抽象的定義。現代經濟學真正關心的，是交易或市場的效率。沒有經濟學教科書會教人如何鍛鍊廚藝，用同樣的材料煮出更好的飯菜。但「經濟學101」卻必定要你記住交易的邏輯：你也許是一位好的鞋匠，他則是一位好的廚師；把你的食材交給他，讓他把做鞋的材料給你，然後大家就有更好的飯菜和鞋可以分配。分配的結果由議價 (bargaining) 定奪。但人們不是笨蛋，蝕本的交易不會發生。換句話說，交易一旦出現，總是比不去交易——或市場的

---

[1] Paul Samuelson and William Nordhaus, *Economics, 19ᵗʰ edition* (New York: McGraw-Hill Education, 2010), p. 4.

不存在 ── 更有效率。經濟學考究的是，不同的交易條件有怎樣的效率。

　　這些都是現代經濟學的基本概念。它們看上去很合常理。經濟學研究的對象，似乎一如物理學研究的對象，遠古而永恒：無論是今天在便利店買東西的我們，還是數千年前在狩獵的祖先，都會這樣思考。但這不完全是事實。現代經濟學的確是「現代」的東西：在演變成「現代」這模樣之前，經濟學和它的觀察對象，都有不一樣的面貌。這個轉變的關鍵，在於社會對「個人」的價值觀的轉變。這篇文章會梳理這段觀念的演變史。我認為，這是一段由「古典政治經濟學」（classical political economy）轉移到我稱之為「自由主義經濟學」（liberal economics）的歷史。

　　我以自由主義經濟學來稱呼現代經濟學，是希望強調它背後的自由主義價值預設。這不是常見的稱呼，也不易為很多經濟學者接受。強調經濟學的實證性的人，不會認為經濟學有任何價值預設；對主流經濟學比較懷疑和批判的人，大抵會更認同「新自由主義經濟學」（neoliberal economics）這一標籤。但我將指出，現代經濟學的確預設了一種對人和社會的理解，而我們有很好的理由將這視為自由主義的社會想像。

　　這篇文章以兩位經濟學家為線索。亞當‧斯密（Adam Smith, 1723–1790）向來被視為經濟學之父。我將指出，現代經濟學深化了斯密有關社會運作的複雜洞見中的一條線索，將它的解釋力擴大到人在幾乎所有領域的行為，那就是主觀價值論（subjective theory of value）。我認為，自由主義經濟學選擇擷取斯密的這一塊，正是因為它事實上最能捕捉社會實際的結構改變，即資本主義社會秩序的興起與擴張。我之後會把焦點放到海耶克（F. A. Hayek, 1899–1992）的學說，討論他如何進一步發展斯密的洞見。我將指出，海耶克對現

代經濟學形成的最重要貢獻，在於指出了在複雜的社會秩序中，人能認知的知識 (knowledge) 有限。這既解釋了為何市場的價格訊號是最合適的知識整合機制，也解釋了為何把經濟權力集中在政府手中，是和個人自由不易相容的。

一、分工、市場、個人自由

根據一般的閱讀，斯密的《國富論》(*The Wealth of Nations*)[2]的論旨是抨擊貿易保護主義或重商主義 (mercantilism)，為自由市場辯護。[3]這個閱讀不無道理，但未免把斯密的問題意識看得過於狹隘。我認為政治學者Debra Satz的說法更好地勾勒出《國富論》更廣闊的理論圖像。她指出，斯密在書中追問的是這樣的一個問題：個人自由和社會秩序，是否可以並行不悖？[4]斯密旨在論證，即使把生產和消費的決定權都交到個人手中，讓他們以自己的資源和勞動力透過市場自由競爭，這樣不僅不會秩序大亂，反而能最有效地調配資源，為社會帶來財富。

---

[2]　Adam Smith, *The Wealth of Nations* (New York: Bantam Dell, 2003 [ed. 1904]). 斯密的書頗長，二百年來亦有多個編輯排版不同的版本。一個方便的網上分段版本可見：http://www.econlib.org/library/Smith/smWN.html。這裏除了註明我所用的版本外，亦會在括號內註明這個網上版的段數，以 "Book. Chapter. Paragraph" 標識 (如I.3.16)，方便讀者查閱。

[3]　參見George Stigler, "The Successes and Failures of Professor Smith," *Journal of Political Economy*, vol. 84, no. 6 (1976): 1201–1203；Harry Landreth, *History of Economic Theory: Scope, Method and Content* (Boston: Houghton Mifflin, 1976), pp. 22–24, 44–45。

[4]　見Debra Satz, "Nineteenth-Century Political Economy," in *The Cambridge History of Philosophy in the Nineteenth Century (1790–1870)*, ed. Allen W. Wood and Songsuk Susan Hahn (New York: Cambridge University Press, 2012), p. 677。本文的敘述框架頗受Satz此文啟發，但我們的結論和野心都不同。

　　這裏的關鍵是分工（division of labour）。在《國富論》的第一章，斯密指出，分工是社會財富增長的基石。他引用了一個簡單卻經典的例子：一個沒有受過專門技術訓練的人，用一整天也做不出一口釘；但將製釘的過程分拆成十八個工序，分給不同人做，十個未受過訓練的工人，一天都可以生產出48,000口釘子。[5] 斯密認為，分工有如此強大的效果，是因為每人可以只專注於一個簡單的工序。這有利於找到最適合的人負責每重工序，人們也容易將工序操作熟練。分工合作也能減少轉換工序之間的時間。一個工人由做完工序A到做工序B，往往都不能立即去到最高效率，分工省卻了這一重轉換的時間，所有人都可以用最高的效率執行工序。[6]

　　那麼，分工存在的條件是什麼？斯密認為，只有讓人們自由交易，大規模的分工才真正可能。在日常生活裏，分工似乎和計劃密不可分，我們不易想到「自由交易」與分工的關係。如果我要製造一個衣櫃，我會找朋友幫忙，各自負責擅長做的工作：有些朋友負責伐木（或採購），有些朋友負責設計，有些朋友負責組裝等，都是先有協調計劃再挑選人手、擬定工序。但這種分工只可能是小規模的合作。斯密這裏所指的分工，是整個社會、數以百萬人計的生產協調：怎樣才能把所有商品的生產工序都分拆至促成最高的生產效率？怎樣知道一個社會需要什麼和多少商品？斯密認為，這個規模的分工不可能靠人們有意的規劃，整個分工秩序不會是人們有意設計的結果。[7]

　　使大規模社會分工成為可能的關鍵，在於交換。如果我一天的勞動可以做四對鞋和三片麵包，或者八對鞋，而你則可以做五片麵

---

[5]　Smith, *The Wealth of Nations*, Book I, Chapter I, p. 11 (I.1.3).

[6]　Smith, *The Wealth of Nations*, Book I, Chapter I, pp. 14–16 (I.1.6–7).

[7]　Smith, *The Wealth of Nations*, Book I, Chapter II, p. 22 (I.2.1).

包和兩對鞋，或十片麵包；那麼，與其我自己做三片麵包，不如用同樣時間多做四對鞋來換你做的五片麵包，而你也省下做鞋的時間做出十片麵包。那麼，交換就促成了分工，而且增加了效率：我們都比不交換成品的狀態下得到更多的麵包和鞋（交換後，你我各有四對鞋和五片麵包）。[8] 市場就是促成這種互利交換的制度。只要讓人自由交換，人們就可以透過開出有利於他人的條件，去換取有利於自己的資源；反過來說，「交換－互利」也提供了分工的動機：因為我知道交換可以得到更多麵包，我才有動力為了交換而選擇專心做出八對鞋。

而市場就是一個透過錢（money）來連結所有商品的制度。[9] 人們對個別商品的渴求轉化為對可以買到所需商品的錢的追求。正如斯密在書中被人引用得最多的一段話所說：如果在一個自由的市場中，賣麵包有利可圖，人們可以不用依賴麵包師父的善心，也可以得到他們想要的，這就是因為他們可以自由付錢去滿足自己的需求；而麵包師父即使出於私利，也會有動機去善用自己的專長（做麵包），去滿足社會需要。[10] 也就是說，即使僅僅出於自利，而不是關心他人的利益，自由市場也可以讓人們得到更多想要的東西。自由市場有一隻「看不見的手」，可以讓人們的自由決定轉化成理性、有效率的秩序。[11]

事實上，斯密指出，正正是因為封建王侯為了一己的私利，給予地主以及和自己親近的商人特權造成壟斷，又胡亂開徵關稅，社

---

8   Smith, *The Wealth of Nations*, Book I, Chapter II, pp. 24–26 (I.2.3–4).

9   Smith, *The Wealth of Nations*, Book I, Chapter IV (I.4).

10   Smith, *The Wealth of Nations*, Book I, Chapter II, pp. 23–24 (I.2.2).

11   Smith, *The Wealth of Nations*, Book IV, Chapter II, p. 572 (IV.2.9).

會才會有大量的資源浪費，沒有導向社會上最需要資源的地方。[12]
但一個自由競爭的市場卻不會有此問題。看似無序的每個人的自由
決定，恰恰才是形成秩序和促進效率的關鍵。至此，斯密結合實證
觀察和邏輯演繹，為自由市場、也就是人自由運用勞力和資源，作
出強而有力的證成：自由不但不會有礙秩序，更是生產力進步、社
會財富增長的根本。

二、政治經濟學的複雜視野

斯密這些對個人自由與社會秩序的思考和觀察，有其時代背
景。《國富論》成書的十八世紀後期，是封建制度解體、資產階級興
起的大轉型時代。[13]封建社會解體的一個重要結果，就是人們不再
受傳統的封建價值規範和秩序所束縛。農民不再受制於封建領主，
世世代代都要於同一片農地耕作、納稅。手工業者亦不必再受行會
(guild) 的師徒制所限。得以自由流動的農民和手工業者奔向城市，
向正在冒起的資產階級出賣勞動力，成為受薪的工人。[14]以資產階
級為核心、以個人的自由僱傭契約組織社會生產的新經濟模式正在
成形。這對封建領主、行會、還有農民和手工業者本身，都帶來很
大的衝擊。[15]這個動盪的時代，將讓人們往哪裏去？會形成一個怎
樣的新社會？

[12]　Smith, *The Wealth of Nations*, Book I, Chapter XI, pp. 337–339 (I.11.263);
David Schmidtz, "Adam Smith on Freedom," in *Adam Smith: His Life, Thought, and Legacy*, ed. Ryan Patrick Hanley (Princeton: Princeton University Press, 2016), pp. 212–213.

[13]　Karl Polanyi, *The Great Transformation* (Boston: Beacon Press, 1944), pp. 142–147.

[14]　Schmidtz, "Adam Smith on Freedom," pp. 209–210.

[15]　Satz, "Nineteenth-Century Political Economy," p. 677.

　　在這裏，斯密的自由市場論和霍布斯 (Thomas Hobbes, 1588–1679)
在《利維坦》(*Leviathan*) 提出的社會契約論 (social contract theory) 恰
成有趣的兩極。[16]這裏不能詳論霍布斯的觀點，我只能勾勒霍布斯
的契約論高度簡化了的梗概，以和斯密的想法作對比。[17]與斯密一
樣，霍布斯的問題意識也是：自由的個人如何可能形成社會秩序？
霍布斯認為，因為資源有限，自由的個人之間的衝突不可避免。人
們將會為爭取自己的利益，也出於恐懼他人奪走自己的資源和自由，
無止境地互相攻伐，人的生命因此變得「孤獨、貧窮、齷齪、粗暴及
短促」。[18]

　　因此，霍布斯設想，理性將驅使人們形成一個契約，為社會選
出一個最高的權威，也就是國家，並把自由讓渡給這個最高權威，
賦予它使用武力的權柄，以維持社會的秩序。霍布斯認為，這個最
高權威的權力將沒有任何的制衡，因為它事實上掌有社會上最多的
資源和武力，而概念上作為「最高權威」也不應該有任何人有更高的
權威限制它的自由。[19]換句話說，對霍布斯來說，基於自由人的秩
序只有兩個可能：一是沒有秩序可言，人民生命短促、貧乏、充滿
恐懼；一是人們出於對秩序與安全的渴求，把最高權威賦予國家，

---

[16] Thomas Hobbes, *Leviathan: The English Works of Thomas Hobbes*, Vol. III, ed.
Sir William Molesworth (London: John Bohn, 1839 [1651]); 比較 Satz,
"Nineteenth-Century Political Economy," p. 678。

[17] 有關霍布斯的理論在道德哲學方面更細緻的討論，見 Christine Korsgaard,
The Sources of Normativity (Cambridge: Cambridge University Press, 1996), pp.
7–48；在政治哲學上的討論，可參見 John Rawls, *Lectures on the History of
Political Philosophy*, ed. Samuel Freeman (Harvard: Harvard University Press,
2007), pp. 23–93；對霍布斯思想的全面討論，可參見 Quentin Skinner,
Hobbes and Republican Liberty (Cambridge: Cambridge University Press, 2008)。

[18] Hobbes, *Leviathan*, p. 113.

[19] Hobbes, *Leviathan*, p. 252.

自己乖乖服從國家的號令。無論是哪一個可能，個人自由都幾乎不可穩定存在。[20]

　　我認為，只有把斯密在《國富論》中對市場的論證放到歐洲封建制度瓦解的脈絡之下，再和霍布斯對自由與秩序的思路比對，他書中的自由主義價值取向才更見明顯。將財富、分工與自由相扣連，其實不是為了論證人應該自私自利、可以帶來最大的效率；也不完全是希望證明把所有資源都交給市場分配，就自然會令社會財富增加。他希望指出的是，透過市場，個人自由和秩序與效率並行不悖；透過市場，即使人們可以自由選擇自己的追求而不受傳統風俗和社會規範束縛——就算他們不過是自利者也好，社會秩序和效率都可以得到促進。因此，封建制度和價值觀的瓦解並沒有什麼好可怕，甚至是值得歡迎的。個人對自己生命的自由主宰，並非社會秩序瓦解的根源。

　　斯密並沒把眼光停留在市場交易。他還談到生產：他認為人的勞動才是商品的價值之源，既因為商品總得有人造出來，商品交易說到底是為了買入他人的勞動時間以減少自己的勞動時間。[21]商品的價格，也就是銷售得來的財富，最終由三大階級瓜分：地主透過擁有土地（或自然資源）得到地租（rent），工人透過勞動得到工資（wage），資本家透過擁有資本（也就是生產工具如廠房、機器）得到利潤（profit），因為三者都是生產（production）的必要條件。斯密始終關心的，是社會財富如何由這三大階級分配。[22]

---

[20] 比較 Judith Shklar, "The Liberalism of Fear," in *Liberalism and the Moral Life*, ed. Nancy Rosenblum (Cambridge, MA; London: Harvard University Press, 1989), pp. 23–24。

[21] Smith, *The Wealth of Nations*, Book I, Chapter V, pp. 43–44 (I.5.1–3).

[22] Smith, *The Wealth of Nations*, Book I, Chapter VI (I.6); 比較 Satz, "Nineteenth-Century Political Economy," p. 680。

　　他尤其擔心工人在社會分工之下可能面對的困境。斯密認為，如果工人只是把精力消耗於分工下簡單的機器操作，就會慢慢失去創意和發展自己能力的動機和機會，變得對公共事務漠不關心，也難以參與，政府因此要透過再分配，改變工人的處境。[23] 他甚至認為，只要政策是有利於工人的，就總是更「正義與公平」。[24] 他又猛烈抨擊投機炒賣者，指他們的利潤是來自浪費資源和破壞信用。[25] 換句話說，在斯密的設想裏，自由市場固然是個人自由和社會財富的必要條件，但國家乃至其他社會部門也有相當重要的角色。[26]

　　因此，斯密有關分工與市場的洞見固然深刻，視之為斯密整個社會思想的核心也不無道理，但它卻遠不是他唯一的、可以簡化成一兩條抽象論題（proposition）的對社會或經濟的理解。他對不同社會領域和制度之間的相互關係，有更複雜細緻的觀察。[27] 他面對的世界，和他對這個世界的描述和理解，都遠為多面而動態。[28] 斯密透過實證和歷史觀察，以邏輯演繹來嘗試建構一個理解社會動態的框架，從而回應一系列規範性（normative）的問題：個人自由是否會將人帶來無序的災難，因此並不可欲？個人自由會如何影響人們的福祉？在這裏，價值取向的證成和對現實社會的觀察與理解密不可分。我認為斯密恰恰是在這方面，才不愧是古典政治經濟學的先行者。

[23]　Smith, *The Wealth of Nations*, Book V, Chapter I, pp. 987–988 (V.1.178).

[24]　Smith, *The Wealth of Nations*, Book I, Chapter X, pp. 195–196 (I.10.121).

[25]　Smith, *The Wealth of Nations*, Book II, Chapter IV, p. 456 (II.4.15).

[26]　參見 Amartya Sen, "Capitalism Beyond the Crisis," *New York Review of Books*, March 26, 2009, accessed August 4, 2017, http://www.nybooks.com/articles/2009/03/26/capitalism-beyond-the-crisis/.

[27]　Landreth, *History of Economic Theory*, p. 38.

[28]　Satz, "Nineteenth-Century Political Economy," p. 682; 比較 Debra Satz, *Why Some Things Should Not Be for Sale: The Moral Limits of Markets* (New York: Oxford University Press, 2010), pp. 47–48。

三、「價值」之爭：由階級到偏好

　　斯密的《國富論》是第一本基於實證觀察提出理論，全面解釋市場經濟運作的著作。[29] 但斯密的理論內部也有張力。斯密一方面提出了市場如何令個人自由和分工與效率相輔相成，也提出了對商品價值 (value) 之源的分析，指出工人、資本家和地主各自對生產作出了什麼貢獻，進而提出財富如何由三大社會階級分配。如果跟從前者的邏輯，商品的價值就等於是它的價格 (price)，是個體之間自由定價互通有無的結果；但由後者進一步推論，商品的價值並非純粹由議價定奪：勞動既然是價值之源，三大階級既然對生產各有相應的貢獻，理論上商品就總有一個獨立於交易價格的價值，譬如說，和投入的勞動時間成正比。[30]

　　呼應這個分歧，經濟學的發展也分成了兩大陣營，理論家分別沿著《國富論》的其中一條思路走下去。在這一節，我將追溯這兩大陣營的起跌，並嘗試提出其社會原因；在接下來的兩節，我將會演繹海耶克如何接續和深化斯密「市場與分工」裏隱含的價值中立思路和自由主義性格，並在理論上完成由古典政治經濟學到現代經濟學的轉型。

　　從生產投入的貢獻觀察經濟運作的理論家，自斯密以後，可以李嘉圖 (David Ricardo, 1772–1823) 為代表，而以馬克思 (Karl Marx, 1818–1883) 為殿軍。李嘉圖論證，地租多少只是取決於土地的肥瘠和稀缺與否，並不是對生產投入的回報，和利潤及薪金的性質都不同；於是，土地由地主還是由國家全部擁有，並不影響生產力。[31]

29　Landreth, *History of Economic Theory*, pp. 22–24.

30　Satz, "Nineteenth-Century Political Economy," pp. 689, 694; Landreth, *History of Economic Theory*, p. 50.

31　Satz, "Nineteenth-Century Political Economy," p. 686.

這是對當時英國保護地主利益、推高地租損害資本家利益（因為付給工人的薪金上漲）的穀物法（Corn Laws）的猛烈批評。[32] 馬克思進一步論證，商品的價值來自工人的勞動，資本家的利潤不過是剩餘價值（surplus value），源自對工人透過勞動合約的剝削（exploitation），是對勞動成果的掠奪和佔有。[33]

　　但隨著技術的發展和市場的擴張，踏入十九世紀，李嘉圖－馬克思的價值論解釋力愈來愈弱。將商品價值視為獨立於交易者之間的主觀判斷的存在，已是愈來愈難以使人信服的預設。這既是因為愈來愈多的資源變成了商品，即事實上由交易雙方來決定價格；亦是因為隨著財富的累積、人們的自由流動，生活愈來愈多的方面都落入個人自主選擇的範疇。[34] 也就是說，商品對個體有什麼價值，愈來愈難脫離消費者本身的主觀判斷。

　　Satz 批評現代經濟學只重視交易時各方對商品的主觀價值判斷，忽視了社會關係、產權結構、乃至權力不平等等因素對人們偏好的

---

[32]　Satz, "Nineteenth-Century Political Economy," pp. 685–686.

[33]　馬克思這個觀點的一個當代重構，可參考 Samuel Bowles and Herbert Gintis, "Contested Exchange: New Microfoundations for the Political Economy of Capitalism," *Politics & Society*, vol. 18, no. 2 (1990): 165–222。但留意 Bowles 與 Gintis 對僱傭勞動制的批評，已不依賴馬克思的勞動價值論。

[34]　Joseph Raz, *The Morality of Freedom* (Oxford: Clarendon Press, 1986), pp. 369–370；亦可參見 Beverly J. Silver and Giovanni Arrighi, "Polanyi's 'Double Movement': The *Belle Époques* of British and US Hegemony Compared," *Politics & Society*, vol. 31, no. 2 (2003): 335–337；在第一次世界大戰前政治上的自由主義－民主政治的演進，以及其意識在民間扎根，可參見 Eric Hobsbawm, *The Age of Extreme: The Short Twentieth Century* (London: Abacus, 1995), pp. 109–111。在二次大戰之前，歐洲人口基本上自由流動，不同民族和文化圈的人往往雜居，邊界觀念相對模糊，甚至旅行護照也是在一戰前後才正式出現，可參見 Tony Judt, *Postwar: A History of Europe Since 1945* (London: Vintage Books, 2010), pp. 24–28，有關二戰期間的強制民族大遷徙的國族統一後果和戰前的比較。

影響。[35] 但反過來說，這恰恰表明生產要素價值論（包括勞動價值論）其實隱含了對商品價值的道德評價：這等於說某些對個別商品的偏好是不正當的、可以不被滿足的，所以不構成決定商品價值的一個因素。考究人們偏好的正當性，和自由主義的核心意識——對每個公民的個人判斷價值中立——有相當的張力。[36] 但這個自由主義的核心意識，正是呼應著個人自主在各個領域擴張的社會現實。

斯密有關自由市場和分工的分析，卻正是論證人們在消費上和生產上的自由選擇——也就是主觀的價值判斷——和社會秩序相輔相成。這亦是效益主義者如彌爾（J. S. Mill, 1806–1873），以及邊際主義學派（marginalist school of economics）如奧地利經濟學家Carl Menger（1840–1921）和法國經濟學家Leon Walras（1834–1910）等一脈學者的思路。[37] 在他們的理論中，階級與生產要素對商品價值的貢獻都從經濟學的視野中消失，取而代之的是以個體的偏好——以及實際作出的、可被觀察的選擇與行為，來解釋商品的市場價格變動，或所謂的市場均衡（equilibrium）。無論是自然資源、勞動力還是資本，它們投入生產後得到的回報，也一律由自由市場內人們的偏好決定，它們對生產的角色並不令它們的擁有者的所得有獨特的衡量標準。

對比斯密在《國富論》開展的理論框架，在這一脈自由主義經濟學裏，和商品價值問題一同消失的是道德價值上的關懷：不同階級的人應該得到什麼社會財富（即分配正義的問題）、市場自由的道德

---

[35] Satz, "Nineteenth-Century Political Economy," p. 697.

[36] Jeremy Waldron, "Theoretical Foundation of Liberalism," *The Philosophical Quarterly*, vol. 37, no. 147 (1987): 139–140, 143–146, 149–150.

[37] Satz, "Nineteenth-Century Political Economy," pp. 688–689, 694–695; Landreth, *History of Economic Theory*, pp. 201–204, 229–230.

價值，都漸漸在這一脈的思想發展中被劃出經濟學範圍。經濟學也
不再和古典政治經濟學一樣，追求全面解釋社會秩序的根源和發展
的動態。反之，個人的偏好被當作是給定的（given），盡量滿足自己
的偏好被定義為理性，自利的個人成為了經濟學對人性的預設。在
今天，這種「經濟人」（economic man）的邏輯甚至反過來被用來考察
和解釋商品市場領域外的行為，如官僚的公共財政運用。

下面我將指出，海耶克的社會哲學正是對這些現代經濟學理論
基礎背後的價值取向，提出了清晰而有意思的刻劃。海耶克對經濟
學思想的最重要貢獻，是提出了所謂的「知識問題」（the knowledge
problem）。這既是把斯密有關市場和分工的分析深化，進一步論證
為何複雜的現代社會的分工必須透過市場價格來協調，同時亦是接
續自由主義經濟學走出生產要素價值論的傾向，為經濟學作為實證
學科、和價值問題分家提出了理論解釋，進而完成了向現代經濟學
的轉型。

四、理性與權力的限制

海耶克的出發點是：人真正能認知到的知識有限。我們固然很
多時候是有意識地調動知識、考慮不同的行動方案，然後作出行動，
但這種有意識運用理性的行動，只是生活的一部分。我們或者懂得
操作某些機器，但很多時候對機器的運作原理一無所知，甚至操作
本身也其實只是靠身體的慣性（你真的懂得眼前的電腦為什麼可以上
網嗎？你踏單車時會先想想單車是應用了什麼物理定律嗎？）。[38]

---

[38] Friedrich Hayek, *The Constitution of Liberty* (Chicago: The University of
Chicago Press, 1960), pp. 25–26.

　　這些技巧都是重要的知識，也是社會生活的基礎，卻難以量化、理論化，有時難以言喻，甚至連使用者自己都不自覺。[39] 亦正因這些知識難以理性認知，它們也難以傳給他人，至少不是以自覺的方式。換句話說，這些知識都是片面 (fragmented) 而不易整合的，散落在不同的個體之中。

　　海耶克認為，現代社會的一大難題，就是如何令這些散落在不同個體、難以言傳的有用知識，可以為他人所用。隨著分工和科技的發展，現代經濟已不可能只依賴面對面的溝通和學習，數以百萬計的人做著無數不同的工作、過著無數不同的生活，知識不但在數量上爆炸，在多元化上也超越任何個人所能完全掌握甚至想像。[40] 可是，隨著知識和技術演進的是人的需求。這些知識和技術都是為了呼應人們隨著文化發展和現代化而擴張的需求。這樣一來，如何協調這些知識和技術，使得它們真的可以呼應到人們的需要，就是現代龐複社會 (complex society) 一個關鍵的問題，即經濟學上的所謂協調問題 (the coordination problem)。[41]

　　他的結論和斯密相似。透過自由市場，或更準確來說，透過競爭性的價格訊號，這些散落在龐複社會不同角落的社會知識，就可以得到最有效率的整合；或者換個說法：除了透過競爭性價值訊號之外，根本就沒有整合這些社會知識的有效機制。對海耶克來說，價格最大的作用是簡化交易者需要知道的信息，同時提供動機讓他

---

[39]　Friedrich Hayek, "The Use of Knowledge in Society," *The American Economic Review*, vol. 35 (1945): 521–522; Hayek, *The Constitution of Liberty*, pp. 24–25.

[40]　Hayek, *The Constitution of Liberty*, p. 25; John Gray, "F. A. Hayek and the Rebirth of Classical Liberalism," *Literature of Liberty: A Review of Contemporary Liberal Thought*, vol. 5, no. 4 (1982): 34.

[41]　Bruce Caldwell, "Hayek's Transformation," *History of Political Economy*, vol. 20, no. 4 (1988): 513–514.

們把資源作最優的配置。因為對交易者來講，他們眼前就只有價格，不必考慮為何一種商品或原材料的供應多了或少了，甚至連供應是否真的多了或少了都不需要知道。材料低價、買入有利，人們就自然會買；某商品價格上升，可以是因為供給少了，也可能是因為需求大了，但對交易者來說，都是不必深究的。只要對他們有利可圖，他們就會相應的調節生產計劃。[42]

海耶克這個對經濟協調與知識的理論反思，有其現實關懷。在二十世紀初，因為三十年代的經濟大蕭條，以及俄羅斯蘇維埃革命的成功，由國家中央計劃經濟 (central planning) 取代市場經濟以保障社會免受經濟崩盤的衝擊，是當時得令的想法。[43] 根據這種想法，國家應該指導經濟生產什麼商品和服務，也應該控制財富的分配，國家應該保護人民生活免受市場那些非理性和無序的波動衝擊。[44] 海耶克的家鄉奧地利正是其中一個最熱切嘗試社會主義式計劃經濟的國家，首都維也納甚至一度被稱為「紅色維也納」。[45] 海耶克對奧地利乃至整個德語地區的計劃經濟實驗不以為然，而他正是根據他的社會知識論對計劃經濟展開猛烈批評，強調計劃經濟永遠不可能追上市場這個自生秩序 (spontaneous order) 的效率。[46]

這是因為計劃經濟必須依賴可見的數據，並根據數據調撥資

---

[42] Hayek, "The Use of Knowledge in Society," pp. 525–526; Gray, "F. A. Hayek and the Rebirth of Classical Liberalism," pp. 37–38.

[43] Hobsbawm, *The Age of Extreme*, pp. 83–108.

[44] Jeffry Frieden, *Global Capitalism: Its Fall and Rise in the Twentieth Century* (New York; London: W. W. Norton, 2006), pp. 195–198, 206–209.

[45] 參考 Owen Hatherley, "Socialism and Nationalism on the Danube," *Places Journal*, May 2017, accessed Sep. 1, 2017, https://doi.org/10.22269/170509。

[46] Friedrich Hayek, *The Road to Serfdom* (London: Routledge, 1944), pp. 3–4; Friedrich Hayek, *Law, Legislation and Liberty* (London: Routledge, 1982), vol. 1, pp. 35–54.

源。但可見的數據根本不能完全照顧價格所簡化的信息量。而且經濟運作的一大特點，就是不斷的變動。[47]或者因為天時（如天災、豐收），或者因為人力（如人們的創意發現新的方式去滿足人們的需求），甚至發現新的需求，都會對社會上的各種資源的供需帶來變動。無論制定的程序民主與否，經濟計劃根本沒有可能追上這持續而無數的變動。[48]

因此，計劃經濟要是希望至少維持基本的運轉，就得賦予國家官員愈來愈多的自主性和酌情權，以保持面對經濟環境轉變的靈活性。但是這樣的話，所謂的民主監察就只會落得虛有其表。[49]因此，他指出，把經濟調節的權力交給國家最終只會引致官僚專政，令原本的議會民主監察失效，甚至如共產政權一樣，直接摧毀民主。

海耶克的理論有相當的不可知論色彩。他對計劃經濟的批評不只在效率層面，而是進一步質疑任何基於聲稱客觀的價值的政策，不論那是否貨真價實的民主決策。[50]因為我們說到底對目的和手段都不可能有充分的「理性證成」，人性和環境都不能被完全有意識地認知，而且急速轉變。於是，我們以為理性的手段，其實不過是有較大機會最有效率地達到目的，並沒有百分百保證這回事。價值也是一樣：那些我們以為過上美好人生不可或缺的目標，也可以被新

---

[47]　Hayek, "The Use of Knowledge in Society," p. 523.

[48]　Hayek, "The Use of Knowledge in Society," p. 524; Hayek, *The Constitution of Liberty*, p. 28; 亦可參見二十世紀初著名的「社會主義計算」(socialist calculation) 辯論，相關文章可見Friedrich Hayek (ed.), *Collectivist Economic Planning: Critical Studies on the Possibilities of Socialism* (London: Routledge, 1935)。

[49]　Hayek, *The Road to Serfdom*, pp. 65–66.

[50]　Hayek, *The Road to Serfdom*, pp. 59–60; Hayek, *The Constitution of Liberty*, pp. 115–116; Gray, "F. A. Hayek and the Rebirth of Classical Liberalism," pp. 38–39.

的目標取代，又或者最後都令美好人生的承諾落空。[51]

　　海耶克的這些知識論上或經濟學方法學上的考慮，也為他的政治哲學提供了理論基礎。海耶克認為，國家唯一應該做的，就是提供一個法治的框架，保障個人有最大的社會和市場自由，去做不同的生產乃至生活的嘗試；國家不應以暴力強加任何對美好人生的預設給人們，或基於對價值如社會公義的信念控制經濟生產和分配，無論那些價值觀是多麼有說服力、有多充分的民主程序或大多數人的支持。[52]

五、海耶克的遺產

　　事實上，在海耶克於1974年得到諾貝爾經濟學獎之前，他的自由主義政治哲學要比他的經濟思想更為知名。雖然海耶克的經濟思想在二十世紀三四十年代已經發展成熟，但直至七十年代，經濟學家之間全盤接受他的學說的仍然不多。[53] 他在三十年代和凱恩斯(John Maynard Keynes, 1883–1946) 有關息率、資本結構與需求不足的專技辯論，也多半被同時代的人認為並不成功。[54] 出於二次世界大戰之後的經濟重建需要，整個五十年代，某種形式的計劃經濟仍是經濟學界的主流主張，海耶克因此被專業經濟學界邊緣化，他甚至不能在大學的經濟學系找到教席，只能在芝加哥大學的社會思想委員會

---

[51]　Hayek, *The Constitution of Liberty*, pp. 35–36.

[52]　Hayek, *The Constitution of Liberty*, p. 37; Gray, "F. A. Hayek and the Rebirth of Classical Liberalism," pp. 52–53.

[53]　Bruce Caldwell, "Hayek's Nobel," *Advances in Austrian Economics*, vol. 21 (2017): 9–10; Landreth, *History of Economic Theory*, pp. 418–420.

[54]　Bruce Caldwell, "Why Didn't Hayek Review Keynes' *General Theory*?," *History of Political Economy*, vol. 30, no. 4 (1998): 548–552.

(Committee on Social Thought)教書。海耶克雖然著述甚豐,但在二十世紀上半葉,可説仍然是在經濟學的邊緣位置。

海耶克的經濟思想,某程度上是因為蘇聯計劃經濟的失敗以及蘇聯的最終瓦解,才逐漸受到重視,並終於得到接受。社會理論家哈伯馬斯(Jürgen Habermas)在1990年於知名左傾學術期刊《新左評論》(*New Left Review*)中,嘗試總結蘇聯共產主義計劃經濟解體帶來的教訓,寫道:「在我們眼前正在發生的革命性轉型讓我們上了清楚不過的一課:在複雜的現代社會,如果不把經濟運作留給經濟的邏輯去調節 —— 也就是讓經濟由市場來自我調節 —— 那麼,社會再生產是不可能的。」[55] 海耶克向來被視為經濟學的右派。哈伯馬斯這個來自意識形態另一端的反思,和海耶克的問題意識竟然若合符節。這正反映了海耶克的分析如何成為了現代經濟學的常識。[56]

但海耶克對經濟學更重要的貢獻,是在於隨著他的學説開始為經濟學界接受,經濟學自十九世紀以降的現代轉型終於在理論上完備——由對偏好的觀察來取代生產要素價值論,終於得到了充分的社會哲學上的說明。根據海耶克的思路,什麼是有用的知識、什麼商品對人們有怎樣的價值,都是不可能先於實際發生的市場交易而預先知道的。事實上,甚至連在交易之後,這些問題都不可能完全回答:價格把這一切的資訊通過市場協調出結果,但我們卻並不能由價格本身把這些資訊拆解出來。因此,作為觀察者 —— 也就是經濟學家作為社會科學家應有的角色 —— 我們對價值問題的認知,有知識論上的限制,是必然無知的(ignorant)。

---

[55]　Jürgen Habermas, "What Does Socialism Mean Today?," *New Left Review*, vol. 183 (1990): 16–17.

[56]　類似的判斷亦參見 Bruce Caldwell, "Hayek: Right for the Wrong Reasons?," *Journal of the History of Economic Thought*, vol. 23, no. 2 (2001): 142.

換句話說，價值問題對現代經濟學來說，只能是不存在的問題；現代經濟學只能觀察和解釋在不同的資源配置和限制之下，價格訊號如何成形、如何為參與者所知悉、受到了怎樣的干擾，並因此而得出了不同的分配。經濟學家並不能比實際的市場更早知道商品應該如何分配，也不可能預知市場交易的結果，因此更不應該輕言（透過國家權力）干預甚至改革市場的運作。

對比斯密的古典政治經濟學，海耶克的經濟思想，尤其在為自由市場辯護方面，確有繼承斯密思路之處。但海耶克對競爭性價值訊號於市場的重要性的理論解釋，乃至在經濟學的自我理解、經濟學的界限，以及經濟學在政策中應該扮演的角色方面的立場，都已經和斯密的古典政治經濟學相去甚遠。至此，我們不難見到，將現代經濟學徹底和商品價值、乃至道德價值問題在理論上分離，完成自十九世紀以來經濟學確立自身為實證社會科學的轉型，是海耶克的經濟思想最重要的貢獻。現代經濟學家不必然都接受海耶克在對經濟政策的專技分析，但他對「知識問題」和「協調問題」的處理，卻已是現代經濟學在方法學上的共識。[57]

六、結語：不能繞過的市場

這篇文章嘗試追溯現代經濟學理論預設的形成史。透過把斯密和海耶克的理論放回歷史和思想演進脈絡，我希望它算是展示了現代經濟學所重視的交易和偏好背後，其實有著相當的自由主義色彩。

---

[57]　參見 Israel Kirzner, "Entrepreneurial Discovery and the Competitive Market Process: An Austrian Approach," *Journal of Economic Literature* vol. 35, no. 1 (1997): 60–85；Armen Alchian, "Uncertainty, Evolution and Economic Theory," *Journal of Political Economy* vol. 58, no. 3 (1950): 211–221。

它們預設了，至少在資源分配上、有關個人消費方面，個人自主基本上是正當的，也就是國家應該對個人如何過自己的生活——人們的「偏好」——保持中立，即國家應該遠離人們的私領域，不應強制人們應該如何過活。我也嘗試指出，這個自由主義的價值預設有社會轉型的大背景：封建制度瓦解、資本主義興起，市場和個人自主領域的擴張，到最後計劃經濟在龐大複雜的現代社會的生產要求面前崩潰，都是個人自由意識的現實根源；斯密和海耶克都可被視為在歷史的轉折點把這些意識理論化，並嘗試提供不同方面的證成。

　　最後，我想強調，雖然文章意在說明斯密和海耶克的學說具說服力的地方，並指出它們的重要性，但我無意全面檢討它們的得失。源自斯密的生產要素價值論雖然被現代經濟學所拋棄，但這並不代表價值討論約化為偏好就是毫無方法學上的問題。[58] 斯密有關國家對市場的正當約束的思考，也不應被忽略。[59] 海耶克的社會理論也有偏頗和陷於滑坡謬誤之處，這尤其見於他將對計劃經濟的批評延伸到福利國家。[60] 這些討論都非本文所能處理。這裏希望指出的是，斯密和海耶克如何為相當程度的自由市場提供了有洞見的實證上和

---

[58]　參見Amartya Sen, "Behavior and the Concept of Preference," in *Choice, Welfare and Measurement* (Oxford: Blackwell, 1982), pp. 54–73。

[59]　參見Sen, "Capitalism Beyond the Crisis"；Satz, *Why Some Things Should Not Be for Sale*, pp. 39–51。

[60]　參見Hayek, *The Road to Serfdom*, Chapter 7–13。對海耶克的批評，可見 Steven Lukes, "Social Justice: The Hayekian Challenge," *Critical Review*, vol. 11, no. 1 (1997): 65–80；Anna Carabelli and Nicolo De Vecchi, "'Where to draw the line?' Keynes versus Hayek on Knowledge, Ethics and Economics," *The European Journal of the History of Economic Thought*, vol. 6, no. 2 (1999): 271–296；Andrew Lister, "The 'Mirage' of Social Justice: Hayek Against (and For) Rawls," *Critical Review*, vol. 25, nos. 3–4 (2013): 409–444；陳宜中，《當代正義辯論》(台北：聯經，2013)，頁24–31。

價值上的辯護，並說明了為何市場是保障個人自由一個不能繞過的制度。

延伸閱讀

* Adam Smith, *The Wealth of Nations*. New York: Bantam Dell, 2003 (ed. 1904).

  《國富論》是常被誤讀的經典，因此值得讀者自己由頭到尾讀一次，看哪種解讀最合理。斯密文字平易近人，但因為思考角度太多，論證結構並不嚴密，所以不易讀。或許，社會的運作如此複雜而動態，我們本來就應該像斯密一樣，不強求用邏輯融貫的理論去解釋。

* Friedrich Hayek, "The Use of Knowledge in Society," *The American Economic Review*, vol. 35 (1945).

  這篇論文是海耶克在經濟學上真正留下重要影響的成名之作，我認為亦遠比他的 *The Road to Serfdom* 和 *The Constitution of Liberty* 寫得清晰簡潔。海耶克在這篇論文指出，經濟運作所需要的知識遠多於人所能化成文字和數據的資料，因此所有以人力去「計劃」經濟都是徒勞的。但在人工智能和大數據長足發展的今天，這個假設是否仍然有效？

* Amartya Sen, "Rational Fools: A Critique of the Behavioral Foundations of Economic Theory," *Philosophy & Public Affairs*, vol. 6 (1977): 317–344.

  1998 年諾貝爾經濟學獎得主 Amartya Sen 向來有「經濟學家中的德蘭修女」之稱，在於他是少數會長久關注民主、社會公義和經濟不平等的專業經濟學家。他對經濟學方法論的其中一個重要批評，就是主流經濟學對偏好和理性的理解過於平面，並不能解釋人有諸如「對偏好的偏好」的複雜心理結構，或道德是和一般對商品的偏好本質上是不同的。因此 "economic man" 其實是將人當成 "rational fool"，在實證上和規範上都是大有問題的假設。

喪失表達的對象
再釋馬克思的異化勞動

戴遠雄

這裏有1,400幢房子，住了2,795個家庭，合計12,000人。安插
了這麼多人的空間，總共不到400碼（1,200英尺）。於是丈夫、
妻子、四五個孩子，有時還有祖母和祖父，同住在一間10至12
英尺大的房間裏，在這裏吃飯和工作。我相信在倫敦的主教喚
起公眾注意貝思納爾格林區（Bethnal Green）的情況之前，城西
盡頭的人對這個最為赤貧的地方所知甚少，如同對澳洲和南洋
群島的野外地帶一樣少有所聞。如果我們真正想找出最為赤貧
和最值得幫助的人，我們必須拿起他們的門閂，去到吃殘羹冷
炙的人們跟前。我們必須到那裏去看他們捱病，因沒工開而苦
惱。倘若我們每天都在貝思納爾格林的社區裏探訪，我們將會
與大量的痛苦和悲慘作伴，而且我們這個國家將會引以為恥。
在製造業最不景氣的三年間，我在哈得斯菲爾德（Huddersfield）
附近的堂區做過助理牧師，但那裏是自從我在貝思納爾格林區
以來，從未見過窮人如此潦倒的情況。整個區裏面，十個家庭
裏之中也沒有一個父親有工作服以外的其他衣服，而工作服也
是極其破爛的。當中許多人，這件破爛的工作服成了晚上唯一
可以蓋的東西，這並不比一袋稻草或木屑來作被鋪更好。[1]

---

[1] *The Condition of the Working Class in England* (1845), in Karl Marx and Frederick

　　1845年，恩格斯 (Friedrich Engels) 以德文出版了《英國工人階級的處境》(*Die Lage der arbeitenden Klasse in England*)，詳細描繪英國工業化以來移民工、工廠工人、煤礦工人、農民和童工等悲慘處境，令德文讀者首次如此真實地接觸到英國社會最底層工人的生活經驗——失業、貧困、病死或餓死，也令德國人預見十九世紀末工業化將會帶來的社會悲劇。從歷史的角度來看，恩格斯的《英國工人階級的處境》是早期的勞動 (labour) 實證研究，正好可以令1844年馬克思撰寫的《巴黎手稿》，[2] 這部理論的草稿得到實證研究的支持。由此觀之，馬克思這份在其身後四十多年才出版的文獻，提出著名的異化勞動 (*die entfremdete Arbeit*, alienated labour) 概念，可視為最早對社會底層的生活經驗而作的哲學分析。百多年後的今天，這套理論所批評的社會狀況仍然存在嗎？今天仍然有學者如恩格斯那樣，致力書寫社會底層的真實經驗，如長年研究中國大陸的工廠、工地工人

　　　Engels, *Collected Works*, Vol. 4 (New York: International Publishers, 1975), p. 334. 中文翻譯參看《馬克思恩格斯全集》，第二卷 (北京：人民出版社，1952)，頁309。引文由筆者按英文翻譯，中文版本頁碼僅供參考。

[2]　馬克思的《巴黎手稿》為《1844年經濟學哲學手稿》的簡稱。手稿雖於1844年撰寫，但在1927年才在蘇聯以俄文出版，1932年才首次以德文出版。以下依次列出本文參考了《巴黎手稿》的德文、法文、英文和中文版本。Karl Marx, "Ökonomisch-philosophische Manuskripte aus dem Jahre 1844," in Karl Marx und Frederick Engels, *Werke Ergänzungsband: Schriften, Manuskripte, Briefe bis 1844*, Erster Teil (Berlin: Dietz, 1977), pp. 465–588；Karl Marx, *Manuscrits économico-philosophiques de 1844*, introduit, traduit et annoté par Franck Fischbach (Paris: Vrin, 2007)；Karl Marx, "Economic and Philosophical Manuscripts," trans. T. B. Bottomore, in Erich Fromm, *Marx's Concept of Man* (London: Continuum, 2004), pp. 75–152；馬克思著，伊海宇譯，《1844年經濟學哲學手稿》(台北：時報文化，1990)。下文引用時將標示《巴黎手稿》德文版、中文版和頁碼，譯文由筆者按德文自行翻譯，中文譯本僅供參考。

和女工的潘毅。[3] 除了工人面對貧乏的物質條件外，她帶著人類學民族誌的研究目光，更著重揭示工人的心境，對家庭、愛情、工作和社會的看法。據她的研究，中國的工地工人流傳以下一首詩歌，充分反映了社會底層的勞動異化。今天即使工人有工作，不用像恩格斯筆下的工人那樣餓死病死，可是對生活完全缺乏投入感和希望：

> 年輕老婆娶不上，娶了老婆用不上，買了房子住不上，青春灑在荒山上；攪拌機攪走我的青春，挖掘機挖走我的夢想，壓路機壓碎我的希望，電焊機也不能縫合我的悲傷。[4]

對未來失去希望，對當下的工作也沒有絲毫滿足感，工作只是沉重的負擔。富士康工人多宗自殺事件引發國內和國際社會廣泛關注，潘毅的研究隊伍就記錄了工人們親口講述的自我形象：

> 我們經常開玩笑，一下班，只要兩眼無神，灰頭土臉，目光呆滯的就是富士康員工。人走出來一臉茫然，沒有一點笑臉。可想人壓力有多大。[5]

百多年來，工人的工作條件當然有許多改善，例如實行禁止童工和勞動保障的法例，在民主選舉的國家亦有代表工人的政黨可以參選，競逐政治權力管治國家。然而，除了政治和法律層面的改變之外，恩格斯和潘毅的勞動社會學研究仍然提醒我們去注意社會裏

[3] Ngai Pun, *Made in China: Women Factory Workers in a Global Workplace* (Hong Kong: Hong Kong University Press, 2005).

[4] 潘毅、盧暉臨、張慧鵬，《大工地上：中國農民工之歌》（香港：商務印書館，2010），頁118。

[5] 潘毅、盧暉臨、郭于華、沈原，《富士康：輝煌背後的連環跳》（香港：商務印書館，2011），頁58。

工人實際的工作處境。勞動令工人失去生存意義，勞動社會學通過實證調查，描述和分析現代工業化對勞動的改變，但沒有提出一種具有普遍性的理論來說明勞動、人類和社會出了什麼問題，這正是馬克思哲學的目標。從哲學的角度來看，馬克思重新審視政治經濟學所假定的勞動、人和社會的概念，由此分析資本主義裏如何形成勞動異化的問題，並尋求共產主義為解決之道。他的思想深刻地影響了後世的政治，尤以1917年的俄國革命和1949年的中國革命最為明顯。因此，今天重讀馬克思的哲學，一方面要澄清其理論的適用範圍。十九世紀初的工業化至今發生了重大變遷，中產階級如律師、醫生和管理專業的興起，加上馬克思影響的社會主義革命歷史，與二十世紀的極權主義和獨裁政體難以分割。1989年後不少中歐和東歐國家的共產主義倒台，馬克思的勞動異化論在多大程度仍可指涉今天的社會現實，他對時局的分析在多大程度仍然可被接受？另一方面，馬克思的哲學持續被後人吸收和轉化，哲學史裏留下許多不同的詮釋，哪一種詮釋比較合理？本文期望在這雙重的視角下，提出對馬克思《巴黎手稿》中勞動異化論的嶄新解讀，以求展示其理論對後共產主義時代仍然有一定的適用範圍。有別於流行的人本主義和物化觀點，本文將解釋異化勞動為喪失對象和喪失表達，以求提出更具理論效力的詮釋，並指出其在後共產主義時代的意義。

　　本文分為以下三個部分。首先，我們會回顧對《巴黎手稿》的兩種詮釋，分別是人本主義和物化，並指出其理論困難。接著，我們會說明馬克思勞動異化概念的哲學史源流，並提出勞動異化的恰當意涵，以解決前人詮釋的理論困難。最後，我們會檢討馬克思勞動異化概念的限制和潛能。

一、《巴黎手稿》的詮釋和理論困難

在我們開始解讀馬克思《巴黎手稿》的文本之前，我們需要簡略回顧前人對巴黎手稿的詮釋。一直以來，不少研究者皆強調《巴黎手稿》蘊涵兩個論點：人本主義（humanism）和物化（reification）。下文將分析這兩個論點和其理論困難。

第一，研究者認為《巴黎手稿》具有強烈的人本主義思想。他們認為馬克思非常關心社會底層的工人的生活狀況，勞動異化的成因在於資本主義的生產方式令人不能活現人的本質。人本主義的詮釋會強調，馬克思視人類的本質為「類本質」（*Gattungswesen*），[6] 有時又稱「類生活」（*Gattungsleben*）[7] 和「類特質」（*Gattungscharakter*），[8] 是屬於社群的存在，只有跟社群成員共同生活、不相分離，才能活出人的特性。勞動異化的問題在於，把人剝離了其社群，人不能在勞動過程裏和其他人交流，令其日漸喪失和其他人共處的經驗。我們可以想像某些工人需要長期操控機器，他們不會和機器發生任何人的溝通方式，長此以往語言能力將不能進一步發展，在人際交往裏湧現的思想感情可能會減少，令人更難發揮出人的潛能，活出人的本質。換言之，馬克思認定了人的本質是類本質，異化勞動令人不能發揮其類本質，所以異化勞動是反人性的（inhuman），因此異化勞動不應就此被接受，而應被徹底改變。弗洛姆（Erich Fromm）就主張人本主義的馬克思，強調馬克思所指的人的類本質就是自我創造（self-creation）的潛能，這也是人的主體性（subjectivity）所在，擺脫勞動異化就是要重新彰顯人的主體性，社會應以恢復人的主體性為發

---

[6]　《1844年經濟學哲學手稿》，德文版頁517；中文版頁55。
[7]　《1844年經濟學哲學手稿》，德文版頁515；中文版頁53。
[8]　《1844年經濟學哲學手稿》，德文版頁516；中文版頁54。

展目標。[9]弗洛姆認為，馬克思的人本主義就是要消除一切非人化的
（dehumanized）勞動，不僅包括資本主義的勞動方式，同時包括社會
主義國家（如蘇聯）的勞動方式。[10]

　　人本主義的詮釋強調人的定義，具有跨文化和宗教的普遍性。[11]
但是，這種觀點會招來若干疑問。為何馬克思可以如此認定人的本
質？[12]如果人的本質是定然如此，即人天生下來就具有類本質的
話，那麼人們仍然可以追問：為何人們應該活出其本質？為何社會
應以回復人的本質為目標？這是否假定了每個人都應如此過活，而
不應選擇異化勞動的生活方式？有些論者認為，從自由主義的觀點
來看，馬克思缺乏「政治道德理論」來「解釋和批判世界」。[13]按這個
思路，馬克思必須提出理據來證明人的類本質比起異化勞動更值得
追求。我認為馬克思並非沒有提出道德理由來證明人的自由的價
值。但是，馬克思的進路並不是首先在原則上和道德上視所有人為
自由和平等的個體，而是首先揭示人在現實的社會裏如何不自由和
不平等。

---

[9]　　Fromm, *Marx's Concept of Man*, p. 24.

[10]　不少漢語研究者也持相同觀點，如洪鎌德、宋國誠和夏之放。宋國誠
　　　對馬克思的人本主義作出了相當獨特的解釋，他認為馬克思的人本主
　　　義專指合乎「無產階級利益的主張」。本文不採納這種觀點，理由將在
　　　下文交代。參看洪鎌德，《傳統與反叛：青年馬克思思想的探索》（台
　　　北：台灣商務印書館，1986），頁85–86；宋國誠，《馬克思的人文主
　　　義：〈1844年經濟學哲學手稿〉新探》（台北：桂冠，1990）；夏之放，
　　　《異化的揚棄：〈1844年經濟學哲學手稿〉的當代闡釋》（廣州：花城出
　　　版社，2000），頁166。

[11]　Allen W. Wood, *Karl Marx*, 2nd ed. (London: Routledge, 2004), p. 17.

[12]　洪鎌德，《傳統與反叛》，頁84；洪鎌德，《人的解放：21世紀的馬克思
　　　學說新探》（台北：揚智文化，2000），頁39–40。

[13]　周保松，《自由人的平等政治（新版）》（香港：香港中文大學出版社，
　　　2015），頁267。

　　馬克思藉著比較人和動物來說明自由是人的本質，動物只會根據其身體的需要來生產，而人則能夠擺脫身體的需要來生產；換言之，人能享有動物所沒有的擺脫身體需要的自由。這種自由令人不像「蜜蜂、海狸和螞蟻」那樣只能通過生產來維持生命，人則能夠藉生產來再造整個自然，甚至按照美感來再造自然、成就藝術生命，這就是人的類本質。這樣看來，勞動異化的結果是把人化約為「蜜蜂、海狸和螞蟻」那樣純粹為了維持生命而勞動，失去了人最獨特的自由。因此，馬克思批評異化勞動，因為異化令人喪失自由。我們可以說，馬克思和上述自由主義的一個共同之處在於，人的本質是自由的，而馬克思強調異化勞動的概念，因為他認為目前的生產方式令人不自由，這就是對資本主義社會批判的起點。

　　這裏觸及到人本主義的一個理論難題。如果人可以擺脫不自由的狀態而轉變為自由的狀態，那麼要把這一個轉變的可能性加以理論化，就不能把自由這一概念等同人的「選擇」（choice），也不能等同「一個自由人」（a free being）在法律下享有的各種「基本自由」（basic liberties），因為這些概念都無法把握住人的可變性（variability）這一概念。即是說，不論人由類本質陷落為異化勞動，或者擺脫異化勞動而變得自由，人首先就不是人本主義所說的本質定義，而是人可以成為不同的存在，「成為」（become）就是比類本質更為根本的人的概念。這就是二十世紀的現象學，特別是海德格在1927年發表的《存在與時間》對人本主義的挑戰。他主張「此在的本質在於其實存」（*Existenz*），[14] 也就是說，人的本質在於其實際上可以成為不同的狀態，成為只為了生存而工作的人，或者重奪工作的自主，為了價值和美感的追求而工作。現象學對人本主義的馬克思的挑戰在於，任

---

[14]　Martin Heidegger, *Being and Time*, trans. John Macquarrie and Edward Robinson (Oxford: Blackwell, 1967), p. 67.

何一種固定的人的定義，都不能在概念上準確地把握人實存生命的可變性。然後，放棄人本主義的馬克思，是否意味著其《巴黎手稿》再無價值？事實上，不少學者已經著力回應這個理論的挑戰，本文將於第二部分加以説明，並指出《巴黎手稿》雖然肯認人的自由，但不須像弗洛姆那樣假定人本主義的人觀。而且，《巴黎手稿》最獨特之處不是人的概念，而是人必然在社會關係 (social relations) 之中生活和改變，要令人實現自由，社會關係不能不有所改變。

　　第二，研究者認為馬克思《巴黎手稿》中的異化勞動等同物化，也就是説人在異化勞動中成為了物件，失卻了人的本質。這種觀點由盧卡奇 (György Lukács) 提倡，近年則由霍耐特 (Axel Honneth) 重新討論。雖然盧卡奇在發表《歷史與階級意識》的時候，《巴黎手稿》尚未出版，但他在其著作中認為商品結構 (commodity-structure) 主導資本主義社會，無產階級和資本家同樣面對物化的世界，影響了後人對馬克思的詮釋。[15] 一個明顯的例子是，中譯本會用「物化」來翻譯盧卡奇的 *Verdinglichung* 一字，同時也會用「物化」來翻譯馬克思《巴黎手稿》的一些文句，即使馬克思並無在該處使用 *Verdinglichung*，可見物化一詞甚為普遍。[16] 因此，回顧盧卡奇的物化概念，有助我們進一步釐定馬克思異化勞動的意思。

---

[15]　György Lukács, *History and Class Consciousness: Studies in Marxist Dialectics*, trans. Rodney Livingstone (Cambridge, MA: MIT Press, 1971), p. 149.

[16]　《1844年經濟學哲學手稿》，德文版頁511–512；中文版頁49。馬克思用的是 *sachlich* 而非 *Verdinglichung* 或 *verdinglichen*。英文譯本譯為 "(turned into) a physical thing"，見頁79。也有學者以「物化」來翻譯馬克思這段話，而且沒有注意到此字和盧卡奇可能有的聯繫，見孫中興，《馬克思「異化勞動」的異話》(台北：群學，2010)，頁23–24。我們無從確定中譯本用「物化」是否為了強調盧卡奇物化概念的意思，而本文藉著劃分盧卡奇的物化和馬克思的異化勞動的區別，有助澄清中譯「物化」可能聯繫到的不同意思。

盧卡奇所謂的商品結構，是指視人際關係為商品交易的關係，而這種商品交易關係滲透社會各個層面，成為「社會整體的普遍範疇」[17]。可以想像，教育、文化、政府施政、人和自然的關係全都成了商品交易，講求買賣的交換價值（exchange value），如可以換成另一種商品、帶來另一種用途或達至某些效益，而不考慮其使用價值（use value），事物本身的內在意義。因此，盧卡奇認為，工人和資本家同樣面對一個物化的世界，一切事物都變成資本所生出來的商品。資本家和工人的差別是，前者被幻象所蒙蔽，以為物化的世界是因自己的活動造就出來的世界，後者則因為總是在物化的勞動裏，所以不存在幻象，直接面對自己作為商品（亦即是物件）的現實，作為「機械化和理性化的工具」的一部分。[18] 換言之，工人在勞動過程中完全變成了一個對象（object）。[19]

盧卡奇視異化勞動為物化的觀點，一方面為無產階級的革命行動提供理論支持，但另一方面亦要面對相應的理論困難。當他指出「工人被逼把其整個人格客觀化為勞動力，並將之作為商品而出售」，[20] 又指工人「完全地被置於對象那一面」，[21] 那麼如何解釋物化的工人可以意識到自己是一個對象？換言之，如果物件本身不是主體，它自然不能意識到自己作為對象，正如資本不會意識到它生成了商品，一架機器在生產過程中也不會意識到加工於其上的商品。這就是把異化勞動視為物化的理論困難，盧卡奇無法解釋工人在成為對象後如何意識到自己和世界，更遑論一直活得像物件的工人如何可

[17] Lukács, *History and Class Consciousness*, p. 86.
[18] Lukács, *History and Class Consciousness*, pp. 165–166.
[19] Lukács, *History and Class Consciousness*, p. 166.
[20] Lukács, *History and Class Consciousness*, p. 168.
[21] Lukács, *History and Class Consciousness*, p. 167.

以通過革命行動改變世界。[22]

　　盧卡奇在閱讀過馬克思的《巴黎手稿》後，也開始意識到他強調的物化概念，和馬克思的對象化和異化概念有重大差別，並發現了黑格爾的對象化概念有助理解馬克思的《巴黎手稿》。但這個問題有待盧卡奇的研究者再作探討。[23] 解決上述理論困難的關鍵在於，必須承認工人在勞動之中的異化，不會完全變成對象，而仍然維持某種主體的性質，令其可以意識到對象跟自己相分離。當代學者霍耐特就嘗試重新詮釋盧卡奇的物化概念，以避免其理論困難。霍耐特主張，資本主義下的物化可以理解為「習慣或行為形式」，[24] 這不是知識層面的錯誤，由主體變成客體，也不是人喪失其道德性格，由人變成了物件。換言之，霍耐特認為盧卡奇的觀點是，資本主義令人習以為常地以一種僵化的 (ossified) 態度看待世界，把所有事物看成物件，令人遺忘了人與人之間互相承認 (recognition) 至為重要，也遺忘了看待世界有異於商品交易的方式。例如嬰孩在其成長過程中，會漸漸懂得代入其他人的角度來看世界，從而糾正自己的觀點。又例如成年人在溝通過程裏，感到有需要向他人表達自己，也有需要了解其他人，彼此承認為主體。成人亦需要自我承認 (self-recognition)，覺得自己的經驗是獨特的，值得被表達出來，甚至被他人參考。[25] 這些在在說明，資本主義的物化令人遺忘了交互主體

---

[22]　對盧卡奇觀點的引述和批評，參看 Franck Fischbach, *Sans objet: Capitalisme, subjectivité, aliénation* (Paris: Vrin, 2009), pp. 70–71。

[23]　參看 György Lukács, *The Young Hegel: Studies in the Relations between Dialectics and Economics*, trans. Rodney Livingstone (London: Merlin Press, 1975), pp. 537–568；Fischbach, *Sans objet*, pp. 71–95。

[24]　Axel Honneth, *Reification: A New Look on an Old Idea*, ed. Martin Jay (Oxford: Oxford University Press, 2008), p. 53.

[25]　Honneth, *Reification*, p. 72.

的承認的重要性。由此可見，霍耐特保留了某種主體觀點在其承認的理論裏，從而解決了盧卡奇的理論困難。我們可以說，霍耐特提出了一個成功的方案來挽救盧卡奇理論，但這個方案在多大程度上屬於馬克思的觀點，還是擴展了馬克思的研究，值得深入討論。

　　如上文所分析，我們發現對馬克思勞動異化的詮釋的兩個特點：人本主義和物化，而兩者都有若干理論困難。因此，我們應尋找另一種對異化勞動的詮釋，既可避免人的本質的假定，亦可避免把主體的性質完全化約為對象。馬克思的《巴黎手稿》容許這種詮釋嗎？為了回答這個問題，下文將參考當代法國學者的研究成果，來提出對《巴黎手稿》中異化勞動的解讀。

二、異化勞動的特點

　　何謂異化勞動？如果我們拒絕從人本主義和物化的角度來回答的話，異化勞動就不是指人在勞動中喪失其本性，也不是指人在勞動中變成對象或物件。下文將提出有別於前人研究的新觀點，異化勞動應指人在勞動中喪失對象，從而失卻可資表達其生命的途徑，令人成為一個獨立的主體，跟其他主體、對象和自然完全脫離關係。這種非人本主義式的馬克思詮釋，由當代法國學者費斯巴哈（Franck Fischbach）提倡，[26] 亦有其他學者以不同的理據支持同樣觀

---

[26]　Franck Fischbach, "De 'la philosophie de l'action' à la theorie de l'activité et sociale," in Moses Hess, *La philosophie, le socialisme (1836–1845)* (Hildesheim: Georg Olms Verlag, 2004), pp. 223–241; *Sans objet: Capitalisme, subjectivité, aliénation* (Paris: Vrin, 2009); *La privation du monde: Temps, espace et capital* (Paris: Vrin, 2011); *La production des hommes: Marx avec Spinoza* (Paris: Vrin, 2014); *Philosophies de Marx* (Paris: Vrin, 2015).

點。[27] 費斯巴哈參考了現存的法文譯本，按德文本重新翻譯《巴黎手稿》，並發表一系列的研究來申論其對《巴黎手稿》的詮釋。[28] 他認為，馬克思《巴黎手稿》中的異化勞動概念，並不等同人本主義和物化。馬克思並不是要提倡某種固定不變的人的定義，也不是要批評資本主義社會令人活得像物而不像人。他主張，馬克思的觀點的獨特之處在於，一方面批判地繼承黑格爾和費爾巴哈 (Ludwig A. Feuerbach) 的異化概念，另一方面對工業化後勞動狀況的轉變提出了批判的分析，主張異化勞動是由特定的社會條件造成，人類視自己為擁有勞動力的存在，在市場出售勞動力來換取生活所需，是資本主義的社會條件造成的結果。論者強調人本主義和反對物化的觀點，因為他們強調人是有意識的存在，因而具有自由創造的能力，費斯巴哈認為這種觀念論的人觀正是馬克思要超越的觀點。馬克思並不是說人是沒有自由的，被受社會條件 (或經濟條件) 所完全決定，而是說人的自由並不能在脫離肉身、自然和社會條件的意識上，而只能在肉身、自然和社會條件的結合之中而顯現。[29]

1. 異化概念的哲學史源流

首先，我們需要簡略地了解馬克思的異化概念在哲學史的來源，以便準確地把握他運用異化的特定意涵。一般翻譯為「異化」的德文字為 *Entfremdung*，意思為分離或脫離，英文翻譯為 alienation 或 estrangement。馬克思在運用這個字時，想必注意到其哲學史的源流，

---

[27] 參看 Étienne Balibar, *La philosophie de Marx* (Paris: La Découverte, 2014)；Rahel Jaeggi, *Alienation*, trans. Frederick Neuhouser and Alan E. Smith (New York: Columbia University Press, 2014)。

[28] Marx, *Manuscrits économico-philosophiques de 1844*.

[29] 我們有相當充足的理由來反對洪鎌德指馬克思為「決定論者」。見洪鎌德，《傳統與反叛》，頁 97。

當中最為重要的就是黑格爾和費爾巴哈。在《巴黎手稿》的前言中，
馬克思就明言他深受二人所影響。

黑格爾視異化為人類精神活動的必然過程，並非要消除的問
題，費斯巴哈稱之為「描述性概念」。[30] 黑格爾運用了異化和外化
(*Entäußerung*) 兩個詞語來表達近乎一樣的意思，就是指人類的精神
活動是一種運動(*Bewegung*)，它必須把自己外化成對象，並把自己從
該對象中脫離出來，不被固定化為一對象，整個過程不斷進行而成
為一種運動。這裏牽涉兩重的異化。首先，精神活動必須逾出它自
己，外化為一個對象。假若精神不脫離它自身，就不可能表達為對
象。換言之，世間一切事物、知覺、科學、文化和宗教不會成為人
類精神表現的各種對象，精神也就不會成為一種運動。其次，精神
活動必須從其對象中脫離出來，認識到對象既是自己創造，但又不
完全屬於自己。只有當精神不被對象所固定化和客觀化，它才可以
脫離對象，而只有當它能夠脫離對象，才可以認識到對象為自己所
創造，而跟自己相對和分離，這可說是重新獲得它(*Wiederaneignung*)。
黑格爾不認為精神活動和對象異化有任何問題，反而只有當精神活
動具有異化的能力，它才能獲得內容而不是虛空的，不會完全封閉
在自己的內在性裏面，而是不斷向陌生的對象敞開，同時能夠認識
到自己的運動特性。[31] 馬克思則批評黑格爾的異化概念，實質上把
人視為純粹抽象和精神性的存在(*spiritualistisch*)。[32]

有別於黑格爾正面的異化概念，費爾巴哈視異化為宗教的毛
病，並由此建立其宗教人類學。他的異化概念包含兩重意思。第
一，人類把自己探尋萬事萬物最終原因的求知欲望，客觀化為一個

---

[30] 參看 Fischbach, *Sans objet*, p. 130。

[31] 參看 Fischbach, *Sans objet*, pp. 74–79。

[32] 《1844年經濟學哲學手稿》，德文版頁574；中文版頁125。

對象具有的特性，上帝就是最終原因。第二，人類再把上帝視為主體，是上帝按其肖像創造人類，並意欲人類按祂的意旨生活。這樣一來，上帝本來是人類的對象，現在變成了命令人類的主體，人類反而變成了對象。宗教就是通過這兩重異化，把人類由主體變成對象，脫離了自己的主體，變成上帝的對象，從此跟自由的主體變得陌生 (*fremd*)。[33] 馬克思認為，勞動異化跟費爾巴哈所說的人的異化有異曲同工之處，他近乎抄錄費爾巴哈的話到《巴黎手稿》裏：「在宗教裏也一樣。人類置放越多東西到上帝身上，留在自己身上的東西就越少。」[34] 馬克思則認為，工人越加在勞動中付出，留在身上的就越少。

2. 超越黑格爾和費爾巴哈

黑格爾和費爾巴哈的異化概念，不僅成為了馬克思《巴黎手稿》的思想源頭，更塑造了他的哲學用語。更重要的是，馬克思批判地繼承了這兩位哲學家。這說明了為何馬克思運用異化和外化的概念時，雖然用上跟黑格爾和費爾巴哈同樣的德文字，卻不是指同樣的意思。

雖然馬克思繼承了黑格爾的觀點，視勞動 (*Arbeit*) 為人類和世界交往的基本渠道，但他拒絕黑格爾的異化概念，因為他認為黑格爾把人類視為精神性的存在。馬克思認為，人不是單純的精神性的存在，也不能單靠精神活動來重新獲得分離的對象，因為人是肉身的存在 (*leiblich*)、感性的存在 (*sinnlich*)、受苦的存在 (*leidend*) 和自然的存在 (*Naturwesen*)。[35] 對黑格爾來說，異化是精神的必然歷程，而人是自我

---

[33] 參看 Fischbach, *Sans objet*, p. 140。

[34] 《1844年經濟學哲學手稿》，德文版頁512；中文版頁49。

[35] 《1844年經濟學哲學手稿》，德文版頁577–579；中文版頁128–130。

意識（*Selbstbewußtsein*），必然要跟對象分離。馬克思反對這種想法，因為人不是獨立於對象的自我意識，而是有對象的存在（*gegenständlich*），[36] 人每時每刻都活在肉身、感性、痛苦和自然之中，不能跟實在地接觸到的對象分離。他認為，異化不是自我意識的特質，而是形成獨立於對象的自我意識的原因，勞動異化令人的肉身被奴役，失去可資表達自己的對象，因而成為無對象的存在（*gegenstandslos*），[37] 以為自己是單純的自我意識，可以經由思想來重新獲得對象，因而是自由的。試想，一個被工作所勞役的工人，在工作中找不到意義，倘若他以為能夠透過思想來克服其在勞動中喪失的意義，這是不切實際的想法。倘若他相信用賺來的工資可以買回工作令他失去的餘暇、學習機會和自由的意念等，馬克思會認為這種想法實際上迴避了勞動本身的問題：把勞動視為勞動市場，人們自由地選擇工作，視勞動為換取工資的途徑，忽視了勞動本身令人不自由，把人由有對象的存在改變成無對象的存在。換言之，馬克思認為黑格爾的異化概念並不能充分捕捉人類不自由的肉身經驗，而異化勞動就是要去分析人實際地被宰制的經驗。

馬克思不僅要超越黑格爾的描述性異化概念，更要擺脫費爾巴哈的宗教人類學式的異化概念。費爾巴哈已經注意到人類異化的問題，而馬克思所謂「人是有對象的存在」，也是來自費爾巴哈的想法。費爾巴哈某程度上仍然深受黑格爾影響，人是自我意識，也是有對象的存在，這意味著人和動物的分別在於人可以把自己和其他事物視為對象，而動物不能夠如此，因而人意識到自己和動物的不同。然而，馬克思把黑格爾和費爾巴哈的觀點思考得更為徹底，他不否認人有自我意識，但是他認為僅憑自我意識不足以劃分人和動物。

---

[36]　《1844年經濟學哲學手稿》，德文版頁577–578；中文版頁128–129。
[37]　《1844年經濟學哲學手稿》，德文版頁512；中文版頁50。

他首先從人和自然的共通之處開始考慮，他認為人作為自然的存在，和其他自然的存在同樣都是自然的一部分，自然的力量在所有自然的存在身上表現出來，呈現為生命活動（*Lebenstätigkeit*），形成生產性的生命（*produktive Leben*）。[38] 不過，動物只是純粹生命活動的展現，「牠不會把自己和生命活動劃分開來」，[39] 而人的獨特之處在於能夠把生命活動視為加以經營的對象，不斷擴充和豐富自身的生命活動，不斷改善和創造新的生產方式，孕育更豐饒的生命。馬克思認為人是有對象的存在，不僅包括人有自我意識，意識到自己和對象的分別，也包括人把生命活動視為對象，既可以力求豐富自身生命的內涵，但又明白到不能脫離其他自然的存在來表達自己的生命活動；人必須依賴自然，如同依賴其他對象一樣，馬克思甚至說「自然是人類無機的肉身」。[40] 馬克思超越費爾巴哈的地方在於他重新思考人在自然中的位置，一方面肯定人的獨特地位，同時又不把人和自然截然二分，反而視人為駕馭自然的主人，人會運用自然，和自然結合，形成歷史文化。[41]

我們可以這樣總結：馬克思反對黑格爾把人視為精神性的存在，而主張把人視為肉身的存在，更徹底地推進了費爾巴哈視人為有對象的存在，強調人不能脫離其對象，也不能脫離自然，否則人的生命活動就不能表現出來。因此，馬克思的勞動異化概念，正要指出異化令人失去對象，因而生命活動不能有所表達，也不能孕育豐饒的生命，形成孤立於對象的自我，無從獲得生命的意義。

---

[38] 《1844年經濟學哲學手稿》，德文版頁516；中文版頁54。
[39] 《1844年經濟學哲學手稿》，德文版頁516；中文版頁54。
[40] 《1844年經濟學哲學手稿》，德文版頁516；中文版頁53。
[41] 參看 Fischbach, *Sans objet*, pp. 138–149；Fischbach, *Philosophies de Marx*, pp. 49–55。

3. 馬克思的勞動異化

一般來說，研究者認為可以按馬克思在《巴黎手稿》的劃分，分為以下四類的異化勞動：(1) 勞動者跟勞動的產物異化；(2) 勞動者跟生產活動異化；(3) 勞動者跟人的類本質異化；(4) 勞動者和其他勞動者異化。[42] 然而，研究者甚少解釋這四類異化的共同之處：為何它們皆為異化，而不是四種心理問題或社會問題？如果我們把勞動異化視為勞動者的心理問題，因他們個人知識水平不足或情緒控制失當，以致他們在工作中得不到滿足感，這是偏向個人層面的解釋。如果工作裏喪失意義純粹出於個人因素，那麼如何解釋富士康工人的多宗自殺？如果論者指富士康工人個人能力不足，導致他們未能在工作中獲得滿足感，那麼我們仍然可以問，為何工廠日以繼夜的工作仍然不能協助他們提升個人能力？工廠為何不先培訓工人相關的能力，才要求他們投入生產？由此可見，心理層面的解釋只是把問題化約為個人能力，忽視了勞動過程本身的問題、社會條件對人的心理影響。至於社會層面的解釋，論者或會認為是工作待遇不佳、工作條件惡劣或職業前景暗淡等，導致勞動者在工作中得不到滿足感。這種觀點傾向提出各種方法來令工作變得更容易接受，例如提升工資、改善職業安全、增加工作靈活性和促進社會流動等。設想一個地盤工人，倘若他工作時做足安全措施，亦得到相對穩定

---

[42] 《1844年經濟學哲學手稿》，德文版頁516–518；中文版頁52–55。馬克思研究者 David Mclellan 亦把異化勞動劃分為四類，見 *Marx before Marxism* (London: Macmillan, 1970), pp. 165–180。孫中興曾整理各英文譯本的編者和伊海宇的中譯本裏對異化勞動的分類，見孫中興，《馬克思「異化勞動」的異話》，頁100–103。但孫中興認為馬克思在手稿中說得「不夠清楚」，應該從馬克思已出版的著作中去尋找更深入的論述。孫中興有此觀點很可能因為他不將異化勞動視為一個哲學概念，而且並不關注馬克思這個概念的哲學史背景和其嶄新之處。

的收入，足以養妻活兒，這樣會否仍然有勞動異化的問題？

從馬克思的勞動異化論來看，異化勞動仍然可能出現，即使工人獲得工資（補償危險的工作）和閒暇，但是勞動本身的性質並沒有隨工資提升而改變。馬克思關注的並不是純粹的心理或社會問題，而是連結兩者的勞動經驗，勞動並不是單純的主觀或客觀條件，而是代表著「社會關係的整體」（*das Ensemble der gesellschaftlichen Verhältnisse*）。[43] 勞動是人和世界交往的最基本活動，是連繫個人心理和社會的必要渠道。馬克思強調，不同形式的勞動會令人表現成不同的模樣，勞動不是單純的工作或生產，不應被化約為純粹心理或社會的條件，而應視為連繫主觀和客觀的關係，是各種方式的交流（*Verkehr*），人與對象世界和人與人的交流。勞動反映的社會關係隨著資本主義的生產方式出現而改變，勞動異化之所以出現，是因為人類的勞動進入了新的生產關係，在其中人失去了表達（*äußern*）其生命活動的對象，成為了純粹的自我意識或主體。馬克思認為，單純地把人界定為與社會關係割裂的意識或主體，都純屬抽象。因此，馬克思在《巴黎手稿》首先要解釋資本主義帶來了怎樣的生產關係，從而令勞動變得異化。

馬克思認為，勞動異化的根本原因在於十九世紀初資本主義生產開始出現，資本家投資大型廠房，開展工業生產，導致資本、土地和勞動三者分離（*Teilung*）。[44] 有資本的人可以購買土地，聘請工人進行生產，而直接投入生產的工人卻不擁有資本和土地。資本、

---

[43] 參看 Karl Marx, "Thesen über Feuerbach," in Karl Marx and Friedrich Engels, *Marx Engels Werke*, Vol. 3 (Berlin: Dietz, 1973), pp. 5–7。同時參看巴理巴爾對《關於費爾巴哈的提綱》第六條的詮釋，見 Balibar, *La philosophie de Marx*, pp. 193–250。

[44] 《1844年經濟學哲學手稿》，德文版頁510；中文版頁47。

土地和勞動的分離，造成了資本家之間和工人之間劇烈的競爭，因為資本家需要減少生產成本，才能佔據相應市場，否則將會蝕本；而工人則需要工作才能生存，否則難免餓死病死。當時的經濟學認為，在商品市場和勞動市場裏競爭，恰好令人可以自由選擇，不再由家族、封建階層和傳統遏制個人自由。然而，馬克思卻認為，競爭沒有體現自由，反而是「貪婪的人們之間的戰鬥」。[45] 在這場戰鬥中，工人總是戰敗的一方。

由於工人並不擁有資本和土地，所以他必須付出勞動來換取工資和生存，一旦他失去工作，生活就會失去憑藉。但是，土地和資本卻可以累積起來，賺取地租和利息，有利於僱用更多工人來進行生產，賺取更多利潤。因此，工人和資本家之間的地位並不平等，競爭和選擇的自由就變成了對工人的奴役。事實上，歷史學家布勞岱爾 (Fernand Braudel) 就曾指出，十六、十七世紀以來，一直都有一小撮極之富有的商人，通過長距離貿易來獲取鉅額利潤，他們的方法往往是秘密協議、操控價格和同時從事多種高利潤的生意。反之，最低收入的工人卻往往沒有這些辦法，例如碼頭工人一生幾乎都只能從事同一種工作來賺取生活。[46] 這正好說明了資本家和工人一直處於相當不平等的地位，十九世紀初工業化的出現，只是令土地、資本和勞動的分離大規模地出現，令原來大量的農民遷入城市居住，並成為工人。

---

[45] 《1844年經濟學哲學手稿》，德文版頁511；中文版頁48。

[46] 雖然布勞岱爾並不同意馬克思對資本主義的看法，他認為資本家的活動一直都在傳統社會的上層進行，所謂資本主義並不是一個完全跟傳統社會斷裂的時代，但是他的研究同樣指出資本家和社會低下層有著極之不平等的地位。參看 Fernand Braudel, *Afterthoughts on Material Civilization and Capitalism*, trans. Patricia M. Ranum (Baltimore: Johns Hopkins University Press, 1977), pp. 38–75。

　　馬克思的勞動異化概念，就是用來描述這個時代許多工人的「活生生的經驗」(*expérience vécue*)，這種經驗不是正常的，而是病態的 (*pathologique*)。[47] 他所講的四類異化有什麼共通之處呢？用費斯巴哈的説法，四類異化勞動的共同特點是，人是有對象的存在，必須施加勞動於對象之上來表達自己，可是當人發現越加勞動，卻不能表達自己，失卻可資表達的對象，這樣就陷入了異化勞動。當勞動的產物不屬於自己，生產活動不由自己掌握，勞動只是為了維持生命而不能令人活出自己的類本質，實現人的各種可能性，成為不同面貌的人；而且在勞動中不能跟其他人溝通交流，不能活在人際關係之中，這樣就令人不能活在對象之中，換言之：喪失了對象。馬克思用了相當多黑格爾和費爾巴哈的術語，來表達這種異化勞動的生活：

> 勞動所生產的對象，勞動的產物，作為一種異己的存在，作為獨立於生產者的力量，同勞動相對立。勞動的產品就是固定在某個對象中的勞動，化為物件的勞動，這就是勞動的對象化。勞動的實現(*Verwirklichung*) 就是勞動的對象化。在國家經濟學的情況裏，勞動的實現顯現為工人的去現實化(*Entwirklichung*)，對象化顯現為對象的喪失和受對象所奴役，獲得對象顯現為異化(*Entfremdung*) 和喪失表達(*Entäußerung*)。[48]

勞動化成現實，就是勞動的對象化，也就是生產出一個個對象，令人憑藉對象來表達自己的生命，例如人們畫一張畫、設計一座大樓、

---

[47]　費斯巴哈 (Franck Fischbach) 的用字，見 Marx, *Manuscrits économico-philosophiques de 1844*, p. 60.

[48]　《1844年經濟學哲學手稿》，德文版頁511–512；中文版頁48–49。

為兒子縫一件毛衣。但是當經濟學把勞動市場和商品市場中的交易視為自由的選擇，各取所需，以為勞動化成了自由的現實，對工人來說卻不是事實，他們眼前可見的真實是不自由的世界，失去可資表達生命的對象。他們甚至為了生活而去勞動，生產出對自己毫無意義的對象，但是這些對象卻可以為他們換取生存所需，於是他們勞動的動機完全來自這些無意義的對象。黑格爾認為人類的精神活動可以重新獲得對象，對馬克思而言，這是完全不切實際的，異化不可能被思想所克服。黑格爾的外化 (*Entäußerung*) 概念本來是異化的原因，在馬克思那裏則成了異化的後果，勞動者喪失了表達的渠道。費斯巴哈把德文 *Entäußerung* 譯成 *la perte de l'expression*（喪失表達），是相當有意思的翻譯，因為他考慮到 *Entäußerung* 一字有兩個構成部分，分別為 *Ent*（去掉）和 *äußerung*（表達），這是許多英譯和中譯都未加深思的地方。他綜合了《巴黎手稿》中描述異化勞動的相關用語，如 *Entfremdung*（異化）、*Entäußerung*（喪失表達）、*Entgegenständlichung*（對象的喪失）和 *Entwirklichung*（去現實化），可見馬克思刻意運用 *Ent-* 前綴來強調勞動異化為勞動的顛倒，是負面的、病態的現象。[49]

更重要的是，當我們考慮到馬克思的勞動異化是生命的病態，令人的生命活動不能自如地通過對象而表達出來，這樣有助解決人本主義和物化的詮釋所面對的理論困難。人本主義假設了人的本質定義，而且認為人類社會應以實現人的本質為目的。這種觀點認為，人應該是自由和具有自我創造的能力，資本主義的生產方式令人失去自由，所以不合乎人性，應加以改變。這種觀點必須同時假定人和社會都是可以改變的，而馬克思正好主張「人是社會的存在」，[50] 勞動異化是基於特定的社會關係而出現，要克服勞動異化，就要通過

---

[49] Marx, *Manuscrits économico-philosophiques de 1844*, p. 22.

[50] 《1844年經濟學哲學手稿》，德文版頁538；中文版頁82。

改變社會關係，從而改變人的勞動經驗。在這方面，巴理巴爾的看法相當有意思，他認為馬克思並不是要主張社會關係一成不變，也不是要把社會關係由一種固定的形式改變為另一種（例如改變資本主義為共產主義），而是主張任何社會關係都有可變性，是開放和不被限定的（indéterminé），改變的動力來自人類的行動和鬥爭，而改變的目標就是每一個人都變得自由。正如《關於費爾巴哈的提綱》所言，人的本質不在於從孤立的個人抽象出來的本質，而是社會關係的整體。因此，人的本質不能離開社會關係來理解。[51] 由此觀之，社會主義或共產主義並不是一種特定的政府形式或計劃經濟，而是改變資本主義裏勞動異化的行動原則，通過改變社會關係而改變人的模樣，令人重新獲得表達之對象。

當前的社會關係是資本、土地和勞動分離，人們無可避免陷入競爭，勞動因而不再是生命活動的表達，而是純粹為了維持生命。馬克思認為，要改變這樣的社會關係，就要改變私有財產的觀念和制度。這並不是説把所有私有財產收歸社會所擁有，如同後來的國家公有制，沒有個人擁有私有財產；這樣其實只是改變了制度，但沒有改變觀念，而當財產觀念沒有改變，制度的改變也就不一定可以達到原來的目的。馬克思曾批評這種做法為粗野的共產主義（rohe Kommunismus），因為問題不在於誰擁有私有財產，而在於視財產為可以擁有的（Besitzen/Haben）。[52] 馬克思認為，任何個人或集體擁有私有財產，等於把藉以表達生命活動的對象視為生命活動本身，固定化了生命活動。缺乏對象固然有礙生命活動的表達，但把對象視為生命活動所擁有之物，並無助於重新獲得自由的生命表達。費斯巴哈提議，改變擁佔性的（possessive）財產觀念為表達性（expressive），

---

[51]　Balibar, *La philosophie de Marx*, pp. 193–250.

[52]　《1844年經濟學哲學手稿》，德文版頁534、539；中文版頁82。

擺脫私人擁有還是集體擁有財產這類爭議，改變私人運用的 (*privé*) 財產制度為共同 (*commun*) 運用，令所有人都可以憑藉財產 (對象) 來表達其生命。[53] 可以想像，一個地盤工人在工作以外，既需要擁有可資表達自己的財產，亦需要閒暇和學習的機會，令他可以真正表達自己。由此可見，馬克思視社會關係和人是可改變的，而非永恒不變的本質。

至於馬克思的勞動異化概念，能否解決視主體為對象或物件的理論困難？費斯巴哈對馬克思的詮釋的最大貢獻在於，前者有力地反駁勞動者淪為對象或物件的觀點。馬克思曾表明「一個非對象性的存在就是非存在」(*Ein ungegenständliches Wesen ist ein Unwesen*)。[54] 由此可見，馬克思非常清楚人的存在不可能沒有對象，沒有對象就不能表達其生命活動。因此，馬克思不可能視異化的勞動者為純粹對象或物件。事實上，他視之為失敗的對象化活動，也就是說，異化的勞動者是主體，他生產了對象，但對象無助其表達生命，所以他生產越多對象，同時也喪失越多對象，異化勞動是勞動自身的矛盾。因此，馬克思說：「事物世界的增值 (*Verwertung*)，人類世界的貶值 (*Entwertung*)，兩者成正比上升。」[55]

三、異化勞動的局限和潛能

馬克思的《巴黎手稿》明顯是以十九世紀工廠工人的經驗作為藍本，當時的社會尚未有像今天那樣龐大的中產階級、相對高的教育程度和專業的管理服務業，而且也沒有今天西方國家的勞工保障法

---

[53] 參看 Fischbach, *Sans objet*, pp. 233–250。
[54] 《1844年經濟學哲學手稿》，德文版頁578；中文版頁129。
[55] 《1844年經濟學哲學手稿》，德文版頁511；中文版頁48。

例和民主政治，當時的工人處於絕對的劣勢。今天，眾多社會條件改變了，馬克思的勞動異化概念仍然有意義嗎？

如果馬克思的勞動異化概念喚醒我們思考工作的意義是什麼，它仍然有一定的理論效力。即使社會上越來越多人躋身管理階層，但是工作本身是否令人獲得意義，工作會否令我們變得自由、令我們學習更多知識還是重複乏味，仍然是人們關心的問題。近年社會學家羅莎 (Hartmut Rosa) 指出，資本主義最近的特點是不斷加速，包括技術的加速、社會變遷的加速和生活步伐的加速。以前是兩代人之間的重大變遷，現在會在一代人裏發生幾次。羅莎認為，不斷加速令人們需要不斷去適應新的環境，也更經常感到跟世界異化 (alienation)。[56] 羅莎的異化概念不完全是馬克思的，但是社會條件的改變令人們更傾向在更短時間內轉換不同的職業。倘若我們發現目前的工作並無多大滿足感，然後馬上轉投別的工作，彷彿有更大的選擇自由。從馬克思的角度看，不論工資還是擇業的自由，並不能等同勞動過程中人和對象的關係，如果我們以為工資越高工作就越有意義，或者越有擇業的自由就等於工作有自由，都忽視了人親身投入勞動的過程：人能否藉著生產對象而孕育自己的生命，以至再造自然？一旦我們這樣發問，馬克思的勞動異化概念仍然相關。

然而，馬克思是否對克服異化勞動的方法過於樂觀？人類是否有可能在工作裏完全表現為自由的人？哲學家鄂蘭 (Hannah Arendt) 的答案相當悲觀。她認為，勞動 (*Arbeit*, labour) 有別於製造器物 (*Herstellen*, work) 和行動 (*Handlung*, action)，勞動是維持生命新陳代謝必須的活動，換言之，勞動本身並不能令人自由，反而必然奴役

---

[56]　Klaus Dörre, Stephen Lessenic, and Hartmut Rosa, *Sociology, Capitalism, Critique*, trans. Jan-Peter Herrmann and Loren Balhorn (London; New York: Verso, 2015), p. 94.

人類。[57] 然而，這種奴役不是來自資本主義中資本、土地和勞動的分離，而是來自人的生命需要本身，人類被受生命本身所役使。她認為，真正令人自由的是行動，在行動之中向其他人展現自己的觀點，這時候跟其他人才是平等和自由的個人。但是，人的行動自由並非毫無限制，因為人總會有生命的需求，因此人需要勞動，免不了被生命所役使。如果我們接受這個觀點，則馬克思認為共產主義超越私有財產就能徹底克服異化勞動，恐怕過分樂觀。

最後，讓我們這樣總結對馬克思的詮釋。正如每一個哲學史裏留名的哲學家，馬克思也有頗多爭議甚大的宣稱，而且被後人化為政治行動，引起眾多的歷史迴響。馬克思主義者阿圖塞 (Louis Althusser) 曾引述馬克思生前一句話：「我不是馬克思主義者。」[58] 從這句話可以看到，馬克思很清楚知道哲學家的工作跟某種主義無關。今天的學者巴理巴爾和費斯巴哈都主張，沒有必要把馬克思哲學照單全收，甚至沒有必要捍衛馬克思哲學為一個前後一致的體系。他們都主張「馬克思的多種哲學」(*philosophies de Marx*)，從馬克思所開啟的研究領域裏繼續探索，這才能顯示出馬克思的持久貢獻。馬克思異化勞動的概念，是最早對社會低下層工人的經驗的哲學分析，從此開啟了對資本主義的批判。即使我們撤除馬克思哲學中的樂觀成分，他所揭示的社會問題依然需要我們去面對。

---

[57]   Hannah Arendt, *The Human Condition* (Chicago: Chicago University Press, 1998), p. 184.

[58]   Louis Althusser, "Marx dans ses limites," in *Ecrits philosophiques et politiques* Tome 1, textes réunis et présentés par François Matheron (Paris: Stock / IMEC, 1994), p. 366.

延伸閱讀

- Étienne Balibar, *The Philosophy of Marx*. New York: Verso, 2017.

  由法國研究馬克思最著名的哲學家 Étienne Balibar 撰寫，概括介紹馬克思的哲學，並提出新的詮釋。

- Franck Fischbach, "Activity, Passivity, Alienation: A Reading of the *Economic and Philosophic Manuscripts of 1844*," *Actuel Marx*, no. 39 (January 2006): 13–27.

  Franck Fischbach 為馬克思的 1844 年巴黎手稿提出嶄新的詮釋。

- 萬毓澤，《你不知道的馬克思：精選原典，理解資本主義，尋找改造社會的動力》。新北：木馬文化，2018。

  此書參考馬克思德文全集，深入淺出地介紹馬克思的思想，為中文學界少有的佳作。

附錄：為通識教育尋找靈魂

訪問張燦輝教授

趙茉莉、劉保禧、李智達訪問及撰稿

電腦屏幕出現一個書房，張燦輝歡快地望著鏡頭，一聲問候響亮如初。他身後淺色粉牆上有書法條幅、幾枚風景照，右邊挨著個深棕書架，和背後的小木架同調。時空流動，彷彿回到他在大學通識教育部的辦公室，在栗色的長木桌旁和他對話。定過神來，想起大家書架新添的一本書：*Invention: The Art of Liberal Arts*。[1] 作者 Scott Lee 指出，以往有關 liberal arts 的討論都聚焦 liberal 而忽略了 arts，忘記了「核心文本」、「核心課程」等通識建構是一個創造過程；設計者和施教者皆為 liberal artists，過程中不斷尋問：我是誰？我如何建構這些叫做「核心」的東西？用的準則是發現得來，還是由我創造？

1991 年，張燦輝回到母校香港中文大學工作，當時負責通識教育的部門只有教授兩位、職員數人。「現在中大的『大學通識教育部』，前身叫做『通識教育主任辦公室』，座落校園半山的馮景禧樓。那是我的老師何秀煌先生說服高錕校長而設立的。我回到中大任職，同時擔任哲學系副教授和通識教育副主任，因為何先生先旨聲明，哲學系聘請我的一個重要條件，就是要我協助統籌大學的通識教育。」

---

[1]　J. Scott Lee, *Invention: The Art of Liberal Arts* (Santa Fe, NM: Respondeo, 2020).

　　每天上班，張燦輝會經過景禧園一排松樹，記憶中還有門前低矮的蘭花草，帶紫斑的白花盛放時完美無暇，入暮則無聲凋謝。

　　「通識教育主任辦公室」設立正副主任，在行政層面上有了獨立自主的地位，但這只是第一步。真正的問題是重新詮釋通識教育的理念，使之扎根於大學。「**通識教育需要一個明確目的，一個哲學基礎，以決定研讀的內容（什麼）與理由（為什麼）。我們必須明白自己的『存在理由』**，並為它提出理據。一般人對通識教育仍有強烈的誤解，教師認為它只是將專門學科簡單地教，學生則認為它代表容易『攞好grade』的科目。通識教育淪為甜品，只作點綴，主修課程才是正餐。這樣是不行的。」

　　九十年代，馮景禧樓外石梯旁，有枝葉茂盛的台灣相思，據說它是先鋒樹，能在惡劣環境下成長，火劫後亦能重生。春暖時滿樹絨球小花，風雨吹落地上如黃金鋪緞，叫沉思的路人駐足。走過樹下，張燦輝思考最多的是人文教育與通識教育的關係。在他看來，兩者在理念上有相通的地方，就是培育學生成為整全的「人」。健全的人文理念，可以為通識教育建立穩固的基礎；可是，在現代大學的體制下，人文教育卻是分崩離析。所謂「專業」導致文史哲分家，而文化上又割裂為東西方，壁壘分明。「以文學為例，主修英國文學的學生要熟讀莎士比亞，對杜甫卻可以一無所知。大學教授則安於自己的專業研究領域，沒有興趣討論不同學科的知識有何聯繫，更不用說這些知識如何扣連現實世界。當學生完成本科學位，出來社會工作，才發現所學的跟日常生活沒有什麼關係。這是很嚴重的問題。」張燦輝輕歎，今天許多受過高等教育的人甚至沒有業餘愛好，生活枯燥乏味。

　　道術今為天下裂，張燦輝對症下藥，主張回到「人文學科」的根本，重新整合不同學科，回應社會與時代的挑戰。「『人文學科』

（humanities）一詞源自拉丁文 *humanitas*。公元二世紀，羅馬哲人格利烏斯（Aulus Gellius）已經討論過 *humanitas*，其中有兩個重點。其一是『人的理想』，其二是『人文教育的課程』。格利烏斯雖沒説明兩者的具體內容，但他的説法在形式上界定了『人文學科』必須具備理念與實踐方式，即是『什麼』（what）與『如何』（how）的問題。」

具體來説，應該如何設計人文學科與通識教育的課程？張燦輝憶起一段小插曲。

在哈佛大學任職超過 40 年的教授劉易斯（Harry R. Lewis）回顧哈佛經驗，寫了《優越，卻沒有靈魂》（*Excellence without a Soul*）[2] 一書，批判大學本科教育愈趨專業，輕忽了通識，甚至忘了本科教育的初衷。劉易斯認為，當代大學之為創造和儲藏知識之所，空前成功，卻忘記其根本任務是幫助學生成長，讓學生認識自己、為人生尋找更遠大目標、畢業時成為更好的人。劉易斯在 2011 年訪問中大並舉辦講座，席間張燦輝提出質疑：哈佛大學的美式通識教育課程如何通用於世界上其他大學？「英國的牛津大學與劍橋大學沒有美制的通識教育，而我們不會覺得這是缺陷，因為他們有自身的文化傳統。香港中文大學處於東方，跟歐美的文化傳統就更遠了，試問哈佛的通識教育理念如何在香港的土壤孕育成長呢？最後劉易斯只是含糊其詞，沒有直接回答我的問題。」張燦輝承認通識教育的**理念**是普遍的，重視人的整全；不過，通識教育的**實踐**卻是特殊的，視乎各地自身的文化傳統，沒有通用全球的統一標準。「哈佛是偉大的，牛津也是偉大的，但是中大不能直接移植他們的體制。其實劉易斯自己也提出：一所大學要有靈魂，必須從自身的文化傳統中尋找。為中大的通識教育尋找靈魂，其實可以不假外求。」

---

[2]　Harry R. Lewis, *Excellence without a Soul: How a Great University Forgot Education* (New York: Public Affairs, 2006).

通識教育的哲學基礎：「人的存在」

反求諸己，回顧中大的人文傳統，新亞書院的創辦人唐君毅正是張燦輝口中的「靈魂」。在學時，張燦輝歸屬崇基學院，有時也會穿越建築疏落的校園，到山頂聽課。

「我不是新亞人，更說不上是儒者，只是有幸上過唐先生的課。三年級的時候，我請他講解海德格的存在哲學，聊起天來，總能感受父執輩關懷學生的溫暖。而這種溫暖，在他的著作中也不時透露出來。」張燦輝表示自己最喜歡唐君毅的《人生之體驗》和《人生之體驗續編》。「唐先生不是一般的專家學者，他對於生命有一種悲天憫人的感受，甚至可以稱之為『存在的感受』。這種『存在感受』特別觸動我的心靈。」張燦輝解釋，自己向來關注存在面向（existential dimension）的哲學問題。他洞察到，1949 年避秦南來香港的唐君毅對於存在問題亦相當敏感。一般學者或者會想起「花果飄零」、「靈根自植」等經典說法，張燦輝卻看到更深一層的關懷。原來唐君毅不止於存在的感受，甚至有感而發，將之延伸至學術理念、課程規劃的討論。**翻開唐君毅的《中華人文與當今世界》，開首是〈中華民族之花果飄零〉、〈花果飄零及靈根自植〉等著名篇章，在書中屬於「發乎情」的部分；很多人不知道，接下來的部分是「止乎義」，探討的是「人文學術的意義」**。張燦輝洞見到唐君毅的深刻，如何植根於存在的感受，拓展成為學理的探索。教育必須情理兼備，才能全面把握唐君毅以及新亞學術傳統的特色。

「唐君毅先生寫過一篇文章，叫做〈人的學問與人的存在〉。[3] 他對學問有一個獨特的想法，認為人的學問不應該和人的存在分開。

---

[3]　唐君毅，〈人的學問與人的存在〉，《中華人文與當今世界》（台北：台灣學生書局，1975），頁65–109。

於是，他依據人的存在重訂各種學問的高下次序。居於學問世界最高位的，就是『為人之學』，因為『為人之學』有根本性與普遍性。」

不過，「人的存在」看來玄之又玄，或只是哲學人的特殊喜好，有什麼道理要求所有中大學生修讀哲學味道如此濃烈的通識課程？張燦輝笑稱，自己推動的其實是廣義的人文教育，而非哲學。「我覺得太早開始哲學教育，不一定有意思。我經常批評中大哲學系的學生，從本科生到博士生，大都是 arrogant（自大）而又 ignorant（無知）。因為學院式哲學過分強調批判思考，讓哲學訓練成為一種技藝、技術，有些學生目空一切什麼都去批判，但對於藝術、社會、科學的認識，還停留在很低的層次。」問題的癥結，在於空有形式而沒有內容。與其強調哲學教育的批判思考，倒不如培育人文素養。**「我認為通識教育的基本理念是從『人的存在』出發，通識教育的目的，是將人轉化為『自由人』與『好公民』。**無論主修的是什麼科系，大家一起學習的應該是普遍的問題。所謂『人的存在』（human existence），我指的是每一個人的所『是』（being）。無論男人或是女人（性別）、白人或是黑人（種族）、貴族或是平民（階級），都必須面對生老病死的問題，都會關注愛情、性欲、幸福的問題；這些問題是普遍的，植根於人的存在之中。」

什麼是「自由人」與「好公民」呢？「唐君毅先生是儒者，一生都在宏揚儒家『修己治人』的教學理念。我當然肯定唐先生推動中國文化的貢獻，然而九十年代的香港已經是東西文化交匯的地方，回歸孔孟恐怕不足以回應時代、面向世界。因此，我轉化儒家『修己治人』的理念，在形式上保留了『個人』與『社會』兩個面向，在內容上擴闊至儒家以外，包括西方的哲學傳統。」

「『自由人』的『自由』，首先不是一個政治學的概念，它有更廣闊的意思。我取的是亞里士多德的用法，所謂『自由』一方面是指人

從無知、獨斷、狹隘、傲慢中解放出來，另一方面則是指透過哲學反省，人有追求智性及反思人生的自由，藉此獲得人生最大的幸福。我尤其重視『解放』（liberation）的意思，現在的 liberal education 一般翻譯為『博雅教育』，其實只是意譯，它的真正意思是說，人透過學習可以從無知的狀態中解放出來。這個說法跟唐君毅先生說的『自覺性』是一致的，只是他偏重於德性，我傾向於智性。」

「而一個自由的個體，無可避免跟自身所處的具體生活世界有關係。所謂『好公民』，就是參與公共討論、關心城邦政治的人。無論是西方傳統的亞里士多德，抑或東方傳統的黃宗羲，同樣強調公共議政是為學的根本。因此，中大通識課程要求學生認識現實世界以及背後的歷史脈絡，諸如政治思想、香港本土的文化歷史等等。」

改革的契機

關於通識教育的理念，如何從存在感受到學理探索，最後變成具體的課程架構，張燦輝都談得興奮。直到說起理念如何進入建制（institution），讓中大的高層接納，他才皺下眉頭，憶述中大通識曾經有一段荊棘滿途的歲月。

「在何先生那個時代，通識教育並非每個學系必須參與的事。我們以通識教育正副主任的身分，負責聯絡協調，逐個學系去『拍膊頭』，求他們幫忙開課。1995 年，中大開始實施『單線撥款預算』（one-line budget），重點是學系所獲經費與修讀學生人數直接掛鈎。換句話說，有多少人讀通識，學系就有多少收入。一時之間，通識教育成為不少學系關注的事情，投入了大量人力物力，因為這是學系『搵外快』的唯一可能。」

結果，中大的通識科由九十年代初不足 100 科，在 1996–1997年度發展至 150 餘科，到 2000–2001 年度更超過 230 科。表面上同學

有了更多選擇，但是數量的增長不代表質量的提升。「突然間大量通識科目湧現，我心知不妙！當時的通識教育是『無料到』的。因為單線撥款，學系為求爭奪資源，開設了很多新科目。有些擺明車馬減少測驗考試，或者標榜上課就是看電影。他們的想法是，哪裏是最多顧客的市場，就在那裏開吸引顧客的新科目，為學系增加收入。」

空有一套理念，單憑一己之力，張燦輝知道不能抵抗時代的橫流。他一直等待一個機會，從制度入手改變中大通識。

「每年我都會和金耀基先生吃飯聚舊，有一次相約在小白鷺餐廳。」從中大「四條柱」正門駕車往小白鷺不過幾分鐘，天晴的日子坐在室外，看雲看山看海，除了白鷺，有時還見到幾隻白山羊。「我和金先生說：過去幾年，我做通識教育主任一事無成。科目又多又亂，既無哲學基礎，又欠系統管理，更缺 quality control（品質監控）。我說，中大的通識教育沒希望了，這些問題我根本處理不了。金先生聽後，表示自己即將退休，愛莫能助。」

不過，金耀基一直記著他的說話。峰迴路轉，2002年中大校長李國章接受特首董建華的委任，調職擔任教育統籌局（今稱「教育局」）局長；金耀基走馬上任，當了中大的臨時校長，為期兩年。

歷任中大校長中，只有金耀基曾出版專書談論大學理念，對於通識教育的傳統和價值亦有深刻思考。「金先生擔任大學通識教務委員會的主任共十多年，期間大力推動中大通識的發展。2002年9月出任校長後，他馬上成立一個專責檢討通識的委員會。」磨劍十年，張燦輝終於等到一個機會，改革中大的通識教育。「檢討委員會的主席由學術副校長楊綱凱出任，記得我到他辦公室商議通識改革藍圖，他第一句話就是：『金先生叫我來幫你的。』我的心就安定了。」改革的一項重要工作是質素管理，張燦輝建議成立一個常務委員會（standing committee），成員須是獨立於通識教育委員會的高層。「由

一些有年資、有地位的教授組成委員會，負責通識課程的質素管理，便能解決中大通識教育長年積累的問題。」如張燦輝所願，常務委員會成立了，主席便是楊綱凱。楊與中大通識的淵源延續多年，其後更與張燦輝互相挑戰，兼教對方專長領域的通識經典科，二人皆完成挑戰，那是後話。

「通過行政變革，我們得以發出清晰的資訊：所有通識科目的擁有權都在大學通識教育部，學系只是通識科目的提供者。現在大家看到通識教育四範圍的科目編號，全部都是 UGE (University General Education，「大學通識」的縮寫) 開首，而不是某一學系的代號。此後，開設通識科目不再由學系或學院單方面決定；凡是開立新科，必須經過常務委員會審批，再交到通識教育教務委員會通過。」有關制度一直沿用至今，常務委員會除了審批各學系提交的新科建議，亦定期檢討現有通識科目，因此，通識科老師須定期遞交相關科目的教學檔案。

「唐君毅先生有一篇〈人文學術與自然科學、社會科學之分際〉，文章說明了人文學術、自然科學、社會科學如何各有分際而又互相涵攝，啟發我具體地劃分中大通識的四範圍。四個智性範圍不單是收納原有通識科目的四個抽屜，而是中大創校精神和大學理念的具體呈現。金耀基先生聽後十分認同，為之後的工作提供了莫大支持。」自此，中大的通識課程系統地分為四範圍，包括「中華文化傳承」、「自然、科學與科技」、「社會與文化」、「自我與人文」。四年制的本科生，均須在每個範圍各自修讀一科。四範圍的確立，讓同學可以思考自身跟自然、社會、人文的關係。在張燦輝的用心經營下，唐君毅的存在感受與人文理念得以具體化為架構 (framework)，落實成為課程 (programme)。唐君毅的「靈魂」，得以棲身於中大的通識課程之中。

共同學習經歷：大學理想與經典閱讀

哲學基礎、管理架構、檢討機制一一齊備，改革中大通識的多年心願終於達成，張燦輝的歷史任務是否劃上句號？2006年，大學撥款委員會要求所有受資助大學於2012年一律改為本科四年制。對中大而言這是重回正軌，因為中大創校時就是四年制。新學制下，大學通識教育增加6個學分，應當如何安排？張燦輝洞悉到這是另一個革新的時機。

「最初提出的方案，是把6學分放到四範圍，讓學生多修些科目，以補原定9學分的不足。」這個方案最簡單易辦。「但我們不願意，因為這是個千載難逢的機會，可以實踐更高遠的理想。」理念上，四範圍通識是通識教育的「分佈式」(distributive) 進路，確保本科生的視野不限於專門的主修科，而能取資不同學科的方法、以跨學科的角度，思考自身和自然、社會、人文以及文化的關係。但是學生在現有框架下，各自修讀的四範圍通識科各有不同，未能完全建構共同的學習經驗。

張燦輝始終堅持，一所大學之為大學，並不是由個別學院堆疊而成。「大學」與「主修科目」之間尚有一條清晰的界線。「大學教育不應只是主修科目知識的傳遞。想像一下，醫學院、法律學院其實可以獨立於大學經營，變為醫學訓練所、律師事務訓練所。為什麼現在醫學院、法律學院隸屬於大學的教育系統？因為一個完整的人，並不是純粹由職業來界定。任何一個醫生、律師，首先是一個『人』，置身於一定的社會、歷史、文化背景，與不同的人打交道。」回顧西方教育史上的「大學」理念，他發現自己的想法不過是回到大學的初衷。「『大學』的拉丁文是 *universitas*，字根是 *uni* 和 *versus*，意思是『統合為一』和『統合為一個整體』。**我素來強調大學應該是『學者和學生聚集在一起、讓所有人一起學習的一個地方』，就是要避免**

由職業界定我們的人生。作為社群中的一員，我們分享了一些共同的經驗。」

「共同經驗」是張燦輝的關鍵詞。遠至張燦輝的本科時代，在崇基學院已有一門「綜合基本教育」的通識課程。「課程由沈宣仁先生創立，四年有層次地學習：第一年探討大學教育的意義，掌握研究學問的方法；接著的兩年接受東西文化的薰陶，尤其著重經典研讀；畢業年則讓不同科系的學生以小組形式作跨領域研討。」沈宣仁在美國芝加哥大學完成哲學博士學位，於1977–1990年擔任崇基通識教育主任。「沈先生將通識教育的理念，化作一套完整的課程。當年的『大學修學指導』，必定由他親自執教，從大學理念、知識分子到社會運動，沈先生的課堂都有所涉獵。現在崇基舊生聚會，不分科系，回憶當年，都會想起曾經一起讀過沈先生教導的柏拉圖《理想國》。」這種「共同經驗」塑造了一代崇基人的歸屬感與自豪感。繼任張燦輝為大學通識教育部主任的梁美儀，對於崇基通識課程仍然印象深刻。她在一次訪問憶述：「當年在崇基學院，沈宣仁教授的大一通識課『大學理念』帶出清晰訊息：大學教育與中學教育截然不同，不再是追求模範答案，而是要自己尋學問。……畢業前的 Senior Seminar 要求不同學系的同學組成隊伍，因應各人專長，發掘論文題目和資料。我組成員來自哲學系和數學系，我們從天文、思想和歷史等角度探討《通勝》，還訪問了堪輿學和曆法專家蔡伯勵先生，是很新鮮的跨學科研習經驗。」[4] 崇基通識教育的經驗，讓張燦輝和梁美儀相信「共同經驗」可以由一個不分科系、共同必修的通識基礎課程塑造。張燦輝稱讚梁美儀發展了「共同經驗」的意涵，「通過『核心必修』課程，中大的本科生之間能夠建立共同的學習經驗，成為一個

---

[4]　《中大通訊》，第466期（2015年11月）。

知性社群，願意認真討論公共議題。想像一下，中大每年約有三千多名本科生，十年下來，就是社會上的critical mass。多年累積下來的學生，足以影響一整代人。」

哥大之行：思考「核心」的真義

於是，大學通識新增的6個學分，初步擬定為兩門以經典為本的共同必修「核心科目」，作為中大通識教育的基礎。身處同一學習階段的學生，就是共學的社群，與同一組文本和議題相遇，在小組進行思辨和對話，探索人類共同關注的核心問題，培養終身受用的「思考習慣」。兩個「核心科目」各以人文經典和科學經典為導向。「這個設計，是要處理當前教育中『人文』與『科學』對立的現象。正如斯諾 (C. P. Snow) 所言，整個西方社會的知識界已分裂為『兩種文化』，對於解決當代問題是一大障礙。這種割裂亦是本地教育系統的現況。」其實，「核心科目」以閱讀經典選篇為討論和寫作的基礎，也希望幫助同學處理對閱讀、對經典的恐懼，為大學教育以至終身學習打好基礎。

心志既定，張燦輝旋即物色人選，專責開發兩個全新的共同必修通識科。任教嶺南大學翻譯系的趙茱莉、中大物理系的王永雄都深受讀經典以思考存在的構思吸引。趙茱莉早年曾在中大通識教育部任職，當時覺得開一科 Western Classics in Chinese Translation 也不錯，朋友真的擬了張書單，傳真到通識教育部給她。書單很長，野心太大，未及籌劃她已離開。「Julie來面試時，還帶著這張七年前的傳真，說生命給予第二次機會，落實未了心願。永雄在物理系已教授『天文學』通識科，很受學生歡迎，也是我們『通識午餐』講座的常客。他轉到通識教育部之後，更成為『通識教育模範教學獎』首屆得主。」

新的基礎課程這就有了王永雄和趙茱莉，肩起開發科學經典和

人文經典兩個核心科目。「他們加入之前，大學已組成基礎課程特別工作小組，初步擬定兩個經典科的願景和書單。但是，具體要選哪些章節，讓學生可自行完成每週的閱讀？來自不同學術範疇、互不相連的經典巨篇，如何以人類共同關注的課題統攝，以啟發學生思考自我與世界？如何打破單向灌輸，讓學生成為學習與思考的主體？我們決定安排他們到哥倫比亞大學作一次觀摩探訪。」

為什麼是哥倫比亞大學？新基礎課程的初步定位與哥大數十年的經驗吻合，包括採納的通識進路（「核心課程」）、選擇經典的準則（不在其是否「偉大著作」[great books]，而在其能否帶動人生的「大哉問」[big questions]）、課程對象的普遍性（全數本科生必修，而非挑選少數精英去修讀）等。「話說回來，從學分多寡來看，哥大招牌的『核心課程』，比我們籌備中的6學分『基礎課程』，規模當然大很多。不過……」這時張燦輝臉上閃過一絲驕傲，「我們的『核心必修』預期每年提供給3,600人（後來更達3,800人），哥大只需照顧1,100人，學生不及我們三分一。」觀摩哥大還有另一重因緣，那就是哥大教授狄培理（William T. de Bary）與中大的深厚淵源。張燦輝說：「早年我寫過一篇關於通識的小文，狄培理出版專書時，主動要求收錄這篇文章，給我『吾道不孤』的鼓舞。他又是唐君毅先生的學生，對中大有特殊情感，當他知道我們『核心必修』的改革，很樂意穿針引線，因此玉成這次觀摩。」

王永雄和趙茉莉在哥大逗留了三星期，觀摩了五個核心科目（文學人文、音樂人文、藝術人文、前緣科學、當代文明）的教學，得到四點觀察：（一）各科除了第一節的大講堂課，都以16人小班的學生研討會形式進行；（二）科目不與單一學科掛鈎，每個小班由一跨學科老師教導；（三）研討以原典為依歸，不涉二手資料或學術文獻；（四）團隊協作以頻繁交流而非合教一班的形式進行。在核心課程部悉心安排下，趙茉莉和王永雄每天躋身本科生中間，觀看不同

老師如何帶領學生研討、分析同一文本，讓學生發掘和挑戰書中內容、彼此觀點，而老師總刻意不透露自己立場。二人又出席每週舉辦的新任老師培訓、常任老師交流會，拜訪各核心科科主任、語文中心老師、圖書館負責人，以思考未來如何給與教學團隊和學生全面的支援。「哥大無疑給我們許多啟發，特別是引導問題的設計和帶動討論的技巧。這都是習慣三小時單向講課的我們所欠缺的。但是，哥大核心科以西方『偉大』經典為主，一些著名的希羅作家名字甚至刻在舊圖書館外牆頂端的巨石上，數十年來未從書單剔除。我們的核心課程雖剛起步，選篇方面卻能擺脫單一文化主導，更貼近『全球核心文本』（global core texts）的理想。」

觀摩回來，趙茱莉和王永雄著手設計課程，開班試教。校園同步大興土木，為迎接三改四的第一批新生做好準備。景禧園首先消失，工程聲大作，揚起許多塵埃。馮景禧樓旁的「西部教學大樓」終於落成，大樓靠中央路那邊一片灰牆，沒有一扇窗。後來，牆腳開始栽種一種叫爬牆虎的攀藤植物，給與進出上課的王永雄和趙茱莉一點點啟示。核心課程也是「正名」的時候了。

「最初兩個『對話』科目都不是以『對話』命名，我把兩科叫作 Human Values in Culture 以及 Human Place in Nature，由這兩科組成的核心課程則叫 Wisdom in World Civilizations。」張燦輝尷尬地笑了笑，「其實我覺得蠻不錯的，但是 Julie 和永雄都不喜歡。」趙茱莉回想，或許「文明」、「文化」、「智慧」等稱謂，不免暗示所選經典乃最具代表性的「偉大著作」（great books）或「聖典」（canon books）；而「偉大著作」須恭敬讀之，詮釋須以作者原意或權威解讀為依歸。有些大學命名通識課程，刻意捨「偉大著作」而取「核心文本」（core texts），不離幾種意圖。第一，「文本」不一定是書本或文字，可以是電影、音樂、科學論文等。第二，「核心文本」不一定「偉大」或「經典」，可能太新未為人知亦不成「典範」（canon）。第三，「核心文本」是具有

普遍意義的文本，觸及人類的普遍關注而非某文化的特殊現象。中大新通識基礎課程無疑以舉足輕重的經典書本為主軸，部分篇章亦有助學生管窺某一文化的內容。但是，讓學生以文本的內容作思考工具，反思自身和世界，才是課程的首要目標。以上三個名稱中，也許只有 Human Place in Nature 能點出核心課程要帶出的那種反思。

存在之確認，對話之必然

這樣的話，回歸兩個核心科目的主題和教學形式，新的命名是否可能？物理學家 David Bohm 在《論對話》(*On Dialogue*) 一書中，[5] 把 dialogue 還原到希臘字根 *dia* (通過) 和 *logos* (說話)，指出 dialogue 不是指兩個人之間的對話，一個人和自己、一群人中間，都可以通過說話進行溝通，因為 dialogue 就是讓「意義之小溪圍繞著我們、通過我們、在我們之間流動」，從而衍生新的理解。Dialogue 是一個創造過程，如果在一個群體中進行，他們共同創造新的意義，便會成為連結彼此的「黏土」。Bohm 又嘗試區分 discussion 和 dialogue，指出前者的字根是拆開的意思，代表分析、解構的溝通方式，目的是擊倒對方，就如進行乒乓球比賽，是一場零和遊戲。相比之下，真正的 dialogue 裏沒有人要爭勝：如果有誰贏了，大家都贏；如果有誰犯錯了，大家都能從中學習。所以，dialogue 是一個雙贏的遊戲，參與者是一起玩的夥伴而不是對敵的雙方。似乎，dialogue 正好點出「核心課程」、學生研討的精神，王永雄和趙茱莉於是提議，把科學經典科和人文經典科分別叫做「與自然對話」和「與人文對話」。

張燦輝聽到「與自然對話」和「與人文對話」的名字，沉默了一天，便高高興興地接受了，讓人驚訝又雀躍。「四大文明的源頭是四

5　　David Bohm, *On Dialogue* (London; New York: Routledge, 2004).

大聖哲——蘇格拉底、釋迦牟尼、孔子、耶穌。作為文明的開端，他們的共通點都是述而不作，注重的是對話，不是著書立說。」為什麼「對話」比起著書立說重要？「因為『對話』是面對面的，有血有肉，表現了存在的面貌。我們的課堂是小班教學，尤其著重導修，不是在大型演講廳對著二三千人講課。如果只是一般講課，為什麼我們還需要親身到大學讀書？現在有很多免費的網上公開課，包括哈佛大學，大家自己上網不就可以了嗎？但這是不一樣的，我們強調的是面對面的交流。」

西部教學大樓外，爬牆虎的嫩枝好不容易從地面攀了一小截牆，便被全部清除。過了好一陣子，又再長出細枝，膽怯地爬，卻就再沒被干擾了。基礎科目由試教到先導班，參與教學的同事又多添了幾人，上課下課總走過這片牆，看著爬牆虎一點點的長，一步步的爬。原來除了點綴禿牆，這種常綠藤蔓若生於山坡可防山泥傾瀉，栽於外牆則吸音遮陽淨化空氣，漿果可釀酒。

張燦輝又回到了唐君毅：「在〈人的學問與人的存在〉，唐君毅先生有一個重點，就是強調『人的真實存在』。」翻查原文，唐君毅參考了存在主義的觀察，指出「今日人類文化所遭遇之一大問題，即人之失其主體性、自由性與個體之真實存在性」。文章舉例，無論是店鋪售賣、機器駕駛、工廠勞動，「這些地方的人都是以其一抽象任務而出現的人，亦是任何人可以加以代替，而於與之發生關係的他人無損，亦為與之發生關係之他人所可不加關心的人」。我們只是店員X、駕駛員Y、工人Z，「所以人在此現代社會中，分別在各場合，擔任各種抽象任務後，皆對他人只為一『任何人』、『抽象人』，而非一具體存在的人」。[6] 張燦輝接受唐君毅的說法，表示「人的真實存在」是他自己多年來的哲學基礎。他不是「Teacher A」，學生也

6　唐君毅，〈人的學問與人的存在〉，頁91。

不是「Student X, Y, Z」。「在教學上，我素來關注存在的面向。雖然中大的通識有具體的四範圍與兩門基礎課程，但是我注重的不是抽象的 programme（課程），也不是 division of knowledge（知識分類），而是人之為人的 existential dimension（存在面向）。我首先看到的是『人』，重視人與人之間的成長交往，彼此之間有一種關係、一種『情』。而我自信，中大的通識課程可以建立『中大人』的身分，把中大和其他大學清楚地分別出來。」

2011年，通識教育部搬到山腳的許讓成樓，爬牆虎從每天的視野消失。有次再訪「西部教學大樓」，發現大樓已掛上新的名子，「必也正名」了。繞到巨牆那邊抬頭一看，枝條從地面散射到牆的左右上方、織出網絡，多裂的葉片潤澤亮綠，立體地掛著，風吹而動，這裏那裏。

2021年2月10日

後記

2016年，張燦輝回到中大通識教育部跟同事近距離認真交流，分享中大通識的淵源與理念，讓我們生出了這篇口述史的念頭。

本篇內容包含那次講話的紀錄，和最近線上訪問張燦輝新得的資料。前後三人參與了是次口述史的整理。將講話錄音化成文字、刪減整理，是李智達的工夫；他是最早修讀「與人文對話」的學生，目前是該科的兼任講師。線上訪問由劉保禧和趙茉莉進行；他們曾在不同場合聽張燦輝談軼聞舊事，今番訪談，對照今昔，勾起許多自身的思考和回憶。兩人以李智達整理的文字稿為底本，再搜集相關資料，加入新近訪談所得，希望拼貼出一個可讀的口述歷史故事。在此再次感謝張燦輝為我們娓娓道來中大通識的精彩故事，留下歷史紀錄。

作者簡介

梁卓恒，英國倫敦大學學院（UCL）哲學博士。現任香港中文大學大學通識教育部講師，客席任教於政治與行政學系，講授人文經典為本的通識課程、社會及政治理論、書院通識課程等。曾獲中文大學通識教育模範教學獎（2019）。研究興趣及論文發表主要圍繞教育理論、公民教育、價值教育及高等教育等議題，尤著重教育與政治的交匯及互動。

高莘，香港中文大學哲學博士。現任香港中文大學通識教育基礎課程講師。著有《約翰·亨利·紐曼的大學理念與其宗教思想之關係》、《誰的宗教？何種改革？》。

李祖喬，香港恒生大學社會科學系講師，香港中文大學文化研究學部博士畢業。研究興趣為公共情感、冷戰文化、文化旅遊、香港研究及通識教育。文章見於 *HAU: Journal of Ethnographic Theory*、*Radical History Review*、*Global-E*、*Hong Kong Studies*、《香港社會科學學報》及《中國城市研究探索》等。

鄭威鵬，香港嶺南大學文化研究博士。現職香港中文大學通識教育基礎課程講師。近年研究興趣為文化政治、文化政策、城市文化政治、社會運動文化、當代劇場等。

何偉明，香港中文大學中國語言及文學系畢業，後赴德國修讀哲學與古典語言，獲海德堡大學文學碩士、哲學博士學位。曾參與海德堡學術院中國佛教石經的編訂和出版工作，現任教於中文大學大學通識教育部，亦為中大哲學系文學碩士課程兼任講師。

劉保禧，香港中文大學哲學博士。現任香港中文大學大學通識教育部講師，客席任教於哲學系。研究興趣是儒家哲學與比較哲學。近年發表論文主要討論近現代中國哲學，環繞胡適、錢穆、牟宗三等學人在漢語學界所建立的知識譜系。

方星霞，香港大學中文學院博士，曾在京都大學人文科學研究所訪學，現任香港中文大學大學通識教育部講師。研究興趣包括中國文學、哲學及經典教育。著有《京派的承傳與超越——汪曾祺小說研究》、《文學精讀‧汪曾祺》。

釋法忍，香港中文大學文學士、哲學碩士，英國蘭卡斯特大學（Lancaster University）哲學博士。現為香港大學佛學研究中心客座助理教授及法性講堂住持，著有《法忍法施》、《死亡就是這麼回事》、《21世紀修行攻略》、《離苦得樂》等。

李駿康，香港中文大學哲學博士，主修神學及宗教研究，著有《現代教會論類型學：自由、認信與顛覆》、《在家不好：與流浪兒童在一起》、《如果我告訴你，你還會愛我嗎？》等，現為香港中文大學大學通識教育部講師、崇基學院服務學習中心副主任。

余之聰，香港中文大學宗教研究系文學碩士，英國伯明翰大學神學及宗教系文學碩士（優等），埃克塞特大學阿拉伯及伊斯蘭教研究所

（Institute of Arab and Islamic Studies, University of Exeter）哲學博士。現為香港中文大學通識教育基礎課程講師。近著有 *Thinking Between Islam and the West: The Thoughts of Seyyed Hossein Nasr, Bassam Tibi and Tariq Ramadan*。

葉家威，牛津大學政治學博士，香港浸會大學政治及國際關係學系助理教授。曾任教於香港中文大學大學通識教育部、政治與行政學系及公共政策碩士課程。著有 *Egalitarianism and Global Justice: From a Relational Perspective* 及《全球正義與普世價值》（合著）。

李敏剛，匈牙利中歐大學政治科學系博士，香港伍倫貢學院社會科學院助理教授，研究政治理論、社會主義與自由主義。

戴遠雄，比利時盧汶天主教大學（Katholieke Universiteit Leuven）和法國巴黎大學（Université de Paris）哲學博士。現為香港恒生大學社會科學系講師，主要研究二十世紀歐洲政治哲學、現象學和法國哲學。

趙茱莉，香港城市大學文學研究博士。2008年加入香港中文大學，專責設計並推行以經典閱讀為主的核心文本必修課程（2015年獲AGLS通識教育優化模範課程獎）。現為中大通識教育基礎課程副主任、大學通識教育副主任，期許為通識課程注入體驗學習及可持續發展元素。出版包括文學評論、文學翻譯、通識教育等範疇。

李智達，畢業於香港中文大學新聞與傳播學院，其後於香港演藝學院修讀戲劇藝術碩士。曾於本科時期修讀「與人文對話」，親身接觸經典為本的通識教育。現為香港中文大學通識教育基礎課程兼任講師及自由身戲劇人，作品包括香港話劇團《西奧》等。

「通識教育叢書」編者跋

「通識教育叢書」計劃始於1999年，2004年叢書的第一本面世。

香港中文大學自1963年創校以來即重視通識教育。上世紀末，我們深感老師為設計與教授通識教育，付出的心血良多，可是教學對象僅限於中大學生，而且社會上一般對通識教育亦缺乏認識。為與社會知識大眾分享老師的教研成果，提升社會文化氛圍，大學通識教育部推出了「通識教育叢書」出版計劃。過去出版的叢書，頗獲好評。其中陳天機教授的《大自然與文化》及張燦輝教授與本人合編的《凝視死亡：死與人間的多元省思》更分別獲選入2005年和2006年「香港書展名家推介」之中。然而其後大學通識教育部為準備2012年大學從三年制改為四年制的學制改革，須負責設計和推出全新的通識教育基礎課程，無暇兼顧，叢書出版計劃因而擱置。

時至今日，第一批入學修讀四年制的新生轉眼已到畢業年。這幾年間，通識教育亦經歷了幾個重要的變化。在香港中文大學內部來說，通識教育基礎課程順利推出；這個以閱讀和討論經典為主的課程，讓學生親炙古今中外、人文與科學的經典，頗得同學認同；在大專界，各高等教育院校在大學教育資助委員會極力鼓勵下，紛紛開設或增強既有的通識教育課程；中學方面，由於新學制高中課程增設了必修必考的通識教育科目，一批老師接受了教授通識的培

訓，而學生則從中四開始，就必須修讀關注時事、著重研討的通識科；社會大眾亦因中學學制的改革，對通識教育產生了前所未有的關注。對於熱心推動通識教育的教育工作者來說，這些都是可喜的發展。當然，中學的通識教育科與大學推行的通識教育，理念不盡相同，而不同大學的通識教育的設計，亦各具特色。但不同的通識課程共通之處，在於以擴闊學生視野、提升學生思考與自主學習能力為目標。理想的通識教育幫助學習者走出狹小單一的學科視野，讓他們對不同的知識和價值系統有基本理解，明白不同的真理準則，因而更能慎思明辨，不盲從權威，恰當地運用自主，作明智選擇與取捨。

我們在2015年重新啟動通識教育叢書的出版，是希望將通識教育的學習延續於課堂以外，讓社會上對通識教育有更多、更真切的認識。在通識教育叢書出版的書籍包括各種不同的學科題材，但它們承載的並不是寫得較為顯淺的專門學科知識。叢書是各位作者運用自己的學科專長，思考社會、人生、知識等大問題後作出有洞見的綜合。我們期望，通識教育叢書對培養具有開放心靈，對世界、對學問好奇，對於知識有渴求的廿一世紀公民，能有點滴貢獻。

2016年通識教育叢書能再度刊行，首先感謝參與寫作計劃的各位通識老師，不吝將教研思考心得與讀者分享。朱明中、伍美琴兩位教授和甘琦社長在百忙中擔任編輯委員會審閱寫作計劃的繁重工作；王淑英、石丹理、周敬流、邵鵬柱、張燦輝、潘偉賢諸位教授顧問對出版計劃鼎力支持；沈祖堯校長為新出版的一輯叢書作序；香港中文大學出版社在出版事務上專業的支援，本人謹在此致以由衷的感謝。

梁美儀　識
2016年6月3日